先唐时期
文学史
书写研究

兼论中国传统文学史
书写范式的确立

任 慧 著

社会科学文献出版社
SOCIAL SCIENCES ACADEMIC PRESS (CHINA)

序

詹福瑞

　　文学史是舶来品，缘自 20 世纪初大学现代学科的建立。1902年，《钦定京师大学堂章程》始定七个学科中，文学为其一，包括了经学、理学、史学、子学与辞章学等，实则就是人文学科。1904年的《奏定大学堂章程》分学科为八，经学与理学划出，文学基本独立。文学科中的"中国文学门"设"历代文章流别"，注云："日本有《中国文学史》，可仿其意自行编纂讲授。"由是，北有林传甲，南有黄人，编者纷纷，书以千计，成一时景观。当代的古代文学研究形成了铁打的三大范式：文献整理，专题研究和文学史。而三者之中，文学史因是教材，影响至大；经典的确立，一种文学史观的传播，非文学史莫属，所以又为学界所重视。自有文学史以来，或统编，或重编，或反思，以至于今。1949 年后，统编中最流行的就有科学院编、北京大学编、袁行霈主编、袁世硕主编等。关于文学史的争论，时至今日，尚有文学史观、文学史分期、文学史撰写模式等。甚至百年的文学史，何为文学这个问题仍摆在了突出而又扎眼的位置，编写了一个世纪，敢情我们连文学这个基本的问题都没搞定。所以，我也在不同的会议上凑热闹，讲古代文学研究、文学史要回到原点，重新思考中国古代文学的性质和内涵，重新思考以作家作品为主要描述形式的文学史撰写模式，重新思考以朝代为阶段的文学史分期，重新思考入选文学史作家作品的标准。

文学史虽是舶来品，但中国文学史却非完全的洋东西。中国古代文学研究实则是建立在两个传统、一个背景之上的。两个传统，即中国古代社会数千年来形成的义理、考据、辞章的老传统，五四形成的现代学术传统；一个背景，即 1949 年以后形成的新的学术理念与方法。而文学史的撰写亦应如此，除了欧洲、苏联的文学史传统，还应该有中国的史学和文章学传统。如任慧所言："中国自古就有书写历史的传统，历代均设有史官，由此形成了记录、保存、积累、编集史料以及为前代书写历史的习惯，其范围囊括社会方方面面，文学亦包括其中。"然而令人遗憾的是，这样的传统，没有得到文学史界的重视与吸收。文学史的"书写者们忽视了古人对于文学的见解，忽视了古代文学史家的书写实践和思考"，即使是古代文学研究，多有某个个例的研究，如刘勰的文学史观，也缺少对先唐这样一个悠久历史时期文学史观及书写实践的研究，尤其是站在中国文学史当代立场的研究，任慧此书的学术价值与现实意义由此而凸显出来。

此书的第一个研究重点是两汉魏晋南北朝时期文学史书写中的分期问题。任慧汇集这一时期所有与文学史相关的历史文献，一一加以分析，寻找文学史分期的节点和基本范式，并对《文心雕龙》的分期实践进行重点探讨，涉及刘勰对文学史分期的一般论述以及文体论中的分期实践，从而总结出此一时期处理文学史分期的范式。其一，叙述文学史的发展，虽然遵循基本的时间顺序，但不局限于朝代，充分尊重文学发展的内在因素。其二，善于运用年号，将文学的发展同政权的变迁联系起来。著作特别揭示出刘歆、班固在文学史分期上所做的贡献，前者在选择时间节点时，不再单纯依据朝代，而是综合利用谥号、庙号和年号的方法，以使文学史分期更为具体。后者则成功实现了从史家到文学史家、从史书和学术史到文学史书写的转化。其三，充分考虑到代表作家在文学发展中的影响，举作家以代表某一时代或时期的文学。这样的研究，对于今天中国文学史的分期，百年来局限于以朝代为划分标准的僵死模式，的确具有重要的启示意义。

第二个研究重点是文学史的编撰方式。此一部分研究了《史记》《汉书》至魏晋南北朝时期的正史以及作为文学史家的文人文章，总结出"以人为纲"的撰写模式；复又研究文体论，总结出"以文为纲"的撰写模式。任慧在此处还探究了文学史家的身份，区别出史家和文学家两类，总结了史家撰史给文学史提供的经验；同时对文学家从文体写作实践出发所作的文学史认识，如皇甫谧《三都赋序》对辞赋发展演变的描述、钟嵘《诗品》对五言诗七个发展阶段的划分、萧统《文选序》概括各体发展，也都进行了细致深入的考察，尤其是重点研究了《文心雕龙》有关文学史的编撰范式，总结出今人编撰文学史可资借鉴的经验。

任慧此书还有一个突出的特点：她是站在当代中国文学史研究的前沿来开展研究的，她的研究紧紧扣住当代的中国文学史编写实际，其研究具有鲜明的针对性，现实感很强。每一章研究先唐文学史书写，总是先提出并论述当代关于文学史编撰的问题与争论，然后再进入古代的文学史编撰研究，最后再回过头来，以古代的经验回应当代。正因为如此，这篇十余年前的博士论文，后经修改成功申报国家社科基金青年项目并圆满完成，其所讨论的内容在当时是热点，今天仍值得文学史关注。

任慧是我的硕士生，或讨论问题，或读其文章，多觉通透。2000年，我在河北大学主持召开《文心雕龙》年会，任慧做会务，待人接物，颇得与会学者好评，真是人如其名，是个聪慧学生。后来考到北京师范大学张海明先生名下攻读博士学位，得到张先生精心指导，学业颇精进，并得进入中国艺术研究院做专职研究人员。对于女学生，我一直主张先家庭后学业，任慧家庭幸福，治学又不断进步，以其聪慧把此二者处理得很圆满。如今她修改好书稿出版，向我求序，我高兴地写了上面的话，算是我的祝贺与鼓励。

2019 年 6 月 25 日

目　录

引 言

由“重写文学史”说起

“一切历史都是当代史”，这是意大利著名史学家克罗齐在1917 年提出的著名命题，表明历史的发展是客观存在并且生生不息的，当下转瞬就成为过去，走入了时间的长河之中。作为不断变动的本体，希望人类能够运用不断更新的主体思维，不断地给予这些逝去的光阴以智慧的全新诠释。这就赋予“重写”以切实的现实意义。具体而言：“没有一部历史能让我们完全得到满足，因为我们的任何营造都会产生新的事实和新的问题，要求新的解决，因此，罗马史，希腊史，基督教史，宗教改革史，法国革命史，哲学史，文学史以及其他一切题目的历史总是经常被重写，总是重写得不一样。”[①] 不谋而合，历史学家杜威也曾指出：“历史无法逃避其本身的进程，因此，它将一直被人们重写。随着新的当前的出现，过去就成了一种不同的当前的过去。”[②]

文学史的内涵容量十分丰富，似乎并没有一个皆准的确指，但无论如何，不能排除其与历史的分支关系。正如上文克罗齐所说，因而“一切历史都是当代史”的论断同样适用于文学史。由此，文

---

① 克罗齐：《历史学的理论和实践》，商务印书馆，1982，第 31 页。
② 约翰·杜威：《逻辑：探究的理论》（1938），傅任敢译，转引自《美国文学的周期·序》，上海外语教育出版社，1990，第 7 页。

学史就并非是相关文学史料的简单堆砌和机械梳理，而需要人们立足于所处时代，依据当时的文学观念和历史观念，对曾经的文学发展进行新的书写。"文学史"也需要"重写"。这样，"一代有一代之文学"的论断，也就可以引申为"一代有一代之文学史"，当然，这里的前一个"一代"代表"当下"，后一个"一代"代表过去。

需要重写的文学史，在当代中国，走过了怎样的历程呢？

中国"重写文学史"的口号诞生于现代文学研究界。1988 年夏出版的《上海文论》第 4 期，开辟了"重写文学史"的专栏，主持者为陈思和与王晓明。虽然大多数学者认为早在 1985 年，由黄子平、陈平原和钱理群三位学者发表的《20 世纪中国文学》，提出构建"二十世纪中国文学"的畅想已然是这轮重写文学史的发端，但是正像火山的运动那样，之前的蠢蠢欲动，迎来了那一刻的喷薄：《上海文论》"重写文学史"专栏的开辟，随后激起的波及当代文学、古代文学和外国文学研究界的大规模理论探讨和写作实践，标志性意义确凿无疑。

关于开辟专栏的目的和宗旨，陈思和与王晓明两位学者明确指出："重写"，不是把"颠倒的历史再颠倒过来"，不是"把过去否定批判的作家作品重新加以肯定，把过去无条件肯定的东西加以否定"①，不是"要在现有的现代文学史著作行列里再多出几种新的文学史"，也不是"在现有的文学史基础上再加几个作家的专论"②，而是"重新研究、评估中国新文学重要作家、作品和文学思潮、现象"，"探讨文学史研究多元化的可能性"，"通过激情的反思给行进中的当代文学发展以一种强有力的刺激"③，"刺激文学

---

① 陈思和、王晓明：《关于"重写文学史"专栏的对话》，《上海文论》1989 年第 6 期。
② 陈思和：《关于"重写文学史"》，《文学评论家》1989 年第 2 期。
③ 陈思和、王晓明：《关于"重写文学史"专栏的对话》，《上海文论》1989 年第 6 期。

批评气氛的活跃，冲击那些似乎已成定论的文学史结论，并且在这个过程中激起人们重新思考昨天的兴趣和热情"，最终达到"改变这门学科原有的性质，使之从从属于整个革命史传统教育状态下摆脱出来，成为一门独立的、审美的文学史学科"①。

在随后的时间里，"重写文学史"受到了强烈的关注。1988年11月，在《上海文论》的邀请下，王瑶、鲍昌、严家炎、谢冕、何西来、吴福辉、钱理群等多位学者齐聚北京，畅谈重写文学史的势在必行和理所当然，指出专栏的开设，不仅证明了文艺评论界思想的开放和活跃，也体现了学术思想的自觉。"重写文学史"对独尊一元的文学史观所进行的冲击，为今后文学史家的立论开阔了视野，为文学史的多元化格局提供了新的思维材料。② 王瑶、唐弢等知名现代文学史作者也纷纷发表文章表示对"重写文学史"的欢迎。③《上海文论》连续九期共刊发了对重写现当代文学史进行思考的研究论文40余篇。之后由于多方面的原因，不仅专栏被取消，该刊物也停办。但重写文学史的讨论并没有停止。海外的《今天》杂志开辟了同名专栏，"从1991年三、四期开始一直到1996年，几乎每一期都有一两篇文章在此栏目下发表，1993年第4期还推出《重写文学史专辑》"。④ 近邻日本的中国现代文学研究权威刊物《野草》，也曾刊发一组关于"重写文学史"的评论。⑤ 现实的探讨与实践明显比专栏拥有更长久旺盛的生命力。鉴于专栏的本意，即"重新研究、评估中国新文学重要作家、作品和文学思潮、现象"，

---

① 陈思和：《关于"重写文学史"》，《文学评论家》1989年第2期。
② 《"重写文学史"专栏激起热烈反响》，《上海文论》1989年第1期。
③ 王瑶：《文学史著作应该后来居上》，《上海文论》1989年第1期。唐弢：《关于重写文学史》，《求是》1990年第2期。
④ 周立民：《重写文学史》，《南方文坛》2000年第5期。
⑤ 殷宋玮：《立志重写文学史的人——访华东师范大学中文系王晓明教授》，《联合早报》副刊1998年10月25日。

从审美和当代视角出发刊发的文章多是对具体作家作品的重新解读。而进入 20 世纪 90 年代以来，现代文学学界也已经不再满足于此，而是将目光投向"从理论上对文学史的构成及构成方法进行探讨，'重写文学史'已由当年的一句口号转化为大批颇具建设性的实际成果"①，一大批具有重写性质的著作相继问世。

中国古代文学学界对"重写文学史"的着眼点，同现当代文学不同。古代文学史的写作，由于年代久远且内容丰富，所受社会政治意识形态的拘囿制约，似乎不及现当代文学。因而其重构的不同在于，现当代文学学界在《上海文论》开辟"重构文学史"的专栏，其本意即在于"重新研究、评估中国新文学重要作家、作品和文学思潮、现象"；而古代文学学界在受到西方和国内现当代及外国"重写"的启发后，所希冀的"重写"更集中在学科体系的观念问题上面，尤其是中西冲突，或者说传统文学史书写和现代学科意义中文学史的书写差异。

早在 1983 年，《光明日报》就开展了关于文学史编写的讨论。在四个月的时间里，一些学者发表了关于对文学史的目的和宗旨等问题的较为朴素的看法。在现当代文学研究界大张旗鼓宣扬"重构文学史"的理念时，处于"重写文学史"的浪潮中心上海的古代文学专家徐中玉就明确了自己的立场，认为提出"重写文学史"是对历史负责，以恢复历史本来面目，而不是一时的标新立异、哗众取宠。② 1990 年，《文学遗产》开辟"文学史与文学史观"专栏，并与广西师范大学共同举办了名为"文学史观与文学史"的大型研讨会。③ 之后的两年间，专栏刊发了一批学者的专题论文，并举行了一系列探讨文学史相关理论的会议，引发了学界的广泛关注和参

---

① 周立民:《重写文学史》,《南方文坛》2000 年第 5 期, 第 51 页。
② 徐中玉:《对历史负责》,《文艺报》1989 年 5 月 27 日。
③ 胡大雷:《"文学史观与文学史"学术研讨会》,《文学遗产》1991 年第 1 期, 第 96 页。

与。赵明和赵敏俐是中国古代文学领域内较早关注文学史重构的学者，1992 年二人就曾撰文，指出古典文学研究领域悄然兴起的"重写文学史"的学术思潮，对弘扬民族优秀文化传统和建设社会主义新文学，特别是对于全国高校文科教材的更新换代，具有十分重要的现实意义。至于重构文学史的方法问题，论者认为："重构中国文学史，应该坚持以历史唯物主义为'本根'，以文化学、美学、语言学、心理学为'枝叶'的新的中国文学史理论体系。着重解决好文学史观、文学中介论和文体论三个理论问题。其中文学史观是根本问题，中介理论是对主体论与客体论的综合扬弃，文体论是回答文学自身的问题，三者有机结合。在理论构想的基础上，还应确定与之相应的'系统、综合、比较'的三维动态结构，以之对应上面的三个基本理论。在马克思主义指导下，进入文学史观和文学史论的宏观理论领域。"① 在两位学者其后出版的《先秦大文学史》中，"重构"观念得到了比较好的应用。而在 '94 漳州文学史观与文学史学研讨会上，赵敏俐继续指出：只有文学观念的更新，才会带来文学史编写的突破，当前人们呼吁"重写"文学史的要义也在这里。② 杨庆辰指出，不论是为教学需要还是供一般阅读的文学史，都需要本着向读者提供介绍客观文学史实的目的而编纂。"通行文学史往往由两部分组成，一是包括作家、作品、流派、思潮等文学史实，二是编写者对史实的评论。前者具有史学性质，后者具有诗学性质。"在这一认识的前提下，对于"重写文学史"的口号就很有必要进行具体的分析。古代文学史，不属历史范畴的史实评论部分，是可以不断"重写"的；而文学史实，"除对被有意

---

① 赵明、赵敏俐：《关于文学史重构的理论思考》，《吉林大学社会科学学报》1992 年第 4 期，第 61~66 页。

② 苏澄：《'94 漳州文学史观与文学史学研讨会纪要》，《文学遗产》1994 年第 5 期，第 18 页。

歪曲者外，是不能动辄'重写'的。除非是有重要材料的新发现才可谈改写"①。孙明君通过对 20 世纪《中国文学史》的回顾与瞻望，提出了对"重写文学史"的基本看法。第一，"重写文学史"是历史的必然，新的材料在不断发掘，"文本"的意义与范围不是封闭的而是开放的，研究者所处时代的文化氛围是变动不居的，研究者自身的价值体系、兴趣焦点、认识取向、理解能力亦处于变化之中，是故，文学史著作不会一成不变，相反，它不仅需要重写，而且需要不断地重写。第二，"重写文学史"必须放弃建立一元论的解读模式的幻想，树立多元化的文学史观，撰写出具有个性化的文学史著作。后者是"重写文学史"的关键之所在。②

代表上述观点的学者在观念上都支持"重写文学史"，但落实到书写实践中，则遇到有名无实的情况。复旦大学教授章培恒、骆玉明主编的三卷本的《中国文学史》，在某种程度上，可以看作"重写文学史"在古代文学领域的产物，试图从人性的角度来探讨文学规律，好评如潮。但"遗憾的是，像过去的文学史著作一样，章编文学史分期的标准依然是取决于王朝的更替，而不是依据文学自身的嬗变规律"③，章培恒自己也认为尚有不尽如人意的地方④，究其原因，正是："在中国文学史的编写中就发生了一个有趣的现象，那些努力追求新的学术思想和新的学术范式的中国学者们，实际上要通过两重媒介来理解和建立中国文学史的格局：一重媒介便是翟理士这样的英国汉学家，古城贞吉、儿岛献吉郎这样的日本汉学家，通过他们来学习文学史的叙述语言以及中国文学史的描写方

---

① 杨庆辰：《论文学史的史学品格》，《北方论丛》2000 年第 2 期，第 53~54 页。
② 孙明君：《追寻遥远的理想——关于 20 世纪〈中国文学史〉的回顾与瞻望》，《北京大学学报》（哲学社会科学版）1997 年第 1 期，第 55 页。
③ 孙明君：《追寻遥远的理想——关于 20 世纪〈中国文学史〉的回顾与瞻望》，《北京大学学报》（哲学社会科学版）1997 年第 1 期，第 54 页。
④ 黄理彪：《如何重写文学史——访章培恒教授》，《文史哲》1996 年第 3 期，第 100 页。

法；另一重媒介则是返身到中国古人的诗文理论中去，寻找其可与文学史沟通的地方，通过由传统印证的手段，来认知和接受西方化的中国文学史图景。这种有趣的现象，有点像郭绍虞对当时新体诗的判断，'其动机固是受外来文学的影响，其风格却仍有其历史上的渊源'。"①再进一步解释，郭绍虞曾经指出："一般文学史家对于文学所下的定义，原有广狭之殊。旧时倾向在广义的方面，于是以学术为主体，经史子集都成为研究的中心；很有几种文学史可以代表这方面。近来又倾向于狭义方面，于是以纯文学为主体，侧重在诗歌、小说、戏曲这方面，而中国文学史的前半部分，几乎只是以诗歌为中心了。实则由文学史的研究言，故应以纯文学为中心，然而这只是现代人对于文学的见解，昔人固未必如此，——至少，未必完全如此。研究从前的文学史而忽略了当时人对于文学的见解，用现在的尺度，以衡量从前的情形，有时也不免不合事实的。最低限度，经史子方面（《诗经》除外）虽不必是文学史研究的主要材料，然而由以窥测文学见解之由来与转变，由以窥测与他种文学所生之关系或影响，使文学史上的因果关系，更能明显地正确地指出，也不能不认为极重要的材料。"②

　　古代文学史"重写"，或者就是"书写"的矛盾，至此就非常清晰了：一方是西方现代学科理念，一方是传统经验范式；一方需要学习借鉴，一方需要寻绎尊重。中国文学史作为一个学科的教材，自诞生之日起，就置身在对以西方为主体的世界文学的不断认识的语境之中，但事实上，欲求使用西洋语言和逻辑架构于繁复恢宏的中国传统文学史料之上，远非易事。一个民族的学术思想具有

①　戴燕：《怎样写中国文学史——本世纪初文学史学的一个回顾》，《文学遗产》1997年第1期，第10页。
②　郭绍虞：《怎样研究中国文学史》，见《读书指导》第三辑，商务印书馆，1947，第362~363页。

明确的地域性，不论从微观还是宏观进行另一种逻辑和语言的转换，都会如同全身换血一样困难，稍有不慎便会水土不服。所以，这些文学史书写的先行者必然遇到的就是如何认识文学的问题，从西方移植过来的文学史所涵盖的文学范畴概念和传统的文学观念异同十分明显，相同之处自然令人欣喜，可是明显的差异又该如何处理？是尊重几千年来的文学史书写传统，还是用西方的文学史规则切割传统的文学史书写习惯？"研究从前的文学史忽略了当时人对于文学的见解"，这是我们已经发生的疏漏，它的性质很像一句人们十分熟知的俗语——"万丈高楼平地起"，因为细细思量，高厦拔地而起之前，最重要的工作乃是挖掘地基，地基的必要性和海拔成正比。同理，忽略了时人的文学见解，忽略了时人的文学史著述，就像是改造楼房时忽略了地基的修建，都是大忌。

毫无疑问，文学史作为一门学科，作为一个概念，不是中国本土的特色产物。"舶来品"的限定使大量的国人认为，拥有几千年文明的中国没有自己的"文学史"。同时，为了证明古老厚蕴的华夏文明不乏"文学史"，便把我国传统文学大量丰富的发展演变的事实五马分尸、大卸八块，虽始终难以做到庖丁解牛般游刃精细，却也在百年的时间内，"创造"出数以千计的"文学史"著作。为了能与西方文学呈现的历史发展模式相呼应，早期的"中国文学史"书写或者将中国文学的缘起塞进世界文学演进之模式，一改刘勰坚持的"鸟迹代绳，文字始炳"的常规；或者将文学发展视为有机体的生命，推翻刘勰以经为宗的论断；又或者参照西方以诗歌、小说、戏剧为文学史中心的模式，发掘自古就被国人广为忽视的小说、戏曲，扩大了文学内部的门类体裁。但因为传统学术的多年浸润，所以不由自主地就会沿着"辨章学术、考镜源流"的思路，以传统目录学的知识体系为根基，常常借鉴《四库全书总目提要》关于集部的那些内容。虽然当时诸位文学史家之间没有停止中西关于文学史思维和逻辑所关涉的诸多问题的探讨和实践，但就像拿来一个号称标准的四方格来嵌入坚固持久的九宫格，无论如何调整，总是很难找到合适的角度来冲破那些天生的藩篱。

其实，"当时人对于文学的见解"才是有中国特色的文学史最需要了解、认识、厘清和尊重的问题。因为文学是人学，文学史的书写所依赖的是人的体悟，中国古代文学史家一直肆意地享受和书写着文学的力量和美丽，几无受到官方力量的约束和引导，所以我们应该做的，是抛开现代人的主观想象，摆脱西方学科体系的束缚，尝试寻绎真正诞生于中国的传统文学史书写范式，因为只有认清自己，才能避免盲目崇拜导致的胡乱嫁接以及最终带来的水土不服，甚至是不伦不类。

第一章

文学史与书写

第一节　中国传统文学史书写的相关背景与范畴

一　史学独立与文学自觉

人们常说的"历史"一词，其实包含两重意蕴：一是指以此刻为时间点，之前发生的一切事情，是客观存在过的，不会因为任何主体的介入而转移；二是指人类对客观存在过的史实的认识和总结，是主观的记载和保留。历史绵延无限久远，人类寿命有始有终，每一个人、每一代人都在创造着史实，但史实又不具备自我留存和延续性，于是下一代人所看到的，都是以客观事实为基础的主观的历史。梁启超在《新史学》中指出："历史者，叙述进化之现象也"，"历史者，叙述人群之进化现象也"，"历史者，叙述人群进化之现象而求得公理公例者也"。① 胡哲敷也曾言："史，是过去成绩的记载。"② 英国学者海因兹和赫斯特也曾说过："历史的对象

① 梁启超：《饮冰室合集·文集之九·新史学》，中华书局，1989，第7~10页。
② 胡哲敷：《史学概论》自序，中华书局，1935，第1~2页。

是什么？尽管历史学家和哲学家连篇累牍、含糊其词或限定修饰，但十分简单，凡是过去的东西，都是历史的对象。"① "被称作西方'历史之父'的希罗多德所撰写的古代希腊波斯战争史，以History 为书名，其本意就是'调查和探究'、是对于过去事件的记述以及这些事件相互关系的探索。"② 在这里，学者们都把历史看作第二重意义。本文中出现的"历史"一词，如无特殊说明，也均取此义。

任何一个社会个体都可以对曾经发生的事情做出自己的判断和认识，但这种工作更多的是由历史学家来完成的。历史学家关于历史书写的工作，一般通过编著史籍来完成。而这一工作，在魏晋南北朝时期迎来了前所未有的盛况，正所谓"百学芜秽而治史者独盛"③。白寿彝评价这一时期史书数量多、史书种类多和私人修史多。④ 瞿林东也认为这一时期"撰史风气旺盛，史家辈出，史书数量剧增、内容丰富、种类繁多"⑤。几代学者的认识几无差异。从史书数量来看，据《隋书·经籍志》记载，史部著录隋前史书共 13类 874 部，16558 卷⑥，其数量远远超过了《汉书·艺文志》所著录 12 种 552 篇史书的规模。如此泱泱大国之态，背后的原因非常明确，就是史学作为一门学科，逐渐脱离经学的束缚，除去文学的审美因素，终于获得了独立的地位。

我国古代早期并没有学术分类的概念，甚至于图书分类也是到

---

① 海因兹、赫斯特：《前资本主义生产模式》，见王逢振、盛宁、李自修编《最新西方文论选》，漓江出版社，1991，第 416 页。

② 姜义华、瞿林东、赵吉惠：《史学导论》，复旦大学出版社，2003，第 1 页。

③ 梁启超：《中国历史研究法》，上海古籍出版社，1998，第 16 页。

④ 白寿彝：《中国史学史》，上海人民出版社，1986，第 57 页。

⑤ 瞿林东：《中国简明史学史》，上海人民出版社，2005，第 32 页。

⑥ 魏徵等：《隋书卷三十三·志第二十八、经籍志》，中华书局，1973，第 992 页。清人姚振宗《隋书经籍志考证》统计称："实在著录八百三部，附著亡书六十四部，通计八百六十七部。"参见《二十五史补编》第 4 册，中华书局，1955。

了西汉时期，由刘向、刘歆父子始创立的。二人之《七略》《别录》虽已亡佚，其成果却被班固所吸收接纳。但《汉书·艺文志》中仍然没有史书类，而是将史书归入"六艺略"和"诸子略"之下。历史上首先为史部正名的是魏人郑默。郑默，字思元，为魏之秘书郎，史官是也。其所著之《中经簿》"分为四部，总括群书"，以整理曹魏之海量藏书。随后，经由西晋荀勖之《中经新簿》和东晋李充的继续整理编次，史部才获得了仅次于经部的重要位置。清钱大昕《元史艺文志》序中详细地说明了这一过程的递嬗情况："晋荀勖撰《中经簿》，始分甲、乙、丙、丁四部，而子犹先于史①。至李充为著作郎，充分四部；五经为甲部，史记为乙部，诸子为丙部，诗赋为丁部，而经、史、子、集之次始定。"② 由此，"中国史学从兴起以后，曾一度附属于经学"③ 的历史宣告结束。

曾经的附庸，一朝独立，成长起来便蔚为大观。"东晋南朝士人在学术上所走的路不外儒、玄、文、史四学。史学既是时人事业的一种，私家得撰写史书，又还没有官修的限制，因之，东晋南朝史学甚盛。"④ 世间没有无源之水，无本之木。史学在魏晋南北朝时期的蓬勃发展，有其自身的原因。历代的史家给出了多种解释，其中最为普遍的看法或是帝王的需要和提倡。

首先，从汉末军阀混战到有隋一统天下长达四个世纪的时间段限中，中国社会政权更迭相当频繁，从魏蜀吴三国分立、两晋交替到十六国混战，再从南朝宋、齐、梁、陈到北朝之北魏、东魏、西

---

① 魏徵等：《隋书卷三十二·志第二十七·经籍志一》记载："秘书监荀勖，又因《中经》，更著《新簿》，分为四部，总括群书。一曰甲部，纪六艺及小学等书；二曰乙部，有古诸子家、近世子家、兵书、兵家、术数；三曰丙部，有史记、旧事、皇览簿、杂事；四曰丁部，有诗赋、图赞、《汲冢书》。大凡四部合二万九千九百四十五卷。但录题及言，盛以缥囊，书用细素。至于作者之意，无所论辩。"中华书局，1973，第906页。
② 钱大昕：《补元史艺文志》（修订本）第2编，中华书局，1985，第1页。
③ 瞿林东：《中国史学史纲》，北京出版社，1999，第225页。
④ 范文澜：《中国通史简编》（修订本），人民出版社，1964，第420页。

魏、北齐、北周，大约三十个政权相继登上历史舞台，封建史上似乎再难以找到这样的一个时期。王朝虽然短命，但每一位初上任的统治者无一不希望击败残存或潜在的敌对势力，以实现家族统治的长治久安。这个时候，除了军事力量和手腕，尤其需要的就是修史。通过撰写史书，统治者可以为自己在战乱频仍中拔得头筹提供"合法"的事实依据，即使不光彩的事件，也可以经由史官的粉饰，进而获得更广泛的民众支持；他们更需要的是通过回顾前朝历史，总结其失败衰亡的经验教训，为我所鉴，"以史为镜，可知兴衰"，以加强和巩固其统治，避免重蹈覆辙的厄运。"古之帝王建鸿德者，须鸿笔之臣。褒颂纪载，鸿德乃彰，万事乃闻。"① 由此，魏晋南北朝时期，史籍大盛，史家辈出。这一时期的统治者及其家族内部，不仅大力提倡史官修史，而且亲身投入史书的编纂工作中。根据"《隋书·经籍志》中著录与记载的六朝时期帝王及其子弟们每所修撰的部分史籍"②，涉及晋宋齐梁四朝 14 位帝王及子弟共计 28 部史著，宋明帝、梁武帝、简文帝、萧子显、萧子云等为后人熟知的统治者赫然在列。

其次，史官建置与修史政策在这一时期也进入了良性发展的轨道。我国史官建置源远流长，"古之王者世有史官，君举必书，所以慎言行，昭法式也。左史记言，右史记事，事为《春秋》，言为《尚书》，帝王靡不同之"③。吕思勉也指出："人类生而有恋旧之情，亦生而有求是之性。惟恋旧，故已往之事，必求记识而不忘；惟求是，故身外之物，务欲博观以取鉴。故史官之设，古代各国皆有之。"④ 我国史官传统虽有着悠久的历史，但也不是天生完美的。

---

① 王充：《论衡·须颂第六十》，上海人民出版社，1974，第 307 页。
② 郝润华：《六朝史籍与史学》，中华书局，2005，第 142 页。
③ 班固：《汉书卷三十·艺文志第十》，中华书局，1962，第 1715 页。
④ 吕思勉：《史学四种》，上海人民出版社，1981，第 139 页。

刘知几《史通·史官建置》有云："寻自古太史之职，虽以著述为宗，而兼掌历象、日月、阴阳、历算、管数。"① 可见早期史官的职责范围十分芜杂。汉代史书编写，多集中在东观，虽设有著作郎，却是有名无官。曹魏时期，史官制度逐渐走入正轨，开始设置专职的修史官员——著作郎。"当魏太和中，始置著作郎，职隶中书，其官即周之左史也。"② 两晋时期，承袭曹魏著作郎之官制，"晋代之书，系乎著作"③，并出现大著作郎与佐著作郎之进一步细分，《宋书·百官志》记载："惠帝复置著作郎一人，佐郎八人，掌国史。……著作郎谓之大著作，专掌史任。"刘宋以后改名为著作佐郎。齐、梁、陈三朝又出现修史学士和撰史学士。"齐、梁二代又置修史学士。陈氏因循，无所变革"④，"撰史学士，亦知史书"（《隋书·百官志》）。魏晋南北朝时期设立了专门的修史机构，集中优秀人才专门从事史书的编修，分工逐渐明晰，制度渐趋完善。在这样良好的机制下，魏晋南北朝时期产生了一批优秀的史家，刘知几在《史通》中举出"中朝之华峤、陈寿、陆机、束皙，江左之王隐、虞预、干宝、孙盛，宋之徐爰、苏宝生，梁之沈约、裴子野……（陈）刘陟、谢昊、顾野王、许善心"等十六人，认为他们"史官之尤美，著作之妙选也"，给予了很高的评价⑤。这些史家着实优秀，但是还是有些今天熟知的史家并未包括其中，比如《后汉书》之范晔、《南齐书》之萧子显，其著作都是被后世定为

---

① 刘知几：《史通通释卷十一·外篇·史官建置第一》，浦起龙释，王煦华整理，上海古籍出版社，2009，第284页。
② 刘知几：《史通通释卷十一·外篇·史官建置第一》，浦起龙释，王煦华整理，上海古籍出版社，2009，第287页。
③ 刘勰：《文心雕龙注·史传第十六》，范文澜注，人民文学出版社，1958，第285页。
④ 刘知几：《史通通释卷十一·外篇·史官建置第一》，浦起龙释，王煦华整理，上海古籍出版社，2009，第288页。
⑤ 刘知几：《史通通释卷十一·外篇·史官建置第一》，浦起龙释，王煦华整理，上海古籍出版社，2009，第288页。

正史的重要史书，为何刘知几在这里置若罔闻呢？这就涉及魏晋南北朝一个重要的修史政策，或者说是重要的修史现象，那就是私修史书。魏晋南北朝时期，私修史书风气大盛。瞿林东称他们是"在野"史家，以区别具备史官之职的史家①。如今可考的史书有陈寿《三国志》、袁宏《后汉纪》、裴松之《三国志注》、臧荣绪《晋书》、范晔《后汉书》、萧子显《南齐书》、吴均《齐春秋》等多部。诚然，私家修史之风早已有之，孔子之《春秋》便是第一部私人撰述的史书，对后世史学影响深远。而此风独于魏晋南北朝时期格外盛行，正如金毓黻所言："官修之史，十才一二，私修之史，十居八九。"② 这种情况除了说明这一时期具有良好的史学风气外，也印证了朝廷对于史官制度和修史政策的开明。③

与此同时，不论"汉音"还是"魏响"，两汉魏晋之际，文学的自觉时代已悄然来临，蔚为大观的繁荣无可比拟。史官的建置和史学的独立促进了史学的发展。魏晋南北朝时期，文学同史学一样也获得了独立的地位，刘宋明帝所设四科，便包括儒、玄、文、史。《宋书·隐逸传》记载："元嘉十五年，（文帝）征次宗至京师，开馆于鸡笼山，聚徒教授，置生百余人。会稽朱膺之、颍川庾蔚之并以儒学，监总诸生。时国子学未立，上留心艺术，使丹阳尹何尚之立玄学，太子率更令何承天立史学，司徒参军谢元立文学，凡四学并建。车驾数幸次宗学馆，资给甚厚。"④ 从国家机构建置的

---

① 瞿林东：《中国史学史纲》，北京出版社，1999，第223页。
② 金毓黻：《中国史学史》，河北教育出版社，2000，第104页。
③ 也有学者指出六朝时期修史风盛行的原因在于史官失守。唐初史家指出："史官废绝久矣。魏、晋以来，其道逾替。南、董之位，以禄贵游，政、骏之司，罕因才授。……于是尸素之俦，盱衡延阁之上，立言之士，挥翰蓬茨之下。一代之记至数十家，传说不同，闻见舛驳。"（《隋书·经籍志史部序》，中华书局，1973，第992~993页）宋人高似孙也说："灵、献以来，天下大乱，史官失守。天下之士，老于笔削、俊于辞翰者，往往各因闻见，见诸纂修。代不乏才，争自骋骛。作者之众，盖如此欤！"（《高似孙集》，王群栗点校，浙江古籍出版社，2015，第351~352页）。
④ 沈约：《宋书卷九十三·列传第五十三·隐逸传》，中华书局，1974，第2293~2294页。

角度讲，文学似乎不逊于史学。但是执掌文学的官员对于文学发展的促进作用，似乎远远落后于史官，这可从何承天和谢元二人名留史书的记载窥见端倪。

考索《宋书》，共有关于何承天的记述九十余条，其中《宋书·何承天传》中出现约四十次，其余五十次出现于《宋书》其他十八个章节中，包括史书、史籍、历法、礼仪等方面，总之都紧紧扣住了"史"这个字眼，不辱宋文帝令其"立史学"之使命。比如：

> 《宋书·何承天传》："何承天，东海郯人也。……幼渐训议，儒史百家，莫不该览。……十六年，除著作佐郎，撰国史。……先是《礼论》有八百卷，承天删减并合，以类相从，凡为三百卷，并《前传》、《杂语》、《纂文》、论并传于世。又改定《元嘉历》，语在《律历志》。"①

> 《宋书·文帝纪》："二十二年春正月辛卯朔，改用御史中丞何承天《元嘉新历》。"②

> 《宋书·恩幸》："先是元嘉中，使著作郎何承天草创国史。"③

> 《宋书·志序》："元嘉中，东海何承天受诏纂《宋书》，其志十五篇，以续马彪《汉志》，其证引该博者，即而因之，亦由班固、马迁共为一家者也。其有漏阙，及何氏后事，备加搜采，随就补缀焉。渊流浩漫，非孤学所尽；足蹇途遥，岂短策能运。虽斟酌前史，备睹妍嗤，而爱嗜异情，取舍殊意，每

① 沈约：《宋书卷六十四·列传第二十四·何承天传》，中华书局，1974，第1701~1711页。
② 沈约：《宋书卷六十五·本纪第五·文帝纪》，中华书局，1974，第93页。
③ 沈约：《宋书卷九十四·列传第五十四·恩幸传》，中华书局，1974，第2308页。

含豪握简，杼轴忘餐，终亦不足与班、左并驰，董、南齐辔。庶为后之君子，削稿而已焉。"①

《宋书·礼志二》："元嘉二十三年七月，白衣领御史中丞何承天奏：……臣闻丧纪有制，礼之大经；降杀攸宜，家国旧典。古之诸侯众子，犹以尊厌；况在王室，而欲同之士庶。此之僻谬，不俟言而显。太常统寺，曾不研却，所谓同乎失者，亦未得之。宜加裁正，弘明国典。"②

《宋书·五行志五》："宋文帝元嘉十八年秋七月，天有黄光，洞照于地。太子率更令何承天谓之荣光，太平之祥，上表称庆。"③

而关于谢元之记载与之相比可谓相形见绌，仅有四条，且无专传，很难看出其与"立文学"这一职务有何关联。

《宋书·何承天传》："承天与尚书左丞谢元素不相善，二人竞伺二台之违，累相纠奏。"④

《宋书·王弘传》："殿中郎谢元议谓：'事必先正其本，然后其末可理。本所以押士大夫于符伍者，所以检小人邪？为使受检于小人邪？案左丞称士庶天隔，则士无弘庶之由，以不知而押之于伍，则是受检于小人也。然则小人有罪，士人无事，仆隶何罪，而令坐之。若以实相交关，贵其闻察，则意有未因。何者？名实殊章，公私异令，奴不押符，是无名也，民乏赟财，是私贱也。以私贱无名之人，豫公家有实之任，公私

① 沈约：《宋书卷十一·志第一·志序》，中华书局，1974，第 205~206 页。
② 沈约：《宋书卷十五·志第五·礼志二》，中华书局，1974，第 399~400 页。
③ 沈约：《宋书卷三十四·志第二十四·五行志五》，中华书局，1974，第 990 页。
④ 沈约：《宋书卷六十四·列传第二十四·何承天传》，中华书局，1974，第 1710 页。

混淆，名实非允。由此而言，谓不宜坐。还从其主，于事为宜。无奴之士，不在此例。若士人本检小人，则小人有过，己应获罪，而其奴则义归戮仆，然则无奴之士，未合宴安，使之输赎，于事非谬。二科所附，惟制之本耳。此自是辩章二本，欲使各从其分。至于求之管见，宜附前科，区别士庶，于义为美。盗制，按左丞议，士人既终不为兵革，幸可同宽宥之惠，不必依旧律，于议咸允'。"①

《宋书·礼志四》："元嘉七年四月乙丑，有司奏曰：《礼·丧服》传云：'有死于宫中者，则为之三月不举祭。'今祫祀既戒，而掖庭有故。下太常依礼详正。太学博士江邃、袁朗、徐道娱、陈珉等议，参互不同。殿中曹郎中领祠部谢元议以为：'遵依《礼》传，使有司行事，于义为安。'辄重参详。宗庙敬重，缔祀精明。虽圣情罔极，必在亲奉。然苟曰有疑，则情以礼屈。无所称述，于义有据。请听如元所上。诏可。"②

《宋书·隐逸传》："元嘉十五年，征次宗至京师，开馆于鸡笼山，聚徒教授，置生百余人。会稽朱膺之、颍川庾蔚之并以儒学，监总诸生。时国子学未立，上留心艺术，使丹阳尹何尚之立玄学，太子率更令何承天立史学，司徒参军谢元立文学，凡四学并建。车驾数幸次宗学馆，资给甚厚。"③

文学与史学被官方承认独立地位，并且都有迅猛的发展，但执掌文学的官员在个人文学修养和履行职务这两方面，均不及执掌史学之官员，这在一个方面导致了史书和史学的大发展。究其原因，

① 沈约：《宋书卷四十二·列传第二·王弘传》，中华书局，1974，第1319页。
② 沈约：《宋书卷十七·志第七·礼志四》，中华书局，1974，第463页。
③ 沈约：《宋书卷九十三·列传第五十三·隐逸传》，中华书局，1974，第2293~2294页。

也间接从一个侧面涉及社会认同的角度，历史的作用与文学作用的区别。

二 历史的作用与书写之文学史

世人对史之作用的认识超越了地域时空，达到了惊人的相似。西方著名的历史学家希罗多德在其《历史》一文中也提到"把他们发生纷争的原因给记载下来"①，声明著史的目的是总结经验，垂戒后世。黑格尔也曾说过："人们常从历史中希望求得的道德的教训，因为历史家治史常常要给人以道德的教训。"②

中国史学的始祖孔子出于维护和强化国家的统治秩序的需要，提出"殷鉴不远"（《诗·大雅·荡》），确立了史学的鉴戒思想。在王朝的兴亡更替中，见盛观衰、鉴往知来成为史学最主要的功用与目的。《论语·学而》有曰："告诸往而知来者。"《论语·为政》："虽百世可知也。"《墨子·非攻》也言："古者有语：谋而不得，则以往知来，以见知隐。"司马光更是将"以鉴于往事，有资于治道"③ 直接显示于书名，《资治通鉴》由此而来。可见，从历史实际出发，承认历史的发展变化，试图推究并彰显规律，作为借鉴，查知未来，是我国传统史学的一贯共有之认识和优良传统。西汉司马迁在《史记·太史公自序》中提出"网罗天下，放矢旧闻，王迹所兴，原始察终，见盛观衰"④，以"述往事，思来者"⑤。东汉班固则有"切于世事"⑥、"明鉴戒"⑦ 和"备温故知新义"⑧ 的

① 希罗多德：《历史》，王以铸译，商务印书馆，2007，第1页。
② 黑格尔：《历史哲学》，王造时译，上海书店出版社，2001，第6页。
③ 胡三省：《新注资治通鉴序》，中华书局，1957。
④ 司马迁：《史记卷一百三十·太史公自序第七十》，中华书局，1959，第3319页。
⑤ 司马迁：《史记卷一百三十·太史公自序第七十》，中华书局，1959，第3300页。
⑥ 班固：《汉书卷四十八·贾谊传第十八》，中华书局，1962，第2265页。
⑦ 班固：《汉书卷十四·诸侯王表第二》，中华书局，1962，第396页。
⑧ 班固：《汉书卷十九上·百官公卿表第七上》，中华书局，1962，第732页。

思想。西晋陈寿认为"辞多劝诫，名乎得失，有益风化"①。东晋
袁宏指出："史学之兴，所以通古今而笃名教也，今因前代遗事，
略举义教所归，庶以弘敷王道。"②强调史学的政治意义和借鉴作
用，从伦理上和政治上为维护封建统治服务。范晔在《狱中与诸甥
侄书》中表明著史是为了"以正一代之得失"③。沈约于《宋书·
自序》中明确提出"作鉴于后"的希望④，何之元《梁典》中也云
"垂鉴戒，定褒贬"⑤。刘知几也有"史之为务，申以劝诫，树之风
声"⑥的观点。统治者希望政权稳固，社会长治久安，于是需要以
史为鉴，史之作用因而和政治紧密地结合在一起，也由此获得了一
如既往的支持，历朝历代，相持相长。而文学则不然，偏于情感之
特征使其对社会稳定进步的功用远逊于史学，故而难以受到朝廷的
重视，从国家层面而言不及功用型学术及学科也是易于理解的。

那么文学的意义在哪里？文学史有什么作用？文学史和历史之
间有没有关联？

关于何为文学，古今中外各有所见，见仁见智。就我国而言，
简单而分，就是广义和狭义之别："旧时倾向在广义的方面，于是
以学术文为主体，经史子集都成为研究的中心；很有几种文学史可
以代表这方面。近来又倾向于狭义方面，于是以纯文学为主体，侧
重在诗歌、小说、戏曲这方面。"⑦那么何为文学史呢？几代文学史
研究者们给出了趋同的界定。陈介白认为："惟有说明历代文学的

① 房玄龄：《晋书卷八十二·列传第五十二·陈寿传》，中华书局，1974，第2138页。
② 袁宏：《后汉纪集校》自序，云南大学出版社，2008，第1页。
③ 范晔：《后汉书》，中华书局，1965，附录《狱中与诸甥侄书》。
④ 沈约：《宋书卷一百·列传第六十·自序》，中华书局，1974，第2467页。
⑤ 姚思廉：《陈书卷三十四·列传第二十八·何之元传》，中华书局，1972，第466页。
⑥ 刘知几：《史通通释卷七·内篇·直书第二十四》，浦起龙释，王煦华整理，上海古籍出版社，2009，第179页。
⑦ 郭绍虞：《怎样研究中国文学史》，《读书指导》第三辑，商务印书馆，1947，第362~363页。

变迁，使人得到历代文学变迁的清楚概念，方可值得称为文学史。"① 刘师培在《搜集文章志材料方法》一文中指出："文学史者，所以考历代文学之变迁也。"② 袁行霈于《中国文学史》总序中，给出了"一个最朴实无华的、直截了当的回答"，即"文学史是人类文化成果之一的文学的历史"，"文学史著作要在广阔的文化背景上描述文学本身演进的历程"。③ 上述观点都是从内容角度着眼，那么文学史的性质呢？或者说，文学史和历史的关系是什么呢？大多数学者都认可文学史就是文学的历史，是一种、一类或者一部分历史。刘经庵说："我以为文学史正是历史的一种，历史的重要性在说明各时代的变迁，文学史则是说明各时代之中的文学变迁罢了。"④ 郑振铎说："文学史乃是历史的一部分，乃是记录文学创作这种上层建筑的发展过程的，它乃是随着基础的变化而发生变化的。所以文学史的发展的过程，必须遵循一般历史的发展过程，别无和一般历史不同的发展过程。"⑤

但是正如同开篇即交代了历史的两重意蕴，关于中国文学史，首先也有两重指向：其一，呼应历史的第一重意蕴，就是客观存在过的关于文学的历史；其二，呼应历史的第二重意蕴，即"人类对客观存在过的史实的认识和总结，是主观的记载和保留"，这就是书写意义上的文学的变迁，用文字记录保留下来的关于文学的历史过程。但作为"中国文学史"，还必须提到第三重指向，那就是一门学科⑥。

中国文学史作为一门学科，始自近代。西方的坚船利炮不只敲

---

① 刘经庵：《中国纯文学史纲》陈介白所作序言，东方出版社，1996，第 1 页。
② 刘师培：《中国中古文学史讲义》，上海古籍出版社，2000，第 114 页。
③ 袁行霈主编《中国文学史》第一卷，高等教育出版社，1999，第 3 页。
④ 刘经庵：《中国纯文学史纲》陈介白所作序言，东方出版社，1996，第 1 页。
⑤ 《郑振铎文集》第七卷，人民文学出版社，1988，第 73 页。
⑥ 历史也有学科意义上的分类，因与本篇讨论范围有异，故不再延展。

开了中国的国门，还冲击了我们旧有的思想文化体系以及各项社会管理制度，其中之一就是教育。1898 年，中国历史上第一所现代意义的国立高等学府"京师大学堂"成立，经过 1898 年梁启超起草的《奏议京师大学堂章程》、1902 年张百熙拟定的《钦定京师大学堂章程》、1903 年张之洞主持的《奏定大学堂章程》这三大学堂章程的逐步完善，文学作为一门课程正式进入中国高等教育体系。1904 年，从福建来到京师大学堂任教的林传甲临危受命，以未及而立的年纪，投入三个多月的时间，编写了一部 7 万字左右的《中国文学史》讲义。在这部讲义中，林传甲认真遵守了《奏定大学堂章程》中对"中国文学史研究法"的详细规定，将文字音韵训诂、文章文法修辞甚至经史子全部囊括在内，既有对西方学理的模仿，又深陷于传统学术思维，虽然在古今中西之间显得步履维艰，但筚路蓝缕之功在中国文学史书写历程中牢牢占据重要一环。与此同时，在南方的苏州，成立于 1900 年的中国高等教育史上第一所西制大学——东吴大学也将文学课程列入教学计划，受聘于此的国文教授黄人也着手编写教材。相比于林氏，黄人已近不惑，面对国家的内忧外患，希望可以通过书写文学历史起到重塑国家形象的作用。所以在这本《中国文学史》中，他以西方文学为参照，对我国文学进行重新审视，其文学观念已然具有世界文学的视野。但由于是授课教材，随讲随编，所以大量引录原文，篇幅多达 170 多万字，所收范围，甚为庞杂，在一定程度上削弱了思考的力量。此后在北京先后有朱希祖、谢无量、胡适、郑振铎等人的著作问世，而以江浙沪为中心的南方则相继出现了王梦曾、胡怀琛、谭正璧等书写的更多的文学史著，粗略统计，在 20 世纪 40 年代以前出版的有据可查的中国文学史著述就已经多达百部。此时文学史著作此起彼伏之盛况背后深藏的，恰如戴燕在《文学史的权力》中所言，"中国文学史的编写，与近代中国努力在新的世界格局里，探索新的自我定位，正好同步。从语言、文字构成的历史当中，寻找民族精神的祖先，建立国家文化的谱牒，以完成关于幅员辽阔、文明悠久的'祖国'的想象，作为国民的应有知识"①，绝对是知识分子在一个民族的转折时期，力图调整并重新确认世界—国家认识的有识之举。这不正是"文学史"的意义吗？所以从科学角度，从学科属性，可以看到很多用以支撑这一共识的论点。

钱基博在1917年《现代中国文学史长编》中"对文学史所下的定义，实具有颇长的时效性"②。他说："推而论之，文学史非文学。何也？盖文学者，文学也。文学史者，科学也。文学之职志，在抒情达意。而文学史之职志，则在纪实传信。文学史之异于文学者，文学史乃纪述之事、论证之事；而非描写创作之事。以文学为记载之对象，如动物学家之记载动物，植物学家之记载植物，理化学家之记载理化自然现象，诉诸智力而为客观之学，科学之范畴也。不如文学抒写情志之动于主观也。……盖文学者，文学作业之记载也；所重者，在综贯百家，博通古今文学之嬗变，洞流索源，而不在姝姝一先生之说；在记载文学作业，而不在铺叙文学价值履历。"③ 这种观点"强调了文学史的科学性，认为它的职志在记叙（实证），功能是在观其会通（探寻演变线索和规律）。应该说，这是早期中国史家对文学史性质认识的最明晰的表述，实际上也一直反映了当时和后来许多文学史家的共识"④。1984年，王瑶提出："文学史作为一门学科，它既属于文艺科学，又属于历史科学，它

① 戴燕：《文学史的权力》，北京大学出版社，2002，第2页（前言）。
② 董乃斌、陈伯海、刘扬忠：《中国文学史学史》第三卷，河北人民出版社，2003，第584页。
③ 钱基博：《现代中国文学史》，岳麓书社，1986年据旧本重印，第4~7页。
④ 董乃斌、陈伯海、刘扬忠：《中国文学史学史》第三卷，河北人民出版社，2003，第584~585页。

兼有文学与历史学两方面的性质和特征。"① 20 世纪末，董乃斌在《中国文学史学史》结束语中，举出马克思和恩格斯在《德意志意识形态》中的论断，"我们仅仅知道一门唯一的科学，即历史科学"，以表明"文学史恰恰就是文学研究中的历史科学，是马、恩所说的与自然史相对的'人类史'的有机组成部分"②，并且给出了作为学科的文学史定义："文学史是依据一定的文学观和文学史观，对相关史料进行选择、取舍、辨证和组织而建构起来的一种具有自身逻辑结构的有思想的知识体系。"③ 周绚隆也认为"文学史与历史是两个既相互联系又相互区别的范畴，从广义上讲，文学史是历史的一部分"，"无论人们要如何去界定它的科学特性，它仍然不过是全部历史的一个侧面，如同政治史、经济史、科技史、艺术史一样只是人类史的某一分支。它不可能超出历史的基本属性和时空结构"。④ 袁世硕直接以《文学史的性质问题》为题进行阐释："文学史是'文学'的历史，文学是人类精神活动的现象，具体的存在形态是文学作品。"袁世硕十分看重作品之于文学史的重要作用："文学的历史基本上是由历史上相继产生的以个体形态存在的文学作品构成的，文学发展演变的历史轨迹，部分显现、部分隐含于呈历史系列文学作品之间的传承关系、因革现象中。前后文学作品之间的传承关系、因革现象，并没有自在的实体性，文学史家要通过对文学作品的解析，进行历史的比较，方才获得认知，揭示出来。历史上产生的大量文学作品，其中富有创造性的、在文学史上

---

① 王瑶：《中国现代文学研究的历史和现状》，《华中师范大学学报》1986 年第 3 期，第 5 页。

② 《德意志意识形态》（1845～1846），《马克思恩格斯选集》第一卷，人民出版社，1972，第 21 页。

③ 董乃斌、陈伯海、刘扬忠：《中国文学史学史》第三卷，河北人民出版社，2003，第 586 页。

④ 周绚隆：《关于文学史研究中的历史方法》：《山西大学学报》2000 年第 2 期，第 24 页。

有影响的优秀作品，现在依然存在，这才使文学史的研究得以进行，并得以成为一门学科。"①

由此，文学史作为历史的一个分支——文学的专门史，必须具备历史的共同特征。但承认这一点，并不是否认文学史的特有质性。实际上，文学史应当是文学与史学的交叉学科，这样的两重属性也就使得文学史具有了文学与史学的双重品格。但关于文学史的重心，落在"文学"还是"史"，则就成了需要交代的问题。学界对此也有所探讨。

张荣翼认为，文学史涉及文学与历史两大领域，学界对该学科的定位存在分歧。焦点在于，"'文学''史'究竟是文学作品一种集结展现的方式，抑或是史学论述的一项分支"？表面看来，这只是言说者之间立场的差异，而实质上，这是文学史学科本身包含的矛盾二重性的一种反映。②"文学史是以叙述历史上的文学为主还是叙述文学发展的历史为主也还有所偏倚，如重文学，则文学演变的条件、契机等就可能难以阐明，仅仅成为不同时期文学的展示，如重后者，则又可能写成了历史，而又缺乏对文学本身的关注。"③

韦勒克认为："大多数最主要的要么是文明史，要么是批评文章的汇集。前者不是'艺术'史，而后者则不是艺术'史'。""写一部文学史，它既是文学的，又是历史的，这可能吗？"④

韩经太将文学史分作两类，"一类是倾向于描述历史上的文学，一类是倾向于描述文学中的历史"，前者可多以历史学的分期，以"兴废系乎时序"的逻辑来解释文学，而后者则应以文学，包括立象造境、抒情叙事之艺术创作方法等一系列文学自身的逻辑来解释

---

① 袁世硕：《文学史的性质问题》，《山东大学学报》2003 年第 4 期，第 32 页。
② 张荣翼：《文学史：延续与断裂的双重构造》，《学术研究》1996 年第 1 期，第 69 页。
③ 张荣翼：《文学史与文学历史》，《贵州社会科学》1994 年第 6 期，第 59 页。
④ 勒内·韦勒克、奥斯汀·沃伦：《文学理论》，刘象愚等译，生活·读书·新知三联书店，1984，第 290～291 页。

文学的历史。但是，这样的文学史还是一种理想。因为"迄今所有的大部分文学史著作，是属于第一类的。我们呼唤了多年的对文学自身历史的把握，至今还未曾成为文学史著作的鲜明特性"，指出文学对于史的依附损害了对于文学自身发展的理解。①

梁展有感于章培恒、骆玉明主编的《中国文学史》所采用的方法，提出"倘若以文化理念的展开来看待各个时代的文学艺术发展状况，势必会把文学艺术作品视为这种文化理念在历史中持续演进的一个个暂时性环节；相反，文学史写作如果要单纯以艺术作品的审美分析为中心，放弃对时代精神与艺术体裁演化的总体把握，它就失去了历史的意义。实际上，自从 19 世纪晚期文学史观念在欧洲兴起以来，文学史写作就一直面临着要么选择历史，要么选择审美这样一个两难的困境"。②

事实上，两难的困境所造成的结果就是，不是"历史"侵害"文学"，就是"文学"忽略"历史"。西方文学与历史的关系就几经转折，而我国自古就看重史学，也有"文史不分"的习惯，文学和史学的关系着实需要细心阐释。既然认为文学史是关于文学的专门史，叙述的是文学的形成、发展、演化过程的历史，那还是需要将历史做宏观的处理，化为背景，提供观点和方法，而主人公则必须是文学本身。

回到文学本身，就要回到文学的自觉时代，就要回到文学史仅仅是文学的历史而非将文学作为一门历史学科，就要回到文学史的第二重指向，仅是有的人有感于客观存在过的文学现象，所进行的主观的文字记载③。这种主观，无关乎课程教材，无关乎中西比较，

① 韩经太：《关于文学史学问题的几点感言》，《江海学刊》1994 年第 5 期，第 159 页。
② 梁展：《徘徊于历史与审美之间的文学史写作——由章培恒、骆玉明主编〈中国文学史〉的方法论谈起》，《中国图书评论》2006 年第 3 期，第 40 页。
③ 本文出现之"文学史"皆指此义，同时鉴于其书面形态的存在方式，又可称之为文学史著述。

就是古人有所触动的回忆和抒发。而这恰恰是先唐时期，文学史书写从萌生到成型所做的一切和走过的路程，所以探讨文学史书写的意义，就在于此，虽不高深，却纯粹而珍贵。进而，如果说"文学史重写"最重要的是追本溯源，那么传统的文学史书写就是本！然而，传统的文学史书写在哪里呢？

传统文学史并非教材，所以其存在形态亦非统一的模式。"对文学史著作应该作广义的理解，即不必书名冠以文学史字样的才算文学史"①，"无论是对文学时代的描述、一种文学思潮的追溯梳理，或者对某些文学流派的搜求探讨，也无论是作家的年谱、评传、交游考之类，也无论是对作品的系年考订、意义阐释、比较研究和接受研究，或者是对某一专题（如文体、风格、主题、意象、人物形象、故事情节乃至种种艺术技巧等等）的研讨"②，都可作为文学史看待，在一定意义上也可以说这些著作才是有价值的文学史。具体到古代文学史的书写上来说，方铭发表于《中国文化研究》2002 年春之卷的一篇名为《文学史与文学历史的复原——关于文学史写作原则及评价体系的思考》的文章，其中说到文学史研究属于历史研究范畴，是对文学历史的研究。其目的，"首要是复原文学的历史，这个复原，包括对文学观念的复原和文学活动的复原"，即"按照一定时代的文学观念，来努力勾勒出一个时代文学发展的全貌"，其次才是"评价这种历史面貌和历史变迁"，"而这两个目的，复原的任务远比评价的任务重要"。按照这种逻辑，作者认为"中国文学史的写作，就不是从近代开始，在中国古代历史著作体系中，特别是以《史记》《汉书》为代表的正史系统，其《艺文志》《经籍志》，以及《儒林传》《文苑传》，还有大量的列

① 杨庆辰：《论文学史的史学品格》，《北方论丛》2000 年第 2 期，第 55 页。
② 董乃斌、陈伯海、刘扬忠：《中国文学史学史》第三卷，河北人民出版社，2003，第 579~580 页。

传，如《史记·孔子世家》《史记·屈原贾生列传》《汉书·司马相如传》《汉书·扬雄传》，无不是有关文学史的著作"。因为它们无一不对"文学作品和文学现象、文学家进行了综合评价"，并且又是以"实录精神来写作的"，"功绩首先在复原历史"。同时，"如果我们用这种与西方历史主义的文学史研究方法一致的尺度来衡量古代文学史著作，古代学者的成功范例也可以说比比皆是，一部《文心雕龙》，不但《时序》是文学史，其他各篇，与其说是文学理论著作，倒不如说是刘勰之前的一部中国文学史。其文体论和创作论，其中复原历史的痕迹，是不难寻绎的"。① 罗宗强在《魏晋南北朝文学思想史》中提到《文心雕龙》的前半部分，主要指文体论部分，"就是一部文学史，或者说，我们可以把它当作一部文学史看。首论文之起源，辨源流，谓文渊源于六经。继论各体文章之产生、流变，描述出各体文章的发展风貌，做出评价。既可以看出史的脉络，又可以看出他对待历史的价值判断准则。在他对各体文章作历史的考察的时候，我们可以清楚地看到他有着完整的文学史方法论。这个方法论带着我国史学传统的浓厚色彩，可以看到史学而文学的明显轨迹"。②

鉴于文学史、文学批评和文学理论等都是 20 世纪初方进入我国的西方术语，而它们面对的却都是同一片沃土——中国文学几千年的发展事实，于是需要对同样的事实从不同角度进行透视和生发，这也正如韦勒克所言："文学理论不包括文学批评或文学史，文学批评中没有文学理论和文学史，或者文学史里欠缺文学理论与文学批评，这些都是难以想象的。"③ 谢无量也曾谈到古来关于文学

---

① 方铭：《文学史与文学历史的复原——关于文学史写作原则及评价体系的思考》，《中国文化研究》2002 年春之卷，第 20~23 页。

② 罗宗强：《魏晋南北朝文学思想史》，中华书局，1996，第 290~291 页。

③ 勒内·韦勒克、奥斯汀·沃伦：《文学理论》，刘象愚等译，生活·读书·新知三联书店，1984，第 32 页。

史之著述，其中之一就是以《典论·论文》为代表的杂评，而《典论·论文》又正是文学批评和文学理论学科对象内部尊贵的座上客。故而，本文所选取的具有文学史意味的著述，需要具备这样三个条件：一是清晰明确的史的脉络或线索；二是能够对文学对象进行历史的定位；三是对后世文学史家起到了明显的启发作用。鉴于魏晋南北朝的文学史著述尚处于初步繁荣阶段，不能求全责备，故凡具其一即可纳入本文的考察范围。

由此，传统的文学史书写存在于历朝历代形形色色典籍之中，而先唐时期正是传统文学史书写从些微到大量出现，从摸着石头过河到范式奠定的阶段。聚焦于先唐时期，寻绎具有中国特色的、传统意义上的文学史，就是一条必经的桥梁，意义也就显而易见了。

三 文学史家与书写范式

文学史书写，以史学的独立和文学的自觉为基础，以多种形态呈现于世，其实践主体是文学史家。

由郑默到荀勖，史部得以独立，结束了附属于经学的历史。但文史之间的关系，则难以简单泾渭分明。文史不分，文史互融，并不是中国的特例，世界很多国家都曾面临这样的状况。即使有学者指出近代文学史发端于 19 世纪的法国，但"直到 1850 年，在历史学家和公众看来，历史仍然是文学的一种体裁"①。作为一个古老的国度，中国之文学同样具有悠久的历史，而且在早期著作中，历史同文学是紧密相连的。《春秋》《战国策》《左传》《国语》至今都堪称是横跨文史两个学科门类的。鲁迅《汉文学史纲要》就曾称誉

---

① 郭宏安、章果丰、王逢振等：《二十世纪西方文论研究》，中国社会科学出版社，1997，第 4 页。

《史记》为"史家之绝唱，无韵之《离骚》"①。

魏晋六朝时期，文史关系出现变化，交融互通出现在更多的领域。此外，史部与文学相继独立，获得与经学对等的机会。史载魏太祖"初定中原"后，"虽日不暇给"，但仍然致力于文化教育建设。太宗拓跋珪、世祖拓跋焘、显祖拓跋弘等均继承太祖之政策，高祖即孝文帝元宏更是"钦明稽古，笃好坟典，坐舆据鞍，不忘讲道。刘芳、李彪诸人以经书进，崔光、邢峦之徒以文史达，其余涉猎典章，关历词翰，莫不糜以好爵，动贻赏眷。于是斯文郁然，比隆周汉"②。学者与统治者之间的接触，可以"以经书进"，亦可凭"文史达"，一方面证明经与史之分离，一方面表明文史关系密切。此外，文学史编撰形式深深地受到史书体例的影响，而史书的语言也在一定程度上受到其时骈文形式及绮丽文风的影响，范晔《后汉书》的论赞部分，已然显示出以骈文论史的高超水平。

文史之间的交融互通，也可以从"文史"的字面形式小作参考。通过文献检索，于两汉魏晋南北朝正史中搜寻"文史"连称二字出现的次数，结果如下：《史记》0 次，《汉书》3 次，《后汉书》1 次，《三国志》0 次，《晋书》7 次，《宋书》6 次，《南齐书》1 次，《梁书》12 次，《陈书》8 次，《魏书》11 次，《北齐书》7 次，《周书》3 次，《南史》25 次，《北史》25 次。从中我们可以看到，南北朝时期，"文史"连称的次数明显高于两汉魏晋时期。③ 笔者选取沈约《宋书》、萧子显《南齐书》和魏收《魏书》中的记载具体来看，除去《宋书·礼志》篇记载的宋成帝咸康三年，在国子祭酒袁环和太常冯怀上疏中，以"文史载焕"称美国家的统治外，其

① 鲁迅：《汉文学史纲要》，上海古籍出版社，2005，第53页。
② 魏收：《魏书卷八十四·列传儒林第七十二》，中华书局，1974，第1842页。
③ 电子检索虽然看似免除页面翻书之繁，然结果却多有疏漏。因时间所限，未能做到一一核查原典，故而上述数字应理解为概数，而非确指，仅能起到大体说明问题的作用。

余 17 次"文史"连称均用于称赞某人的才能，如《宋书·萧惠开传》记载："萧惠开，南兰陵人，征西将军思话子也。初名慧开，后改慧为惠。少有风气，涉猎文史，家虽贵戚，而居服简素。初为秘书郎，著作并名家年少。"①《南齐书·王僧虔传》记载："僧虔好文史，解音律，以朝廷礼乐多违正典，民间竞造新声杂曲。"②《魏书·张蒲传》记载"张蒲，字玄则，河内修武人。……蒲少有父风，颇涉文史，以端谨见知，为慕容宝阳平、河间二郡太守，尚书左丞"③，"近世取人，多由文史"④，由此可见。但同时，鉴于史之作用优于文学，所以"文史"连称实际上明显偏重于史，史职为实，文学职能偏虚。因此，最早的文学史家也是史家出身，而非文学家。随着文学的独立发展，文史的界线渐趋清晰，文学史书写者也渐渐远离了史家，但早期史家和文学史家身份重合度还是很高的。

虽然历史的第一要义是真实性，但是由于史家记述历史的主观性，提出了史学家必须具备一定文学素养的要求，越是早期的史家，同文学家的区别越不明显。"商周记述具有事件情节和人物语言，为我国从此发展起来的史学著作具有文学性奠定了良好的基础。同时它在客观上也已提出了史学家必须是文学家的要求。"⑤ 有的学者认为："新文学史的研究、编纂却是跨学科的，是文学研究与历史研究的交叉学科。新文学史可以名正言顺地归于史学，为专史之一。"⑥ 这种看法承认了"新文学史"与历史的从属关系，但似乎否认了"传统文学史"与历史的关系，其实"传统文学史"

---

① 沈约：《宋书卷八十七·列传第四十七·萧惠开传》，中华书局，1974，第 2199 页。
② 萧子显：《南齐书卷三十三·列传第十四·王僧虔传》，中华书局，1972，第 594 页。
③ 魏收：《魏书卷三十三·列传第二十一·张蒲传》，中华书局，1974，第 778 页。
④ 姚思廉：《梁书卷十四·列传第八·江淹任昉传》，中华书局，1973，第 258 页。
⑤ 尹达：《中国史学发展史》，中州古籍出版社，1985，第 21~22 页。
⑥ 黄修己：《中国新文学编纂史》导言，北京大学出版社，1995，第 1 页。

不仅在发展规律、分期、编撰模式等问题的处理上借鉴了大量的史学思路和方法，传统的文学史家更多是文史兼备，游走于文学和史学两个领域，为"新文学史"家之榜样，难以超越。

魏晋南北朝时期，朝廷所设立的太史令、右国史、左国史、秘书郎、著作郎、著作佐郎、修史学士等职务，均为"专掌史人"之史官，如东晋的王隐、虞预、干宝、孙盛，南朝宋的徐爰、苏宝生，梁的沈约、裴子野，陈的刘陟、谢昊、顾野王、许善心等，刘知几赞美他们为"史官之尤美，著作之妙选也"①。此外还有北魏的崔浩、高闾，北齐的魏收，北周的柳虬等北朝史家。除了以上诸人，社会上还存在一批没有官职却热心修史而且史著颇丰的著史爱好者。他们虽然没有官方的支持，但好在宽松的社会氛围没有给他们中央集权的阻力，范晔、习凿齿、袁宏、裴松之、萧子显、臧荣绪、吴均等人都通过一己之力编撰出质量上乘的史籍。不管是官方的还是民间的，这些史家都具备"堪撰述，学综文史"②之才，并且随着史学的独立，一改自古史官"虽以著述为宗，而兼掌历象、日月、阴阳、历算、管数"③的杂乱局面，渐趋专门化和专业化。

如此数量众多的史家，给后人留下了丰厚的历史财富。他们不仅具备史德、史识和史才，而且具备很高的文学才华，其中不少人，亦是其时之文学大家。也可以说，魏晋南北朝时的许多知名文士在著史方面同样熠熠生辉。"两汉迄于六朝……史学与文学虽已分途，但史学家和文学家兼于一身的情况仍很普遍。"④ 刘勰在

---

① 刘知几：《史通通释卷十一·外篇·史官建置第一》，浦起龙释，王煦华整理，上海古籍出版社，2009，第288页。
② 刘知几：《史通通释卷十一·外篇·史官建置第一》，浦起龙释，王煦华整理，上海古籍出版社，2009，第287页。
③ 刘知几：《史通通释卷十一·外篇·史官建置第一》，浦起龙释，王煦华整理，上海古籍出版社，2009，第284页。
④ 邓鸿光、李晓明主编《史学理论与史学史》第一辑《"前三史"与诗歌》，崇文书局，2002，第117页。

《文心雕龙·时序》篇回顾"十代九变"的文学发展历程中，谈到有晋一代时说，"其文史则有袁殷之曹，孙干之辈，虽才或浅深，珪璋足用"，认为袁宏、殷仲文、孙盛、干宝等人，虽然才力不均，但都是兼具文史之才的美誉之人。对于司马迁这位史才盖世的纯正史家来说，其也能够写出诉说哀怨之华美文章，堪比诗人，《文心雕龙·才略》篇亦有言："子长纯史，而丽缛成文，亦诗人之告哀焉。"

不仅如此，常常被世人忽略的是，另有一部分史家，将史书撰写的经验移入文学史的编纂中，对文学的发展历史进行回顾和总结，因此也留下了文学史家的美誉。比如沈约，其历仕宋齐梁三个朝代，作为文学家，其为文学史上著名的文人集团"竟陵八友"之成员，其诗作包括：抒写友谊之作如《伤谢朓》等怀旧诗八首和《饯谢文学离夜》《别范安成》等篇，表现对现实之不满心绪的如《八咏诗》，展现自然山水秀丽景色的如《早发定山》《新安江至清浅深见底贻京邑游好》《泛永康江》《石塘濑听猿》等，描摹女子清淡生活和美好爱情的有《四时白纻歌》五首和《六忆诗》四首，还有咏物诗、乐府诗等，另亦有赋、书、诏、诰、碑、传等多种文学体裁。作为史家，"约高才博洽，名亚迁、董"①，二十多岁就有志于撰著《晋书》，不惑之年被齐武帝任命为著作郎，执掌史任，史学著作有《晋书》一百一十卷（隋代已亡佚）、《齐纪》二十卷（已佚）和《宋书》一百卷，后者为"二十四史"之一，体现了严格的史书编纂理论与方法。金毓黻先生称，"南北八朝之史，唯沈约《宋书》，详赡有法，所撰诸志，上继史、汉以弥陈寿以来诸作之缺，其体略如后来之《五代史志》，如此编次，尤具史识"②，为

---

① 姚思廉：《梁书卷十三·列传第七·沈约传》，中华书局，1973，第244页。
② 金毓黻：《中国史学史》，河北教育出版社，2000，第107~108页。

其在史学史上确立了超高的地位。上述两个身份是世人所认同的。唐朝刘知几就曾将沈约与班固并列为擅长为文的史才名家："其有赋述《两都》，诗裁《八咏》，而能编次汉册，勒成宋典。若斯人者，其流几何？"① 在刘氏看来，骈体既兴，文史分流以降，文笔已难乎为史笔，文才与史才兼有的人就不多了，以词赋之才而成正史者，班固之后，唯沈约一人。其实，沈约亦是一位重要的文学史家，其对往昔的文学发展情况，从历史的高度进行回顾总结，涉及文学史的对象、分期、编撰形式等问题，而其声律论的主张对近体诗的定型更是做出了重要的贡献，泽被后世。钱志熙认为，文学史家的身份从汉代的经学家与史家两流变为六朝时期文论家与史家两流，事实确实如此。根据《隋书·经籍志》史部所收录的六朝史籍作者情况进行归总，其中在文学领域亦有创见的史学家比比皆是。

先唐时期文学史家的数量繁多，能力精进，热情高涨，促使文学史书写从无到有，渐趋形成规模，具备总结范式的前提条件。而范式涉及的层面可以非常具体，也可以择选几个大的方面。简单来说，作为书面形态的文学史，文学史家是如何进行书写的，何为文学，发展规律包括动力和趋势是什么，是否有阶段性，从什么角度入手，是作家还是作品还是其他，重生平还是重风格，重内容还是重形式，书写的目的又是什么……这一切与文学史书写相关的问题，都可以总结出规律，形成一定的范式。鉴于文学史和历史的交融互通，并且为当下"重写文学史"提供借鉴，故而选择在传统文学史书写中比较集中且颇具规模的分期观念和方法以及编撰方式两个问题，尝试进行范式的演进梳理和探讨，以期增加对于传统文学史书写的理解和认识，并对当下文学史书写和重写提供根基和

① 刘知几：《史通通释卷九·内篇·核才第三十一》，浦起龙释，王煦华整理，上海古籍出版社，2009，第232页。明人所辑《沈隐侯集》有其所撰《八咏诗》，《金华志》："沈约为东阳太守，题诗于元畅楼。后人更名八咏楼。"

经验。

首先，文学史书写的分期问题。作为历史的一个类别，文学史在书写之初，首先要考虑的问题之一就是时间，也就是如何进行分期，古今中外皆是。布吕奈尔等撰著的《20世纪法国文学史》对于20世纪文学的分期，以第一次世界大战之前、两次大战期间的文学以及1939年以后为标志性的时间节点，基本上是以社会政治/世纪大事的发展为标志，并据译者介绍，这种分期已为法国大多数评论家所采纳。① 郑振铎在20世纪50年代就提出："我们在编纂或写作《中国文学史》的时候，首先要接触到的一个问题，就是中国文学史的分期问题。"② 章培恒认为，在20世纪末中国文学史"宏观研究的重点课题之一，是根据文学本身的特征，确定中国文学发展的分期。做好了这一点，我们就大致可以看出中国文学的进程"③。孙康宜在她和宇文所安于21世纪初主编的《剑桥中国文学史》中文版序言中也明确提出："分期是必要的，但也是问题重重。"④ 其他诸如"作为文学史家，从宏观角度言之我们离不开时期"⑤，"分期正是人们用以建构历史的重要手段"⑥，"分期是撰写文学史不可能回避而必先解决的问题"⑦，"在文学史的撰写中，历史分期是必须深入研究和探讨的一个问题"⑧，等等的观点也是屡见不鲜。

---

① 布吕奈尔等：《20世纪法国文学史》，郑克鲁等译，四川文艺出版社，1991，第3页。
② 《郑振铎文集》第七卷，人民文学出版社，1988，第68页。
③ 章培恒：《关于中国文学史的宏观与微观研究》，《复旦学报》1999年第1期，第109页。
④ 孙康宜、宇文所安主编《剑桥中国文学史》上卷，生活·读书·新知三联书店，2013，第3页。
⑤ 葛红兵：《论文学史时间结构》，《江海学刊》1995年第5期，第154页。
⑥ 陶东风：《文学史哲学》，河南人民出版社，1994，第278页。
⑦ 佴荣本：《论文学史的分期》，《江苏社会科学》2003年第3期，第132页。
⑧ 张炯：《论中国文学史的史观与分期、前沿问题》，《文学遗产》2004年第2期，第12页。

关于文学史分期问题的讨论从 20 世纪延续到了 21 世纪，且热度不减。2001 年，《复旦学报》开辟专栏——《中国文学史分期问题讨论》，章培恒和陈思和两位主持人，分别是古代文学和现代文学的学科带头人，可见这个专栏的开辟不同于《重写文学史》的专栏，而是包括了中国古代文学和现代文学两个研究领域。他们在开篇语中首先强调了文学史分期的必要性，"为了展示文学的演变，我们必须把它的发展过程划分为若干阶段。这些阶段在文学上应各具首尾贯穿的特色，而在前一阶段与后一阶段之间则应在文学上有其分明的断限"，并且明确批评了"以中国古代文学来说，在一个相当长的时期里我们习惯以朝代分期"的传统思维模式。① 但其后所发表的论文，"大多数是围绕着 20 世纪百年文学而展开，而古代文学的分期问题除了有个别的学者提出'近世文学'的概念外，没有进一步涉及"。② 由此而言，探讨传统文学史书写的分期问题就格外凸显意义。

其次，文学史家面临大量的书写对象，在一定时间安排下，如何将这些丰富的内容以适合的形式呈现出来，除去主观兴趣因素，都要涉及另一个重要问题：编撰方式。文学史作为历史的分支，在编撰形式方面，依然于史书有所参照和借鉴。而"历史编撰形式对于历史研究来说，确乎非常重要"③，中国历史学家很早就注意到这个问题，在探索中逐渐形成以编年体、纪传体、纪事本末体为代表的编撰体例。其中编年体的方式在先唐文学史的书写中极为鲜见，其余两种则与文学史书写关联密切。

刘师培曾说："文学史者，所以考历代文学之变迁也。古代之

① 章培恒、陈思和：《〈中国文学史分期问题讨论〉主持人的话》，《复旦学报》2001 年第 1 期，第 12 页。
② 罗兴萍：《文学史分期与文学观念的演变》，《复旦学报》2002 年第 6 期，第 17 页。
③ 姜义华、瞿林东、赵吉惠：《史学导论》，复旦大学出版社，2003，第 234 页。

书，莫备于晋之挚虞。虞之所作，一曰《文章志》，一曰《文章流别》。志者，以人为纲者也；流别者，以文体为纲者也。今挚氏之书久亡尔。文学史又无完善课本，似宜仿挚氏之例，编纂《文章志》、《文章流别》二书，以为全国文学史课本，兼为通史文学传之资。"① 刘氏首先明确了对文学史的认识，即"考历代文学之变迁也"，进而谈到古代文学史的著述形式源于晋朝挚虞，包括以《文章志》为代表的"以人为纲"和以《文章流别》为代表的"以文体为纲"这两种方式。其中，史书以人为中心的纪传体例和文学史"以人为纲"的撰述方法，纪事本末体和"以文为纲"的撰述方法，都有着明显的借鉴或者相似性，并且在先唐时期的文学史中大量出现，形成影响后代的书写范式，故关于文学史编撰方式就从"以人为纲"和"以文为纲"两个角度入手，从书写范式中进行资料的整理、分析和总结。

第二节　西方文学史书写实践的经验与思考

为文学修史，将"文学史"作为一门学科，这个历史始于何时何地何人，似乎是一个很难说明的话题。美国文学批评家韦勒克曾经指出："叙述性的文学史在浪漫主义运动之前并不存在，施莱格尔兄弟是近代文学史的鼻祖，西斯蒙弟、弗里埃、安贝尔和维尔曼接踵而至，草创了法国文学史的编撰。"也有学者认为，在18世纪晚期、19世纪初期法国丹纳的《英国文学史》（1864～1869）可以作为文学史诞生的标志，大体同一时期的，还有俄国佩平的《俄国文学史》（1898～1899）、意大利桑克梯斯的《意大利文学史》、丹麦勃兰兑斯的《十九世纪文学主潮》（1897）等文学史名著。无论

① 刘师培：《中国中古文学史讲义》，上海古籍出版社，2000，第114页。

如何，文学史学科发源于西方，这是不争的事实，而西方关于文学史的书写实践和理论也就呈现出广博深远、层出不穷的态势。在中西交流日益频繁的今天，我国文学史的重构计划难免要从中虚心和批判地学习，做到知己知彼，故而现选取考察法、俄、美等国的典型文学史著，以窥探西方文学史书写的经验与问题。虽难以穷尽，但借冰山一角，力图有所收获。

作为拥有 2000 多年历史的法国，文学发展也具有源远流长的历史。但是正如韦勒克所指出的，文学史著述的出现也只能追溯到 19 世纪上半叶，而且直至 19 世纪末居斯塔夫·朗松（1857~1934）的《法国文学史》（1894）问世，这一门学科才确立其地位。1980 年法国波尔达斯出版社出版了由布吕奈尔等撰著的《20 世纪法国文学史》，"这部文学史以历史的观点去研究法国自中世纪以来的文学，对文学发展阶段作了较为科学的分期，确立了基本的文学史研究方法；它的特点还在于每个作家的艺术风格作了相当精彩的分析，立论精当；全书详略也大体得当"。对于 20 世纪文学的分期，作者的论述对象分别是第一次世界大战之前的文学，两次大战期间的文学以及 1939 年以后的文学，基本上是以社会政治或世纪大事的发展为标志，据译者介绍，这种分期已为法国大多数评论家所采纳。[1]

俄国文学史著述的发展历史，现在可以见到最早的且影响最为深远的，是高尔基于 1909 年编著的《俄国文学史》。高尔基开篇便确立了他的，也是而后苏俄文学理论体系的文学本质观："文学是社会诸阶级和集团底意识形态——感情、意见、企图和希望——之形象化的表现。它是阶级关系底最敏感的最忠实的反映；它利用民族、阶级、集团底全部经验来达到它的目的。"而对文学功能则定

---

[1]　布吕奈尔等：《20 世纪法国文学史》，郑克鲁等译，四川文艺出版社，1991，第 1~3 页。

位为："文学是阶级倾向的最普及、方便、简单而常胜的宣传手段。"这种观念在俄国、苏联，以及而后的社会主义国度中产生了广泛的影响。其文学本质的意识形态化、政治工具化，是苏俄文艺政策的主导倾向，也是由当年政治斗争的迫切需要决定的。① 奥夫相尼柯·库里科夫斯基主编的六大卷《19 世纪俄国文学史》（1911）指出，"在每一历史时期开头，先是进行历史时代分析，做出历史概述，其中包括政治、经济、文化的广泛评论。接着是这时期的理性思潮如'哲学、社会思想、意识形态'的分析。然后是'文学思潮、学派'、历史发展前景，再接着是作家分析"。这种明显把文学发展阶段与政治发展阶段和经济制度紧密结合的思想方法，上呈高尔基，向下则影响俄国文学史数十年，并且也直接影响了新中国成立后的文学史编撰。② 其后，俄国相继出版了布罗茨基主编，波斯彼洛夫和沙布略夫斯基共同编著的《俄国文学史》③，格列勃·司徒卢威主编的《俄罗斯苏维埃文学史》（1935），马克·斯洛尼姆的三部文学史著作《俄罗斯文学史：从起源到托尔斯泰》（1950）、《现代俄罗斯文学：从契诃夫到当今》（1955）和《苏维埃俄罗斯文学：作家和问题》（1964），以及维霍采夫主编的《俄罗斯苏维埃文学史》（1974），这些著作大体沿袭了既有的文学史思路。苏俄文学史的重构与改观，源于符·维·阿格诺索夫撰著的《20 世纪俄罗斯文学》④。这是苏联解体之后俄罗斯最有影响力的断代文学史教材，作者吸纳了学术界的最新成果，通过多元视角，把 20 世纪的俄罗斯文学划分为三种存在形态：苏联文学、地下文学、侨民文学。书中对后两种文学形态的系统评价，是以往文

---

① 高尔基：《俄国文学史》，缪灵珠译，上海文艺出版社，1959，第 1 页。
② 王钟陵：《文学史新方法论》，苏州大学出版社，1993，第 417~418 页。
③ 布罗茨基主编，波斯彼洛夫和沙布略夫斯基编著《俄国文学史》，蒋路、孙玮译，作家出版社，1957。
④ 符·维·阿格诺索夫：《20 世纪俄罗斯文学》，凌建侯译，中国人民大学出版社，2001。

学史中所罕见的，也意味着苏俄文学史重构的成果：文学史对象呈现扩展趋势。

同那些历史悠久的欧洲国家相比，美国的历史可谓短暂，但是美国的文学史成为著述则堪与欧洲老牌国家抗衡，"自19世纪初以来已有几部美国文学史问世"[1]。事实也确实如此。1829年，奈普（S. L. Knapp）发布的《美国文学讲稿集》，可以看作第一部美国文学史。他在书中也指出，美国应该着手编写自己的文学史。[2] 20世纪美国文学史主要的编写情况基本是这样的。

1917年至1921年剑桥大学出版了由威廉・彼德菲尔德・特伦特（William Peterfield Trent）主编的《剑桥美国文学史》（四卷本）（*The Cambridge History of American Literature*）。

1948年罗伯特・E. 斯皮勒（Robert E. Spiller）主持编撰《美国文学史》（*Library History of the United States*）。主编在序言中说道："每一代人至少应当编写一部美国文学史，每一代人都理应用自己的观点阐释过去。"[3]

埃默里・埃里奥特（Emory Elliot）主编的《哥伦比亚美国文学史》（*Columbia Literary History of the United States*），由哥伦比亚大学出版社1988年出版。著者在序言中指出："当人类第一次在这块后来称为美利坚合众国的土地上创造性地使用语言的时候，这个国家就开始有了自己的文学史了。"而"《哥伦比亚美国文学史》旨在考察美国文学成长的过程、它的特点、对它的形成有决定意义的非文学因素，以及它的口头和书面的各种艺术形式。这个定义可以说是相当详细了，但它还不能传达这个题目的复杂性。本书的许多

---

① 萨克文・伯克维奇、查尔斯・H. 卡斯韦尔：《剑桥美国文学史》（八卷本），萨克文・伯克维奇为中文版所作序言，孙宏主译，中央编译出版社，2005。
② 刘海平：《文学史・美国文学史・〈新编美国文学史〉》，《中华读书报》2007年3月28日。
③ 凌越：《三代人的美国文学史》，《南方都市报》2005年1月24日，转引。

方面体现了当前对文学史写作有影响的、有关历史和文学批评的若干重大理论变迁的结果"①。

20 世纪末，哈佛大学英美文学教授萨克文·伯克维奇（Sacvan Bercovitch）和查尔斯·H. 卡斯韦尔又开始筹划主编剑桥大学的第二部美国文学史《剑桥美国文学史》（八卷本）（*The Cambridge History of American Literature*），计划在至 21 世纪初陆续面世，主编萨克文·伯克维奇在为第七卷撰写的中文版序中称其为至今"最具挑战性"的美国文学史。现在国内能见到的是由中央编译出版社 2005 年 1 月出版的第七卷，110 万字的规模，鸿篇巨制可见一斑。

纵观美国文学史的发展过程，可以看出其对象随着文学观念和社会观念的变化也逐步在调整。在美国人心目中，"美国文学传统基本是使用英语的作家们的产物"②，始于 16 世纪末 17 世纪初，是由英国殖民者撰写的。随着独立战争的胜利即政治的独立，"辞典编纂家韦伯斯特（N. Webster）首先提出美国在文学上也应寻求独立。1829 年奈普（S. L. Knapp）在可称是第一部美国文学史的《美国文学讲稿集》中指出，美国应该着手编写自己的文学史"。但是，1888 年至 1890 年出版的 11 卷大型《美国文库》中，入选的仍然多为深受英国文学传统影响的新英格兰地区的作家，如欧文、库柏、朗费罗、洛威尔等，美国本土作家依然受到冷落。直到 20 世纪初期，这种状况才发生改观。之前没有得到足够重视的本土作家如梅尔维尔、爱默生、惠特曼、梭罗等荣升至重要作家行列。第二次世界大战结束后由斯皮勒（R. Spiller）主编的 2 卷本《美利坚合众国文学史》不但"权威性地"叙述了美国文学的发展脉络，确定了

① 埃默里·埃里奥特主编《哥伦比亚美国文学史》，朱通伯等译，四川辞书出版社，1994，第 9 页。
② 萨克文·伯克维奇、查尔斯·H. 卡斯韦尔：《剑桥美国文学史》修订版（八卷本）第七卷序言，孙宏主译，中央编译出版社，2012，第 1 页。

经典作家的名单和书目，而且真正"帮助建立起了一门新的学术研究领域"。此后便有多种美国文学史问世。"20世纪美国文学史的发展过程说明写历史总是后人为自己的需要而去重新构筑过去。"①并且，在这个过程当中，美国的文学史家对于文学的含义、文学史的研究方法等问题同样进行了热烈的讨论。这可以从两本文学史的序言中获知一二。

《剑桥美国文学史》（八卷本）和《哥伦比亚美国文学史》这两本文学史具有相同的编撰观念——不求同，重多元。萨克文·伯克维奇在《剑桥美国文学史》中文版序言中谈道："这部八卷美国文学史是第一部着力展示一个意见分歧的时代而不是特意表述一种正统观念的巨著……此前几部文学史不是基于有关文学、历史及其二者之间关系的一些共同的基本假定（即所有撰稿人一致赞同的文学——历史认识），就是基于权威'文学史名家'的某种宏论。而这两种选择对我们来说都是行不通的。如上所述，我们这部文学史反映了多种多样的评论方法和途径，其中不乏互相矛盾之处，但是每一种方法和途径都代表着当前文学研究领域的一个重要组成部分。"而由他和玛格丽特·里德共同撰写的总序也谈道："从18世纪文学史发轫之日一直到今天，所有的文学史无不依赖于其题材的本质或性质也已形成的一致性意见……不是总结概括就是包罗万象，不是以权威的骑士讲述单一的观点就是使用大量简短的陈述。"而对于今天这一代的批评家和学者而言，"美国文学史不再是关于某一批大家异口同声称赞的美国杰作的历史，也不再是基于某种大家对美国文学作品一直采用的历史观"②。《哥伦比亚美国文学史》

① 刘海平：《文学史·美国文学史·〈新编美国文学史〉》，《中华读书报》2007年3月28日。
② 萨克文·伯克维奇、查尔斯·H.卡斯韦尔：《剑桥美国文学史》修订版（八卷本）总序，孙宏主译，中央编译出版社，2012，第9页。

序言中，作者也谈道："1948 年版的《美国文学史》的编者们给它（它指文学，literary）下的定义是同'表现力杰出的'作品有关的。……目前，评论家们各执己见，不可能在什么是文学的艺术这一点上达成一致意见；'文学'的定义已经扩展到包含各种表现形式，包括日记，笔记，有关科学的文字，新闻，自传，甚至包括电影。……由于存在着不同的视角，本书中一部分文章比较注重历史，而另一些文章则更加注意风格、语言、技巧等等。……和 1948 年版的美国文学史不同，我们没有去修改书中的文章以求得一个'连贯地讲述的'、'统一的、完整的故事'。……文学作品的多样化和文学批评的多种方式事实上已经成了这个国家的文学的特征；在这种时候，想造成一种连续的印象已经不再可能，而且也不明智。……在尽量做到内容全面、尽量反映美国文学的丰富内涵的同时，我们也力图提出一些有帮助的原则，指出那些有延续性的方面。但我们提出的这些概念、指出的这些联系同以往的文学史或者作品选集借以统一起来的那些概念和联系是不同的。我们强调的是一个国家之内的许多个不同的声音。例如，本书叙述的文学史并不只有一个开端，假如只有一个开端，那就不可避免地会造成一种印象，似乎这个国家的文化起源于一个共同的经历，并且只有一个发展的'主流'。"①

通过上述几部典型的欧美国家主要集中于 20 世纪的文学史著作可以发现，随着历史的发展，各国对于文学史的认识也不断地发生着变化，在评析前代文学史认识的基础上，一代有一代的文学史著述，重写使得风貌不同，也透视出新的文学史书写理念。对于文学观念、书写对象、主要范式（分期、编撰模式等）、文学作品的

---

① 埃默里·埃利奥特主编《哥伦比亚美国文学史》，朱通伯等译，四川辞书出版社，1994，第 12~14 页。

认识等都是文学史书写中必须面对的问题，同时随着时间的推移，也面临"重写文学史"这一重要的转关。从这两个角度来说，所有国家的文学史书写都面临历史与当下的抉择和重构，我们无有例外，也可以互相学习和借鉴。

1939 年爱弥尔·希台格尔就曾说过：文学史"似乎必须重新抬头"[①]。20 世纪 80 年代在香港大学主办的第二届国际文学理论讨论会主题就是重写文学史。1984 年美国接受学学者霍拉勃明确提出：要"走向一种新文学史"，需"重构文学史"。[②] 1986 年《重写美国文学史》的编者伯克维奇在该书序言中就当时如何重写美国文学史发表了自己的见解。1988 年埃默里·埃里奥特主编的《哥伦比亚美国文学史》从文化的大视野来看待美国文学发展的历史，其容纳各种文体的开放性，打破了文学史研究和撰写的单一性，正是极富革新精神的重写文学史之作。1980 年布吕奈尔等著《20 世纪法国文学史》的中文版序言指出："对于文学史的各种评骘，随着时代的进步，研究者一定会有各种发现、充实和完善的论据见之于世，以代替旧的、过时的观点。当这种论据积累到一定阶段，便会有新的文学史问世，这已为世界各国文学史的编写历史所证实。在法国，大约每隔 20 几年，就要出版一本或数本有分量的《法国文学史》。"[③]

对我国文学史理论和实践影响最深的俄罗斯也是重写文学史的积极倡导者和实践者。基于历来重视文学的教化功能，其文学史著作在历史上同政权的更迭有着极其紧密的联系，一些重要的作家往往因为与政治相关的立场被刻意埋没，鲜能名垂青史，这也影响到文学史的总体评价。因此，他们文学史重写的可操作性也就最大。

---

① 沃尔夫冈·凯塞尔：《语言的艺术作品》，陈铨译，上海译文出版社，1984，第 19 页。
② R. C. 霍拉勃、H. R. 姚斯：《接受美学与接受理论》，周宁、金元浦译，辽宁人民出版社，1987，第 346、450 页。
③ 布吕奈尔：《20 世纪法国文学史》，郑克鲁等译，四川文艺出版社，1991，第 1 页。

20 世纪 80 年代以来，苏联文学界就不断呼吁"重写文学史"，并且付诸行动，从 1986 年到 1995 年，高校的文学史教材，达到十年三变这样惊人的速度。"在文学史的分期、重点作家的选择、文学创作方法的界定和流派的分类，以及文学史书的体例诸方面都有一系列重大的修改。"①

此外，还有一批学者的研究也需要引起重视，就是国内从事外国文学研究的学者们，他们以传统的知识体系为背景，结合专业所学，力图将西方的文学史介绍到国内，其所受到的中西学术冲撞不亚于中国文学史书写的学者群体，他们对于书写和重写文学史的考虑和经验又有哪些值得我们借鉴和反思呢？

其实早在 20 世纪 90 年代初期，我国著名的外国文学研究专家王佐良在组织编写《英国文学史》的时候，就曾指出"针对文学史本身，争论也不少，有的人根本否定文学史，有的人主张'重写文学史'……文学史也的确是在不断重写的，因为随着时代的进展，人们对作家作品的评价是会有或大或小的变动的……变动也不是一个仅仅限于文学的问题，后面有意识形态的因素"，肯定了文学史被重写的必然性。《英国二十世纪文学史》的序言针对上面的重写观念，又提出了一个重要的问题：运用"经过中国古今文学熏陶又经过马克思主义锻炼的中国观点"去撰写英国文学史，应该建立怎样的一种文学史模式？作者指出，就英国文学史而言，大体具有两种模式：英美模式和苏联模式。

"英美模式着重学史考证和作品欣赏，近年来也对思想和社会背景给以更大注意。分期大体依据朝代和世纪，也用'文艺复兴'、'启蒙运动'等思想潮流来划分，'浪漫主义'也作为一种文学运

---

① 李明滨：《评俄编〈苏联文学史〉十年三变》，见《文学史重构与名著重读》，北京大学出版社，1996，第 28 页。

动给予总体叙述，'现代主义'也是常见之词，但现实主义很少用于小说以外的体裁，就在小说中也主要指十九世纪中叶狄更斯诸人所作。重点作家叙述较详，也着重思想内容，但结合艺术和语言特点来谈，写法虽人各不同，受推重则是一种有深度、有文采的一类，其著者如美国的道格拉斯·布什和英国的 C.S. 刘易斯，前者的十七世纪早期卷与后者的十六世纪卷……这是四五十年代的情况。近来美国由于更多的主义新派文学理论，对历史学问有所贬低，未见有新的英国文学史出版。当然美国文学史是在重写，其中哥伦比亚本已出但也褒贬不一。英国的情况则是文学史仍然繁荣。"

"苏联模式系统性强，如以人民性或现实主义为线索贯穿全书，叙述有一套程式，往往是时代背景加作家论，作家论又有其程式，即生平→创造历程→小结，所叙偏于思想内容，仅在小结中有一二语涉及艺术……他们也是在'重写文学史'，然而史的根据不足，对于二十年代以来英美文学研究的新成果知之甚少。叙述的文字也比较空泛、刻板，不似在谈文学而似在谈政治。"

"两种模式都曾影响过我们，解放前是英美模式，主要在教学中；解放后是苏联模式，主要在文学史的编写中，五六十年代出版的中国文学史就有后者的影响。这影响并不都坏，它使我们写得有点系统，注意政治经济背景，注意分析作品的思想内容。"

作者的分析让读者对于英美和苏联的文学史模式有了更深的认识，并且作者提出了"外国文学史写作的中国化问题"，要运用"经过中国古今文学熏陶又经过马克思主义锻炼的中国观点"去撰写英国文学史，不再一味地跟随英美模式或者苏联模式，因为英美和苏联两种模式虽然都曾影响过我们，但都存在很多不能使我们满意的地方，作为中国人眼中的外国文学史，应该借鉴中国传统的自身的文学史模式，从刘勰、王国维、刘师培、鲁迅、闻一多等诸多前辈们的伟大实践中，吸收探讨文学演变、文学体裁的兴衰，品评古今作家作品的深远传统，以帮助编者们解决面对的若干重要问题。①

　　另一位外国文学专家刘崇中也撰文指出：国内以外国文学为研究对象的学者们，基于现行文学史教材依然多数采用庸俗社会学的文学观念和研究方法以及 20 世纪西方新的文学观念和理论方法层出不穷这两个原因，于是重构外国文学史的呼声日益高涨。对于如何重构的问题，论者谈了很多自己的看法，其中涉及文学史著作的编著视角问题。② 杨周翰先生在编著《欧洲文学史》时，曾感慨地说，今后中国人要编著出自己的具有中国气派、中国作风的欧洲文学史，因而指出：应当丢弃鹦鹉学舌的思维方法，从大的文化框架和视角出发，中国人编著的欧美文学史应该具有中国人的眼光，从中国的文化、文学视野去看欧美文学。这同王佐良先生的观点可谓不谋而合，相信支持者也是不在少数。

---

①　王佐良、周珏良：《英国二十世纪文学史》，外语教学与研究出版社，1994，第 2～12 页。

②　刘崇中：《重构文学史：观念及理论诸问题》，《外国文学研究》1998 年第 4 期，第 65～68 页。

第二章

文学史书写中分期问题的实践及思考

第一节　相关背景与范畴

一　分期的意义和原则

时间，是构成历史的要素之一，在某种意义上甚至可以说是历史的第一要素，因而史家对时间非常尊重。同时，对时间的感知力和把握的科学度也就成为史家的重要素质。那么，如何运用时间来展现历史呢？

首先，通过特定的时间概念对历史进行分期，是历史书写过程中必不可少的思路和方法。罗素曾经说过："世界全是各种点和跳跃。"基于这一观点，英国历史学家杰弗里·巴勒克拉夫认为，在历史发展过程中，每一个重大的历史转折点，人类都面临各种偶然的、未预见到的、新的、生气勃勃的和革命性的事件，这些事件可能会指引历史改变原本的发展路线从而走向新的征途，由此历史发展的不同阶段就可以通过这些事件进行确定。作为史家，所寻求的有意义的东西正是这些事件，也就是各个时代的不同点，也就是对历史进行分期的必然性所在①。

其次，法国哲学家昂利·柏格森则把历史视为一条"无底的、无岸的河流"，时间在其中川流不息，绵延不止，其形态是线性，而非无数不同的点，"它不借可以标出的力量而流向一个不能确定的方向"②，因此他反对那种混淆质量性的绵延时间与数量性的纯一空间的、把时间生生截断的做法，所以通过分期对历史进行研究丝毫没有可行性。

最后，第三种观点则相对温和，它将历史的点和线相结合，也就是将历史的阶段性和连续性相统一。这种中和的思路可以通过美国哲学家马克·波斯特的认识表现出来，那就是展现历史时引入时间进行阶段的区分，并非是要划定一个清晰的分界线，而是要提醒人们关注某种革新："一个历史阶段的强行推出意味着的，可能不是从一种存在状态过渡到了另一状态，而是意味着一种复杂化，意味着将一种结构与另一种结构加以迭合，意味着对同一社会空间中的不同原则进行增值处理或多重处理。阶段或时期并非彼此相继而是相互含盖，并非彼此置换而是相互补充，并非按顺序发生而是同时存在。"③ 如此，运用特定时间对历史进行分期，只是史家在书写时主观的创作手段，并非真实历史的内在存在④。

以上三种观点是西方思想家关于时间和历史的书写的思考。反观国内文学史研究者的认同，则更多地体现于第三种相对中和的观点，希望史学家可以很好地把握"流动感和纵深感"⑤，而这正是

---

① 杰弗里·巴勒克拉夫：《当代史导论》，张广勇等译，上海社会科学院出版社，1996，第3~4页。
② 昂利·柏格森：《形而上学导言》，刘放桐译，商务印书馆，1963，第28页。
③ 马克·波斯特：《第二媒介时代》，范静哗译，南京大学出版社，2001，第25页。
④ 至于第一性质上的历史，是否具有分期的内在存在，暂不属于文学史书写的讨论范畴，故而不做进一步的探讨。
⑤ 葛红兵：《论文学史的时间结构》，《江海学刊》1995年第5期，第152页。

展开历史研究的基础。

　　　　分期正是人们用以建构历史的重要手段。[①]
　　　　作为文学史家，从宏观角度言之我们离不开时期。[②]
　　　　在文学史的撰写中，历史分期是必须深入研究和探讨的一个问题。[③]
　　　　历史是连续不断的，文学现象同样有其来龙去脉的连续性。文学史分期问题的讨论只是为了准确地把握一定历史阶段的主要特征，以便更明确地阐明它的发展过程和规律性。[④]

　　既然分期是具有主观设定的人为手段，但历史毕竟是真实的存在，那么在对于分期和书写协同共生这一普遍的认知基础之上，分期又有哪些需要遵守的准则呢？同时，文学史的学科性质，上文已经有所交代：既兼有历史科学的性质，又具有文艺科学的基本特征，故而文学史的分期首先应当属于历史分期的范畴，理应遵循相应的历史分期方法。

　　历史是过去，书写是回顾。班纳特（William J. Bennett）说"历史"就是"组织起来的回忆"（organized memory），"是民族、国家的集体记忆的组合整理"，那么："什么情事才能进入集体的记忆领域？这些筛选又由谁决定？是否能为人力决定？"[⑤] 郑振铎对此有过清晰的认识："所谓'历史'，昔人曾称之为'相斫书'，换一

---

① 陶东风：《文学史哲学》，河南人民出版社，1994，第 278 页。
② 葛红兵：《论文学史的时间结构》，《江海学刊》1995 年第 5 期，第 154 页。
③ 张炯：《论中国文学史的史观与分期、前沿问题》，《文学遗产》2004 年第 2 期，第 12 页。
④ 王瑶：《中国现代文学史的起讫时间问题》，《中国社会科学》1986 年第 5 期，第 186 页。
⑤ 陈国球：《文学史书写形态与文化政治》，北京大学出版社，2004，第 178 页。

句话，便只是记载着战争大事，关乎政治变迁的。在从前，于上云的战争大事及政治变迁之外，确乎是没有别的东西够得上作为历史的材料的。"① 在古代社会，史官所记都是关乎政治民族集体规范的大义之事。个体相对于集体大众来说，需要借助立功、立言和立德才能达到相应的"资格"。所以，有关政治、民族、集体层面的事件就是历史书写最重要的分期标准。"通史当然应按生产方式和社会制度来分期，因为它要全面考虑经济基础和上层建筑，包括经济、政治、军事、文化等许多方面。"② 可通史之外还有专史。"专史虽然也要受到如通史内容所讲的整个历史环境的制约，但主要应该考虑专史本身。"③ 文学史作为文学的专史，"从理论上说，作为意识形态的文学，当然要为社会存在所影响所决定，每一时代的文学，都不能脱离当时经济和政治。因此，文学史的分期是不能不考虑与之相应的历史分期的。但文学也有它自己的特点，经济和政治对文学的影响究竟何时以及如何在文学上反映出来，还要受到文学内部以及其它意识形态诸因素的制约，因此，它的发展进程并不永远是与历史环境同步的。……总之，文学史分期应当充分重视文学本身的历史特点和实际情况，而不能生硬地套用通史的框架"④。

那么"文学本身的历史特点和实际情况"又包括哪些呢？

韦勒克和沃伦在《文学理论》一书中提出，文学史划分的依据应当是文学规范的更替，不同时期的文学史体现的是不同的规范："应该清楚地认识到，一个特定的时期不是一个理想类型或一个抽

---

① 郑振铎：《插图本中国文学史》绪论，中国社会科学出版社，2009，第 1 页。
② 王瑶：《中国现代文学史的起讫时间问题》，《中国社会科学》1986 年第 5 期，第 178 页。
③ 王瑶：《中国现代文学史的起讫时间问题》，《中国社会科学》1986 年第 5 期，第 178~180 页。
④ 王瑶：《中国现代文学史的起讫时间问题》，《中国社会科学》1986 年第 5 期，第 178~180 页。

象模式或一个种类概念的系列，而是一个时间上的横断面，这一横断面被一个整体的规范体系所支配，从来没有任何一件艺术作品能够从整体上显现它。文学上某一个时期的历史就在于探索从一个规范体系到另一个规范体系的变化。"① 而所谓文学史规范主要是指制约一个时期文学史的总体原则，包括基本的文学思想、文学观念以及在此基础上形成的一套体制、运行规则。"即使我们有了一套简洁地把人类文化史，包括政治、哲学及其他艺术等的历史再加以细分的分期，文学史也仍然不应该满足于接受从具有不同目的的许多材料里得来的某一种系统。不应该把文学视为仅仅是人类政治、社会或甚至是理智发展史的消极反映或摹本。因此，文学分期应该纯粹按照文学的标准来制定。如果这样划分的结果和政治、社会、艺术以及理智的历史学家们的划分结果正好一致的话，是不会有人反对的。但是，我们的出发点必须是作为文学的文学发展史。"②

陶东风从哲学高度对文学史进行整体思考后指出："并非任何分期模式都合理。……就文学史而言，文学史的分期标准必须符合文学的特殊性，而不是简单套用通史或社会史、经济史、政治斗争史、思想观念史等的分期方法和分期标准，后者不是从文学的发展中概括出来的，而是从其他人类活动的历史中概括出来的，它当然也就不能担当划分文学时期的使命。因此，文学史分期标准研究的逻辑起点应该是：它必须是从文学自身的特征和历史规律性中抽象出来。"至于文学史的分期依据，"当为时代整体文体倾向和结构形式规范的交替，这种交替反映了人类在特定时期主导的审美倾向，同时间接地与该时代的社会经济、政治、哲学、宗教等倾向相关联"③。

---

① 勒内·韦勒克、奥斯汀·沃伦：《文学理论》，刘象愚等译，生活·读书·新知三联书店，2005，第307页。

② 勒内·韦勒克、奥斯汀·沃伦：《文学理论》，刘象愚等译，生活·读书·新知三联书店，2005，第306页。

③ 陶东风：《文学史哲学》，河南人民出版社，1994，第278~286页。

不管是文学规范还是文学系统，都是在尊重历史演变规律的前提下，从文学自身特质出发的。这个前提非常重要："强调文学史的历史科学属性，并不说明治现代文学史的人就可以脱离或不关心现实，包括社会生活和当前文艺创作。这其实是一个历史和现实的关系问题，……研究文学史当然要尊重历史的本来面目。……历史是连续不断的，文学现象同样有其来龙去脉的连续性。文学史分期问题的讨论只是为了准确地把握一定历史阶段的主要特征，以便更明确地阐明它的发展过程和规律性。"① 所以，分期需要综合考虑社会、政治与文学的多种因素，单一地从政治或文学的角度出发都会导致某种偏颇或失误。同时，还有一个问题需要重视，既然是中国文学史的书写，那就应该尊重中国历史的演变规律和分期规则，而不能将之强行塞入世界史的演变规律和分期规则中。②

二　中国的时间、历史与分期

（一）时间—历法

文字和历法是史学产生的基本条件。"探究我国史学的起源，应当从文字出现的时候谈起。因为有了文字才能有历史记载，有了历史记载才能编纂成为史书，在记录史实和编纂史书的过程中才产

---

① 王瑶：《中国现代文学史的起讫时间问题》，《中国社会科学》1986 年第 5 期，第 185~186 页。

② 有学者"就文学史撰写实践中采取的有代表性的不同分期依据作简要考察"，列出四种分期类型：分别是以黑格尔的艺术史分期为代表的"以文学类型演变的不同历史阶段作为文学史分期的依据"，以勃兰兑斯的《十九世纪文学主流》为经典的"以文学主流思潮的嬗变作为文学史分期的依据"，"以朝代的更换作为文学史分期的依据"和"以多层次兼顾的原则作为文学史分期的依据"。也有学者根据对文学本质的不同认识，认为文学史分期亦存在他律论和自律论两种模式。前者"由于文学史没有获得自己的自主品格与独立地位，反映在文学史的分期上，就是以一般通史的分期方法或社会史、政治史的分期方法代替文学史的分期方法。我国的几部主要的古代文学史都是采用通史的朝代分期法或社会形态分期法……中国现代文学史则一律用社会政治的发展阶段来划分文学时期"，后者"强调文学史的时期应当以文学自身的阶段性为依据，而这种自身发展的阶段性常常被认为是文学的形式规范、结构惯例的交替兴衰"。陶东风《文学史哲学》，河南人民出版社，1994，第 281~282 页。

生了史学。"① 有了文字，就可以把所发生事件的原因、经过和结果都记载下来。有了文字记载的材料，才能编纂成史书和产生史学。历法的产生，是史学产生的一个重要条件，因为史学是以时间为基础的，就像地理以空间为基础一样重要。有了历法，才能推算时间，确定岁时。

历法—时间—史学，这是治学思路。从另一个角度审视，国人对时间的理解从生活而来，进而促进思维模式的形成，不论是认识世界还是改变世界。华夏文明诞生于黄河流域，优越的地理环境造就了中国这一传统的农业大国。各种生产条件有赖于自然界的馈赠，风调雨顺直接关系到岁末收成，这一地缘背景孕育了崇尚自然的中国文化：四时顺变的时序概念正是其中之一。《说文》："时，四时也，从时寺声。"《段注》："春秋夏冬之称，引伸之为凡岁月日刻之用。"②《尧典》中记载尧帝：

> 乃命羲和，钦若昊天，历象日月星辰，敬授人时。分命羲仲，宅嵎夷，曰旸谷。寅宾出日，平秩东作。日中星鸟，以殷仲春。厥民析，鸟兽孳尾。申命羲叔，宅南交。平秩南讹，敬致。日永，星火，以正仲夏。厥民因，鸟兽希革。分命和仲，宅西，曰昧谷。寅饯纳日，平秩西成。宵中，星虚，以殷仲秋。厥民夷，鸟兽毛毨。申命和叔，宅朔方，曰幽都。平在朔易。日短，星昴，以正仲冬。厥民隩，鸟兽氄毛。帝曰：咨！汝羲暨和。期三百有六旬有六日，以闰月定四时成岁。允厘百工，庶绩咸熙。③

① 杨翼骧：《学忍堂文集》，中华书局，2002，第 151 页。
② 许慎：《说文解字注》，段玉裁注，上海古籍出版社，1981，第 302 页。
③ 李学勤主编《十三经注疏·尚书正义卷第二·尧典第一》，北京大学出版社，1999，第 28~31 页。

这段说明"四时"来源的文字具体地向我们揭示了"四时"的产生与物候、天象、人类活动的密切关系。

对地处北半球温带地区的中国人来说，四季的相生相代循环不已，日升月落的循环与星空的"天道左旋"等都是常见的自然现象，所谓"四时之更举，无所终"① 是也。而由于先秦人的时间意识具有与天象物候密切相连的特点，因此他们把时间理解为循环的也就不难理解了。史官们由于司职观天，所以"循环时间"的意识就更为强烈，史华兹说："中国人关于时间的概念基于季节中自然现象的变换，同时也来自于天体有规律的运动。从日、月、年的轮回开始，中国的天文学家逐渐将较长的循环和较短的循环用一个体系加以阐释。"② 四时是相生相代的自然变迁，也代表了对于一年时间的整体性认识，一年又一年的四时叠加就形成了国人对于历史时间的辨识基础。

康德认为，时间是我们的先验表象，是内心直观的形式，离开主体便不能独立存在。但是他同时也指出，仅仅内心地直观自己，就没有时间，时间只有对于现象才有客观有效性，时间只有在事物成为现象、成为感性直观的对象时才能表征出来。③ 从这里看来，先秦人的时间意识比我们关于时间的常识丰富、生动得多。所以当人们开始有意识书写历史的时候，其时间观念势必以自然时间为基础，基于古人对春夏秋冬的四时认识，"若尧典之四时，左传之三时，皆谓春夏秋冬也"④，造就了《春秋》的体例是按照四时顺变为序书写历史的，《左传》进而承袭之，后世史书基本多以此为模板。同时，季节更替和万物荣枯以及背后对于天象运行的理解，形

---

① 房玄龄注，刘绩补注，刘晓艺校点《管子·揆度第七十八》，上海古籍出版社，2015，第 447 页。
② 史华兹：《古代中国的思想世界》，程钢译，江苏人民出版社，2008。
③ 康德：《纯粹理性批判》，蓝公武译，商务印书馆，2009，第 61~65 页。
④ 桂馥：《说文解字义证》，中华书局，1987，第 572 页。

成了简单朴素的整体性的时间认识，由自然及人自身，生命的存在、年华的盛衰进一步引发关于人生和社会的思考，又由于四时顺变使得人们可以重复体验进而总结各种经验，"四时＋经验＋思考"通过文字展现在史书之中，有利于古人对历史事件因果关系的探究，最终这种总结和探究也成为史书蓬勃发展的重要基础。

我国早期的历史书写著作，最负盛名的是《尚书》《春秋》《左传》三本。其中，《尚书》是我国历史上最早的历史散文集，收录了上自尧舜下至秦穆公的某些君主、贵族大臣的重要言论。《尚书》的内涵流露出作者关于循环性的意识，但作为记言之作并没有明确的时间顺序。《春秋》作为我国"最早的纲目式编年史书"①，虽用鲁国纪元，却全面记录了 244 年间中原各国政治、军事、外交等重大活动，"所以也是我们第一部通史"②。相比《尚书》的无时序性，《春秋》以年月为经、史实为纬，将自然的历史通过文字系统化书写，为后世史书的撰写在体例上，尤其是时间观念的范式方面奠定了明晰的基础。以"隐公元年·二年"为例，其以"年·时（季节）·月·日·记事"为体例。其中年是鲁国之君主、鲁公在位纪年；时是春夏秋冬四季；月是阴历纪月方法，从正月开始；日则是天干地支的代表。作者就这样按照自然界四时顺变的思维记录把当时各国发生的重大事件记录下来，不仅可为史实资料，也为后世历史书写提供了基本的时间观念。《左传》继承了这种由《春秋》开创的编年体体例，将二百多年的历史按时间发展的先后时序进行排列，连贯完整地记载史事，而且必要时还能突破编年系事的限制，运用倒叙、插叙、预叙等叙事方式，把分散于不同年份的事情集中在一起叙述，使情节更为丰富、事件更为完整、

---

① 沈玉成、刘宁：《春秋左传学史稿》，江苏古籍出版社，1992，第 48 页。
② 朱自清：《经典常谈》，中华书局，2003，第 41 页。

人物形象更为鲜明，弥补了《春秋》因只有顺叙一种叙事方式而造成的叙事过于简略和呆板的不足。

（二）时间—比较

农作物生长遵循四时原则，人们在年复一年的春种秋收中不断增长见识，在一次又一次的失败和成功中不断校正判断，进而剥茧抽丝总结出各种经验，在大量事实基础上总结升华为理论。时间给予自然的历史，反映在书写的历史中，也同样要经历类似的过程，那就是在相似事物的比较中寻求关联，通过比较梳理脉络。《左传》已将时序从《春秋》编年剪裁为叙事需要的时间组合，时间的自由在史家笔下越发灵动跳跃，不同时间单元的人物和事件，为了实现书写者的目的开始组合起来，进而呈现更为清晰的主观的逻辑的历史。

早期的历史文献中，史官根据定位不同，职能也有所区别，是为"左史记言，右史记事"。不管记言还是记事，史官面临的基本都是同一个（群）人物对象：执掌政权者。在信息相对不互通的时代，从客观条件到主观定位都只能以同一个国家的君主（和群臣）为主体，当同一个国家的权力发生转移，"先王"和"今王"慢慢地同时出现在史官的笔下，但多继承，鲜比较，推崇先王而已。同一时期内的不同人物之间的对比拘囿于主客观条件，比如君王之间要等到春秋末期出现并行政权的历史条件之后才会出现横比以及跨政权的纵比。

《尚书》中关于帝王间最早的对比见于《舜典》："曰若稽古，帝舜，曰重华，协于帝。"[1] 而官员的对比最早见于《大禹谟》，当舜帝想要将王位让与大禹时，大禹非常谦虚地推荐了皋陶，认为自

---

[1] 李学勤主编《十三经注疏·尚书正义卷第三·虞书·舜典第二》，北京大学出版社，1999，第50页。

己的能力逊于皋陶，但舜帝却非常肯定大禹的功绩，坚持让与其地位："帝曰：'格汝禹。朕宅帝位，三十有三载，耄期倦于勤。汝惟不怠，惣朕师。'禹曰：'朕德罔克，民不依。皋陶迈种德，德乃降，黎民怀之。帝念哉！念兹在兹，释兹在兹，名言兹在兹，允出兹在兹，惟帝念功。'帝曰：'皋陶，惟兹臣庶，罔或干予正。汝作士，明于五刑，以弼五教。期于予治，刑期于无刑，民协于中，时乃功，懋哉！'"①《益稷》篇中舜帝和大禹的对话提到了帝尧的儿子丹朱，并将其作为反面典型用以类比："无若丹朱傲，惟慢游是好。傲虐是作，罔昼夜頟頟。罔水行舟，朋淫于家，用殄厥世。"②这也是介于君主和臣子之间的身份，同上述两个例子属性基本相同。

夏朝是中国史书中记载的第一个世袭制朝代。根据史书记载，禹传位于子启，改变了原始部落的禅让制，开创了中国近四千年世袭的先河，中国历史上的"家天下"，从夏朝的建立开始。夏朝共传十七代，因为昏庸被商朝灭亡后，关于夏商两个独立王朝之间的对比开始屡屡出现于文字记载之中。

> 仲虺乃作诰，曰："呜呼！惟天生民有欲，无主乃乱，惟天生聪明时乂。有夏昏德，民坠涂炭，天乃锡王勇智，表正万邦，缵禹旧服。兹率厥典，奉若天命。夏王有罪，矫诬上天，以布命于下。帝用不臧，式商受命，用爽厥师。简贤附势，实繁有徒。肇我邦于有夏，若苗之有莠，若粟之有秕。小大战战，罔不惧于非辜。矧予之德，言足听闻。惟王不迩声色，不

---

① 李学勤主编《十三经注疏·尚书正义卷第四·虞书·大禹谟第三》，北京大学出版社，1999，第90~91页。
② 李学勤主编《十三经注疏·尚书正义卷第五·虞书·益稷第五》，北京大学出版社，1999，第123页。

殖货利。德懋懋官，功懋懋赏。用人惟己，改过不吝。克宽克仁，彰信兆民。"①

曰："呜呼！古有夏先后，方懋厥德，罔有天灾。山川鬼神，亦莫不宁。暨鸟兽鱼鳖咸若。于其子孙弗率，皇天降灾，假手于我有命，造攻自鸣条，朕哉自亳。惟我商王，布昭圣武，代虐以宽，兆民允怀。今王嗣厥德，罔不在初。立爱惟亲，立敬惟长，始于家邦，终于四海。"②

伊尹申诰于王曰："先王惟时懋敬厥德，克配上帝。今王嗣有令绪，尚监兹哉！"③

伊尹既复政厥辟，将告归，乃陈戒于德。曰："呜呼！天难谌，命靡常。常厥德，保厥位。厥德匪常，九有以亡。夏王弗克庸德，慢神虐民。皇天弗保，监于万方，启迪有命，眷求一德，俾作神主。惟尹躬暨汤，咸有一德，克享天心，受天明命。以有九有之师，爰革夏正。非天私我有商，惟天佑于一德。非商求于下民，惟民归于一德。德惟一，动罔不吉。德二三，动罔不凶。惟吉凶不僭在人，惟天降灾祥在德。"④

微子若曰："父师、少师，殷其弗或乱正四方。我祖底遂陈于上，我用沈酗于酒，用乱败厥德于下。殷罔不小大，好草窃奸宄。卿士师师非度，凡有辜罪，乃罔恒获。小民方兴，相为敌仇。今殷其沦丧，若涉大水，其无津涯。殷遂丧，越至

---

① 李学勤主编《十三经注疏·尚书正义卷第八·商书·仲虺之诰第二》，北京大学出版社，1999，第 196~197 页。
② 李学勤主编《十三经注疏·尚书正义卷第八·伊训》，北京大学出版社，1999，第 203~204 页。
③ 李学勤主编《十三经注疏·尚书正义卷第八·太甲下第七》，北京大学出版社，1999，第 213 页。
④ 李学勤主编《十三经注疏·尚书正义卷第八·咸有一德第八》，北京大学出版社，1999，第 215~216 页。

于今。"①

而商周易代之后，关于夏商周的比较自然也就兴起。

　　王乃徇师而誓。曰："……惟天惠民，惟辟奉天。有夏桀，弗克若天，流毒下国。天乃佑命成汤，降黜夏命。惟受罪浮于桀。剥丧元良，贼虐谏辅。谓己有天命，谓敬不足行，谓祭无益，谓暴无伤。厥监惟不远，在彼夏王。天其以予乂民，朕梦协朕卜，袭于休祥，戎商必克。受有亿兆夷人，离心离德。予有乱臣十人，同心同德。虽有周亲，不如仁人。"②

抑或是历数先祖的功绩以及成就：

　　王若曰："呜呼！群后，惟先王建邦启土，公刘克笃前烈。至于大王，肇基王迹，王季其勤王家。我文考文王克成厥勋，诞膺天命，以抚方夏。大邦畏其力，小邦怀其德。惟九年，大统未集。予小子其承厥志，底商之罪，告于皇天后土、所过名山大川。"③

　　周公曰："呜呼！我闻曰：昔在殷王中宗，严恭寅畏天命，自度。治民祗惧，不敢荒宁。肆中宗之享国，七十有五年。其在高宗，时旧劳于外，爰暨小人。作其即位，乃或亮阴，三年不言。其惟不言，言乃雍，不敢荒宁。嘉靖殷邦，至于小大，

---

① 李学勤主编《十三经注疏·尚书正义卷第十·微子》，北京大学出版社，1999，第261~262页。

② 李学勤主编《十三经注疏·尚书正义卷第十一·泰誓中第二》，北京大学出版社，1999，第274~277页。

③ 李学勤主编《十三经注疏·尚书正义卷第十一·武成第五》，北京大学出版社，1999，第290~291页。

无时或怨。肆高宗之享国，五十年有九年。其在祖甲，不义惟王，旧为小人。作其即位，爰知小人之依，能保惠于庶民，不敢侮鳏寡。肆祖甲之享国，三十有三年。自时厥后立王，生则逸。生则逸，不知稼穑之艰难，不闻小人之劳，惟耽乐之从。自时厥后，亦罔或克寿。或十年，或七八年，或五六年，或四三年。"①

周公曰："呜呼！休兹，知恤鲜哉！古之人迪惟有夏，乃有室大竞，吁俊尊上帝。迪知忱恂于九德之行。乃敢告教厥后曰：'拜手稽首，后矣！'曰宅乃事，宅乃牧，宅乃准，兹惟后矣。谋面，用丕训德，则乃宅人，兹乃三宅无义民。"

桀德惟乃弗作往任，是惟暴德，罔后。亦越成汤陟，丕釐上帝之耿命，乃用三有宅，克即宅，曰三有俊，克即俊。严惟丕式，克用三宅三俊。其在商邑，用协于厥邑，其在四方，用丕式见德。

呜呼！其在受德暋，为羞刑暴德之人，同于厥邦。乃惟庶习逸德之人，同于厥政。帝钦罚之，乃伻我有夏，式商受命，奄甸万姓。

亦越文王、武王，克知三有宅心，灼见三有俊心。以敬事上帝，立民长伯。立政，任人、准夫、牧，作三事。虎贲、缀衣、趣马小尹，左右携仆、百司庶府。大都小伯、艺人表臣百司、太史、尹伯、庶常吉士。司徒、司马、司空、亚旅。夷微、卢烝，三亳阪尹。

文王惟克厥宅心，乃克立兹常事司牧人，以克俊有德。文王罔攸兼于庶言，庶狱庶慎，惟有司之牧夫。是训用违，庶狱

① 李学勤主编《十三经注疏·尚书正义卷第十六·无逸第十七》，北京大学出版社，1999，第430~433页。

庶慎，文王罔敢知于兹。

亦越武王，率惟敉功，不敢替厥义德，率惟谋从容德，以并受此丕丕基。

呜呼！孺子王矣！继自今，我其立政、立事、准人、牧夫。我其克灼知厥若，丕乃俾乱。相我受民，和我庶狱庶慎，时则勿有间之。自一话一言。我则末惟成德之彦，以乂我受民。①

周公旦将前人的立政之道一一说与刚刚即位的周成王，望其"克用常人"，"丕乃俾乱。相我受民，和我庶狱庶慎"，任用贤人协助君主治理国家才能使周王朝长治久安。其中，通过君主划分不同时期的思路已经非常清晰了。同时从君王的对比，进一步发展为前后几代辅政大臣之间的对比：

公曰："君奭！我闻在昔成汤既受命，时则有若伊尹，格于皇天。在太甲，时则有若保衡。在太戊，时则有若伊陟、臣扈，格于上帝，巫咸乂王家。在祖乙，时则有若巫贤。在武丁，时则有若甘盘。率惟兹有陈，保乂有殷，故殷礼陟配天，多历年所。"②

公曰："君奭！在昔上帝，割申劝宁王之德，其集大命于厥躬。惟文王尚克修和我有夏，亦惟有若虢叔，有若闳夭，有若散宜生，有若泰颠，有若南宫括。"③

① 李学勤主编《十三经注疏·尚书正义卷第十七·立政第二十一》，北京大学出版社，1999，第467~476页。
② 李学勤主编《十三经注疏·尚书正义卷第十六·君奭第十八》，北京大学出版社，1999，第441~442页。
③ 李学勤主编《十三经注疏·尚书正义卷第十六·君奭第十八》，北京大学出版社，1999，第444~445页。

通过对《尚书》的梳理可以发现，在我国早期的文献资料中，随着社会从原始形态演变为社会形态，自然时间观念演变为社会时间观念，史官的视野和职能随之扩展，前后政权的君主之间的比较随之产生，并从相邻两代的比较逐渐复杂化为跨越朝代的比较。同时这种历史的追溯由政权统治者扩展到政权的辅佐者，也就是从君到臣——君贵为天子，臣本为凡人，当比较的逻辑扩展到凡人，史书的书写也就可以将更多领域的普通人（文士）纳为对象了。于是，到了百家争鸣的春秋战国时期，从学术的角度对士人进行对比已成非常普遍的现象。以《孟子》为例，其中除了君主之间的比较之外，身份未为显贵但却具有才学之人之间的比较逐渐增多。

公孙丑问曰："夫子当路于齐，管仲晏子之功，可复许乎？"

孟子曰："子诚齐人也，知管仲晏子而已矣。或问乎曾西曰：'吾子与子路孰贤？'曾西蹙然曰：'吾先子之所畏也。'曰：'然则吾子与管仲孰贤？'曾西艴然不悦，曰：'尔何曾比予于管仲？管仲得君，如彼其专也；行乎国政，如彼其久也；功烈，如彼其卑也。尔何曾比予于是？'"曰："管仲，曾西之所不为也，而子为我愿之乎？"

曰："管仲以其君霸，晏子以其君显。管仲晏子犹不足为与？"

曰："以齐王，由反手也。"

曰："若是，则弟子之惑滋甚。且以文王之德，百年而后崩，犹未洽于天下；武王周公继之，然后大行。今言王若易然，则文王不足法与？"

曰："文王何可当也？由汤至于武丁，贤圣之君六七作，天下归殷久矣，久则难变也。武丁朝诸侯，有天下，犹运之掌也。纣之去武丁，未久也。其故家遗俗，流风善政，犹有存者；又有微子、微仲、王子比干、箕子、胶鬲，皆贤人也。相与辅相之，故久而后失之也。尺地莫非其有也，一民莫非其臣也，然而文王犹方百里起，是以难也。齐人有言曰：'虽有智慧，不如乘势；虽有镃基，不如待时。'今时则易然也。夏后殷周之盛，地未有过千里者也，而齐有其地矣。鸡鸣狗吠相闻，而达乎四境，而齐有其民矣。地不改辟矣，民不改聚矣，行仁政而王，莫之能御也。且王者之不作，未有疏于此时者也。民之憔悴于虐政，未有甚于此时者也。饥者易为食，渴者易为饮，孔子曰：'德之流行，速于置邮而传命。'当今之时，万乘之国行仁政，民之悦之，犹解倒悬也。故事半古之人，功必倍之，惟此时为然。"①

"宰我、子贡善为说辞，冉牛、闵子、颜渊善言德行。孔子兼之，曰：'我于辞命，则不能也。'然则夫子既圣矣乎？"

曰："恶，是何言也！昔者子贡问于孔子曰：'夫子圣矣乎？'孔子曰：'圣则吾不能，我学不厌而教不倦也。'子贡曰：'学不厌，智也。教不倦，仁也。仁且智，夫子既圣矣。'夫圣，孔子不居，是何言也！"

"昔者窃闻之：子夏、子游、子张，皆有圣人之一体；冉牛、闵子、颜渊则具体而微。敢问所安？"

曰："姑舍是。"

曰："伯夷、伊尹何如？"

曰："不同道。非其君不事，非其民不使，治则进，乱则退，伯夷也。何事非君，何使非民，治亦进，乱亦进，伊尹

---

① 焦循：《孟子正义·公孙丑上》，中华书局，1987，第173~186页。

也。可以仕则仕，可以止则止，可以久则久，可以速则速，孔子也。皆古圣人也，吾未能有行焉。乃所愿，则学孔子也。"

"伯夷、伊尹于孔子，若是班乎？"

曰："否。自有生民以来，未有孔子也。"

曰："然则有同与？"

曰："有。得百里之地而君之，皆能以朝诸侯、有天下；行一不义，杀一不辜，而得天下，皆不为也。是则同。"

曰："敢问其所以异？"

曰："宰我、子贡、有若，智足以知圣人，污不至阿其所好。宰我曰：'以予观于夫子，贤于尧舜远矣。'子贡曰：'见其礼而知其政，闻其乐而知其德，由百世之后，等百世之王，莫之能违也。自生民以来，未有夫子也。'有若曰：'岂惟民哉！麒麟之于走兽，凤凰之于飞鸟，泰山之于丘垤，河海之于行潦，类也。圣人之于民，亦类也。出于其类，拔乎其萃，自生民以来，未有盛于孔子也。'"①

在这一节中，出现多处人物之间的比较。公孙丑将孟子与管仲和晏子相比，孟子引用他人之说提到曾西和子路、管仲的对比，又将微子、微仲、王子比干、箕子、胶鬲都作为辅相之贤人并举。之后公孙丑继续向孟子提问，举出"善为说辞"的宰我和子贡以及"善言德行"的冉牛、闵子、颜渊，说明兼而有之的孔子堪称"上圣"，又根据承袭孔子的程度将子夏、子游、子张和冉牛、闵子、颜渊分为两类，并试图对应孟子和孔子的继承关系及定位，进而又想知道伯夷、伊尹和孔子的异同之处，孟子的回应介绍了宰我、子贡、有若对孔子的了解和崇高的评价。

① 焦循：《孟子正义·公孙丑上》，中华书局，1987，第213~218页。

其后，孟子多次举出历史人物与孔子进行对比，如《万章下》中分别介绍伯夷、伊尹、柳下惠的圣贤风范，虽然在某一方面达到圣贤的水准，却难如孔子之集大成："伯夷，圣之清者也；伊尹，圣之任者也；柳下惠，圣之和者也；孔子，圣之时者也。孔子之谓集大成。"①《告子下》篇继续以仁的标准评判上述三位贤者："居下位，不以贤事不肖者，伯夷也。五就汤，五就桀者，伊尹也。不恶污君，不辞小官者，柳下惠也。三子者不同道，其趋一也。一者何也？曰：仁也。君子亦仁而已矣，何必同？"②

孟子将历史上的人物梳理出其共同之处，放置于一个论点之下，用以横比，最为知名的还是这一则："舜发于畎亩之中，傅说举于版筑之间，胶鬲举于鱼盐之中，管夷吾举于士，孙叔敖举于海，百里奚举于市。故天将降大任于是人也，必先苦其心志，劳其筋骨，饿其体肤，空乏其身，行拂乱其所为，所以动心忍性，曾益其所不能。人恒过，然后能改；困于心，衡于虑，而后作；征于色，发于声，而后喻。入则无法家拂士，出则无敌国外患者，国恒亡。然后知生于忧患而死于安乐也。"③舜、傅说、胶鬲、管夷吾、孙叔敖、百里奚六人都曾有过艰辛的经历，由此给他们带来了辉煌。舜在之前的文章中出现，多数都是和尧、禹作为君主的对比，比如前引《尚书》的例子，可他此处竟然与其他辅佐贤士并举，虽然舜也确实曾经是尧帝的臣僚，但超脱政权之外的比较伴随着社会形态和历史观念的进步，也确实有所发展，而这一切都为史书的分期提供了准备。

到两汉的文献中，我们逐渐发现将类似的人物或者事件同时列举出来，通过比较的方式，或同褒扬，或分优劣，或共证事的情况

① 焦循：《孟子正义·万章下》，中华书局，1987，第 672 页。
② 焦循：《孟子正义·告子下》，中华书局，1987，第 829~830 页。
③ 焦循：《孟子正义·告子下》，中华书局，1987，第 864~872 页。

愈加增多，并且由两两对比逐渐变为多途，或者三人以上，或者一和多人。特别需要说明的是，这种比较也是源自史书，早期多集中于历史人物（多是帝王），这也符合史官的定位和职能要求。

> 丞相臣嘉等言："陛下永思孝道，立《昭德》之舞以明孝文皇帝之盛德，皆臣嘉等愚所不及。臣谨议：世功莫大于高皇帝，德莫盛于孝文皇帝，高皇庙宜为帝者太祖之庙，孝文皇帝庙宜为帝者太宗之庙。天子宜世世献祖宗之庙。郡国诸侯宜各为孝文皇帝立太宗之庙。诸侯王列侯使者侍祠天子，岁献祖宗之庙。请著之竹帛，宣布天下。"制曰："可。"①

> 孝惠、吕后时，公卿皆武力有功之臣。孝文时颇征用，然孝文帝本好刑名之言。及至孝景，不任儒者，而窦太后又好黄老之术，故诸博士具官待问，未有进者。②

> 及高皇帝诛项籍，引兵围鲁，鲁中诸儒尚讲诵习礼，弦歌之音不绝，岂非圣人遗化好学之国哉？于是诸儒始得修其经学，讲习大射乡饮之礼。叔孙通作汉礼仪，因为奉常，诸弟子共定者，咸为选首，然后喟然兴于学。然尚有干戈，平定四海，亦未皇庠序之事也。③

鉴于文学逐渐和史学分离，文学的社会地位逐渐提升，统治者开始注重文学才能，文士尤其是兼任官员的亦随之思考文学的发展，如此才进入文学史领域。上文谈及文学史家的双重身份时已有所交代，所以在不同的书籍中都开始出现不同身份地位的人之间的比较。关于君主间的比较，如班固"武帝纪赞"将汉武帝与文景比

---

① 司马迁：《史记卷十·孝文本纪第十》，中华书局，1959，第436页。
② 司马迁：《史记卷一百二十一·儒林列传第六十一》，中华书局，1959，第3117页。
③ 班固：《汉书卷八十八·儒林传第五十八》，中华书局，1962，第3592页。

较："赞曰：汉承百王之弊，高祖拨乱反正，文景务在养民，至于稽古礼文之事，犹多阙焉。孝武初立，卓然罢黜百家，表章《六经》。遂畴咨海内，举其俊茂，与之立功。兴太学，修郊祀，改正朔，定历数，协音律，作诗乐，建封禅，礼百神，绍周后，号令文章，焕焉可述。后嗣得遵洪业，而有三代之风。如武帝之雄材大略，不改文景之恭俭以济斯民，虽《诗》《书》所称何有加焉！"[①] 扬雄在《吾子》篇中将赋家进行比较："或问：'景差、唐勒、宋玉、枚乘之赋也益乎？'"[②] 颖容在《春秋释例序》中也对时下的知名学者们进行平行对比："汉兴，博物洽闻著述之士，前有司马迁、扬雄、刘歆，后有郑众、贾逵、班固，近即马融、郑玄。"[③] 如此之例证不胜枚举。

对比的意识和操作也是不断伴随着人们认识和经验的扩展而进步的，从同时代相似的人或人群的对比，到跨时代相似的人或人群的对比，再到跨越多个时代的多个人或者人群的对比。而跨越多个时代之所谓时代，其实就是不同的阶段。而何为不同的阶段，就需要时间节点来划分。于是历史书写中出现两个代表时间节点的关键词：断限和分期。

（三）断限—分期

从史学的角度而言，断限问题是史书内部结构确立的重要一环。史书的断限，指史书所记史事的起讫年代，是由两个时间节点构成的时间阶段。断限基本随着编年体史书的产生而明确概念。《春秋》作为最早的编年体史书，记载了从鲁隐公元年（前722）到鲁哀公十六年（前479）的历史，历12代君主，计244年（依

---

① 班固：《汉书卷六·武帝纪第六》，中华书局，1962，第212页。
② 扬雄：《法言卷二·吾子》，中华书局，1985，第5页。
③ 严可均：《全上古三代秦汉三国六朝文·全后汉文卷八十六·春秋释例序》，中华书局，1958，第938页。

《公羊传》和《穀梁传》载至哀公十四年止，为242年，《左传》多二年），它基本上是鲁国史书的原文。但是在《春秋》原文中我们并没有看到作者关于时间断限的明确说明，毕竟时间久远，或者作者尚未有如此清晰的认识，也可能是有所亡佚。但是到了有汉一朝，当跨越时间和地域的综合性史书出现的时候，比如《史记》，关于书写历史的断限已经是作者心目中必须交代的一个基本问题了。

　　太史公曰："余述历黄帝以来至太初而讫，百三十篇。"①

　　《太始公自序》曰："于是卒述陶唐以来，至于麟止，自黄帝始。"②

　　《报任少卿书》："上计轩辕，下至于兹，为十表，本纪十二，书八章，世家三十，列传七十，凡百三十篇。"③

　　《史记卷十三·三代世表第一》："余读谍记，黄帝以来皆有年数。稽其历谱谍终始五德之传，古文咸不同，乖异。夫子之弗论次其年月，岂虚哉！于是以《五帝系谍》、《尚书》集世纪黄帝以来讫共和为《世表》。"④

　　《史记卷十四·诸侯年表第二》："太史公曰：儒者断其义，驰说者骋其辞，不务综其终始；历人取其年月，数家隆于神运，谱谍独记世谥，其辞略，欲一观诸要难。于是谱十二诸侯，自共和讫孔子，表见《春秋》、《国语》学者所讥盛衰大指著于篇，为成学治古文者要删焉。"⑤

　　《史记卷十四·诸侯年表第二》："【索隐述赞】太史表次，

---

① 司马迁：《史记卷一百三十·太史公自序第七十》，中华书局，1959，第3321页。
② 司马迁：《史记卷一百三十·太史公自序第七十》，中华书局，1959，第2494页。
③ 萧统：《文选卷四十一·报任少卿书》，李善注，上海古籍出版社，1986，第1865页。
④ 司马迁：《史记卷十三·三代世表第一》，中华书局，1959，第488页。
⑤ 司马迁：《史记卷十四·诸侯年表第二》，中华书局，1959，第511页。

抑有条理。起自共和,终于孔子。十二诸侯,各编年纪。兴亡继及,盛衰臧否。恶不掩过,善必扬美。绝笔获麟,义取同耻。"①

《史记卷十九·诸侯年表第七》:"太史公读列封至便侯,曰:有以也夫!长沙王者,著令甲,称其忠焉。昔高祖定天下,功臣非同姓疆土而王者八国。至孝惠时,唯独长沙全,禅五世,以无嗣绝,竟无过,为藩守职,信矣。故其泽流枝庶,毋功而侯者数人。及孝惠讫孝景间五十载,追修高祖时遗功臣,及从代来,吴楚之劳,诸侯子弟若肺腑,外国归义,封者九十有余。咸表始终,当世仁义成功之著者也。"②

《史记卷四十七·孔子世家第十七》:"子曰:'弗乎弗乎,君子病没世而名不称焉。吾道不行矣,吾何以自见于后世哉?'乃因史记作《春秋》,上至隐公,下迄哀公十四年,十二公。据鲁,亲周,故殷,运之三代。约其文辞而指博。故吴楚之君自称王,而《春秋》贬之曰'子'。"③

追迹三代之礼,序《书传》,上纪唐虞之际,下至秦缪,编次其事。④

上采契后稷,中述殷周之盛,至幽厉之缺……⑤

此外,从孔安国在《尚书》序言中所提到的"讨论《坟》《典》,断自唐虞以下讫于周"⑥,班固在《汉书》中所叙述起讫年

---

① 司马迁:《史记卷十四·诸侯年表第二》,中华书局,1959,第683页。
② 司马迁:《史记卷十九·侯者年表第七》,中华书局,1959,第977页。
③ 司马迁:《史记卷四十七·孔子世家第十七》,中华书局,1959,第1943页。
④ 司马迁:《史记卷四十七·孔子世家第十七》,中华书局,1959,第1935~1936页。
⑤ 司马迁:《史记卷四十七·孔子世家第十七》,中华书局,1959,第1936页。
⑥ 萧统:《文选卷四十五·序上》,李善注,上海古籍出版社,1986,第2032页。

代 "起元高祖，终于孝平王莽之诛"①，都可以看出断限在史书中的普遍应用。

受史书影响，文学史的撰述也陆续出现断限问题，比如锺嵘《诗品》序言，堪称五言诗小史，其断限标准就是 "其人既往，其文克定，今所寓言，不录存者"②。刘勰生平历经宋、齐、梁三朝，一般认为其《文心雕龙》完成于公元 500 年前后，即齐明帝和齐和帝时期，不同于锺嵘，刘勰所品评的作家截止于东晋③。此外，沈约《宋书》作为刘宋一朝之 "正史"，在《谢灵运传论》中回视了远古至刘宋时期的文学发展历史，以颜延之（384~456）和谢灵运（385~433）为限。而萧子显《南齐书》同样作为萧齐之 "正史"，其《文学传论》中涉及的作家讫于鲍照（？~466）和汤惠休。据史书记载，鲍照卒于宋明帝泰始二年（466），而汤惠休则史载不详，似未入梁，可知萧子显所述之文学史断限大体为汉末至宋齐。虽然文学史也涉及断限问题，但是更重要的还在于分期问题。因为相比断限的两个节点，分期则需要三个以上的时间节点，也是在断限基础上更为进步的时间思考，体现了更为科学的时间意识。由此，作为在对历史进行总结回顾的时候所需要的时间方法，分期问题正式进入文学史书写，并且成为最基础、最亟待解决的重点之一。

三　文学史通行的分期方法及编撰实践

上文从中国的时间观念出发进行分析，发现四时顺变和循环的两大自然时间观念，直接影响了史家的书写时间观念，因此当其行

---

① 班固：《汉书卷一百下·叙传第七十下》，中华书局，1962，第 4235 页。
② 锺嵘：《诗品注·总论》，陈延杰注，人民文学出版社，1961，第 4 页。
③ 王达津：《论〈文心雕龙〉品评作家讫于东晋》，《古代文学理论研究论文集》，南开大学出版社，1985，第 60 页。

使职责书写历史的时候，就会采用跨越时间的方式对同一类型的人物及相关事件进行比较研究，"以史为鉴，可知兴替"，从先秦到两汉已经形成了明确的书写时间逻辑。当时间跨越的长度增加，历史累积了越来越多的政权，不同的政权内部统治者更迭数量增加，比较就不能无限度地延展，而需要确定一个相对具体的时间阶段，所以需要书写者说明起讫的时间点。而一个起讫阶段之内，为了更清晰地进行阶段内的比较又出现新的需求，那就是标举更具体的节点用以划分更小的时间阶段，这就是分期。

历史书写的分期不是协商一致的结果，而是史家在书写历史的过程中自发寻求的适合的思维和操作模式，当然这属于传统文学史书写的模式，因为那时候仍属于独立书写的态势。传统文学史书写的分期运作是本书研究的重点，笔者将会在后续几个章节结合具体文献详细地分析，这一节则主要讨论近代以来作为舶来品的"文学史"书写通行的分期方法有哪些，在具体操作过程中遇到的问题又有哪些，以期同传统的文学史书写分期方法进行比较研究，从而为未来的文学史书写寻找更合乎中国逻辑的路径。

理论探讨的林林总总，反映在实际编写中具体的分期方法，却面临仁智有别的状况，亦是未有定论。20 世纪初开始的中国文学史的编撰工作，在文学史分期问题的处理上，试探着，前进着，粗略统计有如下几种主要的分期方法。

第一种分期方法导源于近邻日本——日本则是受欧洲的影响。日本文学史以编年体居多，一般分为上古、古代、中古、中世、近世和近代几个时期。日本学者常使用"古代""中世""近世"这样的分法，漂洋过海影响了中国的学者。"中国第一部在较严格意义上的文学史著作——黄氏的《中国文学史》就是用了这种分期方法。"后来，"为了与中国习用的'古代'一词相区别，中国学者常将此种分期法中的'古代'改称'上古'，从而'中世'也常被改称'中古'了"。① 刘师培的《中国中古文学史讲义》就反映了与这种分期法的渊源关系，曾毅的《中国文学史》和谢无量的《中国大文学史》也均以上古（唐虞、三代至秦）、中古（两汉至隋）、近古（唐至明）、近世（清）来划分中国文学的时段，郑振铎的《插图本中国文学史》，以"中外文学交流和新旧文学衔接"为着眼点，也是按照上古期、古代期、中世期、近代期和现代期分期论述。从社会形态角度考察，古代是奴隶制及其以前的时代，中世是封建制时代，近代是资本主义时代，而近世则是封建末期并向资本主义转化的时代。对于这种分期方法的优势，有学者便指出："从文学背景的社会形态与思潮特点和文学本身的发展特色结合起来考虑，采用以下三段式的历史分期似乎更为合理，线索也更为分明。即分为上世（从先秦至唐五代）、中世（从宋辽金至清代）、近世（从鸦片战争至今）三个大时期。"② 而"由于上述的历史分期法本是从社会形态出发的，以此来划分文学的发展阶段再附以说明，实际上是既顾及文学与社会形态的联系又顾及文学本身特点的分期法。因为人性的发展本离不开社会的发展，在从事文学史的分期工作时考虑到社会形态，自有其合理的一面"③。所以也有学者直接以社会形态进行分期，以谭丕模的《中国文学史纲》为例，它分为奴隶制时代的文学、地方分权的封建时代的文学、中央集权的封建制创始时代的文学、中央集权的封建制衰弱时代的文学等阶段。

当然，也有学者认为相比上古、中古或者是世纪百年以及所谓"社会形态"的方法，大体依照朝代政权的更迭进行分期的方法，

---

① 章培恒：《关于中国文学史的宏观与微观研究》，《复旦学报》1999 年第 1 期，第 109 页。

② 张炯：《论中国文学史的史观与分期、前沿问题》，《文学遗产》2004 年第 2 期，第 12 页。

③ 章培恒：《关于中国文学史的宏观与微观研究》，《复旦学报》1999 年第 1 期，第 110 页。

更为适合我们的国情传统，这就是第二种分期方法：王朝分期法。钱锺书曾明确指出："且断代为文学史，亦自有说。吾国易代之际，均事兵战，丧乱弘多，朝野颠覆，茫茫浩劫，玉石昆冈，惘惘生存，丘山华屋。当此之时，人奋于武，未暇修文，词章亦以少少衰息矣。天下既定于一，民得休息，久乱得治，久分得合，相与燕忻其私，而在上者又往往欲润色鸿业，增饰承平，此时之民族心理，别成一段落，所谓兴朝气象，与叔季性情，迥乎不同。而遗老逸民，富于故国之思者，身世飘零之感，宇宙摇落之悲，百端交集，发为诗文，哀愤之思，懔若风霜，憔悴之音，托于环玦；苞稂黍离之什，旨乱而词隐，别拓一新境地。赵翼《题梅村集》所云：'国家不幸诗人幸，说著沧桑语便工'，文学之于鼎革有关，断然可识矣。夫断代分期，皆为著书之便；而星霜改换，乃天时运行之故，不关人事，无裨文风，与其分为上古、中古或十七世纪、十八世纪，何如汉魏唐宋，断从朝代乎？"① 王国维说："凡一代有一代之文学：楚之骚，汉之赋，六代之骈语，唐之诗，宋之词，元之曲，皆所谓一代之文学，而后世莫能继焉者也。"② 无疑，在由古及今的过程中，文学史需要将大量的文学现象进行梳理，在其整合的标准、方式、秩序中，时间线索是不可或缺的，王朝政治史显然是可供借鉴的典型坐标。文学虽有独立性和独特性，但和社会至少还有藕断丝连的关系，朝代更迭作为社会大事，对文学发展的影响若说没有关联，那肯定是陷入了绝对的误区中。"依王朝的更替来划分文学史段落，不仅用于断代文学史，即在文学通史的编撰中，也一直沿用下来，目前似乎尚无公认的更好办法可以取代它。"③ 郑振铎

---

① 钱锺书：《中国文学小史序论》，见《钱锺书散文》，浙江文艺出版社，1997，第481~482页。
② 王国维：《宋元戏曲史》自序，上海古籍出版社，1998，第1页。
③ 董乃斌：《唐代文学史的编撰：历史与现状》，《学术研究》2001年第3期，第90页。

早在 1958 年就曾撰文指出，中国文学史的分期原则"是和一般历史的发展规律相同的"，"是和中国历史发展的规律的步调相一致的"①。文学史作为历史的一个分支，和历史的变迁保持一致性不仅未尝不可，而且也是目前为止更为广泛接受且符合传统认识的分期方法。韦勒克、沃伦合著的《文学理论》就曾指出："大多数文学史是依据政治变化进行分期的，这样，文学就被认为是完全由一个国家的政治或社会革命所决定的。"② 可见王朝分期法不仅常见于中国，也出现于各国的文学史中。

以王朝（政治）作为分期方法，在文学史编撰过程中，通行范围最为广泛，时间最为久远，但其面临的反对意见也是最多的，早在中国文学史写作大潮产生之初就遭遇过批评。郑振铎评论翟理士《中国文学史》时就曾说书中的王朝分期框架导致"不能详述文学潮流的起迄"。钱锺书则认为，按政治朝代对文学史进行分期"有如匡格"，且文学发展"不必尽与朝政国事之治乱盛衰吻合"，"唐诗、宋诗，亦非仅朝代之别，乃体格性分之殊"。③ 20 世纪后期反对声更为明显和集中。刘毓庆说："但这三分期，无论哪一种，都是不科学的。第一，谓'文学史'，就是文学的历史，而不是指某一历史阶段的文学。这样按政治社会史的阶段去分割文学史显然是文不对题的。第二，将文学的历史，按朝代或者按社会形态去割裂，只能将一个系统的东西，弄得支离破碎，而无法去揭示它的内在发展规律。"④ 戴燕在《文学史的权力》一书中对这种分期方法表示了不满："中国文学史本应当是'文学'的历史，可是，传统

---

① 《郑振铎文集》第七卷，人民文学出版社，1988，第 76 页。
② 勒内·韦勒克、奥斯汀·沃伦：《文学理论》，刘象愚等译，生活·读书·新知三联书店，1984，第 303 页。
③ 钱锺书：《谈艺录·诗分唐宋》，生活·读书·新知三联书店，2001，第 3 页。
④ 刘毓庆：《中国文学史分期刍议——兼论文学史的编写》，《中州学刊》1987 年第 5 期，第 73 页。

史学对于历史的叙述，却是以政治史为中心的，对于学术史的描写也以经学为中心，而这种习惯不自觉地就被人带到了文学史里：王朝之分可以代表文学史的分期，对文学史的叙述判断，要放在对以经学为核心的学术史所做的判断和叙述的大前提下。"① 也有学者指出，在文学史的编写上，存在"文学史自主品格的失落"的问题，表现之一就是"划分文学史的分期时，常常把社会发展的阶段或政治体制的变动（乃至领导人的更替）完全等同于文学发展的分期"②。孙明君对章培恒、骆玉明主编的《中国文学史》进行评价时指出，该书试图从人性的角度来探讨文学规律和分期是一种大胆的尝试，但"遗憾的是，像过去的文学史著作一样，章编文学史分期的标准依然是取决于王朝的更替，而不是依据文学自身的嬗变规律"③。从这样的遗憾中可以看出，作者也希望从文学自身出发确立文学史的分期。

在对王朝分期方法的反对声中，大多数学者都表达了希望从文学本体出发进行文学史分期的设想，这也就可以作为文学史分期的第三种方法。但似乎也不能同历史分期截然撇开。还有一部分学者发表了相对比较折中的看法，并不完全排斥王朝历史分期方法，但希望以文学自身的发展为主导因素。钱锺书指出："夫文学史之时期，自不能界域分明，有同匡格；然而作者之宗风习尚，相革相承，潜移默变，由渐而著，固可标举其大者著者而区别之。"分期不如"界域""匡格"，没有绝对固定的方法，但可以文学风尚的

① 戴燕：《文学史的权力》，北京大学出版社，2002，第32页。
② 陈建华：《关于"20世纪俄语文学史"的新架构》，李明滨、陈东主编《文学史重构与名著重读》，北京大学出版社，1996，第8页。
③ 孙明君：《追寻遥远的理想——关于20世纪〈中国文学史〉的回顾与瞻望》，《北京大学学报》（哲学社会科学版）1997年第1期，第54页。

递嬗为参照，而"断代分期，皆为著书之便"。① 唐弢认为："文学史的分期应当根据文学本身发展的规律来分，至少应该根据文化发展或者思想发展来分，可以参考历史分期和政治分期，但不一定去生套硬凑，一定要跟政治分期一样。""文学史的分期同历史分期有关系，但并不完全一样……"② 虽然章培恒版《中国文学史》依然难以摆脱按照王朝更替的分期方法，但其依然主张"文学史的分期到底应以文学本身为基础，所以，文学史的分期与一般的历史分期只能是若即若离的关系，而不应是亦步亦趋的关系"③。佴荣本具体指出："社会史的发展，文学观念的变革，文体的流变，是文学史分期参照的主要方面。"④ 钱志熙对从严羽到高棅的《唐诗品汇》的前后相继，最后所确定的关于唐诗初盛中晚四期的分期理论，认为其"合理性在于不是简单地从历史分期为文学史（分期）借来一个外壳，而是真正能够展示唐代诗歌发展趋势的科学的分期"⑤，既强调了文学自身发展趋势与确立分期原则的重要作用，同时也并不排斥历史分期的"外壳"作用。可见，按照王朝更迭划分文学史的分期虽然在操作上为文学史家提供了便利，但对于真实再现文学发展原貌、符合文学发展事实的文学史客观性建构仍存缺憾。那么，如何在文学史的撰写中，尽最大可能使书写的分期向文学的客观真实靠拢呢？

方法和思路简单可以划分为上述三种，但似乎落实到具体写作之中，统观现有的中国文学史著作，其基本都采用王朝政治史的分

---

① 钱锺书：《中国文学小史序论》，《国风》半月刊第三卷第八期，1933 年 10 月 16 日。本文所引见《钱锺书散文》，浙江文艺出版社，1997，第 480~482 页。
② 中国社会科学院文学研究所主编《当代文学研究——资料与信息》（内部刊行），1986年第 1 期；《唐弢文集》第九卷，社会科学文献出版社，1995，第 488~491 页。
③ 章培恒：《关于中国文学史的宏观与微观研究》，《复旦学报》1999 年第 1 期，第110 页。
④ 佴荣本：《论文学史的分期》，《江苏社会科学》2003 年第 3 期，第 134 页。
⑤ 钱志熙：《中国古代的文学史构建及其特点》，《文学遗产》2003 年第 6 期，第 23 页。

期方式，试以两种应用最为广泛的文学史著作为例进行说明。

游国恩版的《中国文学史》作为新中国成立后编写的、通行时间最长的一部文学史，在开篇说明中，编者这样写道："本文叙述上古至'五四'运动以前的文学，即通常所说的古典文学部分。至于分期，目前史学界尚有争论，有些同志虽然提出了一些新的分期办法，实际上做起来也有些困难，因此，我们仍按照北京大学一九五五级集体编著的《中国文学史》分全书为上古至秦统一的文学、秦汉文学、魏晋南北朝文学、隋唐五代文学、宋代文学、元代文学、明代文学、清初至清中叶的文学、近代文学——晚清至'五四'的文学等九编。除末编按社会形态划分外，其余则基本以主要封建王朝作为分期的标志。在我国封建社会漫长的发展中，封建王朝的更替，往往是长期阶级斗争的自然段落，它或多或少为社会经济和文化的发展带来了若干新的特点，它也对文学的发展起制约作用，影响着一个时代的文学风貌。因此，尽管以主要封建王朝作为分期标志，不是严格的科学划分，但它也有助于我们掌握我国文学的发展，我们还是采用了这种办法。"①

通过上述说明，我们可以看出作者书写文学史时关于分期方法的三个非常重要的思考。首先，分期问题是《中国文学史》作者在动手之初就非常重视的问题，所以在说明该书的创作背景和思路之中，用了将近一半的篇幅来解释他们对于分期的认识、争论以及决定。其次，权衡之下，最终主要采用以封建王朝作为分期标志的方法。这并不能证明它是完美的，因为作者很明确地表示王朝分期法"不是严格的科学划分"，但是它一定具备合理性——"在我国封建社会漫长的发展中，封建王朝的更替，往往是长期阶级斗争的自然段落，它或多或少为社会经济和文化的发展带来了若干新的特

---

① 游国恩：《中国文学史》第一册，人民文学出版社，1963，第 2 页。

点，它也对文学的发展起制约作用，影响着一个时代的文学风貌"。最后，也正因为这种矛盾，所以作者先行强调了另外一个非常重要的原则，那就是虽然有分期的"束缚"，但也不能完全受制于其中，而是要重视文学的本真，尽量勾画文学发展的原貌，"同时还注意到各种文学形式的发展和相互影响，以及它们的源流源变"①。

文学史作为一个学科，书写将近百年，随着讨论越来越深入，文学史的编写者在实际操作中进一步展开打破王朝政治分期的种种尝试。袁行霈主编的《中国文学史》采用了"三古七段双视角"，并自述："和现在通行的分期法相比，一个重大变化就是打破朝代的局限，完全从文学本身出发，以文学本身的发展阶段作为文学史分期的根据。"所谓三古七段双视角也即三古七段法：上古期大约为 3 世纪以前的时期，包括先秦和秦汉两段；中古期为 3 世纪至 16 世纪，包括魏晋至唐中叶（天宝末）、唐中叶至南宋末、元初至明中叶（正德末）三个阶段；近古期为 16 世纪至 20 世纪初期，包括明嘉靖初至鸦片战争（1840）和鸦片战争至五四运动（1919）两个阶段。按照编者的说法，这种分期方法"主要着眼于文学本身的发展变化，体现文学本身的发展变化所呈现的阶段性，而将其他的条件如社会制度的变化、王朝的更替等视为文学发展变化的背景"②，可见作者是希望运用更为客观、更为全面的方式考虑分期问题的。游版是"努力依照各个时代文学发展的实际情况勾画出它们的面貌"，强调时代；袁版则是"主要着眼于文学本身的发展变化，体现文学本身的发展变化所呈现的阶段性"，分期观念的立足点已经发生很大的变化。另外，笔者还注意到，在秦汉文学的绪论部分，编者专门就"汉代文学的分期"问题进行了说明，将汉代文学

---

① 游国恩：《中国文学史》第一册，人民文学出版社，1963，第 1 页。
② 袁行霈主编《中国文学史》，高等教育出版社，1999，总绪论第 12 页。

发展划分为四个时期，分别是自高祖至景帝的初创期、从武帝至宣帝的全盛期、从元帝到东汉和帝的中兴期和从安帝到灵帝的转变期，举出各个时期的文体发展情况和代表作家。但是在其后的正文撰述中，则是分列七章：秦及西汉散文、司马相如与西汉辞赋、司马迁与《史记》、两汉乐府诗、东汉辞赋、《汉书》及东汉散文和东汉文人诗，基本是在历史发展的大背景下，按照文体的分类进行秦汉两代文学史编撰的。可见文学史分期的处理还需要进一步的探讨。

袁行霈在该版文学史正式出版十五年之后，撰写了一篇文章继续表述自己的观点："中国文化史有两个坐标：一个是时间的坐标，一个是地域的坐标。时间坐标的确立，分期是关键。理想的分期法是依据文化自身发展的实际情况灵活处理，不必完全按照朝代更迭来进行。""面对悠久的中国文化，分期是研究和描述其历史发展的关键。学术界习惯按朝代划分时期，即将朝代的更替作为分期的界限，这自有其学理的根据。就学者个人而言，专攻一个朝代的历史文化，也是很自然的。然而，改朝换代乃是政权的转移，适合于政治史，是否适合作为文化史分期的依据呢？这是我长久以来不断思考的问题。我认为，理想的分期法是依据文化自身发展的实际情况灵活处理，可以按朝代分期，也可以不按朝代分期，不可一概而论。"①

古代文学史之外，一批现当代文学史著作，诸如谢冕的《百年文学中国史总系》、洪子诚的《中国当代文学史》、黄万华的《中国和海外20世纪汉语文学史论》等在时间的处理方式上，尝试放弃分期的模式，转而以某些时间点或时间段为切入视角，将与其相关的社会事件与文学事件进行剖析。但因为以时间点为切入，所以

---

① 袁行霈：《我的中国文化时地观》，《中国人民大学学报》2014年第4期，第2页。

叙述视野的广度和陈述对象的选择上有局限，而以时间段为切入，时间段的实质也是由时间节点构成，而节点正是分期的基本要素，所以文学史家在面对书写的时间思维上面的选择其实非常有限。

"文学史"作为一门学科从初创到如今已有百年历史，从林林总总的理论到红红火火的实践，至今仍然没有发现一个能有效贴近文学史客观性的历史分期方式。那么，我们不妨转换视角，回视中国古代传统文学史书写的分期实践以及思路。

四 传统文学史书写中分期问题的研究意义

关于文学史分期问题的讨论从 20 世纪初期文学史作为一门学科的教材编写，已延续了百年且热度不减。20 世纪末，"九五"国家社会科学基金重点项目"中国文学史学史研究"获准立项。项目组成员陈伯海提出，鉴于"学术界发出的建设中国文学史学的呼声"，"要求对文学史工作自身进行理论检讨"，"在大量的文学史研究实践的基础上归纳出一定的理论原则"，这其中就包括"分期与分段"等问题，这些都是"明确归结于文学史学的理论建构"的，标志着文学史工作者自觉意识的抬头。① 2001 年，《复旦学报》开辟专栏——"中国文学史分期问题讨论"，章培恒和陈思和两位主持人，分别是古代文学和现代文学的学科带头人，可见这个专栏的开辟不同于"重写文学史"的专栏，而是包括了中国古代文学和现代文学两个研究领域。他们在开篇语中首先强调了文学史分期的必要性，"为了展示文学的演变，我们必须把它的发展过程划分为若干阶段。这些阶段在文学上应各具首尾贯穿的特色，而在前一阶段与后一阶段之间则应在文学上有其分明的断限"，并且明确批评了"以中国古代文学来说，在一个相当长的时期里我们习惯以朝代

---

① 陈伯海：《中国文学史学史编写刍议》，《社会科学战线》1997 年第 5 期，第 56 页。

分期"的传统思维模式。① 但其后所发表的论文，"大多数是围绕着 20 世纪百年文学而展开，而古代文学的分期问题除了有个别的学者提出'近世文学'的概念外，没有进一步涉及"。②

　　也有部分学者对中国传统文学史的科学性提出质疑，黄仁生在《中国文学古今演变研究绪论》一文中从设立中国文学古今演变方向的论点入手，谈及中国文学分期问题的重要性和迫切性，理由有二。其一，"中国文学已有三千多年的历史，即使按照前面提到过的约定俗成的分法，以 1917 年新文学运动的发生为界，此前的三千年文学，从整体上视之为'古'；此后九十余年的文学，从整体上视之为'今'。但在具体的研究中，因时间跨度过于久远（尤其是古代文学），不便于把握其演进的特征，有必要进一步对中国文学史进行分期"。其二，"'中国文学古今演变'作为一个学科的研究对象，固然可以覆盖中国自古至今的文学，但并不是古代文学与现当代文学的简单相加，而是着重强调以一种古今联系的视角和方法，对中国文学作整体性的观照和贯通性的研究。为使这种观照和研究具有可操作性，也有必要就中国文学发展史进行分期"③。然而，对于传统文学史书写中关于分期问题的实践与思想，黄先生却甚为轻视，认为"一是说得简略而随意，二是多以时代升降而溯源探流"，并举出叶燮、胡应麟、王国维等人的文学史书写事例，用以证明古代文学史家既"无意撰写文学史"，又无"科学的研究"，故而对现代文学史意义上的文学史书写分期问题毫无价值。

　　依托现代科学体系建立起来的文学史学科，对于中国文学发展

---

① 章培恒、陈思和：《〈中国文学史分期问题讨论〉主持人的话》，《复旦学报》2001 年第 1 期，第 12 页。
② 罗兴萍：《文学史分期与文学观念的演变》，《复旦学报》2002 年第 6 期，第 17 页。
③ 黄仁生：《中国文学古今演变研究绪论》，《湖南文理学院学报》2009 年第 5 期，第 79 页。

历程的书写，在实践中偏离了那种更为重视文学本身、重视个人感受、符合中国文学发展脉络的传统经验，虽然文学史著述汗牛充栋，但总是不尽如人意。由此追本溯源方能返本归真。何为本？就是先唐时期的文学史书写。

文学史家在具体书写过程中，在时间观念的指引下，选择时间节点时或者是朝代、统治者或者年号等多种方法，也会通过具体的作家作品引领一个时期，其灵动自由远超现代人书写的想象，更非统一体例的教材可以比拟。故而回归初心，从文献资料中爬梳出具有文学史书写性质的材料①，通过具体的文本分析，考察对于之前发生的文学现象以什么为依据来划分阶段进行论述，又以什么为时间节点领起对于一个时期的文学阐述，析其理念，探其方法，分析具体的分期实践，总结出分期的思想，以期于今有所借鉴启迪。因为一个节点必须对应两个阶段，而历史需要连贯的发展，所以能够设定一两个时间节点作为某一文体或者文学现象的分期就具有书写的鲜明价值和历史意义，即便每个阶段的书写方式未能达到统一，也已经具备时代特色的研讨意味，即可纳入文学史书写分期问题的探讨之中。同时，为了叙述方便，还是采取时间先后顺序，结合史家的生辰和史书创作的时间。基本以时间先后为序，因为同一时间文学的发展也在经历自觉的发展阶段，所以很难界定纯粹的文学属性，因此关于文学史的书写范围也只能相对宽泛。

第二节　两汉文学史家的分期
实践及思考

在汉代以前的文献中，从时间流动和比较的角度，很难看到对

---

① 鉴于早期学术史诗乐舞、文史哲不分的状况，纯文学观念也在形成之中，所以早期文学史书写探讨包含了学术史的内容。

于前代文学发展的梳理和记载，难以涉及书写的分期问题。到了汉代，从现存资料中慢慢可以发现，文学史家能够将时间观念和文学发展逐渐结合进行历史的思考。究其原因，就是本书第一章第一节，文学史书写的相关范畴和背景所介绍的，一方面在于历史意识发展下的史学独立、文学的自觉引发的文学作品和文学史书写的大量增加，以及由此引发的文史多角度多层面的结合。

本节以两汉为时间断限，从史料中搜索在文学史书写上涉及分期问题的典型材料，包括西汉四篇和东汉的十三篇，通过介绍作者的基本情况，交代选文的创作背景，通过具体的文本内容分析，考察书写内容的分期节点，归纳分期方法，在其书写实践基础上总结其分期思想，寻求文学史家在分期问题上的创新成果，以及对后世的影响。

一 董仲舒《举贤良对策》

董仲舒（约前179~前104），广川（今河北景县）人，西汉儒家今文经学大师，景帝时任博士，精治《公羊春秋》。武帝时以贤良对策，其"天人感应"学说和"罢黜百家，独尊儒术"的主张为武帝所采纳，使儒学成为中国社会正统思想，影响长达二千多年。曾任江都王和胶西王相，后托病辞官，专心修学著书。著有《春秋繁露》，明人辑有《董胶西集》。

汉武帝即位以后，多次要各地推举贤良和文学的人才参加对策。董仲舒获此殊荣来到朝廷，汉武帝策问三次，董仲舒对策三次。这三次对策文字，就是《举贤良对策》。汉武帝策问的目的是寻找治国方略，董仲舒的思想恰好能够维护和巩固汉武帝所需要的集权统治的历史要求，所以即刻吸引了汉武帝的关注并使其之后更大力度地推行。同时《举贤良对策》中也体现了董仲舒的学术思想和文艺思想，比如礼乐和道的关系："道者，仁义礼乐皆其具也","乐者，所以变民风、化民俗也","教化立而奸邪皆止"等。

> 臣闻尧受命，以天下为忧，而未以位为乐也，故诛逐乱臣，务求贤圣，是以得舜、禹、稷、卨、咎繇。众圣辅德，贤能佐职，教化大行，天下和洽，万民皆安仁乐谊，各得其宜，动作应礼，从容中道。故孔子曰"如有王者，必世而后仁"，此之谓也。尧在位七十载，乃逊于位以禅虞舜。尧崩，天下不归尧子丹朱而归舜。舜知不可辟，乃即天子之位，以禹为相，因尧之辅佐，继其统业，是以垂拱无为而天下治。孔子曰"《韶》尽美矣，又尽善矣"，此之谓也。至于殷纣，逆天暴物，杀戮贤知，残贼百姓。伯夷、太公皆当世贤者，隐处而不为臣。守职之人皆奔走逃亡，入于河海。天下耗乱，万民不安，故天下去殷而从周。文王顺天理物，师用贤圣，是以闳夭、大颠、散宜生等亦聚于朝廷。爱施兆民，天下归之，故太公起海滨而即三公也。当此之时，纣尚在上，尊卑昏乱，百姓散亡，故文王悼痛而欲安之，是以日昃而不暇食也。孔子作《春秋》，先正王而系万事，见素王之文焉。由此观之，帝王之条贯同，然而劳逸异者，所遇之时异也。孔子曰"《武》尽美矣，未尽善也"，此之谓也。①

董仲舒在谈及时代和君主以及社会的关系时，将历史进行了明确的分期，按照朝代和统治者为标准，举出尧、舜、殷纣、文王四个阶段，但其主要着眼点在于指明不同君主所造就的不同时代、社会态势和文学史关系不大。但是在另外一篇《春秋繁露·楚庄王》

---

① 班固：《汉书卷五十六·董仲舒传第二十六》，中华书局，1962，第2508~2509页。

中，他主张乐的教化功能在于歌功颂德，而且作乐始于本，根据时移世易，乐的内容和功能都会有所变化，具有鲜明的时代性。对于早期文学、音乐以及哲学、历史混杂的现象而言，主张音乐的教化功能和时代性也是在表达作者对于文学的认识，所以也可以看作作者的文学史观念表达。恰好在表达这一思想时，我们可以发现其也加入了按照统治者进行分期的思想。

　　问者曰：物改而天授显矣，其必更作乐，何也？曰：乐异乎是。制为应天改之，乐为应人作之。彼之所受命者，必民之所同乐也。是故大改制于初，所以明天命也。更作乐于终，所以见天功也。缘天下之所新乐而为之文曲，且以和政，且以兴德。天下未遍合和，王者不虚作乐。乐者，盈于内而动于外者也。应其治时，制礼作乐以成之。成者，本末质文皆以具矣。是故作乐者必反天下之所始乐于己以为本。舜时，民乐其昭尧之业也，故《韶》。"韶"者，昭也。禹之时，民乐其三圣相继，故《夏》。"夏"者，大也。汤之时，民乐其救之于患害也，故《濩》。"濩"者，救也。文王之时，民乐其兴师征伐也，故《武》。"武"者，伐也。四者，天下同乐之，一也，其所同乐之端不可一也。作乐之法，必反本之所乐。所乐不同事，乐安得不世异？是故舜作《韶》而禹作《夏》，汤作《濩》而文王作《武》。四乐殊名，则各顺其民始乐于己也。吾见其效矣。《诗》云："文王受命，有此武功。既伐于崇，作邑于丰。"乐之风也。又曰："王赫斯怒，爰整其旅。"当是时，纣为无道，诸侯大乱，民乐文王之怒而咏歌之也。周人德已洽天下，反本以为乐，谓之《大武》，言民所始乐者武也云尔。故凡乐者，作之于终，而名之以始，重本之义也。由此观之，正朔、服色之改，受命应天制礼作乐之异，人心之动也。

二者离而复合，所为一也。①

董仲舒先后举出舜、禹、商汤和周文王四位明君，由于"昭尧之业""三圣相继""救之于患害""兴师征伐"等重大政治举措深得民心，故百姓为之兴乐《韶》《夏》《濩》《武》。"作乐之法，必反本之所乐"，四部乐舞名称不同，正是因为"乐不同事"，故乐有所异，"各顺其民"。

二 孔安国《尚书序》

孔安国，生卒年不详，西汉经学家，孔子第 10 世孙。武帝时任博士，官至谏大夫。武帝末年，鲁共王坏孔府旧宅，于壁中得《古文尚书》及《礼记》、《论语》、《孝经》数十篇，皆古字，无人可识。孔安国整理后谓之《古文尚书》，又奉诏作书传。另著有《古文孝经传》和《论语训解》等。

到了汉武帝时期，学者们从整体的学术思考逐渐开始进入对具体门类的单独思考，这其中就包括"文"。孔安国《尚书序》的入笔就在于回顾古代文献的产生过程，他自然地引入四个时期，选择统治者作为时间节点："伏羲氏""伏羲、神农、黄帝""少昊、颛顼、高辛、唐、虞""夏商周"。这四个阶段代表古代文献发展的四个时期，并皆有自己的代表文献和特点，魏晋南北朝时期的文学史书写基本效仿这个思路。

古者伏牺氏之王天下也，始画八卦、造书契，以代结绳之政，由是文籍生焉。伏牺、神农、黄帝之书，谓之"三坟"，言大道也。少昊、颛顼、高辛、唐、虞之书，谓之"五典"，

---

① 董仲舒：《春秋繁露义证·楚庄王第一》，中华书局，1992，第 19~23 页。

言常道也。至于夏、商、周之书，虽设教不伦，雅诰奥义，其归一揆。是故历代宝之，以为大训。八卦之说，谓之"八索"，求其义也。九州之志，谓之"九丘"。丘，聚也，言九州所有，土地所生，风气所宜，皆聚此书也。《春秋左氏传》曰，楚左史倚相"能读三坟、五典、八索、九丘"，即谓上世帝王遗书也。①

孔安国另有《古文训传序》论及《孝经》的成书背景以及流传情况，也具有明显的分期思路："逮乎六国，学校衰废"，"及秦始皇焚书坑儒，《孝经》由是绝而不传也"，"至汉兴，建元之和，河间王得而献之"。

《孝经》者何也？孝者，人之高行，经，常也。自有天地人民以来，而孝道著矣。上有明王，则大化滂流，充塞六合。若其无也，则斯道灭息。当吾先君孔子之世，周失其柄，诸侯力争，道德既隐，礼谊又废。至乃臣弑其君，子弑其父，乱逆无纪，莫之能正。是以夫子每于闲居而叹述古之孝道也。夫子敷先王之教于鲁之洙泗，门徒三千，而达者七十有二也。贯首弟子颜回、闵子骞、冉伯牛、仲弓。性也，至孝之自然，皆不待论而窹者也。其馀则悱悱愤愤，若存若亡。唯曾参躬行匹夫之孝，而未达天子诸侯以下扬名显亲之事，因侍坐而咨问焉，故夫子告其谊。于是曾子喟然知孝之为大也，遂集而录之，名曰《孝经》，与《五经》并行于世。逮乎六国，学校衰废；及

① 李学勤主编《十三经注疏·尚书正义卷第一·尚书序》，北京大学出版社，1999，第1~8页。

秦始皇焚书坑儒，《孝经》由是绝而不传也。①

三　刘向《战国策录》

刘向（约前77~前6），本名更生，字子政，沛（今江苏沛县）人。汉皇族楚元王（刘交）四世孙，西汉经学家、目录学家、文学家。历任散骑大夫、散骑宗正、光禄大夫、中垒校尉等。曾奉命领校秘书，所撰《别录》是我国目录学之祖。今存《新序》《说苑》《列女传》等著述，《汉书·艺文志》著录有赋三十三篇。原有文集，已佚，明人辑为《刘中垒集》。

刘向奉命整理《战国策》一书并为之作序，清晰交代了《战国策》一书形成的历史背景，侧重说明因为时代不同，礼乐教化、纲纪道德都会随之发生很大变化，设置"周（文武）""春秋""春秋之后""秦"四个时间节点用以分期。其中，"周"又分成"文、武始兴"和"康、昭之后"，前者"崇道德，隆礼义"，后者已经"衰德"。春秋也以"五伯"分界，前期"尊事周室"，后期"时君虽无德，人臣辅其君者"，整体维持"小国得有所依，百姓得有所息"的美好盛世。春秋之后（战国）"礼义衰矣"，具体则以"仲尼"区分，生前"论《诗》、《书》，定《礼》、《乐》，王道粲然分明"，身后"道德大废，上下失序"。至于秦国，仁义更弃，道德绝矣。从秦孝公开始，至其晚世，再至始皇、二世，更是"以诈伪偷活取容，自上为之"。

　　叙曰：周室自文、武始兴，崇道德，隆礼义，设辟雍泮宫

---

① 严可均：《全上古三代秦汉三国六朝文·全汉文卷十三·古文孝经训传序》，中华书局，1958，第195~196页。

庠序之教，陈礼乐、弦歌移风之化，叙人伦，正夫妇，天下莫不晓然。论孝弟之义，惇笃之行，故仁义之道满乎天下，卒致之刑错四十余年。远方慕义，莫不宾服，雅颂歌咏，以思其德。下及康、昭之后，虽有衰德，其纲纪尚明。

及春秋时，已四五百载矣，然其余业遗烈，流而未灭。五伯之起，尊事周室。五伯之后，时君虽无德，人臣辅其君者，若郑之子产，晋之叔向，齐之晏婴，挟君辅政，以并立于中国，犹以义相支持，歌说以相感，聘觐以相交，期会以相一，盟誓以相救。天子之命，犹有所行，会享之国，犹有所耻。小国得有所依，百姓得有所息。故孔子曰："能以礼让为国乎？何有？"周之流化，岂不大哉！

及春秋之后，众贤辅国者既没，而礼义衰矣。孔子虽论《诗》、《书》，定《礼》、《乐》，王道粲然分明；以匹夫无势，化之者七十二人而已，皆天下之俊也，时君莫尚之。是以王道遂用不兴。故曰："非威不立，非势不行。"仲尼既没之后，田氏取齐，六卿分晋，道德大废，上下失序。至秦孝公，捐礼让而贵战争，弃仁义而用诈谲，苟以取强因而矣。夫篡盗之人，列为侯王；诈谲之国，兴立为强。是以传相放效，后生师之，遂相吞灭，并大兼小，暴师经岁，流血满野；父子不相亲，兄弟不相亲，夫妇离散，莫保其命，湣然道德绝矣。晚世益甚，万乘之国七，千乘之国五，故侔争权，盖为战国。贪饕无耻，竞进无厌。国异政教，各自制断。上无天子，下无方伯，力功争强，胜者为右。兵革不休，诈伪并起。当此之时，虽有道德，不得施谋。有设之强，负阻而恃固。连与交质，重约结誓，以守其国。……是故始皇因四塞之固，据崤、函之阻，跨陇、蜀之饶，听众人之策，乘六世之烈，以蚕食六国，兼诸侯，并有天下。杖于谋诈之弊，终无信笃之诚，无道德之教、仁义之化，以缀天下之心。任刑罚以为治，信小术以为道。遂燔烧诗书，坑杀儒士，上小尧、舜，下邈三王。二世愈甚，惠不下施，情不上达；君臣相疑，骨肉相疏；化道浅薄，纲纪坏败；民不见义，而悬于不宁。抚天下十四岁，天下大溃，诈伪之弊也。其比王德，岂不远哉？孔子曰："道之以政，齐之以刑，民免而无耻；道之以德，齐之以礼，有耻且格"。夫使天下有所耻，故化可致也。苟以诈伪偷活取容，自上为之，何以率下？秦之败也，不亦宜乎！①

四　刘歆《移书让太常博士》

刘歆（？~23），字子骏，后改名秀，字颖叔，刘向之子，西汉末经学家、目录学家、天文学家。刘歆以能通经学、善属文为汉成帝召见，待诏宦者署，为黄门郎。汉成帝河平三年（前26），受诏与其父刘向领校"中秘书"（内秘府藏书），协助校理图书。建平元年（前6），刘向卒，他复任中垒校尉，被大司马王莽举为侍中太中大夫，迁骑都尉、奉车光禄大夫，复总领五经，继父未竟之业，部次群书。哀帝继位后，刘歆在刘向所撰《别录》的基础上，依其体例，更著为《六略》，又叙各家源流利弊，总为一篇，谓之辑略，以当发凡起例，总名为《七略》，是为中国历史上第一部图书分类目录，著录图书13219卷，其分类体系对后世影响极大。此后，南北朝宋王俭《七志》、梁阮孝绪《七录》、隋许善心《七林》、宋代郑寅《七录》，均采用七分法。该分类法盛行于东汉，

① 严可均：《全上古三代秦汉三国六朝文·全汉文卷三十七·战国策书录》，中华书局，1958，第331页。

东汉编修的宫廷藏书目录如《兰台书部》《东观新记》《仁寿阁新记》均以《七略》为蓝本。原书已佚，主要内容保存于《汉书·艺文志》，从中可窥其全貌。

作为汉代经学史上一篇重要文献，《移书让太常博士》虽然直面古今文之争，但它首先肯定了孔子与六艺的关系，并且总结了六艺在不同时期的境遇，颇似唐虞三代至西汉末年的文化发展变迁史。第一个阶段，始自"唐虞既衰，而三代迭兴"，"圣帝明王"以"道"为著，而"周室既微"之后，"礼乐不正，道之难全"。于是孔子正《乐》《雅》《颂》，修《易》，序《书》，制《春秋》，"以纪帝王之道"，这是第二个阶段。其后"重遭战国"，"孔氏之道抑，而孙吴之术兴"；"至于暴秦，焚经书，杀儒士，设挟书之法，行是古之罪，道术由此遂灭"，这是第三个阶段。汉兴之后七八十年，初有叔孙通"略定礼仪"；"孝惠之世"，"除挟书之律"；孝文皇帝使晁错"从伏生受尚书"，"诗始萌芽，天下众书，往往颇出，皆诸子传说，犹广立于学官，为置博士"；再待孝武皇帝之时，"诗礼春秋先师"，这是第四个阶段。

刘歆选取的时间节点包括"唐虞""三代""周""战国""暴秦""汉""孝惠""孝文""孝武"，我们发现随着汉朝统治的年代增加，由不同君主的政策所带来的社会方方面面的影响，已经可以清晰地看出差别，由此表示不同阶段的时间节点在传统的朝代名称和君主统治者的称谓的基础上，又加入了统治者的谥号。

作为君主逝后，根据生平事迹与品德修养，评定褒贬，给予评判的称呼，谥号、谥法制度始自西周。早在《逸周书·谥法解》中就有周公制谥的提法："维周公旦、太公望开嗣王业，攻于牧野之中，终葬，乃制谥叙法。谥者，行之迹也；号者，功之表也；车服者，位之章也。是以大行受大名，细行受小名；行出于己，名生于人。"① 因为周公旦和姜子牙有大功于周室，所以在死后获封谥号，这是谥法之始。《周礼》也说"小丧赐谥"，在死后一段时间之内获赐谥号，基本是一个意思。又有学者提出"周文王"和"周武王"是自称不是谥号，"周昭王"和"周穆王"才开始是谥号。近代以来又有学者根据金文考释认为这一制度形成于恭王和懿王阶段（即周武王、成王、康王、昭王、穆王、恭王、懿王时期），因为时代久远难以定论，但谥号形成于西周时期的说法是没有疑问的。谥法制度在周王室和春秋战国的各国之间被广泛施行，并延展到王、公、卿、大夫（自汉代起则是皇帝、大臣、亲贵、士大夫）等，其中君主的谥号由礼官确定，由即位皇帝宣布，大臣的谥号是朝廷赐予。但秦始皇认为后人给先辈评定褒贬有不尊的意味，因此废除了谥法制度，直到西汉建立之后才得以恢复。汉代倡导孝治天下，所以皇帝的谥号都带有孝字。刘歆在这篇《移书让太常博士》中以谥号作为时间分期的节点，为后世开启了一个新的方法，很多的书写者都会在朝代之内，借用统治者的谥号来划分不同的时间阶段。

谥号之外，还有庙号。庙号本来并非所有皇帝都会获得。古代有"天子七庙"的说法，其意为天子只能敬奉上数七代祖先，如果祖先有庙号就可以代代保留其庙，否则就只能寄存在别的庙里，所以并非每一朝的每一个皇帝都有庙号。庙号多为"祖""宗"等，其中"祖"多是开国或者曾有保全社稷的特殊功绩的皇帝。西汉皇帝的庙号情况有史记载："祖宗之庙世世不毁，继祖以下，五庙而迭毁。今高皇帝为太祖，孝文皇帝为太宗，孝景皇帝为昭，孝武皇帝为穆，孝昭皇帝与孝宣皇帝俱为昭。皇考庙亲未尽。太上、孝惠

---

① 黄怀信、张懋镕、田旭东：《逸周书汇校集注卷六·谥法解》，上海古籍出版社，2007，第 623~627 页。

庙皆亲尽，宜毁。太上庙主宜瘗园，孝惠皇帝为穆，主迁于太祖庙，寝园皆无复修。"① 庙号的设定基本以唐朝为界，之前或有，之后均有，但汉朝已经是一个集中出现庙号的时期了，史家及时地把握了这一历史节点的变化，将其纳入了分期方法之中。

此外，这篇《移书让太常博士》中还出现了新的分期节点——年号。"建元"（前140～前135）是中国历史上第一个年号，是西汉第五位皇帝汉武帝刘彻的年号，总共使用时间为六年。刘歆在统治者谥号的基础上，加上年号来将时间凝固在更为精准的一个阶段，对于文学史分期的处理方法来说，这是非常大的一个贡献，不仅是后世普遍采用的分期方法，并且尤其对于统治时期长的朝代来说，更有利于将社会发展同文学发展的不断变化相结合，更为同步地体现文学史的进程。章太炎曾说："孔子死，名实足以伉者，汉之刘歆。"② 他认为古往今来学术成就上孔子第一、刘歆第二，以证其在中国学术史上的高超地位。那么在传统文学史的书写范式方面，具体到文学史分期处理方法，尤其是节点的选择，谥号、庙号、年号都在刘歆这里完成了，后人基本因循这个思路进行书写。也就是说，学术史分期的基本方法（节点），在西汉末年就已经出现且确立，刘歆的功绩一锤定音。

五　班彪《史论》

班彪（3～54），字叔皮，扶风安陵（今陕西咸阳东北）人。西汉末年为避战乱至天水依附于隗嚣，作《王命论》探讨王政更替的"天命"及道德基础，欲图感化隗嚣归附汉朝，未果，转而至大将军窦融处劝其支持刘秀。东汉初，举茂才，拜为徐令，后因病免

---

① 班固：《汉书卷七十三·韦贤传第四十三》，中华书局，1962，第3120页。
② 《章太炎全集·訄书重订本·订孔第二》，上海人民出版社，1982，第135页。

官。班彪"才高而好述作","专心史籍"①，有志于续写《史记》，未就。其子班固、其女班昭继承其业，续成《汉书》，史料多依其生前整理。

班彪从书写历史的体例和原则着眼，作《前史略论》，简要追述汉以前的史官和史籍，着重评价司马迁的成败得失，代表儒家正统史学观点，是中国古代较早的一篇史学论文。

> 唐虞三代，《诗》《书》所及，世有史官，以司典籍，暨于诸侯，国自有史，故《孟子》曰"楚之《梼杌》，晋之《乘》，鲁之《春秋》，其事一也"。定哀之间，鲁君子左丘明论集其文，作《左氏传》三十篇，又撰异同，号曰《国语》，二十一篇，由是《乘》、《梼杌》之事遂暗，而《左氏》、《国语》独章。又有记录黄帝以来至春秋时帝王公侯卿大夫，号曰《世本》，一十五篇。春秋之后，七国并争，秦并诸侯，则有《战国策》三十三篇。汉兴定天下，太中大夫陆贾记录时功，作《楚汉春秋》九篇。孝武之世，太史令司马迁采《左氏》、《国语》，删《世本》、《战国策》，据楚、汉列国时事，上自黄帝，下讫获麟，作本纪、世家、列传、书、表凡百三十篇，而十篇缺焉。迁之所记，从汉元至武以绝，则其功也。至于采经摭传，分散百家之事，甚多疏略，不如其本，务欲以多闻广载为功，论议浅而不笃。其论术学，则崇黄老而薄《五经》；序货殖，则轻仁义而羞贫穷；道游侠，则贱守节而贵俗功；此其大敝伤道，所以遇极刑之咎也。然善述序事理，辩而不华，质而不野，文质相称，盖良史之才也。诚令迁依《五经》之法

---

① 范晔：《后汉书卷四十上·班彪列传第三十上》，中华书局，1965，第 1324 页。

言，同圣人之是非，意亦庶几矣。①

关于史学的起源，班彪和班固父子的思考比较早，而通过考察班彪对于历史书写的缘起与发展经过，可以发现他也是采用设置时间节点的方式，包括"唐虞三代""定哀之间""春秋之后，七国并征，秦并诸侯""汉兴定天下""孝武之世"等五个时间节点，并举出代表这五个时期的史学成就。同时我们发现，在班彪的理解中，史书也是产生于唐虞三代之际，和前面资料中提到的多种学术史非常相似，这是历史的共识，也是史家的共识。

同时，须特别指出的是，班彪在处理历史分期的问题时，采用了一个崭新的时间节点"定哀之间"②，"定公"和"哀公"都是谥号，前面刘歆《移书让太常博士》已经将谥号、年号都作为时间节点，但是这里更为灵活的是将两个谥号之间作为分期标志，其背后的原因是，史家书史并非严格按照朝代或者君主分期，而是尊重学术的客观发展情况，尊重学者的学术进程。

鲁定公和鲁哀公是春秋时期鲁国的两位君主，二人系父子关系。鲁定公，姬姓，名宋，承袭兄长鲁昭公担任鲁国君主，在位十五年。鲁定公在位期间，大权被季孙氏、孟孙氏和叔孙氏三家控制，他无异于一个傀儡，所以当他听说孔子开坛讲学，主张"君君臣臣"以及"仁政"等思想后，就召见孔子，一同分析鲁国的内忧外患。孔子建议他向外联和齐国，对内重振君威，并陪同他参加

---

① 范晔：《后汉书卷四十上·班彪列传第三十上》，中华书局，1965，第 1325 页。

② 其实早在《公羊传》中就有这种说法，《史记》中也是，但其仅用于历史节点，而非学术史的角度，故同班彪的意义不同。见"定公四年"："春秋定、哀之间，文致太平。"见《史记》"太史公曰：孔氏著《春秋》，隐桓之间则章，至定哀之际则微，为其切当世之文而罔褒，忌讳之辞也。世俗之言匈奴者，患其徼一时之权，而务谄纳其说，以便偏指，不参彼己；将率席中国广大，气奋，人主因以决策，是以建功不深。尧虽贤，兴事业不成，得禹而九州宁。且欲兴圣统，唯在择任将相哉！唯在择任将相哉！"

齐鲁两国的"夹谷之会":"十年,定公与齐景公会于夹谷,孔子行相事。齐欲袭鲁君,孔子以礼历阶,诛齐淫乐,齐侯惧,乃止,归鲁侵地而谢过。"此后,鲁定公对孔子更加信任,封其为大司寇。孔子终于获得机会推行政治主张,但好景不长,仅仅两年,就受到当权大臣的阻挠而被迫离开鲁国:"十二年,使仲由毁三桓城,收其甲兵。孟氏不肯堕城,伐之,不克而止。季桓子受齐女乐,孔子去。"① 十五年,定公去世,儿子姬蒋即位,即鲁哀公。鲁哀公和孔子之间的关系,见于《荀子》的记载。

> 鲁哀公问于孔子曰:"寡人生于深宫之中,长于妇人之手,寡人未尝知哀也,未尝知忧也,未尝知劳也,未尝知惧也,未尝知危也。"孔子曰:"君之所问,圣君之问也。丘,小人也,何足以知之?"曰:"非吾子无所闻之也。"孔子曰:"君入庙门而右,登自阼阶,仰视榱栋,俯见几筵,其器存,其人亡,君以此思哀,则哀将焉而不至矣!君昧爽而栉冠,平明而听朝,一物不应,乱之端也,君以此思忧,则忧将焉而不至矣!君平明而听朝,日昃而退,诸侯之子孙必有在君之末庭者,君以此思劳,则劳将焉而不至矣!君出鲁之四门以望鲁四郊,亡国之虚则必有数盖焉,君以此思惧,则惧将焉而不至矣!且丘闻之,君者,舟也;庶人者,水也。水则载舟,水则覆舟,君以此思危,则危将焉而不至矣!"②

周敬王四十一年(前479),孔子去世,鲁哀公亲诔孔子。诔文说:"旻天不吊,不慭遗一老,俾屏余一人以在位,茕茕余在疚,

---

① 司马迁:《史记卷三十三·鲁周公世家第三》,中华书局,1959,第1544页。
② 北京大学《荀子》注释组:《荀子新注三十一·哀公》,中华书局,1979,第500页。

呜呼哀哉！尼父！无自律。"（《左传·哀公十六年》）可见孔子的一生和这两位鲁国君主关系密切，而孔子的一生有足以影响后世的学术思想史，所以"定哀之间"也成为后世书史时非常重要的时间节点①。

六　刘苍《世祖庙乐舞议》

刘苍（？~83），东汉光武帝刘秀之子，汉明帝刘庄同母弟弟。"少好经书，雅有智思"。建武十五年受封为东平公，十七年进封爵为王。明帝永平元年，拜为骠骑将军，位在三公之上。刘苍所著章奏、书、记、赋、颂、七言、别字、歌诗多篇，有集五卷。

早期中国学术混杂，诗乐舞、文史哲难以截然分开，而在汉代相继出现了书史的文章，并非巧合。根据汉代经学的一般观点，为显示在位时的德治天下，皇帝会派专人制作宗庙礼乐，正所谓"歌所以咏德，舞所以象功"，汉朝历代君主设立宗庙乐的意义即在于此。为了彰显其父光武帝刘秀庙乐舞的价值，刘苍梳理了中国统一政权后庙乐舞的发展，即秦汉两代的情况。对比之下，秦朝失德无道谈何乐舞。西汉则举出高皇帝、孝文皇帝、孝武皇帝三位堪有德治之功的君主。从这篇文中可以看出，其所采用的已经是通过君主谥号来代表一个时期的方法。

　　汉制旧典，宗庙各奏其乐，不皆相袭，以明功德。秦为无道，残贼百姓，高皇帝受命诛暴，元元各得其所，万国咸熙，

---

① 如《清史稿卷四百八十·列传二百六十七·儒林一》也有"定哀之间"的时间节点：昔周公制礼，太宰九两系邦国，三曰师，四曰儒；复于司徒本俗联以师儒。师以德行教民，儒以六艺教民。分合同异，周初已然矣。数百年后，周礼在鲁，儒术为盛。孔子以王法作述，道与艺合，兼备师儒。颜、曾所传，以道兼艺；游、夏之徒，以艺兼道。定、哀之间，儒术极醇，无少差缪者此也。荀卿著论，儒术已乖。然《六经》传说，各有师授。（赵尔巽：《清史稿》，中华书局，1977，第13098页。）

作《武德》之舞。

孝文皇帝躬行节俭，除诽谤，去肉刑，泽施四海，孝景皇帝制《昭德》之舞。孝武皇帝功德茂盛，威震海外，开地置郡，传之无穷，孝宣皇帝制《盛德》之舞。光武皇帝受命中兴，拨乱反正，武畅方外，震服百蛮，戎狄奉贡，宇内治平，登封告成，修建三雍，肃修典祀，功德巍巍，比隆前代。以兵平乱，武功盛大。歌所以咏德，舞所以象功，世祖庙乐舞名，宜曰《大武》之舞。①

七 许慎《说文解字序》

许慎（30~124），字树重，汝南召陵（今河南郾城）人。"性淳笃，少博学经籍"。曾举孝廉，后迁除洨长。主要著作有《说文解字》和《五经异义》。

许慎《说文解字序》首先阐述文字的源流、演变以及研究情况，其次针对后汉尊崇隶书反对古文的问题，分析传统六书，讨论古文的价值。而第一部分内容即相当于为文字书史。许慎选取的时间节点包括"庖牺氏""神农氏""黄帝之使仓颉""五帝三王之世""七国""秦始皇""汉""孝宣皇帝""孝平皇帝""亡新"，以领起文字发展的不同阶段，君主、朝代、谥号同时出现并作为分期的方法。具体而言，该序言将文字的历史分为九个阶段。第一阶段是庖牺氏作八卦。八卦最早用于占卜，《淮南子》《易》《尚书序》中均对庖牺作八卦有提及，但并没有将其与文字的起源联系在一起，许慎在此将其作为一种具有表达意义的书面符号，是为文字

---

① 严可均：《全上古三代秦汉三国六朝文·全后汉文卷十·世祖庙乐舞议》，中华书局，1958，第525页。

起源的初始阶段。第二阶段是神农结绳。人类学资料和其他考古证据表明，在文字出现之前，结绳是人们用来记录的普遍方法。新石器时期以来的陶器刻画资料上出现的许多文字都有着结绳的痕迹，如金文中的"卖"字。《老子》《庄子》中关于这一问题也有所记述，但许慎将其明确为文字发展的第二阶段。仓颉造字是为第三阶段。作为黄帝史官的仓颉，奉命造"书契"："依类象形"谓之文，"形声相益"谓之字，"着于竹帛谓之书"。仓颉对于文字历史的贡献，被广为认可。《吕氏春秋·君守》里有"仓颉作书，后稷作稼"，《荀子》《韩非子》《淮南子·惰务训》等战国秦汉书籍都有所记载。第四阶段是三王五帝阶段。虽然没有具体史料证明，但许慎根据历史进化论的观念，认为从黄帝初造书契到周代大篆定型，其间文字不会凝固不前，故而设定这一个时期。古人对于君主推进文化学术前进动力的认识也由此可见。第五个阶段是西周末年周宣王时期，根据《周礼》记载，其时已有六书的造字和用字之法，太史籀奉命"著《大篆》十五篇"，又称"籀文"，但普及性不强，孔子、左丘明等人依然使用古文进行书写。第六个阶段是"七国"，此时"文字异形"，没有什么发展。第七个阶段是秦始皇执政期间，先是小篆得以创制，后有隶书兴起，"古文由此绝矣"。第八个阶段是汉朝，首先"兴有草书"，进一步丰富了汉字字体；其次通过"孝宣"和"孝平"两个谥号，介绍不同时期文字作为修习考试内容的不同情况。最后，第九个阶段是王莽的"亡新"政权时期，由秦代产生的"八体"演变为"六体"。

古者庖牺氏之王天下也，仰则观象于天，俯则观法于地，视鸟兽之文与地之宜，近取诸身，远取诸物，于是始作《易》八卦，以垂宪象。及神农氏结绳为治而统其事，庶业其繁，饰伪萌生。黄帝之史仓颉，见鸟兽蹏迒之迹，知分理之可相别异也，初造书契。百工以乂，万品以察，盖取诸夬。夬扬于王庭，言文者宣教明化于王者朝廷，君子所以施禄及下，居德则忌也。

仓颉之初作书，盖依类象形，故谓之文。其后形声相益，即谓之字。字者，言孳乳而浸多也。著于竹帛谓之书，书者如也。以迄五帝三王之世，改易殊体。封于泰山者七十有二代，靡有同焉。

《周礼》：八岁入小学，保氏教国子，先以六书。一曰指事，指事者，视而可识，察而见意，上下是也。二曰象形，象形者，画成其物，随体诘诎，日月是也。三曰形声，形声者，以事为名，取譬相成，江河是也。四曰会意，会意者，比类合谊，以见指㧑，武信是也，五曰转注，转注者，建类一首，同意相受，考老是也。六曰假借，假借者，本无其字，依声托事，令长是也。

及宣王太史籀著《大篆》十五篇，与古文或异。至孔子书《六经》，左丘明述《春秋传》，皆以古文，厥意可得而说。

其后诸侯力政，不统于王，恶礼乐之害己，而皆去其典籍。分为七国，田畴异亩，车途异轨，律令异法，衣冠异制，言语异声，文字异形。

秦始皇初兼天下，丞相李斯乃奏同之，罢其不与秦文合者。斯作《仓颉篇》，中车府令赵高作《爰历篇》，太史令胡毋敬作《博学篇》，皆取史籀大篆，或颇省改，所谓小篆者也。是时秦烧灭经书，涤除旧典，大发隶卒，兴役戍，官狱职务日繁，初有隶书，以趣约易，而古文由此绝矣。自尔秦书有八体：一曰大篆，二曰小篆，三曰刻符，四曰虫书，五曰摹印，六曰署书，七曰殳书，八曰隶书。

汉兴有草书。尉律：学童十七以上始试，讽籀书九千字乃得为吏。又以八体试之，郡移太史并课，最者以为尚书史。书或不正，辄举劾之。今虽有尉律，不课，小学不修，莫达其说久矣。孝宣时，召通仓颉读者，张敞从受之。凉州刺史杜业、沛人爰礼、讲学大夫秦近，亦能言之。孝平时，征礼等百余人，令说文字未央廷中，以礼为小学元士。黄门侍郎扬雄，采以作《训纂篇》，凡《仓颉》以下十四篇，凡五千三百四十字，群书所载，略存之矣。

及亡新居摄，使大司空甄丰等校文书之部，自以力应制作，颇改定古文。时有六书：一曰古文，孔子壁中书也。二曰奇字，即古文而异者也；三曰篆书，即小篆，秦始皇帝使下杜人程邈所作也；四曰佐书，即秦隶书；五曰缪篆，所以摹印也；六曰鸟虫书，所以书幡信也。①

八　班固《礼乐志》

班固（32~92），东汉史学家、文学家。史学家班彪之子，字孟坚，汉族，扶风安陵人（今陕西咸阳东北）。除兰台令史，迁为郎，典校秘书，潜心二十余年，修成《汉书》，当世重之，迁玄武司马，撰《白虎通德论》，征匈奴为中护军，兵败受牵连，死狱中，善辞赋，有《两都赋》等。

班固《汉书》设有十志，其中《礼乐志》和《艺文志》都和中国早期文学息息相关，对于文艺的历史发展情况都有涉及，不仅是非常重要的资料，也是具有鲜明特征的学术史书写实践。《礼乐志》是《汉书》志的第二篇，通过论述礼、乐的性质和作用，追溯其历史，从而对汉代礼乐制度建设进行了详细的介绍，并进一步

---

① 许慎：《说文解字·第十五上》，中华书局，1963，第314~315页。

阐述了礼乐与王道的兴衰有密切关系。《汉书》相比《史记》，虽有《礼志》和《乐志》，但《礼志》介绍了礼的特征和沿革，却和学术关联甚少；《乐志》效仿《礼记·乐记》，几无所创，亦和学术发展关联甚少，故而班固的创新更具价值。

班固从《六经》说起，"礼"和"乐"更为重要的原因是他们可以"通神明，立人伦，正情性，节万事"，又引用孔子之语"安上治民，莫善于礼；移风易俗，莫善于乐"，继续阐释礼乐的功效：礼能节制百姓的思想，乐能调和百姓的声音，用政令来实行它，用刑法来防患它，由此王道行之。顺着这个思路，班固进一步强调礼和乐的一体性质："乐以治内而为同，礼以修外而为异；同则和亲，异则畏敬；和亲则无怨，畏敬则不争。揖让而天下治者，礼、乐之谓也。二者并行，合为一体。"阐明了礼乐的价值之后，班固就开始回顾"礼"在两汉的历史了。

汉兴，拨乱反正，日不暇给，犹命叔孙通制礼仪，以正君臣之位。

至文帝时，贾谊以为"汉承秦之败俗，……狱讼衰息"，乃草具其仪，天子说焉。

至武帝即位，进用英俊，议立明堂，制礼服，以兴太平。会窦太后好黄老言，不说儒术，其事又废。后董仲舒对策言……是时，上方征讨四夷，锐志武功，不暇留意礼文之事。

至宣帝时，琅邪王吉为谏大夫，又上疏言……。上不纳其言，吉以病去。

至成帝时，犍为郡于水滨得古磬十六枚，议者以为善祥。刘向因是说上……。成帝以向言下公卿议，会向病卒，丞相大司空奏请立辟雍。案行长安城南，营表未作，遭成帝崩，群臣引以定谥。

及王莽为宰衡，欲耀众庶，遂兴辟雍，因以篡位，海内畔之。世祖受命中兴，拨乱反正，改定京师于土中。即位三十年，四夷宾服，百姓家给，政教清明，乃营立明堂、辟雍。显宗即位，躬行其礼，宗祀光武皇帝于明堂，养三老五更于辟雍，威仪既盛美矣。然德化未流洽者，礼乐未具，群下无所诵说，而庠序尚未设之故也。……河间献王采礼乐古事，稍稍增辑，至五百余篇。①

暂且不论班固对汉代"礼"的态度和行动，仅仅从叙述方式上来看，明显根据君主分期，大多以谥号为代表，这一分期方法已经非常明确和清晰了。

说完礼，来观乐。班固对"乐"的历史梳理，视野和思维相对复杂，非如"礼"般只谈汉代建制，而是从远古说起，因为政权并未统一导致代际相对杂乱，但大致的时间分期还是比较明显的。由此也可以看出来，纵使如班固之大史家，在当时书写历史的过程中，对于分期的处理，尚难以固定一个明确的标准和方法，非如"礼"般只谈汉代建制。大体而言，汉代以前分为两个时期。首先，引出五帝和商周领导者的代表制乐，肯定其"教化百姓、说乐其俗"以及经过改造之后"以张功德"的作用，并通过事例来印证。其次，到了周朝时，因为失道，"怨刺之诗起"，礼乐逐渐丧矣。汉朝之后，形势出现反转。高祖时命令叔孙通依照秦人记忆制造宗庙的音乐，其后惠帝、文帝、景帝、武帝、宣帝都有所为。同时制礼作乐的机构逐渐形成，其缘起于高祖返乡时"沛中僮儿百二十人习而歌之"，孝惠帝时即以"沛宫为原庙"常常组织唱和，文景之时"礼官"基本维持现状，武帝时先定郊祀之礼后立乐府，又用李延

---

① 班固：《汉书卷二十二·礼乐志第二》，中华书局，1962，第 1030~1035 页。

年、司马相如等人，渐成规模。以上是汉朝最高统治者在制乐方面的举措，在地方上还有河间献王搜集雅乐所做的贡献。河间献王刘德与武帝刘彻是同父异母的兄弟，虽然因此受到排挤，但他的举措与汉武帝共同成就了这一时期的乐制。到了成帝时，河间献王的功绩终于得以显现，宋晔上书言其师父谒者常山王禹世代传授献王整理的雅乐，博士平当奉命调查后认为雅乐确能"兴助教化"，但因为公卿大夫的质疑而未能得以重视。到了哀帝时，有感于"世俗奢泰文巧"，又"性不好音"，所以采取了一系列清理郑卫之音的行动，但"百姓渐渍日久"，加之"不制雅乐"，故而难见效果，至王莽时彻底衰败了。西汉时期的乐制发展历程在班固的眼中，基本如上述之历史的发展，暂不论立场和结论如何，但史家的基本书写逻辑还是表现得非常清晰的，以君主为时间节点进行分期，一如前述。

《汉书》除《礼乐志》外，和文学最为直接相关的是《艺文志》，其《总序》一般被认为是先秦学术思想史，那么在书写范式方面，对分期问题的处理方法是否和《汉书》其他章节保持了统一呢？大的时间断限是"战国""秦""汉"三代，具体到有汉一朝，又有"汉兴"、"孝武"和"成帝"三个阶段，分期的思路和方法一以贯之，非常清晰。

昔仲尼没而微言绝，七十子丧而大义乖。故《春秋》分为五，《诗》分为四，《易》有数家之传。战国纵衡，真伪纷争，诸子之言纷然淆乱。至秦患之，乃燔灭文章，以愚黔首。

汉兴，改秦之败，大收篇籍，广开献书之路。迄孝武世，书缺简脱，礼坏乐崩，圣上喟然而称曰："朕甚闵焉！"于是建藏书之策，置写书之官，下及诸子传说，皆充秘府。至成帝时，以书颇散亡，使谒者陈农求遗书于天下。诏光禄大夫刘向校经传诸子诗赋，步兵校尉任宏校兵书，太史令尹咸校数术，侍医李柱国校方技。每一书已,向辄条其篇目,撮其指意,录而奏之。会向卒,哀帝复使向子侍中奉车都尉歆卒父业。歆于是总群书而奏其《七略》,故有《辑略》,有《六艺略》,有《诸子略》,有《诗赋略》,有《兵书略》,有《术数略》,有《方技略》。今删其要,以备篇籍。①

具体到《六艺略》,其分期的范式也是一以贯之的。比如:"易"篇中的"殷周之际""及秦燔书""汉兴""讫于宣、元","书"篇中的"至孔子""秦燔书""汉兴""讫孝宣世""武帝末","诗"篇中的"孔子""汉兴","礼"篇中的"及周之衰""汉兴""讫孝宣世","乐"篇中的"自黄帝下至三代""周衰""汉兴""孝文""武帝","春秋"篇中的"周室既微"。还有《诸子略》中的《论语》《孝经》《小学》中也都出现"汉兴"这个班固眼中极为重要的时间节点,以及"武帝"、"元帝"、"成帝"、"宣帝"和平帝的年号"元始"。

这些"志"的体裁中涉及学术史的部分,若需要追本溯源就必然面临分期方法。除此之外在某些传记的"赞曰"部分,因为交代人物背景或者评价的需要,也会进行史的追忆,这其中也会体现史家的书写范式。比如班固在《司马迁传》文末撰写的赞,就有"自古""孔氏(孔子)""春秋之后""汉兴"这四个时间节点。如果对照班彪《前史略论》,二者相似的地方就在于他们的主题都是为"史"书史。

赞曰:自古书契之作而有史官,其载籍博矣。至孔氏撰之,上断唐尧,下讫秦缪。唐虞以前虽有遗文,其语不经,故言黄帝、

---

① 班固:《汉书卷三十·艺文志第十》,中华书局,1962,第1701页。

颛顼之事未可明也。及孔子因鲁史记而作《春秋》，而左丘明论辑
其本事以为之传，又撰异同为《国语》。又有《世本》，录黄帝以
来至春秋时帝王公侯卿大夫祖世所出。春秋之后，七国并争，秦
兼诸侯，有《战国策》。汉兴伐秦定天下，有《楚汉春秋》。故司
马迁据《左氏》、《国语》，采《世本》、《战国策》，述《楚汉春
秋》，接其后事，讫于天汉。其言秦汉，详矣。[①]

本书第一章在介绍文学史家时，曾交代文学史家和史家的重合
概率，班固是第一位以史学家和文学家并称的文人，因为他的创作
文史兼备，既有正史，也有文学作品，而在文学创作之中，又包含
了对作品体裁的历史思考，也就是以文学发展为对象的历史书写，
这是足以彪炳史册的创举，其代表就是《两都赋序》。

《两都赋》是《文选》中"京都赋"类的首篇，然从文学史书
写的角度而言，其意义在于班固在序言中提出"赋者，古诗之流"
的观点，为赋这一体裁的历史变革和在两汉得以彰显的原因以及发
展情况进行了明确的回顾，以及恰当的解释和分析，更为他下面的
创作设定了合理的缘由。其中涉及赋这一文体源于古诗之后的发展
脉络，班固选择的时间节点有"成康""大汉初定""武宣之世"
"孝成之世"。

　　或曰："赋者，古诗之流也。"昔成、康没而颂声寝，王泽
竭而诗不作。大汉初定，日不暇给。至于武、宣之世，乃崇礼
官，考文章。内设金马石渠之署，外兴乐府协律之事，以兴废
继绝，润色鸿业。是以众庶悦豫，福应尤盛，《白麟》《赤雁》
《芝房》《宝鼎》之歌，荐于郊庙。神雀、五凤、甘露、黄龙

---

　　① 班固：《汉书卷六十二·司马迁传第三十二》，中华书局，1962，第 2737 页。

之瑞，以为年纪。故言语侍从之臣，若司马相如；虞丘寿王；东方朔；枚皋；王褒；刘向之属，朝夕论思，日月献纳；而公卿大臣，御史大夫倪宽、太常孔臧、太中大夫董仲舒、宗正刘德、太子太傅萧望之等，时时间作。或以抒下情而通讽谕，或以宣上德而尽忠孝，雍容揄扬，著于后嗣，抑亦雅颂之亚也，故孝成之世，论而录之，盖奏御者千有余篇，而后大汉之文章，炳焉与三代同风。①

同时，自班固之后，越来越多的文学家开始尝试书写历史，其身份逐渐从"纯粹"的史家群体向文学家群体转移，其原因也正如第一章所交代的，在史学独立和文史分离的背景下，文学发展渐趋独立带来文学家价值的增长。虽然从身份上来说"文学家"并非其主业，但是伴随着文学创作的增多，对何为文学的思考转而为如何文学的思考，结合起来就是他们对文学的历史思考逐渐增多了。所以以班固为界限，侧重于文学家身份的文学史家的书写越来越多，文学史的书写亦越来越多，从而提供可参考的史料也愈发丰富并可互相参照。文学史书写的自觉，或可为"汉音魏响"文学自觉说增加一个新的依据。同时文学史书写中分期的基本模式初步奠定。

九　张衡《请禁绝图谶疏》

张衡（78~139），字平子，南阳西鄂（今河南南阳）人。"衡少善属文，游于三辅，因入京师，观太学，遂通《五经》，贯六艺。"② 安帝时征拜郎中，又迁为太史令，永和初为河间相，后拜尚书。张衡最为人所道者，乃其精于天文所造之浑天仪和地动仪，此

---

① 萧统：《文选卷一·两都赋》，李善注，上海古籍出版社，1986，第1~3页。
② 范晔：《后汉书卷五十九·张衡列传第四十九》，中华书局，1965，第1897页。

外并精诗赋，不仅有《西京赋》《东京赋》等大赋作品，亦有《归田赋》《思玄赋》等抒情小赋，此外还有"铭、七言"等文学作品，对后世文学影响颇深。

谶纬之学在东汉时期风行于世，儒生争学图纬，更附以妖言。张衡拜议郎迁侍中后，慢慢接近权力中心，终于有机会对谶纬学展开清算。借用在自然科学方面的成就，张衡在写给汉顺帝的《请禁绝图谶疏》中，用客观的事实戳穿了图纬虚妄无稽的谬误："图谶虚妄，非圣人之法"，建议"此皆欺世罔俗……宜收藏图谶，一禁绝之"。在回顾谶纬之学的历程时，张衡选取了"自汉取秦""成哀之后""哀平之际"等几个时间节点，运用庙号等分期方法对谶纬之学进行分期探讨。张衡相对于前面诸位，文学家的身份特征更为鲜明，这也印证了班固之后更多的文学家开始关注并践行书写，虽然书写的内容还是大文化的范畴，但更为纯粹的文学史书写伴随着文学界限的渐趋清晰也日渐增多。

臣闻圣人明审律历以定吉凶，重之以卜筮，杂之以九宫，经天验道，本尽于此。或观星辰逆顺，寒燠所由，或察龟策之占，巫觋之言，其所因者，非一术也。立言于前，有征于后，故智者贵焉，谓之谶书。谶书始出，盖知之者寡。自汉取秦，用兵力战，功成业遂，可谓大事，当此之时，莫或称谶。若夏侯胜、眭孟之徒，以道术立名，其所述著，无谶一言。刘向父子领校秘书，阅定九流，亦无谶录。成、哀之后，乃始闻之。《尚书》尧使鲧理洪水，九载绩用不成，鲧则殛死，禹乃嗣兴。而《春秋谶》云："共工理水。"凡谶皆云黄帝伐蚩尤，而《诗谶》独以为"蚩尤败，然后尧受命"。《春秋元命包》中有公输班与墨翟，事见战国，非春秋时也。又言"别有益州"。益州之置，在于汉世。其名三辅诸陵，世数可知。至于图中讫于成帝。一卷之书，互异数事，圣人之言，势无若是，殆必虚伪之徒，以要世取资。往者侍中贾逵摘谶互异三十余事，诸言谶者皆不能说。至于王莽篡位，汉世大祸，八十篇何为不戒？则知图谶成于哀平之际也。且《河洛》、《六艺》，篇录已定，后人皮傅，无所容篡。永元中，清河宋景遂以历纪推言水灾，而伪称洞视玉版。或者至于弃家业，入山林。后皆无效，而复采前世成事，以为证验。至于永建复统，则不能知。此皆欺世罔俗，以昧势位，情伪较然，莫之纠禁。且律历、卦候、九宫、风角，数有征效，世莫肯学，而竞称不占之书。譬犹画工，恶图犬马而好作鬼魅，诚以实事难形，而虚伪不穷也。宜收藏图谶，一禁绝之，则朱紫无所眩，典籍无瑕玷矣。①

十　王逸《楚辞章句序》

王逸（生卒年不详），字叔师，南郡宜城（今湖北襄阳宜城县）人。自幼"博雅多览"，安帝元初中为校书郎，顺帝时官至侍中。其所作《楚辞章句》，是现存《楚辞》最早的完整注本，颇为后世学者所重视。另有"赋、诔、书、论及杂文二十一篇，又作《汉诗》百二十三篇"②。

《楚辞》经西汉刘向辑为十六卷，王逸增入己作《九思》一卷，改编为十七卷。《楚辞章句》对《楚辞》各篇作了文字注解，同时记述了各篇的创作由来和作者经历。在总序中，就《离骚》诞生的社会学术背景以及如何评价屈原及其作品的问题，王逸选取了

---

① 范晔：《后汉书卷五十九·张衡列传第四十九》，中华书局，1965，第 1911~1912 页。
② 范晔：《后汉书卷八十上·文苑列传第七十上》，中华书局，1965，第 2618 页。

"昔者孔子""其后周世衰微，战国并争""至于孝武帝""孝章即位"等时间节点，先后说明孔子的学术成就、战国百家争鸣的氛围下屈原作《离骚》的社会学术背景、孝武帝命刘安作《离骚经章句》的大义以及孝章帝在位时班固、贾逵各作《离骚经章句》以弘道艺等问题，最终归结为自身稽旧章、合经传的整理，为所撰梳理了历史和学术的背景。

　　昔者孔子睿圣明哲，天生不群，定经术，删诗书，正礼乐，制作春秋，以为后王法。门人三千，罔不昭达。临终之日，则大义乖而微言绝。

　　其后周室衰微，战国并争，道德陵迟，谲诈萌生。于是杨、墨、邹、孟、孙、韩之徒，各以所知著造传记，或以述古，或以明世。而屈原履忠被谮，忧悲愁思，独依诗人之义，而作《离骚》，上以讽谏，下以自慰。遭时暗乱，不见省纳，不胜愤懑，遂复作《九歌》以下凡二十五篇。楚人高其行义，玮其文采，以相教传。

　　至于孝武帝，恢廓道训，使淮南王安作《离骚经章句》，则大义粲然。后世雄俊，莫不瞻慕，舒肆妙虑，缵述其词。逮至刘向，典校经书，分为十六卷。孝章即位，深弘道艺，而班固、贾逵复以所见改易前疑，各作《离骚经章句》。其余十五卷，阙而不说。又以壮为状，义多乖异，事不要括。今臣复以所识所知，稽之旧章，合之经传，作十六卷章句。虽未能究其微妙，然大指之趣，略可见矣。①

---

　　① 洪兴祖：《楚辞补注·离骚经第一·王逸序》，中华书局，1983，第47~48页。

十一 赵岐《孟子题辞》

赵岐（约 110~201），字邠卿，京兆长陵（今陕西咸阳东北）人。初名嘉，因生于御史台故字台卿，因避难自改名字。后征拜议郎、太仆。年少明经，颇有才艺，著有《孟子章句》《三辅决录》等。

《孟子题辞》是赵岐对孟子身世及著作的论述。在孟学的后续流传方面，作者选取了"亡秦""汉兴""孝文皇帝"三个时间节点，结合两汉其他学术史的书写经验来看，"秦汉"作为两个王朝名称，"孝文皇帝"作为谥号，都是经常出现的时间节点。就分期思想来说，可以看出趋同的书写思路。

> 孟子既没之后，大道遂绌，逮至亡秦，焚灭经术，坑戮儒生，孟子徒党尽矣！其书号为诸子，故篇籍得不泯绝。汉兴，除秦虐禁，开延道德，孝文皇帝欲广游学之路，《论语》、《孝经》、《孟子》、《尔雅》皆置博士。后罢传记博士，独立《五经》而已。[①]

十二 郑玄《诗谱序》

郑玄（127~200），字康成，北海高密（今山东高密）人。先习今文，后为古文，"括囊大典，网罗众家"，遍注群经，共百万余言，世称"郑学"，为汉代经学的集大成者。

《诗谱》是郑玄关于《诗经》的研究著作，有关史料记载分别说明《诗经》诸篇产生的地域、时期、社会背景等，并排比谱系，

---

① 焦循：《孟子正义卷一·孟子题辞》，中华书局，1987，第16~17页。

显示《诗经》各部分与时代政治、风土人情的关系。《诗谱序》则回顾了周代以来的政绩与诸篇章的联系，结论为良好王政必然产生美颂的诗歌，反之只能产生讽刺之作。因为直接落脚于王政，所以其时间节点的选择完全紧扣政治分期。

第一个时期尚无诗歌记载，具体包括"上皇""大庭""轩辕""高辛"等数位上古帝王在位期间，"有夏"虽有篇章，但没有留存下来的诗歌作品。诗歌作品涌现是在西周，这属于第二个时期。商朝诗歌中没有风雅作品，周朝则不然。本时期又具体细分为"公刘""大王、王季""文、武""成王、周公"这四个时期，虽各有时代特点，但统治者分别从粮食、财物、居所等密切关系民生的角度入手施之以政，在衣食无忧、安居乐业的基础上又制礼作乐，于是风雅颂皆备。第三个时期，虽还属于周朝，但已是后期，"政教尤衰，周氏大坏"，懿王、夷王、厉王、幽王等时期产生大量"刺怨"之作。逮春秋五霸之齐桓公、晋文公之后，"上无天子，下无方伯，善者谁赏？恶者谁罚？纪纲绝矣"①，于是孔子不再"正经"，转而"变风""变雅"，以期达到"后王之鉴"的目的。郑玄的时间观念非常清晰，在序言的最后他又交代，"夷、厉以上，岁数不明，太史《年表》，自共和始。历宣、幽、平王而得《春秋》次第，以立斯《谱》。欲知源流清浊之所处，则循其上下而省之；欲知风化芳臭气泽之所及，则傍行而观之。此《诗》之大纲也"②，他尊重史书记录的时间年表，以王政更迭为节点和顺序，为《诗经》建立纲目，以利于读者"举一纲而万目张，解一卷而众篇明"③。

---

① 李学勤主编《十三经注疏·毛诗正义诗谱序》，北京大学出版社，1999，第8页。
② 李学勤主编《十三经注疏·毛诗正义诗谱序》，北京大学出版社，1999，第9页。
③ 李学勤主编《十三经注疏·毛诗正义诗谱序》，北京大学出版社，1999，第9页。

十三 应劭《风俗通义序》

应劭，生卒年不详，字仲远，汝南南顿（今河南项城）人。其父名奉，恒帝时官至司隶校尉。"少笃学，博览多闻"①，灵帝时举为孝廉，又任泰山郡太守，后依袁绍，卒于邺城。著有《汉仪》《中汉辑序》《风俗通》等。其子场、璩皆以文才称名。

应劭的观点类似郑玄，都在谈王政和社会（学术、风俗）的关系。风俗受时代影响，故分期来叙述以表明撰述动机，从学术角度而言选取时间节点"昔仲尼没""战国""汉兴"等，具体到风俗则以"周、秦"和"嬴氏之亡"简单分期。

十四 小结

两汉时经、史、文渐趋分离，故而史料示例的选择难以截然区分，尤其汉朝初年，只能尊重大学术思考的背景，也符合当时的实际情况。通过西汉四篇和东汉十三篇材料的分析可以发现，至晚到西汉刘歆，文学（学术）史分期的基本节点均已在书写中出现，且基本范式已经确立；班固兼具史家和文学家两种身份，兼有史书和文学作品两种书写载体，在当时的背景下，为以文学家身份进入文学史书写以及正统史家更多关注文学史书写，树立了榜样。

第三节　魏晋南北朝文学史家的
分期实践及思考

相对于两汉时期，魏晋南北朝的文学史已经基本从学术史中分

---

① 范晔：《后汉书卷四十八·杨李翟应霍爰徐列传第三十八》，中华书局，1965，第1609页。

离出来，告别混杂状态，且书写者的身份虽然各异，但自身都从事文学创作且有所成就。所以这一时期的史料来源或依托于文学作品的序言，或是史书中关于文学家或《文学（苑）传》的论述。本节主要选择傅玄《七谟序》和《连珠序》，皇甫谧《三都赋序》，挚虞《文章流别论》，檀道鸾《续晋阳秋》，沈约《宋书·谢灵运传》，钟嵘《诗品序》，裴子野《雕虫论》，萧子显《南齐书·文学传》，萧统《文选序》，魏收《魏书·文苑传序》等十一篇典型展现分期实践及思考的文学史书写材料，通过具体分析其分期方法，探究他们更为尊重文学自身发展特征的分期观念。

一 傅玄《七谟序》

傅玄（217~278），字休奕，北地郡泥阳县（今陕西耀县东南）人，晋初文学家。"少孤贫，博学善属文"，"性刚劲亮直，不能容人之短"。在魏朝任弘农太守领典农校尉，被封鹑觚男。入晋历任御史中丞、太仆、司隶校尉，卒后谥曰刚，追封清泉侯。曾受命"撰集魏书"，并"撰论经国九流及三史故事，评断得失，各为区例，名为《傅子》"，亦为文史兼擅。① 其能诗，善用比兴，以乐府诗见长，代表作品有《秦女休行》《秋胡行》《九曲歌》。曾参撰《魏书》，著有《傅子》数十万言，另有《傅玄集》15 卷，已佚。明人张溥辑有《傅鹑觚集》一卷，收入《汉魏六朝百三家集》。

　　昔枚乘作《七发》，而属文之士，若傅毅、刘广世、崔骃、李尤、桓麟、崔琦、刘梁、桓彬之徒，承其流而作之者纷焉，《七激》、《七兴》、《七依》、《七款》、《七说》、《七蠲》、《七举》、《七设》之篇，于是通儒大才马季长、张平子亦引其源

① 房玄龄：《晋书卷四十七·列传第十七·傅玄传》，中华书局，1974，第 1317~1323 页。

而广之。马作《七厉》，张造《七辩》，或以恢大道而导幽滞，或以豃瑰侈而托讽咏，扬辉播烈，垂于后世者，凡十有余篇。自大魏英贤迭作，有陈王《七启》，王氏《七释》，杨氏《七训》，刘氏《七华》，从父侍中《七诲》，并陵前而邈后，扬清风于儒林，亦数篇焉。世之贤明，多称《七激》工，余以为未尽善也，《七辩》似也。非张氏至思，比之《七激》，未为劣也。《七释》佥曰"妙哉"，吾无间矣。若《七依》之卓轹一致，《七辩》之缠绵精巧，《七启》之奔逸壮丽，《七释》之精密闲理，亦近代之所希也。[①]

七体始自西汉文学家枚乘所作之《七发》，假设吴客论说七件事情，用以启发楚国太子，从而形成一种固定的主客问答形式的文章体式，后代模仿者众多。傅玄亦是仿效之，虽正文残缺，但为之撰写的序言却回顾了自枚乘起的汉魏两代作家创作七体的情况，于回顾和品评优劣过程中表明其对该文体特征之认识，也即非常清晰地描述了七体成为专门文体的过程。相比刘勰在《文心雕龙》杂文篇中对七体的梳理，二人都对七体源起枚乘后人承袭之颇有共识，其不同在于傅玄虽在晋世早于刘勰，却举例甚众，并且明确了后汉和曹魏之分期，而刘勰也有示例分析，更有对自汉至晋十余家作品的共同旨趣阐释，却没有将汉魏作者分开论述，所以在对七体的历史进行书写的分期问题上，傅玄更具代表意义。

在傅玄笔下，后汉承袭枚乘创作七体的著名作家和作品首先有傅毅《七激》、刘广世《七兴》、崔骃《七依》、李尤《七款》、桓

---

① 严可均：《全上古三代秦汉三国六朝文·全晋文卷四十六·七谟并序》，中华书局，1958，第 1723 页。

麟《七说》、崔琦《七蠲》、刘梁《七举》、桓彬《七设》等篇，此外马融和张衡作为"通儒大才"，所作之《七厉》和《七辩》，影响后世作品十余篇。曹魏时期，英贤辈至，佳作频出，傅玄举出曹植《七启》、王粲《七释》、杨氏《七训》、刘绍《七华》、傅巽《七诲》等五位代表作家和其作品，称赞这一时期的作品"陵前而逸后，扬清风于儒林"。在序言的最后，傅玄对于上述这些代表作品，又选出《七激》《七辩》《七释》《七依》《七启》五篇品评优劣，这一方法和刘勰有些类似，不同的是，傅玄所举为具体作品的特征，刘勰则是从宏观的角度对汉晋作品进行共性归纳。根据今人郭建勋的统计，现今可见的保留在各种文献资料中的七体作品，两汉三国时期共有 20 篇（已佚作品难以考量），就傅玄所举 15 篇作品来看，数量也已算宏大了。

傅玄另有《连珠序》一篇。

所谓连珠者，兴于汉章帝之世，班固、贾逵、傅毅三子受诏作之，而蔡邕、张华之徒又广焉。其文体辞丽而言约，不指说事情，必假喻以达其旨，而贤者微悟，合于古诗劝兴之义。欲使历历如贯珠，易睹而可悦，故谓之连珠也。班固喻美辞壮，文章弘丽，最得其体。蔡邕似论，言质而辞碎，然其旨笃矣。贾逵儒而不艳。傅毅文而不典。①

傅玄对于连珠体的历史，明确的是其兴起时间，相当于史书起讫的"起"，后惜同刘勰《杂文》篇中对于始自扬雄的连珠体的叙述类似，只列作家作品论其特色，却无文体史的分期阐释。刘勰举

---

① 严可均：《全上古三代秦汉三国六朝文·全晋文卷四十六·连珠序》，中华书局，1958，第 1724 页。

例尚有后汉杜笃、贾逵、刘珍和魏潘勖以及晋陆机等不同阶段的代表作家，傅玄则主要列举后汉班固、贾逵和傅毅及蔡邕，兼及晋世张华。后面分析刘勰在《文心雕龙》中对诸文体的文学史书写中的分期意识时会进一步谈道，这一时期的文学史家在分期问题上的处理思路和方法，都尚处于摸索阶段，虽较前人有很大进步，开始以历史观念进行不同阶段的对比研究，但亦未定型。当然，定型与否不能作为衡量文学史书写的唯一标准，但却是非常重要的因素，这一问题在前面已经交代清楚了，此处不再赘言。

二　皇甫谧《三都赋序》

皇甫谧（215～282），字士安，自号玄晏先生。安定郡朝那县（今甘肃省灵台县）人，后徙居新安（今河南新安县）。皇甫谧"博综典籍百家之言。沉静寡欲，始有高尚之志，以著述为务"，曾为著作郎，一手为史，一手为文，"耽玩典籍，忘寝与食，时人谓之'书淫'"，"所著诗赋诔颂论难甚多"。[①] 此外他还编撰了《帝王世纪》《高士传》《逸士传》《列女传》《玄晏先生集》等书。

皇甫谧应左思之邀，为其《三都赋》作序，同时为赋体溯源追本，阐发了自身对赋这种文体的认识，即书写了赋史。就辞赋的起源和发展史来说，皇甫谧依照传统见解，认为赋起源于《诗经》，是古诗之流。故其论赋源于周，迄于东汉，其间以"战国""汉"为时间节点。战国作为赋体兴起的第一阶段，王道衰败，《风》《雅》之风遭到破坏，于是各种失志的贤人选择赋体表达内心的世界，其中首推荀子和屈原，"遗文炳然，辞义可观"，是辞赋之首。继之还有宋玉之徒，然"淫文放发，言过于实"，有悖于风雅传统。第二阶段是汉代，贾谊创作赋体坚持"节之以礼"，符合皇甫氏

---

① 房玄龄：《晋书卷五十一・列传第二十一・皇甫谧传》，中华书局，1974，第 1409～1418 页。

"纽之王教，本乎劝戒"的赋体要求，然之后众者创作，多有违典雅、用词夸张、内容空洞，其中司马相如《上林赋》、扬雄《甘泉赋》、班固《两都赋》、张衡《二京赋》、马融《广成赋》、王延寿《灵光赋》等作品，虽然也以"宏侈之辞"起笔，但最终以"约简之制"收尾，可为诸多汉赋作品中的翘楚。所以皇甫谧论赋史，能高瞻远瞩，探源溯流，对西汉以来的著名的赋家及其代表作据其要点进行分析，从而使人们第一次对西晋以前的辞赋发展史有一个较为完整和全面的认识。

> 玄晏先生曰：古人称不歌而颂谓之赋。然则赋也者，所以因物造端，敷弘体理，欲人不能加也。引而申之，故文必极美；触类而长之，故辞必尽丽。然则美丽之文，赋之作也。昔之为文者，非苟尚辞而已，将以纽之王教，本乎劝戒也。自夏殷以前，其文隐没，靡得而详焉。周监二代，文质之体，百世可知。故孔子采万国之风，正雅颂之名，集而谓之《诗》。诗人之作，杂有赋体。子夏序《诗》曰："一曰风，二曰赋。"故知赋，古诗之流也。

> 至于战国，王道陵迟，风雅寝顿，于是贤人失志，辞赋作焉。是以孙卿屈原之属，遗文炳然，辞义可观。存其所感，咸有古诗之意，皆因文以寄其心，托理以全其制，赋之首也。及宋玉之徒，淫文放发，言过于实，夸竞之兴，体失之渐，风雅之则，于是乎乖。逮汉贾谊，颇节之以礼。自时厥后，缀文之士，不率典言，并务恢张，其文博诞空类。大者罩天地之表，细者入毫纤之内，虽充车联驷，不足以载；广厦接榱，不容以居也。其中高者，至如相如《上林》，扬雄《甘泉》，班固《两都》，张衡《二京》，马融《广成》，王生《灵光》，初极宏侈之辞，终以约简之制，焕乎有文，蔚尔鳞集，皆近代辞赋

之伟也。若夫土有常产，俗有旧风，方以类聚，物以群分，而长卿之俦，过以非方之物，寄以中域，虚张异类，托有于无。祖构之士，雷同影附，流宕忘返，非一时也。

襄者汉室内溃，四海圮裂，孙刘二氏，割有交益；魏武拨乱，拥据函夏。故作者先为吴蜀二客，盛称其本土险阻瑰琦，可以偏王，而却为魏主述其都畿，弘敞丰丽，奄有诸华之意。言吴蜀以擒灭比亡国，而魏以交禅比唐虞，既已著逆顺，且以为鉴戒。盖蜀包梁岷之资，吴割荆南之富，魏跨中区之衍，考分次之多少，计殖物之众寡，比风俗之清浊，课士人之优劣，亦不可同年而语矣。二国之士，各沐浴所闻，家自以为我土乐，人自以为我民良，皆非通方之论也。作者又因客主之辞，正之以魏都，折之以王道，其物土所出，可得披图而校。体国经制，可得案记而验，岂诬也哉！①

三　挚虞《文章流别论》

挚虞（？~311），字仲洽，"才学通博，著述不倦"，曾任秘书监等职，其"撰《文章志》四卷，注解《三辅决录》，又撰古文章，类聚区分为三十卷，名曰《流别集》，各为之论，辞理惬当，为世所重"。② 后人把《流别集》中所作各种体裁文章的评论集中摘出，成为专论，即《文章流别论》。原文已佚，尚有若干片断散见于《北堂书钞》《艺文类聚》《太平御览》等类书中。《文章流别论》是关于各种文体的性质、源流的专论，论到的文体有颂、赋、诗、七、箴、铭、诔、哀辞、哀策、对问、碑铭等十一种，但也旁

---

① 萧统：《文选卷四十五·三都赋序》，李善注，上海古籍出版社，1986，第 2037~2040 页。

② 房玄龄：《晋书卷五十一·列传第二十一·挚虞传》，中华书局，1974，第 1427 页。

及文章的作用和对文章的评价。从现存的文献中，挚虞对颂、赋、诗、七、铭、哀辞等六种文体，从起源出发，述及流变，进而延伸至特征和功用价值，并适时举出代表作家作品以为例证，堪称综合文体的代表文学史论著。而其中，通过残文能够发现时间节点从而体现其分期意识的，则仅有赋和哀辞两篇。

对于赋体，挚虞的认识与皇甫谧非常类似，不仅都认为赋为"古诗之流也"，而且在文体史的分期处理上也有趋同选择。首先是以荀子和屈原为代表的时期，"以情义为主，以事类为佐"，"颇有古诗之义"，故称"古诗之赋"。其以《楚辞》为代表，至承袭者宋玉已多"淫浮之病"了。其次是贾谊的作品，效仿屈原，值得称赞，而之后的作品则属于"今之赋"，"以事行为本，以义正为助"，重形式轻内容，存在"背大体而害政教"之"四过"。[1] 因为难见原貌，所以在分期方法上，我们只能将其定性为简单分期，没有明显的时间节点，只选择代表作家代表某一个历史阶段。因此，虽然挚虞和皇甫谧在对汉以前赋体的发展史见识颇似，然而挚虞却不似皇甫点明"战国""汉"两个时间节点般清晰明确。

　　　　赋者，敷陈之称，古诗之流也，古之作诗者，发乎情，止乎礼义。情之发，因辞以形之，礼义之旨，须事以明之，故有赋焉。所以假象尽辞，敷陈其志。前世为赋者，有孙卿屈原，尚颇有古诗之义，至宋玉则多淫浮之病矣。《楚辞》之赋，赋之善者也。故扬子称赋莫深于《离骚》。贾谊之作，则屈原俦也。古诗之赋，以情义为主，以事类为佐；今之赋，以事形为本，以义正为助。情义为主，则言省而文有例矣；事形为本，

---

① 严可均：《全上古三代秦汉三国六朝文·全晋文卷七十七·文章流别论》，中华书局，1958，第1906页。

则言当而辞无常矣。文之烦省，辞之险易，盖由于此。夫假象过大，则与类相远；逸辞过壮，则与事相违；辩言过理，则与义相失；丽靡过美，则与情相悖。此四过者，所以背大体而害政教，是以司马迁割相如之浮说，扬雄疾"辞人之赋丽以淫"。①

哀辞这一文体的发展史，现存文献中仅存"建安"一个年号作为时间节点，故第一阶段以崔瑗、苏顺、马融为代表，其作品对象为夭折儿童或未能寿终之人；第二阶段为建安，徐干和刘桢奉命为曹丕和曹植各失稚子而作哀辞，未见为不能寿终者而哀之辞。虽然有时间分期，但前后都"以哀痛为主，缘以叹息之辞"② 为特征，仅在作品内容上面有所不同。

四　檀道鸾《续晋阳秋》

檀道鸾，生卒年不详，概为刘宋时人。所作《续晋阳秋》一书记述东晋一代史事，虽已亡佚，但从《世说新语·文学篇》中辑出的这一段文字，却是具有明确时间意识的文学史书写佳作。檀氏认为《诗》《骚》是我国诗歌发展的两大源头，并以此为基点和原则，对两汉迄于东晋六百余年的文学发展情况分阶段进行回顾，对于后世实具发轫之功。

自司马相如、王褒、扬雄诸贤，世尚赋颂，皆体则《诗》、《骚》，傍综百家之言。及至建安，而诗章大盛。逮乎西朝之末，潘、陆之徒虽时有质文，而宗归不异也。正始中，王弼、

① 严可均：《全上古三代秦汉三国六朝文·全晋文卷七十七·文章流别论》，中华书局，1958，第1905页。
② 李昉：《太平御览五百九十六·文部十二》，中华书局，1960，第2687页。

何晏好《庄》、《老》玄胜之谈，而世遂贵焉。至江左李充尤盛。故郭璞五言始会合道家之言而韵之。询及太原孙绰转相祖尚，又加以三世之辞，而《诗》、《骚》之体尽矣。询、绰并为一时文宗，自此作者悉体之。至义熙中，谢混始改。[①]

对于有汉一朝，檀道鸾以司马相如、王褒、扬雄三位文人为代表，赞其体从诗骚传统，至建安时期，达到文质并重的"诗章大盛"之局面。而西晋潘岳、陆机等人虽时有质文，但已然缺少深刻的社会意义与积极的人生理想，比较单纯地追求华彩和绮丽，同汉以来的诗统已显差别。尤其是正始之后，玄言注入并渐趋统治诗坛。玄言风气始于魏正始之王弼与何晏，他们崇尚"《庄》、《老》玄胜之谈"，引发世人对玄学的追慕，到东晋偏安江左之时，更是风靡一时，在作者眼中，尤以李充为最。郭璞在五言诗创作方面，将"道家之言"引入玄言诗的创作中，以《游仙诗》横亘诗坛。而许询和孙绰作为东晋玄学之中坚人物和玄言诗之代表作家，又吸收佛家妙义入诗，由曹魏西晋时期的庄、老、易"三玄"，演变为佛道融通的四玄之学，也就彻底地抛弃两汉以来的诗骚传统，导致"《诗》、《骚》之体尽矣"。直到东晋义熙年间，以谢混为代表的山水诗创作人群兴起，才促使玄言诗逐渐告别诗坛。整体而言，作者没有采取照搬朝代更迭或者年号变换的历史分期方法，而是从诗骚这两大文学传统出发，考察诗体的发展演变情况，体现了科学的分期意识。当然，作者依然需要借用朝代和年号作为时间单位——西朝、江左两个朝代"名称"和建安、正始、义熙三个年号，以起到对文学发展具有历史意义的断限作用。而这一方法，其他文学史家在分期实践中，也有所借鉴。

---

① 余嘉锡：《世说新语笺疏·文学第四》，中华书局，1983，第310页。

五　沈约《宋书·谢灵运传》

沈约（441～513），字休文，自幼"笃志好学，昼夜不倦"，"而昼之所读，夜辄诵之，遂博通群籍"，"好坟籍，聚书至二万卷，京师莫比"。且"能属文"，相比"谢玄晖善为诗，任彦升工于文章"，"约兼而有之，然不能过也"，曾任著作郎等职，故其著作包括"《晋书》百一十卷，《宋书》百卷，《齐纪》二十卷，《高祖纪》十四卷，《迩言》十卷，《谥例》十卷，《宋文章志》三十卷，文集一百卷"和《四声谱》，文史兼备。

历仕宋、齐、梁三朝的沈约在《宋书》的《谢灵运传》中所写的"史臣曰"部分①，立足于南朝齐梁时期，以诗体发展为主线，将古代有虞氏时期作为文学史的书写起点，一直延续到其出生时的刘宋一朝，同样并非局限于朝代，而是通过运用虞夏、周、汉、魏、晋、宋六个朝代名称以及建安、元康、建武、义熙、太元五个年号，划分出八个历史阶段，分别论述了不同时期的文学史标志作家作品或文坛现象。因为檀道鸾著述早已亡佚，且《宋书》被后世奉为正史，所以这篇传论更堪称这一时期文学史书写的代表作品。

魏晋南北朝时期，关于文学新变的观念一直存在争论。沈约从创作到理论都表现出对文风变化的追求，在其对文学史的分期书写中，基本上每个时间断限都是由"变"开始的。周王朝末年之后，文坛创作风气以战国的屈原、宋玉和西汉的贾谊、司马相如为代表，是为一变："周室既衰，风流弥著，屈平、宋玉，导清源于前，贾谊、相如，振芳尘于后，英辞润金石，高义薄云天。"此后，对情与志的追求在创作中愈发占据主要位置，两汉时王褒、刘向、扬雄、班固、崔骃、蔡邕等人"清辞丽曲，时发乎篇"，但终因音调

---

① 沈约：《宋书卷六十七·列传第二十七·谢灵运传》，中华书局，1974，第 1778～1779 页。

芜杂、声气沉赘而无绝世之音，唯张衡长于抒情，开启东汉文人诗以抒情为主的创作趋势，"若夫平子艳发，文以情变，绝唱高踪，久无嗣响"，是为二变。建安时期，以曹氏父子为主，终于将"情""文""质"三者良好地结合在诗歌创作之中，"至于建安，曹氏基命，二祖陈王，咸蓄盛藻，甫乃以情纬文，以文被质"，可谓三变。西晋孝惠帝元康年间，潘岳和陆机以绮靡繁缛的文风驰骋文坛，一改建安之风，"潘、陆特秀，律异班、贾，体变曹、王，缛旨星稠，繁文绮合。缀平台之逸响，采南皮之高韵，遗风馀烈，事极江右"，是为四变。其后，"有晋中兴，玄风独振"，大概在孝怀帝永嘉年间玄言始开入诗风气，一直沿袭到"自建武暨乎义熙"的东晋，玄言诗逐渐发展到顶峰阶段，"为学穷于柱下，博物止乎七篇。驰骋文辞，义单乎此。自建武暨乎义熙，历载将百，虽缀响联辞，波属云委，莫不寄言上德，托意玄珠，遒丽之辞，无闻焉尔"，可谓五变。扭转这一局面的是殷仲文和谢混（叔源）二人，他们一改孙绰、许询推至极致的玄言之风，将山水题材逐步纳入诗歌创作之中，"仲文始革孙、许之风，叔源大变太元之气"，是为六变。其后，颜延之和谢灵运两位文学巨匠登上文坛，"爰逮宋氏，颜、谢腾声，灵运之兴会标举，延年之体裁明密，并方轨前秀，垂范后昆"，在文学史上承上启下，沾溉后世，可谓七变。由社会时代之变生发为文风之变，沈约的历史观念在上述的文学史书写中一览无余。[①]

六 锺嵘《诗品序》

锺嵘（467?~519?），字仲伟，自幼"好学，有思理"，曾为"宁朔记室，专掌文翰"。和檀道鸾一样，在文学史书写中以《诗》

---

① 沈约：《宋书卷六十七·列传第二十七·谢灵运传》，中华书局，1974，第 1778 页。

《骚》传统为基准。他的《诗品》堪称我国文学史上第一部详尽探讨文学源流的著述，其总论将五言诗的发展分为七个阶段，并作出了全面而系统的总结。与檀道鸾所作《续晋阳秋》实为史书，不同的是，《诗品》的立足点仅仅在于诗体尤其是五言体诗，因而其书写在尊重史实的基础上，更加关注也更加了解文学本体，对后世的文学史书写也就更有启发意义。

> 昔《南风》之词……虽诗体未全，然是五言之滥觞也。逮汉李陵，始著五言之目矣。古诗眇邈，人世难详，推其文体，固是炎汉之制，非衰周之倡也。自王、扬、枚、马之徒，词赋竞爽，而吟咏靡闻。从李都尉迄班婕妤，将百年间，有妇人焉，一人而已。诗人之风，顿已缺丧。东京二百载中，惟有班固《咏史》，质木无文。降及建安，曹公父子，笃好斯文；平原兄弟，郁为文栋；刘桢、王粲，为其羽翼。次有攀龙托凤，自致于属车者，盖将百计。彬彬之盛，大备于时矣！尔后陵迟衰微，迄于有晋。太康中，三张二陆两潘一左勃尔复兴，踵武前王，风流未沫，亦文章之中兴也。永嘉时，贵黄、老，稍尚虚谈，于时篇什，理过其辞，淡乎寡味。爰及江表，微波尚传。孙绰、许询、桓、庾诸公诗，皆平典似《道德论》，建安风力尽矣。先是郭景纯用俊上之才，变创其体；刘越石仗清刚之气，赞成厥美。然彼众我寡，未能动俗。逮义熙中，谢益寿斐然继作。元嘉中，有谢灵运，才高词盛，富艳难踪，固以含跨刘、郭，凌轹潘、左。故知陈思为建安之杰，公干、仲宣为辅；陆机为太康之英，安仁、景阳为辅；谢客为元嘉之雄，颜延年为辅；斯皆五言之冠冕，文词之命世也。[1]

---

[1]　锺嵘：《诗品注·总论》，陈延杰注，人民文学出版社，1961，第1~2页。

从这段文字的表面上看，锺嵘针对五言诗的发展历程划分出七个阶段，所采用的分期方法仍为运用朝代和年号这些历史符号来代表历史阶段意义：从"夏""楚"五言之滥觞，至"汉""东京"之体制初见；从建安"彬彬之盛"，到"有晋""太康"之"中兴"；从"永嘉"之"理过其辞，淡乎寡味"，至"江表"之"微波尚传"；从"义熙"之"谢益寿"，到"元嘉"之"谢灵运"，一直按照历史发展的顺序，更多的是借用年号来对五言诗的发展划定阶段。并且锺嵘以重要作家作为年号分期的辅助手段，最后分别举出建安、太康、元嘉这三个时期的代表人物：陈思王曹植、刘公干、王仲宣、陆机、潘安仁、张景阳、谢灵运、颜延年。他们堪称"五言之冠冕，文词之命世"。

而透过这些年号和朝代名称可以看出锺嵘是以《诗》《骚》传统为指导，从思想内容和艺术形式两个方面来进行文学史书写实践的。其认为两汉时期辞赋创作竞相出现，却始终没有出现兼具文质的优秀诗作，整体发展非常困顿。而曹氏父子统领的建安时期，良好的文学环境、卓绝的文学领袖、整齐的文人集团，形成了五言诗发展"彬彬之盛"的良好局面。而他们所代表的"建安风力"也就成为作者心目中的五言诗标准，具体而言就是"干之以风力，润之以丹彩"。经过建安二十余年的蓬勃发展，五言诗至曹魏时期走向了低谷，直至西晋太康年间迎来短暂的中兴。然西晋永嘉年间，五言诗这一诗歌样式虽然继续发展，但在诗歌表现主题和内容上，追崇黄老之学、慕尚虚谈之社会风气影响了诗人的创作，玄言风气逐渐发展直至涵盖整个东晋时期，以孙绰、许询、桓温、庾亮诸人为代表的江左玄言诗人群体，尽失建安风力的优良传统。虽然也出现逆玄言而动的两位诗人——郭璞和刘琨，前者以《游仙》闻名，后者因"悲壮"称世，二人虽名扬当时、名传千载，但终未能扭转当时玄言"平典"之体盛行的状况。直到义熙年间，谢混在变创体例方面有所贡献，其后刘宋一朝谢灵运横空出世，创建山水诗这一中国诗歌之重要流派，宣告了玄言诗的结束，使五言诗创作渐归正途。

七　裴子野《雕虫论》

裴子野（469～530），字规原，河东闻喜（今山西闻喜）人。出身于世族大家，史学世家。裴子野从齐入梁，历任齐武陵王国左常侍、著作郎、中书侍郎、步兵校尉等职，但为人古朴质实，淡泊功名。其创作"不尚丽靡之词，其制作多法古，与今文体异"，所著《雕虫论》明确反对"摈落六艺""非止乎礼义"的文风，对当时"深心主卉木，远致极风云""巧而不要，隐而不深"的颓废文风进行严厉的批评。

裴子野把"四始六艺"作为诗歌的根本，以《诗经》为典范，所以他的文学史分期始自《诗经》，以"古者"和"后之作者"分为两个阶段。裴子野认为《诗经》后的文坛，由于屈原《楚辞》系列开辟了重视辞藻的风气，而过分追求形式美必然干扰其劝美惩恶的社会功能，后续司马相如、蔡邕、扬雄等人皆"随声逐影"。其后对于五言诗，裴氏进行了相对细致的分期论述。首先所谓"苏、李自出；曹、刘伟其风力，潘、陆固其枝叶"，举出两位作家代表各自所处的时间阶段：汉、魏、西晋。虽然裴氏对于"后之作者，思存枝叶"不满，但他对曹植、刘桢、潘岳和陆机四位依然推崇，即便"潘、陆固其枝叶"，可知其对文采亦非截然反对，但必须无妨风力而已。然后，设置"江左""宋初""元嘉""大明"四个时间节点，对东晋和刘宋两个朝代的文学史进行分期。特别需要指出的是，裴氏将刘宋时期的五言诗创作细分为两个阶段，"宋初迄于元嘉，多为经史"和"大明之代，实好斯文"，这在同时期文学史家之中是鲜见的。

古者四始六艺，总而为诗，既形四方之风，且彰君子之志，劝美惩恶，王化本焉。后之作者，思存枝叶，繁华蕴藻，用以自通。若悱恻芬芳，楚骚为之祖；靡漫容与，相如扣其音。由是随声逐影之俦，弃指归而无执，赋诗歌颂，百帙五车，蔡邕等之俳优，扬雄悔为童子，圣人不作，雅郑谁分？其五言为家，则苏、李自出；曹、刘伟其风力，潘、陆固其枝叶。爰及江左，称彼颜、谢，箴绣鞶帨，无取庙堂。宋初迄于元嘉，多为经史，大明之代，实好斯文。高才逸韵，颇谢前哲，波流相尚，滋有笃焉。自是闾阎年少，贵游总角，罔不摈落六艺，吟咏情性，学者以博依为急务，谓章句为专鲁。淫文破典，斐尔为功。无被于管弦，非止乎礼义。深心主卉木，远致极风云，其兴浮，其志弱。巧而不要，隐而不深。讨其宗途，亦有宋之风也。若季子聆音，则非兴国；鲤也趋室，必有不敢。荀卿有言："乱代之征，文章匿而采。"斯岂近之乎！①

八 萧子显《南齐书·文学传》

萧子显（487~537），字景阳，齐高帝萧道成之孙，"幼聪慧"，"好学，工属文。尝著《鸿序赋》，尚书令沈约见而称曰：'可谓得明道之高致，盖《幽通》之流也'。又采众家《后汉》，考正同异，为一家之书。又启撰《齐史》，书成，表奏之，诏付秘阁"，"所著《后汉书》一百卷，《齐书》六十卷，《普通北伐记》五卷，《贵俭传》三十卷，文集二十卷"，在文史两个领域均有不俗的成就。②

① 李昉：《文苑英华·卷七百四十二·沈四》，中华书局，1966，第2873~2874页。
② 姚恩廉：《梁书卷三十五·列传第二十九·萧子恪传》，中华书局，1973，第511~512页。

如果说，沈约是在为大诗人谢灵运立传时顺便书写了文学史，并在其中婉转地表现了其文学新变主张的话，那么萧子显作为梁代著名史学家，则是在《南齐书》中专门设立了《文学传》，并在这篇传论中明确强调了文学需要不断发展的"新变"观："在乎文章，弥患凡旧。若无新变，不能代雄。"① 而就在详细论证这一观念时，萧子显对昔日文学历史作出了明确回顾：

> 建安一体，《典论》短长互出；潘、陆齐名，机、岳之文永异。江左风味，盛道家之言，郭璞举其灵变，许询极其名理，仲文玄气，犹不尽除，谢混情新，得名未盛。颜、谢并起，乃各擅奇，休、鲍后出，咸亦标世。②

对东汉建安至刘宋时期诗坛的大体发展情况，萧子显举出了十位文士作为不同时期的代表，以说明文风的变化情况。虽然对于建安文学的认识，萧氏明确提出邺下俊彦与曹氏父子差距明显，但其所点出的潘岳、陆机、许询、殷仲文、谢混、颜延之、谢灵运等人，都曾是沈约推举出的曾经引导文坛新变的重点作家，可见两位文学史家前后相继的历史传承关系。而且，不同于其他文学史书写实践，萧氏仅仅借用了两个具有时间断限意义的名称"建安"和"江左"来进行分期，其余则是利用代表作家来完成分期叙述。有学者曾发出"经典作品成为了文学史上的高潮和分期依据"③ 的感叹，其实代表作家同样可以成为文学史的分期依据，萧子显在《南齐书·文学传》的文学史编撰就是明证。而代表作家的选取，则是根据史家心目中对于文学发展所认定的新变观念，可见萧子显的文

---

① 萧子显：《南齐书卷五十二·列传第三十三·文学传》，中华书局，1972，第 908 页。
② 萧子显：《南齐书卷五十二·列传第三十三·文学传》，中华书局，1972，第 908 页。
③ 张荣翼：《文学史中的三种价值评判》，《社会科学辑刊》1999 年第 4 期，第 122 页。

学史分期问题的出发点也是不在朝代而在文学自身的发展变迁。

九 萧统《文选序》

萧统（501~531），字德施，小字维摩，南兰陵（今江苏常州）人，梁武帝萧衍长子。天监元年（502）被立为太子，然未及即位便英年早逝，谥号"昭明"，故后世又称"昭明太子"。萧统编有或著有《文集》二十卷，典诰类的《正序》十卷，五言诗精华《英华集》二十卷，历代诗文而成的总集《文选》三十卷。原有集，已散佚，后人辑有《昭明太子集》。萧统笃信佛教，佛教著名的大乘经典《金刚经》，其中"三十二分则"的编辑，即为萧统。萧统主持编撰的《文选》，作为我国现存编选最早的诗文总集，选录了先秦至南朝梁八九百年间，100多个作者，700余篇各种体裁的文学作品，分为三十七类。他有意识地把文学作品同学术著作、疏奏应用之文区别开来，反映了当时对文学的特征和范围的认识日趋明确。

萧统在《文选序》中主要说明其文学观念和选录标准，对各个文体的历史回顾并非重点，故在分期问题上面仅有简单的处理，并且和皇甫谧、挚虞、裴子野等人有着相当一致的分期观念。在赋体的简要介绍中，萧统首先标举"诗有六义"，为赋之源头，用"古昔"和"今"大体区分两个阶段，而"今"这一时期，是荀子和宋玉以及贾谊和司马相如前后相继兴盛了赋这一文体的发展。而对诗体的概略论述中，则以"炎汉中叶"这一时间节点作为四言和五言两类诗歌样式的分水岭。

> 尝试论之曰：《诗序》云："诗有六义焉：一曰风，二曰赋，三曰比，四曰兴，五曰雅，六曰颂。"至于今之作者，异乎古昔。古诗之体，今则全取赋名。荀宋表之于前，贾马继之

于末。自兹以降，源流实繁。述邑居则有"凭虚"、"亡是"之作，戒畋游则有《长杨》《羽猎》之制。若其纪一事，咏一物，风云草木之兴，鱼虫禽兽之流，推而广之，不可胜载矣！又楚人屈原，含忠履洁，君匪从流，臣进逆耳，深思远虑，遂放湘南。耿介之意既伤，壹郁之怀靡诉。临渊有怀沙之志，吟泽有憔悴之容。骚人之文，自兹而作。

诗者，盖志之所之也，情动于中而形于言。《关雎》《麟趾》，正始之道著；桑间濮上，亡国之音表。故《风》《雅》之道，粲然可观。自炎汉中叶，厥途渐异。退傅有"在邹"之作，降将著"河梁"之篇；四言五言，区以别矣。又少则三字，多则九言，各体互兴，分镳并驱。①

十　魏收《魏书·文苑传》

魏收（507～572），字伯起，巨鹿下曲阳（今河北晋州市西）人。北齐著名文学家、史学家，与温子昇、邢邵并称"北地三才子"。北齐文宣帝在天保二年（551）诏令魏收撰修《魏书》，这是北齐政权设立史馆修撰的一部史书，不足四年便成书。全书共 130 卷，80 余万字，有十二本纪 14 卷，列传 96 卷，十志 20 卷。主要记述北魏和东魏两个政权共 160 余年的历史。

南北朝文学史书写实践，同这一时期的社会和文学发展情况相类似，那就是北不及南：北朝由于先天不足，在文学方面明显落后于南朝。但是作为北朝史家的魏收在《魏书》中，不仅学习汉族史书体例设置了《文苑传》部分，而且在序言中进行了文学史书写的尝试。

---

① 萧统：《文选·序》，李善注，上海古籍出版社，1986，第 1～2 页。

淳于出齐，有雕龙之目；灵均逐楚，著嘉祸之章。汉之西京，马扬为首称；东都之下，班张为雄伯。曹植信魏世之英，陆机则晋朝之秀，虽同时并列，分途争远。永嘉之后，天下分崩，夷狄交驰，文章殄灭。昭成、太祖之世，南收燕赵，网罗俊义。逮高祖驭天，锐情文学，盖以颉颃汉彻，掩踔曹丕，气韵高艳，才藻独构。衣冠仰止，咸慕新风。肃宗历位，文雅大盛，学者如牛毛，成者如麟角。[①]

魏收针对南北朝时期南北相对的政治局面，进行了地域的区分。先是论述了中原地区的文学发展的历史状况，从以齐楚为代表的战国时期到西汉、东汉、曹魏、西晋四个朝代；文学发展分别举出淳于髡和屈原、司马相如和扬雄、班固和张衡、曹丕、陆机作为各个时代的代表作家，并且以西晋永嘉（307~312）西晋孝怀皇帝司马炽时期为转捩点，指出其后"天下分崩"，战事纷仍，中原之文学发展受到沉重的打击。而此时的北方，作者以四位统治者圈定三个时期，借用其庙号分成三个阶段进行评述。首先，是北魏的初期，"昭成、太祖之世，南收燕赵，网罗俊义"，扩大疆域，广揽人才。其次是北魏孝文帝统治时期，迁都洛阳，禁鲜卑语推广汉语，改鲜卑姓为汉姓，兴办学校，等等，这些政策措施都为推动北方社会文化发展起到了极其重要的作用，而且大力提倡文学创作，开创北方文学发展的新局面，故而作者对其不吝溢美之词，认为孝文帝足以同汉武帝和魏文帝相媲美。最后则为肃宗孝明帝元诩在位时期，作者认为在前面两个阶段的基础上，北魏文学发展呈现"文雅大盛，学者如牛毛，成者如麟角"的繁盛局面。这三个文学发展的不同阶段存在层层递进的关系，从早期的网

---

① 魏收：《魏书卷八十五·列传文苑第七十三》，中华书局，1974，第1869页。

罗天下贤才至中期的大力发展文学，直至文坛出现繁荣景象，可见魏收具备清晰的历史思维。

这则文学史书写分期实践，还透露出魏收对于文学发展动力论的观点，即统治者是推动文学发展的重要力量之一。而在南北朝时期，持有这一观点的亦不只其一人。由陈人姚察及其后人共同完成的《梁书》亦设有《文学传》①，作者在序言中充分表达了对于梁武帝萧衍大力推动文学发展的称颂。梁武帝"聪明文思，光宅区宇"，注重"旁求儒雅，诏采异人"，每逢百官来临、兴致高雅之时，便命群臣共同吟诗作赋，对于出类拔萃之才俊，更是出手慷慨，奖励以重金，"其文善者，赐以金帛，诣阙庭而献赋颂者，或引见焉"。于是社会上出现了诸多光耀后世的文士俊杰，如沈约、江淹、任昉和王僧孺等人，从此出现"文章之盛，焕乎俱集"的盛大场面，而其原因，正在于"君临天下者，莫不敦悦其义，缙绅之学，咸贵尚其道，古往今来，未之能易"。从其分期意识来看，虽然其视角仅仅局限于有梁一朝，但其通过推举代表作家（前为沈约、江淹、任昉，后彭城到沆、吴兴丘迟、东海王僧孺、吴郡张率）来区分时间先后的方法，却和其他文学史家的书写实践前后相承。

十一　小结

通过列举檀道鸾、锺嵘、沈约、萧子显、魏收等人文学史书写的代表性论述，可以发现，他们对文学史的认识具有很多的一致性。首先，文学史书写的介入时间节点虽然不同，但从汉代开始中国文学就已经开始稳步发展成为大家的共识，下限则是书写者所处的年代。其次，对文学史的回顾与总结，虽然立足点稍有不同，有的因循《诗》《骚》传统，有的追求新变，但宏观把握没有太多互

---

① 姚思廉：《梁书卷四十九·列传第四十三·文学传》，中华书局，1973，第 658 页。

相抵牾之处，尤其在时间节点的选择上，建安、义熙等年号以及许询、谢混、颜延之、谢灵运等作家在一定程度上代表了一个时期文学发展的情况以及所开启的文学发展的新途，诸位文学史家对此都给予了积极的评价。再次，不论是以史家身份出现的檀道鸾、沈约、萧子显、魏收，还是以文学家身份示人的锺嵘，由于他们自身对于文和史有充分储备积淀，所以在进行文学史写作中基本没有倾斜于某一方面，而是能够用客观的历史意识去审视文学史的发展历程，并且出现了前后互相借鉴吸收的良性继承。余嘉锡先生曾经指出，相比沈约和锺嵘的文学史书写，檀道鸾更具开创之功："二家之言，并导源于檀氏……其间源流因革，檀氏此论实首发其蕴矣。"①

由此，在文学史分期问题处理方法上也就具有共性。首先，不论是史书中的文学史书写，还是文学家对文学发展作出的回顾，这些文学史家都遵循基本的时间发展顺序，但也并未局限于朝代文学，而是充分尊重文学的内部因素。其次，这些文学史家多善于运用年号，而文学史论述中的年号，则不仅代表统治者，也是为了更好地将文学自身的发展同政权的变迁连接起来，也表明了他们于史书撰写中所受到的影响或启发。而文学自身发展对于分期的影响，还存在代表作家的因素，某些时代已经被当时闻名文坛的作家光芒所笼罩，举出某位作家，似乎就已经代表了那个时代的全部，无须再提及朝代甚或年号。总体来讲，按照历史发展的顺序，而又不拘于王朝的嬗替，大体按照西汉、东汉、曹魏、西晋、东晋、刘宋等这样的分期进行论述，又以文学自身的发展为重，可以跨越朝代，也能根据年号选择某一阶段。

---

① 余嘉锡：《世说新语笺疏·文学第四》，中华书局，1983，第315页。

第四节　刘勰的分期实践及思考

一　《文心雕龙》的文学史意义

关于《文心雕龙》一书性质的认识，历来分为两大阵营：一方认为《文心雕龙》为文章学著作，另一方则认为《文心雕龙》是一部文学理论批评著作。

明代学者何良俊《四友斋丛说》卷之二十三《文》说："古今之论文者，有魏文帝《典论》，陆机《文赋》，挚虞《文章流别论》，任昉《文章缘起》，刘勰《文心雕龙》，柳子厚《与崔立之论文书》。近代则有徐昌毂《谈艺录》诸篇，作文之法，盖无不备矣。苟有志于文章者，能于此求之，欲使体备质文，辞兼丽泽，则去古人不远矣。"① 顾起元《文心雕龙序》说："彦和之为此书也……前乎此者，有魏文之《典》，陆机之《赋》，挚虞之《论》，并为艺苑悬衡。彦和囊举而狱究之，疏论词源，博裁意匠，甄叙风雅，扬榷古今，允哉！述作之金科，文章之玉尺也。"② 二人均认可其"作文之法，盖无不备""述作之金科，文章之玉尺"文章学著作的性质。

从文学理论的角度肯定《文心雕龙》的价值与地位，于清代始见端倪。章学诚《文史通义校注·内篇五·诗话》曰："《诗品》之于论诗，视《文心雕龙》之于论文，皆专门名家，勒为成书之初祖也。"③ 在西方批评学理论观念的影响下，20 世纪上半叶出现的

---

① 何良俊：《四友斋丛说》卷二十三《文》，转引自张少康《文心雕龙研究史》，北京大学出版社，2001，第 81 页。

② 顾起元：《文心雕龙序》，转引自张少康《文心雕龙研究史》，北京大学出版社，2001，第 81 页。

③ 章学诚：《文史通义校注·内篇五·诗话》，中华书局，1985，第 559 页。

几部研究中国古代文学批评史的著作，集中表明《文心雕龙》文论史地位的确立。朱东润《中国文学批评史大纲》第十二章"刘勰"认为："吾国文学批评，以齐梁之间为最盛。刘勰之《文心雕龙》，锺嵘之《诗品》，皆成于此期中，并为文学批评之杰作。"① 罗根泽在《中国文学批评史》（周秦汉魏南北朝部分）第八章"论文专家之文学"中，专列"刘勰以前之一般的文学批评家"一节予以论述，认为"纯粹的文学批评的专篇论文始于魏而盛于晋，文学批评的专书始于晋而盛于梁"，其中"成功的、伟大的批评专家只有刘勰与锺嵘"。②

现当代以来的认识，基本延续这两大阵营：文章学著作和文学理论批评著作，或者折中为杂文学理论著作的。前者以王运熙、李庆甲、罗宗强等为代表，后者以王元化、杨明照、牟世金、张少康等为代表，介于两派之间的则以蔡钟翔为代表。在这几大派别之中，学者们或也看到了《文心雕龙》所蕴含的文学史思想，但因为同现代意义上的文学史体例等问题的差异，尚几无人将其看作文学史著述。这种观念也有其背景。不只对于《文心雕龙》，大多学者都认为自西方现代学科体系之文学史传入中国以前，中国是没有文学史的。陈介白在为刘经庵《中国纯文学史纲》写的序中就曾说过："惟有说明历代文学的变迁，使人得到历代文学变迁的清楚概念，方可值得称为文学史"，"只罗列经史子集不能算作文学史，只备载文学家的传记不能算作文学史，只以爱情为去取而选录文学作品，也不能算作文学史"，"中国以前没有文学史专书，虽说《文苑传》有些近似文学史，其实《文苑传》不过简略记文人的姓名履历而已，于文学的变迁得失盖皆缺略，故不能当作文学史看。"③

---

① 朱东润：《中国文学批评史大纲》，上海古籍出版社，2005，第46~47页。
② 罗根泽：《中国文学批评史》，上海古籍出版社，1984，第209~212页。
③ 刘经庵：《中国纯文学史纲》，陈介白所作序言，东方出版社，1996，第1页。

虽然，也有学者指出，"中国文学史书写的方式应有多种可能性，不能因为历史发展结果（当然，历史发展永远没有尽头）即现在的颇为趋同化的写法而忽视历史发展起源和过程中丰富多彩的多元化取向，抹杀文学史书写的各种可能性和多元化空间"。①

不管学者们对于《文心雕龙》的认识偏重于文章学还是文学理论，不可忽视的是其"史、论、评"三者相结合的特色。正如美国文学理论家韦勒克所说："文学理论不包括文学批评或文学史，文学批评中没有文学理论和文学史，或者文学史里欠缺文学理论与文学批评，这些都是难以想象的。显然，文学理论如果不植根于具体文学作品的研究是不可能的。文学的准则、范畴和技巧都不能'凭空'产生。可是反过来说，没有一套课题、一系列概念、一些可资参考的论点和一些抽象的概括，文学批评和文学史的编写也是无法进行的。"② 对于这一点，学者们也深表认同。王元化于《一九八七在瑞典斯德哥尔摩大学的演讲》这篇文章中说："《文心雕龙》是中国古代文论的集大成者，它在内容上将史、论、评兼综在一起，读了这部书可以了解我国从先秦到南朝齐代的文学发展史，文学理论的原则与脉络，文学体裁的分类与流变，文学批评与文学鉴赏的标准与风范。总之，它可以说是当时一部文学百科全书。"③ 牟世金在《文心雕龙研究》一书中也指出："《文心雕龙》是一部文学的史论评相结合的著作。"④ 而就笔者看来，研究多重其论和评的部分，对于"史"的部分略显忽略。

---

① 罗云锋：《现代中国文学史书写的历史建构——从清末至抗战前的一个历史考察》，华东师范大学博士学位论文，2005。

② 勒内・韦勒克、奥斯汀・沃伦：《文学理论》，刘象愚等译，生活・读书・新知三联书店，1984，第32页。

③ 王元化：《一九八七在瑞典斯德哥尔摩大学的演讲》，转引自张少康《文心雕龙研究史》，北京大学出版社，2001，第381页。

④ 牟世金：《文心雕龙研究》，转引自张少康主编《文心雕龙研究史》，北京大学出版社，2001，第390页。

明确提出《文心雕龙》是文学史著述的观点十分少见。方铭发表于《中国文化研究》2002 年春之卷的一篇名为《文学史与文学历史的复原——关于文学史写作原则及评价体系的思考》的文章，其中说道："如果我们用这种与西方历史主义的文学史研究方法一致的尺度来衡量古代文学史著作，古代学者的成功范例也可以说比比皆是，一部《文心雕龙》，不但《时序》是文学史，其他各篇，与其说是文学理论著作，倒不如说是刘勰之前的一部中国文学史。其文体论和创作论，其中复原历史的痕迹，是不难寻绎的。"方铭认为：文学史研究属于历史研究范畴，是对文学历史的研究。其目的，"首要是复原文学的历史，这个复原，包括对文学观念的复原和文学活动的复原"，即"按照一定时代的文学观念，来努力勾勒出一个时代文学发展的全貌"，其次才是"评价这种历史面貌和历史变迁"。"而这两个目的，复原的任务远比评价的任务重要"。按照这种逻辑，作者认为"中国文学史的写作，就不是从近代开始，在中国古代历史著作体系中，特别是以《史记》、《汉书》为代表的正史系统，其《艺文志》、《经籍志》，以及《儒林传》、《文苑传》，还有大量的列传，如《史记·孔子世家》、《史记·屈原贾生列传》、《汉书·司马相如传》、《汉书·扬雄传》，无不是有关文学史的著作"。因为它们无一不对"文学作品和文学现象、文学家进行了综合评价"，并且又是以"实录精神来写作的"，"功绩首先在复原历史"。① 罗宗强在《魏晋南北朝文学思想史》中提到《文心雕龙》的前半部分，主要指文体论部分，"就是一部文学史，或者说，我们可以把它当作一部文学史看。首论文之起源，辨源流，谓文渊源于六经。继论各体文章之产生、流变，描述出各体文章的发

---

① 方铭：《文学史与文学历史的复原——关于文学史写作原则及评价体系的思考》，《中国文化研究》2002 年春之卷，第 20~23 页。

展风貌，作出评价。既可以看出史的脉络，又可以看出他对待历史的价值判断准则。在他对各体文章作历史的考察的时候，我们可以清楚地看到他有着完整的文学史方法论。这个方法论带着我国史学传统的浓厚色彩，可以看到史学而文学的明显轨迹"。①

其他文章，则至多是谈到刘勰的文学史思想。比如温潘亚之《论刘勰的文学史思想》指出，刘勰的《文心雕龙》虽不是一部文学史巨著，但其中却蕴含着丰富的文学史思想。它包括以"文原于道"为核心的文学起源论；以"质文代变""文变染乎世情，兴废系乎时序""参伍以相变，因革以为功"等为核心的文学发展论；以从史学到文学、从"博观"到"见异"和"唯务折衷"等构成的文学史方法论；以"六义"作为文学史评价标准等四个方面。②这一系列系统而独到的观点对 21 世纪的文学史学学科建设仍具有着深刻的启迪意义。

此外，朱自清在对待文学史的问题上，既看到了西方现代观念对我们创建自己文学史的影响，认为"西方文化的输入改变了我们的'史'的意念，也改变了我们的'文学'的意念。我们有了文学史，并且将小说、词曲都放进文学史里，也就是放进'文'或'文学'里；而曲的主要部分，剧曲，也作为戏剧讨论，差不多得到与诗文平等的地位。我们有了王国维先生的《宋元戏曲史》，这是我们的第一部文学专史或类别的文学史"③，又十分重视中国的文化传统因素，指出"清末我们开始有了中国文学史。'文学史'虽也是输入的意念，但在我们的传统中却早就有了根苗。六朝时沈

---

① 罗宗强：《魏晋南北朝文学思想史》，中华书局，1996，第 290~291 页。
② 温潘亚：《论刘勰的文学史思想》，见葛红兵、温潘亚《文学史形态学》，上海大学出版社，2001，第 70~84 页。
③ 朱自清：《诗言志辨·序》，北京古籍出版社，1956，第 1 页。

约、刘勰都论到'变',指的正是文学的史的发展"①。

学者们涉及《文心雕龙》的文学史思想,多谈《时序》篇,认为该篇作为探讨时代与文学关系的专论,"蔚映十代,辞采九变",是典型的文学史论述。夏传才先生曾言:"《时序》一文,按照时代顺序评述各个时代文学发展演变的情况,说明时代演变与文学发展的关系,是一篇评述作者以前的文学发展过程,探讨文学发展规律的专论,集中地体现了刘勰的文学发展史观。"②《文心雕龙研究史》在评价周振甫《文心雕龙注释》一书中,明确指出在周氏笔下,"《时序》是讲历代文学的演变的,是文学史"③。王运熙在《刘勰的文学历史发展史观》一文中也指出:"刘勰的文学历史发展观,主要表现于《文心雕龙》的《时序》、《通变》两篇。《时序》一篇,结合中国古代历朝时世的推移来阐述文学的发展变化,内容丰富深入,其中涉及若干文学史中带有规律性的东西。《通变》探讨文学创作的继承与创新问题,中间也谈到历代文学发展变化的趋势,可与《时序》互相参照。"④ 其和杨明共同编著的《魏晋南北朝文学批评史》又谈道:"《时序》、《才略》两篇,更是概括评述了历代文学的发展和著名作家,是简要的文学史和作家论。"⑤ 胡大雷则指出:"《才略》篇俨然一部以作家为排列的文学史。"⑥ 由此可见,学者们多看到了《时序》篇的文学史意义,或者还包括《通变》和《才略》两篇。其实《文心雕龙》全篇很多地方都包含着文学史论述意义的因子,连缀成篇,《文心雕龙》的文学史意义

---

① 朱自清:《诗文评的发展》,见《朱自清古典文学论文集》(下),上海古籍出版社,1981,第544页。

② 夏传才:《中国古代文学理论名篇今译》第一册,南开大学出版社,1985,第224页。

③ 张少康:《文心雕龙研究史》,北京大学出版社,2001,第341页。

④ 王运熙:《文心雕龙探索》(增补本),上海古籍出版社,2005,第152页。

⑤ 王运熙、杨明:《魏晋南北朝文学批评史》,上海古籍出版社,1989,第378页。

⑥ 胡大雷:《文心雕龙的批评学》,广西师范大学出版社,2004,第29页。

特质非常明显。

1904 年，出任京师大学堂师范馆国文教习的林传甲，编写了七万字左右的《中国文学史》讲义，这可看作现代学科体系中中国文学史的开山之作。对于"中国文学史"有着如此奠基意义的著作中，便专设有"刘勰〈文心雕龙〉创论文之体"一节，可见《文心雕龙》于中国文学史的重要意义。其中，作者是这样认识《文心雕龙》的："建安之初，体裁渐备，故论文之说出焉。《典论》，其首也。其勒成一书，传习至今者，断自《文心雕龙》始。……《原道》一下二十五篇，皆论文章之体制；《神思》一下二十四篇，则论文章之工拙。"首先，作者强调的是，相比曹丕、陆机的文论"并属短篇"，"挚、李之书，均归散佚"，《文心雕龙》是作为第一部专著面世的。其次，强调《文心雕龙》的"论文之说"意义，依作者之意，即"论文章之体制"和"论文章之工拙"①。在笔者看来，论文如果理解为论说文章发展演变情况，便可看作文学史的一种表现。同理，刘师培的《中国中古文学史讲义》以论汉魏晋六朝文学的变迁为重点，其中大量征引有关史实和评论资料，《文心雕龙》正是其一。换句话说，《文心雕龙》保存了大量的汉魏晋六朝文学的发展变迁史料，记录了汉魏晋南北朝文学发展的历程，是为具有文学史性质。

刘勰能够对文学发展的历史作出详细而多元的分析论述，同刘勰之前的文学史家所做的点点滴滴有益的探索实践是分不开的，同魏晋南北朝时期史学的发展也是紧密相关的。在论及魏晋南北朝众多文学史家的文学史著述时，笔者曾经多次指出其与史学的渊源，刘勰的著述也不例外。文史是刘勰文学史学得以建立的两大基础：文学的发展使得刘勰从历史发展角度总结文学发展

---

① 林传甲：《中国文学史》，吉林人民出版社，2013，第 132 页。

情况具备了丰富的材料基础，史学的发展则给刘勰提供了方法和观念的指导。

从文学角度而言，魏晋南北朝是文学发生巨变的重要时期，文学的自觉和文学创作的个性化使得文学的世界前所未有地丰富起来，这就为文学史的编写提供了基本的材料。并且，编纂文集和收藏书籍之风开始盛行，史书中也越来越多地录入文学作品，使得后代的学者能够更便利地掌握前代作家作品的真实情况。由此，文学作品在保存和传播上已经跨越了历史时空，学者占有一手资料的机会愈加容易和增多，加之其自身的修养不断提高，注重文史两方面素质的培养，对文学史从宏观角度的把握也就越有可能和更具深度。

同时，史籍的书写目的与史学的社会功用思想，也深深地影响到刘勰，他在《文心雕龙》中所表现出来的撰述动机和目的，同史家对史籍的希望要求十分相似。根据《文心雕龙·序志》篇，刘勰"搦笔和墨，乃始论文"的写作动机，首先是有感于宋齐以还文坛"言贵浮诡""离本弥甚"的创作弊端，其次是因为"近代之论文者多矣"，但均"并未能振叶以寻根，观澜而索源"[1]，可见刘勰著述动机具有明确的现实针对性。从通过著述所希望达到的目的而言，刘勰在《序志》篇中指出，"唯文章之用，……君臣所以炳焕，军国所以昭明"[2]，同于其对史籍的要求："贯乎百氏，被之千载，表征盛衰，殷鉴兴废，使一代之制，共日月而长存，王霸之迹，并天地而久大。"[3] 他又提出文辞的标准在于"贵乎体要"，并且"恶乎异端"，亦同于史书的"彰善瘅恶，树之风声"之思想。《文心雕龙·史传》篇还提出了修史所应有的宗旨和态度，反观刘

---

① 刘勰：《文心雕龙注·序志第五十》，范文澜注，人民文学出版社，1958，第 726 页。
② 刘勰：《文心雕龙注·序志第五十》，范文澜注，人民文学出版社，1958，第 726 页。
③ 刘勰：《文心雕龙注·史传第十六》，范文澜注，人民文学出版社，1958，第 286 页。

勰修撰《文心雕龙》的态度——撰写文学史的态度和修史的态度，又具有一致性。《序志》篇有言，"不述先哲之诰，无益后生之虑"①，表明代代相承的思想和承上启下的历史观照意识。由此可知，刘勰的文学史书写不仅意味着其对于文学的发展情况作出多方面的系统总结，还表现为借鉴历史的思想来关照文学，也就印证了文学史和历史之间的相互关联。下面就从分期问题着眼，试图解析刘勰在书写文学史过程中的时间观念，通过考察其所采用的分期节点和自汉代以来的文学史家的同异，完善对先唐时期文学史家关于文学史书写中分期问题的实践与思想认识。

二 《时序》

《时序》包含唐、虞、夏、商、周、汉、魏、晋、宋、齐等十代之"辞采九变"现象，是《文心雕龙》公认的文学史论部分。刘勰认为文学发展蔚映十代，是对质文关系而言，具体到分期情况可以合并为七个时期。

第一个时期是春秋以前的时期，包括"陶唐""有虞""大禹""姬文""太王""幽厉""平王"七个阶段，这些时期流传的所谓早期的歌谣作品，其中文采情理已然可以看出跟随时世推移的机理。

第二个时期是春秋以后七雄逐鹿的时期，虽然百家争鸣，但唯有齐楚两国在文学方面创造了良好的环境，尤其屈原和宋玉的创作文辞艳丽，远超前世。

"有汉"一朝，可以分为前后汉两个时期，即刘勰分期中的第三、四个时期。前汉根据统治者的谥号可以细分为"高祖""孝惠、文景""孝武""昭、宣""元、成""哀（平）"六个阶段：

---

① 刘勰：《文心雕龙注·序志第五十》，范文澜注，人民文学出版社，1958，第726页。

高祖时大业初定，崇武轻文，《大风歌》《鸿鹄歌》为杰作；孝惠帝到文景帝时，经学开始兴起，贾谊、邹阳、枚乘等文人多有志向难申之憾；武帝推重儒家，以文宏业，不仅在柏梁台燕饮联句，还对枚乘、主父偃、公孙弘、倪宽、朱买臣、司马相如等人礼尚尊之，司马迁、吾丘寿王、严安、终军、枚皋等人亦因文采闻名于世；昭宣二帝承袭武帝文策，召集群儒于石渠阁谈经会文，王褒因此得以提拔；元帝到成帝期间，打开金马门搜集人才，扬雄虽然提倡经学却也崇尚赋作，刘向受命整理宫廷藏书，可为代表；哀（平）帝已为西汉末流，重辞赋创作之风自武帝至今的百余年间虽有变化，但承袭《楚辞》的传统依然未变。

后汉同样根据统治者的谥号具体分为"光武""明章""安和""顺桓""灵帝"五个阶段。光武帝重视谶纬学说，文辞稍轻，然杜笃、班彪等人也因文辞而获得机缘；明帝章帝推崇经学，璧堂习礼，白虎观讲经，班固、贾逵执笔史文，东平王刘苍、沛献王刘辅亦善文论；和帝安帝至顺帝桓帝期间，出现班固、傅毅、崔骃、崔瑗、崔寔、王延寿、马融、张衡、蔡邕等大量作家，鉴于经学推广的力度和深度，其作品从思想到内容所受儒家经典的影响相较于前汉都有所增加；灵帝爱好辞赋，开鸿都之门广揽辞赋文士，然国之颓势已然影响文之运势。

第五个时期始自"建安"，贯穿曹魏统治几十年，根据谥号和年号分为"魏武、文王、陈思""明帝""正始""高贵"四个阶段。以曹操、曹丕、曹植为代表的邺下文人，会集王粲、陈琳、徐干、刘桢、应玚、阮瑀、路粹、繁钦、邯郸淳、杨修等诸多俊才文士，形成彬彬之盛的文人集团，志深笔长，雅好慷慨，堪称史上绝响；明帝曹睿亦有文采，并设立崇文馆招揽何晏、刘劭等文士；齐王曹芳正始年间，嵇康、阮籍、应璩、缪袭等活跃于文坛之上；高贵乡公曹髦虽然承袭英雅，但也仅限于言论文章自相宜，文坛风貌已然谈不上了。

有晋虽然也可以分为西晋和东晋两个时期，但刘勰关于两晋文学有一个统一的总结，所以整体算作第六个时期。西晋可以分为"宣、景帝""武帝""怀愍"三个阶段，国祚短暂，对文辞亦不甚重视，但却涌现出张华、左思、潘岳、夏侯湛、陆机、陆云以及应贞、傅玄、张载、张协、张亢、孙楚、挚虞、成公绥等诸多文采卓著之士。东晋则可以分为"元皇""明帝""简文"三个文学发展阶段：元帝司马睿崇文倡学，刘隗、刁协、郭璞等文人受到重视；明帝司马绍颇似汉武帝，自身慧文，讲经赋文，庾亮、温峤等深受厚待；简文帝虽尚谈玄，却文采丰富，亦兴文囿。其余的晋成帝、康帝、穆帝和哀帝以及安帝和恭帝，在位时间短，无力谈及文学。虽然不同君主在位期间具有不同的文学风貌，但整体而言自从西晋谈玄之风盛行以来，直到东晋已经形成普遍的社会风尚，所谓"文变染乎世情，兴废替于时序"，这也是刘勰非常鲜明的发展观念。此外，刘勰在这里特别点出兼善文史的几位士人：袁宏、殷仲文、孙盛、干宝等。在前面关于文学史家的部分我们都有所论及，可见刘勰作为一个出色的文学史家，对其他文学史家的认同和赞赏。

刘宋是第七个时期，因与刘勰所处年代非常接近，所以虽然点评了武帝、文帝和孝武帝三位君主和文学的关联，但涉及分期问题仅仅言以明帝为界，其后的文理学问都开始衰落了。这也确为文学史转关之重要时期。所举出的四任统治者，宋武帝刘裕、文帝刘义隆、孝武帝刘骏、明帝刘彧，在作者笔下，均有推动文学发展的一己魅力："宋武爱文，文帝彬雅，秉文之德，孝武多才，英采云构。自明帝以下，文理替矣。"[①] 至于代表文人则列举了王僧达、袁淑两

---

① 刘勰：《文心雕龙注·时序第四十五》，范文澜注，人民文学出版社，1958，第675页。

家宗族和颜延之、谢灵运两大家族以及何逊、范云、张邵、沈约等人。

修史之人历来难修本朝史。南齐二十三年的短暂国运，刘勰举出四位统治者，分别为太祖萧道成、世祖萧赜、文帝萧长懋、高宗萧鸾，这里没有再进一步讨论不同统治时期的文学发展情况，而是重在表现"运集休明"的萧齐一世，统治者皆为"文明自天，缉熙景祚"之人，或"圣武膺篆"，或"睿文纂业"，或"贰离含章"，或"上哲兴运"，在他们的领导下，"圣历方兴，文思光被"，"经典礼章，跨周轹汉"，文学发展呈现欣欣向荣之势。① 文坛盛况远超前代，美赞之态鲜明，具体论述谦逊留给后人，亦无具体分期。

综上，《时序》篇虽位列文体诸篇之后，但其所选取的时间节点——十个朝代，五十余个帝王的谥号（庙号）或者年号，基本囊括前面为文体撰史的所有时间节点，这就是刘勰的集大成之处。同时《时序》篇中"十代九变"的分期方法，在《通变》篇中有所呼应："是以九代咏歌，志合文则。黄歌断竹，质之至也；唐歌在昔，则广于黄世；虞歌卿云，则文于唐时；夏歌雕墙，缛于虞代；商周篇什，丽于夏年。至于序志述时，其揆一也。暨楚之骚文，矩式周人；汉之赋颂，影写楚世；魏之策制，顾慕汉风；晋之辞章，瞻望魏采。推而论之，则黄唐淳而质，虞夏质而辨，商周丽而雅，楚汉侈而艳，魏晋浅而绮，宋初讹而新。"② 从以上考察中可发现，刘勰对文学史的分期问题的处理方法与同期的文学史家相互呼应，基本囊括了其他文学史家所有的分期方法：从文学本体出发，以朝代更迭为依托，借用统治者的称谓和年号以及代表作家作品来作为

---

① 刘勰：《文心雕龙注·时序第四十五》，范文澜注，人民文学出版社，1958，第 675 页。
② 刘勰：《文心雕龙注·通变第二十九》，范文澜注，人民文学出版社，1958，第 519~520 页。

时间的定位手段，可谓集大成者。然刘勰也有与众不同的方面，即更为重视统治者的定位作用，在《时序》篇中竟然举出了五十余位统治者，其原因或和其心中文学发展的君主动力论关系紧密。

三　文体论

《文心雕龙》文体史论，共二十篇，涉及三十三种主要文体，细分则八十一种①。文体是文学史中一个重要的方面，论及文体的变迁是刘勰文学史家的重要成就之一。刘勰的文学史，"是从他的文体论中得出来的"②。那么文体论部分的分期情况如何呢？

所谓分期，必要条件是设定某一时间节点，并且阐释其前后的迁变。而时间节点的选择，因为尚处于文学史书写的初期阶段，并未形成固定模式。何谓固定模式？对于熟悉新中国成立后文学史的人来说，毋庸置疑，那就是所谓朝代分期法。朝代更迭是政治或者社会历史发展的分期依据一般无异议，但作为文学史的分期方法，却饱受诟病，可终成为文学史写作的主流分期方法。反观中国传统文学史书写，文学史家在选择时间节点的表达上，可以是朝代、统治者或者年号，也可以通过作家作品引领一个时期。因为一个节点必须对应两个阶段，而历史需要连贯的发展，所以能够设定一两个时间节点作为某一文体或者文学现象的分期就具有书写的鲜明价值和历史意义，即便每个阶段的书写方式未能达到统一，也已经具备时代特色的研讨意味。在上述思想指导下，根据分期观念和操作的清晰程度，大体可以分为三类。

第一，通过准确的时间节点（朝代/统治者/年号）引领文学发展的历史阶段，文学发展的基本情况紧随其后，或者提纲挈领以作

---

① 罗宗强：《魏晋南北朝文学思想史》，中华书局，1996，第 265 页。
② 周振甫：《文心雕龙今译》，中华书局，1986，第 49 页。

宏观概括，或者通过介绍代表作家或作品以为例证，总体非常清晰地叙述某种文体根据历史演进顺序的发展沿革。

将大体涉及十种文体的这一方法列为第一类，其考量在于这是我们非常熟悉的分期方法，跨越一千多年的时间回视，而且，当时可以这样成熟地操作，应该是振聋发聩的。而当时及前代之人如前所述，虽偶有为之，但在系统和规模上皆不及刘勰，所以说，刘勰开启了后世文学史书写在时间思路上的基本模式。

第二，不完全借助准确的时间节点（朝代/统治者/年号），而是通过举出某一或者某些作家/作品/文学现象，用以代表所在时期以及今后一段时期的某种文体或者文学现象的基本风貌，总体上也是思路清晰地叙述了文学根据历史演进顺序的发展沿革。

第三，根据历史演进顺序简单叙述某种文体的发展沿革。对于某一文体而言，其发展历史并不能通过明确的时间节点来划分，不管是所谓的时间段限（朝代/统治者/年号），还是某些作家或者作品，在文学史家看来，并不具备历史连贯性，某一时期的文学风貌和上下时期的关联并不鲜明，故而难以划分前后相继的段限，只能采取有典型意义就落笔的方式进行书写，但又不限于一个时期，或者两个时期，或者有时间跨度的不同时期。这类文体也具有趋同性，和文体自身演变有关，亦和作者认识有关。

（一）非常清晰、鲜明的分期实践

在这类分期实践中，每个阶段基本都有宏观介绍，并且多数附有代表作家或者作品的文体，包括诗、乐府、祝、箴、封禅、章表、奏、启、议、书记等。

1. 诗

人禀七情，应物斯感，感物吟志，莫非自然。昔葛天氏乐辞云：《玄鸟》在曲，黄帝《云门》，理不空绮，至尧有《大唐》之歌，舜造《南风》之诗，观其二文，辞达而已。及大禹成功，九序惟歌；太康败德，五子咸怨，顺美匡恶，其来久矣。

自商暨周，《雅》、《颂》圆备，四始彪炳，六义环深。子夏监绚素之章，子贡悟琢磨之句，故商赐二子，可与言诗。自王泽殄竭，风人辍采，春秋观志，讽诵旧章，酬酢以为宾荣，吐纳而成身文。逮楚国讽怨，则《离骚》为刺。秦皇灭典，亦造《仙诗》。

汉初四言，韦孟首唱，匡谏之义，继轨周人。孝武爱文，柏梁列韵，严马之徒，属辞无方。至成帝品录，三百馀篇，朝章国采，亦云周备，而辞人遗翰，莫见五言，所以李陵班婕妤见疑于后代也。按《召南・行露》，始肇半章；孺子《沧浪》，亦有全曲；《暇豫》优歌，远见春秋；《邪径》童谣，近在成世：阅时取证，则五言久矣。又古诗佳丽，或称枚叔，其《孤竹》一篇，则傅毅之词，比采而推，两汉之作乎？观其结体散文，直而不野，婉转附物，怊怅切情，实五言之冠冕也。至于张衡《怨篇》，清典可味；《仙诗缓歌》，雅有新声。

暨建安之初，五言腾踊，文帝陈思，纵辔以骋节；王徐应刘，望路而争驱；并怜风月，狎池苑，述恩荣，叙酣宴，慷慨以任气，磊落以使才；造怀指事，不求纤密之巧，驱辞逐貌，唯取昭晰之能：此其所同也。及正始明道，诗杂仙心，何晏之徒，率多浮浅。唯嵇志清峻，阮旨遥深，故能标焉。若乃应璩《百一》，独立不惧，辞谲义贞，亦魏之遗直也。

晋世群才，稍入轻绮。张潘左陆，比肩诗衢，采缛于正始，力柔于建安，或析文以为妙，或流靡以自妍，此其大略也。江左篇制，溺乎玄风，嗤笑徇务之志，崇盛忘机之谈，袁孙已下，虽各有雕采，而辞趣一揆，莫与争雄，所以景纯仙篇，挺拔而为俊矣。宋初文咏，体有因革，庄老告退，而山水方滋；俪采百字之偶，争价一句之奇，情必极貌以写物，辞必穷力而追新，此近世之所竞也。[①]

《明诗》作为文体论的开篇，以诗体为中心，是文体史书写中最重要的实践，涉及分期问题，思路也是非常的清晰。首先以汉为节点，分为两个大的阶段。前期举出"葛天氏""黄帝""尧""舜""大禹""太康"等六个统治者的事例，以证诗"顺美匡恶"的功能由来已久，然后到了"商""周"时期，风雅颂赋比兴所谓诗之六义皆已确立，延续到"春秋"时期，以诗言志以及彰显才华等价值都能体现在朝堂之上，亦可表达讽怨之情如"楚国"之《离骚》，即便"秦皇"焚书也依然会令博士作诗，可见诗之地位稳固。这都属于诗歌的早期，而到了汉朝之后，尤其是文人诗歌勃兴，下面这一阶段的分期才愈加壮观。

刘勰以"汉初""建安之初""正始""晋世""宋初"五个时间节点引出五个阶段，并且辅以年号和谥号：汉朝是以"汉初"和孝武、成帝两位统治者的谥号细分时期；曹魏分为建安和正始两个阶段；两晋以"江左"为界，分别论述各个时期的诗坛风貌。具体到汉朝的诗歌发展，作者首先论述的是四言诗的发展史。在刘勰心中，四言是以"雅润为本"的"正体"，从"汉初四言，韦孟首唱，匡谏之义，继轨周人"，到东汉"张衡《怨篇》，清典可味"，一首一尾，大跨度地追叙了四言诗在汉魏晋时期的发展情况，其间提到汉武帝"柏梁列韵"和汉成帝"品录三百余篇"对四言诗发展所起到的推动意义。虽然刘勰认为"四言正体……五言流调"，

---

① 刘勰：《文心雕龙注·明诗第六》，范文澜注，人民文学出版社，1958，第65~67页。

但却没有对四言诗着以更多笔墨，相反对五言诗的历史发展则给予了充分的重视，这一阶段的分期也主要是针对五言诗的发展而言的。

刘勰从五言诗久远的历史说起，"按《召南·行露》，始肇半章；孺子《沧浪》，亦有全曲；《暇豫》优歌，远见春秋；《邪径》童谣，近在成世"，是为五言诗发展的第一阶段。第二阶段举出"两汉"五言诗之佳丽者，"或称枚叔，其《孤竹》一篇，则傅毅之词，比采而推，两汉之作乎！观其结体散文，直而不野，婉转附物，怊怅切情，实五言之冠冕也"。"建安"是"五言腾踊"的大发展时期，在曹丕、曹植兄弟的率领下，王粲、徐干、应玚、刘桢等人形成邺下文人集团，各具风采又有趋同的创作倾向，盛况非同一般，是为第三阶段。第四个阶段是正始时期，清谈之风兴盛，推崇老庄思想，以何晏等人为代表，卓尔不群的是阮籍和嵇康，此外还有应璩的《百一》堪为质朴直正之作。西晋是五言诗发展的第五个阶段，刘勰举出三张二潘二陆一左，概括这一时期的整体风貌是"采缛于正始，力柔于建安"。第六阶段为东晋"江左"时期，五言诗创作陷于玄谈，袁宏和孙绰是为代表，还有郭璞《游仙诗》堪为挺拔之作。最后一个阶段是（刘）"宋初"年，山水诗代替玄言诗勃兴，"俪采百字之偶，争价一句之奇，情必极貌以写物，辞必穷力而追新"。史家书史，一般不谈当代和近代，刘勰在其他文体的叙史中也很少提到刘宋时期近况，而五言诗则不然，可见其对五言诗的重视和了解，也见得五言诗的发展之蓬勃盛况了。

2. 乐府

夫乐本心术，故响浃肌髓，先王慎焉，务塞淫滥。敷训胄子，必歌九德，故能情感七始，化动八风。自雅声浸微，溺音腾沸，秦燔《乐经》，汉初绍复，制氏纪其铿锵，叔孙定其容典；于是《武德》兴乎高祖，《四时》广于孝文，虽摹《韶》、《夏》，而颇袭秦旧，中和之响，阒其不还。暨武帝崇礼，始立乐府，总赵代之音，撮齐楚之气；延年以曼声协律，朱马以骚体制歌，《桂华》杂曲，丽而不经，《赤雁》群篇，靡而非典；河间荐雅而罕御，故汲黯致讥于《天马》也。至宣帝雅颂，诗效《鹿鸣》，迄及元成，稍广淫乐，正音乖俗，其难也如此。暨后郊庙，惟杂雅章，辞虽典文，而律非夔旷。

至于魏之三祖，气爽才丽，宰割辞调，音靡节平。观其北上众引，《秋风》列篇，或述酣宴，或伤羁戍，志不出于淫荡，辞不离于哀思，虽三调之正声，实《韶》、《夏》之郑曲也。

逮于晋世，则傅玄晓音，创定雅歌，以咏祖宗；张华新篇，亦充庭万。然杜夔调律，音奏舒雅；荀勖改悬，声节哀急：故阮咸讥其离声，后人验其铜尺。和乐精妙，固表里而相资矣。①

《乐府》篇中出现的具有时间节点意义的字眼有"秦""汉""魏""晋"四个朝代名称，大体分为四个时期进行回顾。第一是秦前时期，举出了葛天氏《八阕》、黄帝的《咸池》、帝喾的《五英》、涂山氏的《候人歌》、有娀氏的《燕燕歌》、夏王孔甲的《破斧歌》和殷王怀念旧居歌，这些配乐之歌根据性情而作，"能情感七始，化动八风"，深入影响人之心灵境界，又可"觇风于盛衰"，"鉴微于兴废"。春秋时期亦推重雅声，而后则"雅声浸微，溺音腾沸"了，引发作者强烈的不满。第二个阶段是两汉时期，经过"秦燔《乐经》"，乐府于汉代得到了极大的发展。刘勰将其细分

---

① 刘勰：《文心雕龙注·乐府第七》，范文澜注，人民文学出版社，1958，第101~102页。

为"汉初"、"武帝"、"宣帝"、"元成"和"后汉"五个小时期，举出代表作家作品和机构制度，也指出了乐府渐远雅声的趋势。第三个阶段是曹魏时期，"魏之三祖""音靡节平"，"志不出于淫荡，辞不离于哀思，虽三调之正声，实《韶》《夏》之郑曲也"，亦同周朝正声雅乐相违背。第四个阶段为晋世，"傅玄晓音，创定雅歌，以咏祖宗；张华新篇，亦充庭万"，似有好转，然经魏杜夔和晋荀勖对音律和乐器的调整，乐律同古代相比也是已经发生改变了。

3. 祝

昔伊耆始蜡，以祭八神。其辞云：土反其宅，水归其壑，昆虫无作，草木归其泽。则上皇祝文，爰在兹矣。舜之祠田云：荷此长耜，耕彼南亩，四海俱有。利民之志，颇形于言矣。至于商履，圣敬日跻，玄牡告天，以万方罪己，即郊禋之词也。素车祷旱，以六事责躬，则雩禜之文也。及周之大祝，掌六祝之辞，是以庶物咸生，陈于天地之郊；旁作穆穆，唱于迎日之拜；夙兴夜处，言于祫庙之祝。多福无疆，布于少牢之馈。宜社类祃，莫不有文。所以寅虔于神祇，严恭于宗庙也。

春秋已下，黩祀谄祭，祝币史辞，靡神不至。至于张老成室，致善于歌哭之祷；蒯聩临战，获佑于筋骨之请；虽造次颠沛，必于祝矣。若夫《楚辞·招魂》，可谓祝辞之组丽也。汉之群祀，肃其旨礼，既总硕儒之仪，亦参方士之术。所以秘祝移过，异于成汤之心；侲子驱疫，同乎越巫之祝；礼失之渐也。

至如黄帝有祝邪之文，东方朔有骂鬼之书，于是后之谴咒，务于善骂。唯陈思《诘咎》，裁以正义矣。

若乃礼之祭祀，事止告飨；而中代祭文，兼赞言行，祭而兼赞，盖引神而作也。又汉代山陵，哀策流文，周丧盛姬，内史执策。然则策本书赠，因哀而为文也。是以义同于诔，而文实告神，诔首而哀末，颂体而祝仪。太祝所作之赞，因周之祝文也。凡群言发华，而降神务实，修辞立诚，在于无愧。祈祷之式，必诚以敬。祭奠之楷，宜恭且哀；此其大较也。班固之祀蒙山，祈祷之诚敬也，潘岳之祭庾妇，奠祭之恭哀也，举汇而求，昭然可鉴矣。[1]

祝文历史悠久，通过"周"、"春秋"和"汉"三个时间节点划分为四个阶段，每个阶段都有迁变，体现了良好的文学史分期意识。首先是上古时期，包括三皇时期以神农氏十二月合祭谷物神、农神、邮亭神、猫神、虎神、堤神、水沟神和昆虫神等八神的祝文为代表，五帝时期以舜帝祭田为民求丰收的祝文为代表；三王时期则以商汤以黑牛祭天和求雨祭的祝文为代表，其特征皆是由统治者亲自向神祷告。第二阶段是周朝时期，出现主管向众神祷告的官员——太祝，规范了六种基本的祝文形式。这两个时期，祝文的基本内容均离不开祈福消灾。而自春秋以来，出现了混乱的局面，"黩祀谄祭，祝币史辞，靡神不至"，是为第三阶段。到了汉代以后，虽然礼仪众多，但一改最初祭祀者把造成灾难的罪责归于自身的态势，反推到平民身上，故而"礼失之渐也"。

4. 箴

箴者，所以攻疾防患，喻针石也。斯文之兴，盛于三代。夏商二《箴》，馀句颇存。及周之辛甲《百官箴》一篇，体义备焉。迄至春秋，微而未绝。故魏绛讽君于后羿，楚子训民于

---

[1] 刘勰：《文心雕龙注·祝盟第十》，范文澜注，人民文学出版社，1958，第176~177页。

在勤。战代以来，弃德务功，铭辞代兴，箴文委绝。①

这一段就具有非常清晰的分期理念，点明"三代"、"春秋"和"战代（国）"三个清楚且连续的时间阶段，后面分别交代各个时期箴这种文体的发展情况。夏商周三代，箴体兴盛。通过《逸周书·文传解》和《吕氏春秋·应同》可见《夏箴》和《商箴》的残句，周朝太史辛甲命百官所作《百官箴》已佚，作为掌管山泽苑囿的官吏虞所作之《虞箴》篇仍可通过《左传·襄公四年》见到，体制和用意都非常完备。春秋时期，箴文虽有衰势，但晋大夫魏绛引用《虞箴》中后羿爱好打猎不顾国事的例子讽谏晋悼公，楚庄王用箴文告诫国民"民生在勤，勤则不匮"的道理，尚能体现这一文体的价值。战国以后，随着社会环境的变化，功名代替道德成为各界主要追求，文体与之相适应，虽然铭和箴都有警戒之功，但"铭兼褒赞"，相比"全御过"的箴文，更适应诸侯争霸的氛围，故而箴文绝迹。

5. 封禅

昔黄帝神灵，克膺鸿瑞，勒功乔岳，铸鼎荆山。大舜巡岳，显乎《虞典》。成康封禅，闻之《乐纬》。及齐桓之霸，爰窥王迹，夷吾谲陈，距以怪物。固知玉牒金镂，专在帝皇也。然则西鹣东鲽，南茅北黍，空谈非征，勋德而已。是史迁八书，明述封禅者，固禋祀之殊礼，名号之秘祝，祀天之壮观矣。

秦皇铭岱，文自李斯，法家辞气，体乏弘润。然疏而能壮，亦彼时之绝采也。铺观两汉隆盛，孝武禅号于肃然，光武巡封于梁父，诵德铭勋，乃鸿笔耳。观相如封禅，蔚为唱首。

---

① 刘勰：《文心雕龙注·铭箴第十一》，范文澜注，人民文学出版社，1958，第194页。

尔其表权舆，序皇王，炳元符，镜鸿业，驱前古于当今之下，腾休明于列圣之上，歌之以祯瑞，赞之以介邱，绝笔兹文，固维新之作也。及光武勒碑，则文自张纯。首胤典谟，末同祝辞，引钧谶，叙离乱，计武功，述文德，事核理举，华不足而实有馀矣。凡此二家，并岱宗实迹也。

及扬雄《剧秦》，班固《典引》，事非镌石，而体因纪禅。观《剧秦》为文，影写长卿，诡言遁辞，故兼包神怪。然骨掣靡密，辞贯圆通，自称极思，无遗力矣。《典引》所叙，雅有懿乎，历鉴前作，能执厥中，其致义会文，斐然馀巧。故称"《封禅》丽而不典，《剧秦》典而不实"，岂非追观易为明，循势易为力欤！至于邯郸《受命》，攀响前声，风末力寡，辑韵成颂，虽文理顺序，而不能奋飞。陈思《魏德》，假论客主，问答迂缓，且已千言，劳深绩寡，飙焰缺焉。①

《封禅》篇在撰述这一文体的发展史时，提到"黄帝"、"大舜"、"成康"、"齐桓"、"秦皇"、"孝武"和"光武"七位统治者，可以分为四个阶段。黄帝、大舜、周成王和康王作为名副其实的统治者皆赴泰山封禅，而春秋时齐桓公虽称霸却非帝王，故管仲劝阻其欲封禅之事，这是两个对比鲜明的阶段。第三阶段是秦一统后，李斯为始皇撰写的泰山刻石文，尽显法家辞气，堪称代表。第四阶段，到了汉朝，国力强盛，孝武帝时司马相如撰写的《封禅文》和光武帝时张纯的《泰山刻石》都是为君主封禅所作，尤其司马之作堪称首创，且文采出众。而扬雄的《剧秦美新》和班固的《典引》都是模仿封禅之文，各有所长。至此刘勰又补充了第五个

---

① 刘勰：《文心雕龙注·封禅第二十一》，范文澜注，人民文学出版社，1958，第393~394页。

阶段：曹魏时期。虽然邯郸淳和曹植的作品皆属平庸，但也代表了封禅文体的发展情况。

6. 章表

夫设官分职，高卑联事。天子垂珠以听，诸侯鸣玉以朝。敷奏以言，明试以功。故尧咨四岳，舜命八元，固辞再让之请，俞往钦哉之授，并陈辞帝庭，匪假书翰。然则敷奏以言，则章表之义也；明试以功，即授爵之典也。至太甲既立，伊尹书诫，思庸归亳，又作书以赞。文翰献替，事斯见矣。周监二代，文理弥盛，再拜稽首，对扬休命，承文受册，敢当丕显，虽言笔未分，而陈谢可见。降及七国，未变古式，言事于主，皆称上书。

秦初定制，改书曰奏。汉定礼仪，则有四品：一曰章，二曰奏，三曰表，四曰议。章以谢恩，奏以按劾，表以陈请，议以执异。章者，明也，《诗》云"为章于天"，谓文明也。其在文物，赤白曰章。表者，标也，《礼》有《表记》，谓德见于仪，其在器式，揆景曰表。章表之目，盖取诸此也。按《七略》、《艺文》，谣咏必录；章表奏议，经国之枢机，然阙而不纂者，乃各有故事而在职司也。

前汉表谢，遗篇寡存。及后汉察举，必试章奏。左雄奏议，台阁为式；胡广章奏，天下第一；并当时之杰笔也。观伯始谒陵之章，足见其典文之美焉。昔晋文受册，三辞从命，是以汉末让表，以三为断。曹公称为表不必三让，又勿得浮华。所以魏初表章，指事造实，求其靡丽，则未足美矣。至于文举之《荐祢衡》，气扬采飞；孔明之辞后主，志尽文畅；虽华实异旨，并表之英也。琳瑀章表，有誉当时；孔璋称健，则其标也。陈思之表，独冠群才。观其体赡而律调，辞清而志显，应

物掣巧，随变生趣，执辔有馀，故能缓急应节矣。逮晋初笔
札，则张华为俊。其三让公封，理周辞要，引义比事，必得其
偶，世珍《鹪鹩》，莫顾章表。及羊公之《辞开府》，有誉于
前谈；庾公之《让中书》，信美于往载。序志显类，有文雅焉。
刘琨《劝进》，张骏《自序》，文致耿介，并陈事之美表也。①

　　章表这一文体，非常清晰地出现"秦""汉""前汉""后汉"
"魏初""晋初"六个时间段限，其中"秦"和"汉"主要介绍章
表名称的来历，其后四个朝代是章表发展的不同时期。前汉"遗篇
寡存"，几无可述。后汉因为察举制度的考试需求，章奏开始兴盛，
左雄和胡广当时都有杰出的创作。因曹操对汉末推让表文以三次为
限和浮华文辞不满，故魏初章表讲究客观实在，这一时期代表者有
孔融《荐祢衡表》、诸葛亮《出师表》，另陈琳、阮瑀、曹植等人
都有各具特色的作品。有晋时期，整体风貌没有显著变化，具有代
表性的有张华的让表、羊祜《让凯府表》、虞亮《让中书监表》、
刘琨《劝进表》和张骏《请讨石虎李期表》等。

　　7. 奏

　　昔唐虞之臣，敷奏以言；秦汉之辅，上书称奏。陈政事，
献典仪，上急变，劾愆谬，总谓之奏。奏者，进也。言敷于
下，情进于上也。

　　秦始立奏，而法家少文。观王绾之奏勋德，辞质而义近；
李斯之奏骊山，事略而意迂；政无膏润，形于篇章矣。自汉以
来，奏事或称上疏。儒雅继踵，殊采可观。若夫贾谊之务农，
晁错之兵事，匡衡之定郊，王吉之观礼，温舒之缓狱，谷永之

---

① 刘勰：《文心雕龙注·章表第二十二》，范文澜注，人民文学出版社，1958，第406～
407 页。

谏仙，理既切至，辞亦通畅，可谓识大体矣。后汉群贤，嘉言
罔伏。杨秉耿介于灾异，陈蕃愤懑于尺一，骨鲠得焉；张衡指
摘于史职，蔡邕铨列于朝仪，博雅明焉。魏代名臣，文理迭
兴。若高堂天文，王观教学，王朗节省，甄毅考课，亦尽节而
知治矣。晋氏多难，灾交屯移，刘颂殷勤于时务，温峤恳恻于
费役，并体国之忠规矣。①

唐尧虞舜时期，政事大臣们通过口头陈述意见，秦朝才确定上
书奏事的程序，所以奏这一文体的发展分期是从秦朝开始的。"秦"
"汉""魏""晋"四个非常清晰的朝代名称，领起四个各具特色的
阶段，且都有宏观概述和代表作家作品出现。奏在秦时，主政之法
家缺少文采，意义简单，王绾、李斯之作可见。有汉时期，奏又称
上疏，内容典雅，文采可观，前汉诸如贾谊《论积贮疏》以及晁
错、匡衡、王吉、路温舒、谷永等人皆有"识大体"之作，后汉杨
秉和陈蕃敢于直言，张衡和蔡邕立论博雅，亦为代表。曹魏时期，
擅长文采和理论交替兴起，高堂隆、王观、王朗、甄毅各有所长。
晋朝动荡，刘颂和温峤忠心为国，其奏可见。

8. 启

启者开也。高宗云，启乃心，沃朕心，取其义也。孝景讳
启，故两汉无称。至魏国笺记，始云启闻，奏事之末，或云谨
启。自晋来盛启，用兼表奏。陈政言事，既奏之异条；让爵谢
恩，亦表之别干。必敛饬入规，促其音节，辨要轻清，文而不
侈，亦启之大略也。②

---

① 刘勰：《文心雕龙注·奏启第二十三》，范文澜注，人民文学出版社，1958，第 421~
422 页。
② 刘勰：《文心雕龙注·奏启第二十三》，范文澜注，人民文学出版社，1958，第 423~
424 页。

三个清晰的朝代名称"汉""魏""晋",也恰是启这种文体前后相继的三个发展阶段。汉时因景帝名启,避讳,故而没有称为"启"。曹魏时期开始称为"启闻",文末有的称"谨启"。有晋以后,启体盛行,兼具奏和表的功能。

9. 议

> 昔管仲称轩辕有明台之议,则其来远矣。洪水之难,尧咨四岳,宅揆之举,舜畴五人,三代所兴,询及刍荛。春秋释宋,鲁僖务议。及赵灵胡服,而季父争论;商鞅变法,而甘龙交辨;虽宪章无算,而同异足观。迄至有汉,始立驳议。驳者,杂也。杂议不纯,故曰驳也。自两汉文明,楷式昭备,蔼蔼多士,发言盈庭;若贾谊之遍代诸生,可谓捷于议也。至如主父之驳挟弓,安国之辨匈奴,贾捐之陈于朱崖,刘歆之辨于祖宗,虽质文不同,得事要矣。若乃张敏之断轻侮,郭躬之议擅诛,程晓之驳校事,司马芝之议货钱,何曾蠲出女之科,秦秀定贾充之谥,事实允当,可谓达议体矣。汉世善驳,则应劭为首。晋代能议,则傅咸为宗。然仲瑗博古,而铨贯有叙。长虞识治,而属辞枝繁。及陆机断议,亦有锋颖,而谀辞弗剪,颇累文骨。亦各有美,风格存焉。①

上文出现的明确时间点有"三代""春秋""汉""晋",而轩辕、尧、舜和战国时期直接以重要事件和作家作品为代表。刘勰认为黄帝轩辕氏在明台议论政事是这种文体的起源,其后尧向四方诸侯首脑咨询治水人选,舜面对朝臣推荐的官员人选通过询问选定禹(治水)、弃(务农)、契(教化)、皋陶(司法)、垂(工业)五

---

① 刘勰:《文心雕龙注·议对第二十四》,范文澜注,人民文学出版社,1958,第437~438页。

人入仕，夏商周三代向刍荛之人请教办事，春秋时期楚成王因与鲁僖公会盟受其规劝释放俘虏宋襄公，这都是议体作用鲜明的事例，可以视为第一阶段。战国时期，赵武灵王因胡服骑射一事说服持反对意见的叔父公子成，秦孝公抵制甘龙反对而坚持商鞅变法政策，其中双方观点皆有律度支撑，在此基础上的互议更加凸显这一文体的价值，是为第二阶段。汉朝时双方变为多方，意见纷杂，产生所谓驳议的新形式，一直延续到有晋，是为第三阶段。前汉诸如贾谊、吾丘寿王、韩安国、贾捐之、刘歆等人，后汉诸如张敏、郭躬和曹魏之程晓、司马芝以及晋代何曾、秦秀等人都有因政事上书己见而被采纳的事例。最终刘勰又总结应邵驳议为汉首，晋朝傅咸和陆机虽各有缺憾，但自有风格。

议的别体有对策和射策，没有表现特别清晰的分期观念。有汉时期，只出现"汉文""孝武"两个谥号和"后汉"一共三个时间点，以晁错（汉文）、董仲舒、公孙弘、杜钦（孝武）和后汉鲁丕作为"前代之明范"进行介绍。至于"魏晋"时期，善于用策之人鲜见了。

10. 书记

三代政暇，文翰颇疏。春秋聘繁，书介弥盛：绕朝赠士会以策，子家与赵宣以书，巫臣之遗子反，子产之谏范宣，详观四书，辞若对面。又子服敬叔进吊书于滕君，固知行人挈辞，多被翰墨矣。及七国献书，诡丽辐辏。汉来笔札，辞气纷纭。观史迁之《报任安》，东方朔之《难公孙》，杨恽之《酬会宗》，子云之《答刘歆》，志气盘桓，各含殊采；并杼轴乎尺素，抑扬乎寸心。逮后汉书记，则崔瑗尤善。魏之元瑜，号称翩翩；文举属章，半简必录。休琏好事，留意词翰；抑其次也。嵇康《绝交》，实志高而文伟矣；赵至叙离，乃少年之激切也。至如陈遵占辞，百封各意。祢衡代书，亲疏得宜，斯又尺牍之偏才也。①

同箴体类似，书记篇也是选择了"三代"、"春秋"和"战国"三个连贯的历史时期，并且更为进步的是加入了"汉"和"魏"这两个非常重要的后续时期。作为记录"圣贤言辞"的书体，在政务尚不繁忙的夏商周时期，鲜为可见，此为第一时期。春秋各诸侯国往来频繁，书开始作为重要载体出现，其中秦人绕朝、郑国子家、楚国巫臣、郑国子产这四封书信，"辞若对面"，可为代表。此外又举了《礼记·檀弓下》记载之鲁国服敬叔奉命吊丧滕成公并送上国书以表慰问之事，以说明书体在春秋不仅盛行且多入史册，此为第二时期。第三个时期为战国，人们开始讲究文采，此处虽未举例，但是乐毅《报燕惠王书》、鲁仲连《遗燕将书》、荀卿《与春申君书》、李斯《谏逐客书》、张仪《与楚客书》等皆是现存可见的代表作品。第四个时期进入汉代，西汉司马迁《报任安书》、东方朔《与公孙弘借车书》、杨恽《报孙会宗书》、扬雄《答刘歆书》等，风采各异；后汉崔瑗更是"善为书记"（《后汉书·崔瑗传》）。曹魏作为第五个时期，阮瑀、孔融、应璩都喜书体，而嵇康《与山巨源绝交书》和赵至《与嵇茂齐书》更为表率。

（二）不完全借助时间节点的分期实践

这类分期不完全借助时间节点，而是结合作家作品来代表时期，涉及颂、谐、论、说、诏等五种文体。

1. 颂

> 四始之至，颂居其极。颂者，容也，所以美盛德而述形容也。昔帝喾之世，咸墨为颂，以歌《九韶》。自商已下，文理允

---

① 刘勰：《文心雕龙注·书记第二十五》，范文澜注，人民文学出版社，1958，第455~456页。

备。夫化偃一国谓之风，风正四方谓之雅，容告神明谓之颂。风雅序人，事兼变正；颂主告神，义必纯美。鲁国以公旦次编，商人以前王追录，斯乃宗庙之正歌，非宴飨之常咏也。《时迈》一篇，周公所制。哲人之颂，规式存焉。夫民各有心，勿壅惟口。晋舆之称原田，鲁民之刺裘鞸，直言不咏，短辞以讽，邱明子高，并谍为诵，斯则野诵之变体，浸被乎人事矣。及三闾《橘颂》，情采芬芳，比类寓意，又覃及乎细物矣。

　　至乎秦政刻文，爰颂其德。汉之惠景，亦有述容，沿世并作，相继于时矣。若夫子云之表充国，孟坚之序戴侯，武仲之美显宗，史岑之述熹后，或拟《清庙》，或范《駉》《那》，虽深浅不同，详略各异，其褒德显容，典章一也。至于班、傅之《北征》、《西巡》，变为序引，岂不褒过而谬体哉！马融之《广成》、《上林》，雅而似赋，何弄文而失质乎！又崔瑗《文学》，蔡邕《樊渠》，并致美于序，而简约乎篇；挚虞品藻，颇为精核。至云杂以风雅，而不变旨趣，徒张虚论，有似黄白之伪说矣。及魏晋辨颂，鲜有出辙。陈思所缀，以《皇子》为标；陆机积篇，惟《功臣》最显；其褒贬杂居，固末代之讹体也。[①]

　　关于颂体的论述，作者明确提出的时间点是"帝喾之世"、"秦"、"汉之惠景"和"魏晋"，但其分期并非分为三个阶段，而是结合颂体的发展，或以代表作品而界定。第一阶段在"帝喾之世，咸墨为颂，以歌《九韶》"，颂体的基本功能就是通过舞蹈来达到赞美德行之目的。第二阶段大体处于《诗经》时代，作者举出《鲁颂》、《商颂》和《周颂》，并且基本到了《商颂》以后，颂这一文体才算是"文理允备"了。同时，亦有民间颂体，

---

① 刘勰：《文心雕龙注·颂赞第九》，范文澜注，人民文学出版社，1958，第156~158页。

以"直言不咏，短辞以讽"为特征，是为传统颂之变体。另有楚之屈原所作《橘颂》，"比类寓意"，将颂这一文体推广到可以表现微小的事物。第三个阶段则是秦汉时期，基本沿袭前制。刘勰首先举出扬雄之《赵充国颂》、班固之《安丰戴侯颂》、傅毅之《显宗颂》和史岑之《和熹邓后颂》，认为它们效法了《周颂·清庙》、《鲁颂·駉》和《商颂·那》等篇，做到了"褒德显容，典章一也"，是汉代颂体的优秀代表作品。相比之下，也有一些作品体制混乱，比如班固的《北征颂》、傅毅的《西征颂》、马融的《广成颂》和《上林颂》、崔瑗的《南阳文学颂》及蔡邕的《京兆樊惠渠颂》等。第四个阶段"魏晋"，刘勰各举出两位代表作家，曹植所作《皇太子生颂》，基本符合规范；而陆机之《汉高祖功臣颂》，颂及多人，"褒贬杂居"，则是属于乱世的讹体了。

2. 谐

> 谐之言皆也。辞浅会俗，皆悦笑也。昔齐威酣乐，而淳于说甘酒；楚襄宴集，而宋玉赋好色；意在微讽，有足观者。及优旃之讽漆城，优孟之谏葬马，并谲辞饰说，抑止昏暴。是以子长编史，列传滑稽，以其辞虽倾回，意归义正也。但本体不雅，其流易弊。于是东方枚皋，饣曹啜醨，无所匡正，而诋嫚媟弄，故其自称为赋，乃亦俳也。见视如倡，亦有悔矣。至魏文因俳说以著笑书，薛综凭宴会而发嘲调，虽抃推席，而无益时用矣。然而懿文之士，未免枉辔；潘岳丑妇之属，束晳卖饼之类，尤而效之，盖以百数。魏晋滑稽，盛相驱扇，遂乃应场之鼻，方于盗削卵；张华之形，比乎握春杵。曾是莠言，有亏德音，岂非溺者之妄笑，胥靡之狂歌欤！①

---

① 刘勰：《文心雕龙注·谐隐第十五》，范文澜注，人民文学出版社，1958，第270~271页。

对于谐这种文体，论中仅出现"魏晋"一个时间节点，分期标志不很明显，但根据所举出的作家作品及特征，大体可以分为三个时期。首先是战国及秦时期，根据作品的倾向分为两类，一类"意在微讽"，以"齐威酣乐，而淳于说甘酒；楚襄宴集，而宋玉赋好色"为代表；一类以"谲辞饰说，抑止昏暴"为特征，比如"优旃之讽漆城，优孟之谏葬马"，体制虽有不雅，但用意典正。其次，两汉时期之东方朔和枚皋等人，虽自称赋家，然其作品"无所匡正，而诋嫚媟弄"，出现了流弊。再次，魏晋时期的谐文，"魏文因俳说以著《笑书》，薛综凭宴会而发嘲调"，"潘岳《丑妇》之属，束皙《卖饼》之类"，虽多"无益时用"，然而"懿文之士，未免枉辔"。

3. 论

圣哲彝训曰经，述经叙理曰论。论者，伦也，伦理无爽，则圣意不坠。昔仲尼微言，门人追记，故仰其经目，称为《论语》；盖群论立名，始于兹矣。自《论语》以前，经无论字；《六韬》二论，后人追题乎！

详观论体，条流多品；陈政，则与议说合契；释经，则与传注参体；辨史，则与赞评齐行；铨文，则与叙引共纪。故议者宜言；说者说语；传者转师；注者主解；赞者明意；评者平理；序者次事；引者胤辞；八名区分，一揆宗论。论也者，弥纶群言，而研精一理者也。

是以庄周《齐物》，以论为名。不韦《春秋》，六论昭列；至石渠论艺，白虎通讲；聚述圣言通经，论家之正体也。及班彪《王命》，严尤《三将》，敷述昭情，善入史体。魏之初霸，术兼名法；傅嘏、王粲，校练名理。迄至正始，务欲守文；何晏之徒，始盛玄论。于是聃周当路，与尼父争途矣。详观兰石之《才性》，仲宣之《去代》，叔夜之《辨声》，太初之《本玄》，辅嗣之两《例》，平叔之二《论》，并师心独见，锋颖精密，盖人伦之英也。至如李康《运命》，同《论衡》而过之；陆机《辨亡》，效《过秦》而不及；然亦其美矣。

次及宋岱郭象，锐思于几神之区；夷甫裴颜，交辨于有无之域；并独步当时，流声后代。然滞有者，全系于形用；贵无者，专守于寂寥；徒锐偏解，莫诣正理；动极神源，其般若之绝境乎。逮江左群谈，惟玄是务；虽有日新，而多抽前绪矣。至如张衡《讥世》，韵似俳说；孔融《孝廉》，但谈嘲戏；曹植《辨道》，体同书抄；言不持正，论如其已。①

论这种文体始自《论语》，通过概述各家观点最终研究总结为一个道理，根据功能可以分为议、说、传、注、赞、评、序言和引言八类，其历史分期亦为纷杂，没有特别清晰的时间节点，朝代、统治者和作家、作品交织在一起。第一阶段，作者列举了庄周《齐物论》和吕不韦《吕氏春秋》中的六篇论文（《开春论》《慎行论》《贵直论》《不苟论》《似顺论》《士容论》）以及汉宣帝石渠讲经和汉章帝白虎论经等事，跨越春秋至西汉，认为皆是论文家之正体。第二阶段，举出班固《王命论》和严尤《将论》两篇，指其作论增加情感并善于用史，是为演变。曹魏时期作为第三阶段，初期受曹操影响兼采名法两家思想，曹丕、曹睿开始崇尚文采，至正始年间崇尚清谈的玄学开始兴盛。这时期傅嘏《才性论》、王粲《去伐论》、嵇康《声无哀乐论》、夏侯玄《本无论》、王弼《易略例》、何晏《道德论》皆为杰作。第四阶段为西晋，包括宋

---

① 刘勰：《文心雕龙注·论说第十八》，范文澜注，人民文学出版社，1958，第326~328页。

岱《周易论》、郭象《庄子注》和王衍、裴頠等人辩论有无，蜚声古今。东渡后的江左时期，唯务谈玄，模拟前作，没有什么明显的发展。

4. 说

说者，悦也；兑为口舌，故言咨悦怿；过悦必伪，故舜惊谗说。说之善者，伊尹以论味隆殷；太公以辨钓兴周；及烛武行而纾郑，端木出而存鲁，亦其美也。

暨战国争雄，辩士云踊；从横参谋，长短角势；《转九》骋其巧辞，《飞钳》伏其精术；一人之辨，重于九鼎之宝，三寸之舌，强于百万之师；六印磊落以佩，五都隐赈而封。至汉定秦楚，辩士弭节；郦君既毙于齐镬；蒯子几入乎汉鼎；虽复陆贾籍甚，张释傅会，杜钦文辨，楼护唇舌，颉颃万乘之阶，抵噓公卿之席；并顺风以托势，莫能逆波而溯洄矣。[①]

说体滥觞于讨人喜悦之意，殷代的伊尹、周文王时的姜太公、春秋郑国的烛之武、鲁国的子贡，皆善美好的说辞，这可算作第一时期。"战国争雄"之际，"辩士云踊"，说作为一种文体，其能力重于九鼎、强于雄兵，可以苏秦、张仪为代表，是为第二时期。第三时期为"汉定秦楚"之后，辩士不再得势，郦食其、蒯通被烧死，陆贾、张释之、杜钦、楼护等人虽为硕者，但仅为顺势说话而已。

5. 诏策

皇帝御寓，其言也神。渊嘿黼扆，而响盈四表，唯诏策乎！昔轩辕唐虞，同称为命。命之为义，制性之本也。其在三

---

① 刘勰：《文心雕龙注·论说第十八》，范文澜注，人民文学出版社，1958，第328～329页。

代，事兼诰誓。誓以训戎，诰以敷政，命喻自天，故授官锡
胤。《易》之《姤》象，后以施命诰四方。诰命动民，若天下
之有风矣。降及七国，并称曰令。令者，使也。秦并天下，改
命曰制。汉初定仪则，则命有四品：一曰策书，二曰制书，三
曰诏书，四曰戒敕。敕戒州部，诏诰百官，制施赦命，策封王
侯。策者，简也。制者，裁也。诏者，告也。敕者，正也。

《诗》云畏此简书；《易》称君子以制数度；《礼》称明神
之诏；《书》称敕天之命；并本经典以立名目。远诏近命，习
秦制也。《记》称丝纶，所以应接群后。虞重纳言，周贵喉舌，
故两汉诏诰，职在尚书。王言之大，动入史策，其出如绋，不
反若汗。是以淮南有英才，武帝使相如视草；陇右多文士，光
武加意于书辞；岂直取美当时，亦敬慎来叶矣。

观文景以前，诏体浮新；武帝崇儒，选言弘奥。策封三
王，文同训典；劝戒渊雅，垂范后代；及制诏严助，即云厌
承明庐。盖宠才之恩也。孝宣玺书，赐太守陈遂，亦故旧之
厚也。逮光武拨乱，留意斯文，而造次喜怒，时或偏滥。诏
赐邓禹，称司徒为尧，敕责侯霸，称黄钺一下。若斯之类，
实乖宪章。暨明帝崇学，雅诏间出。安和政弛，礼阁鲜才，
每为诏敕，假手外请。建安之末，文理代兴，潘勖九锡，典
雅逸群。卫觊禅诰，符命炳耀，弗可加已。自魏晋诰策，职
在中书，刘放张华，并管斯任，施命发号，洋洋盈耳。魏文
帝下诏，辞义多伟，至于作威作福，其万虑之一弊乎！晋氏
中兴，唯明帝崇才，以温峤文清，故引入中书。自斯以后，
体宪风流矣。①

---

① 刘勰：《文心雕龙注·诏策第十九》，范文澜注，人民文学出版社，1958，第358～
359页。

诏作为一种文体，滥觞与定制经过了五个发展阶段："轩辕唐虞，同称为'命'"，"其在三代，事兼诰誓"，"降及七国，并称曰令"，"秦并天下，改命曰制"，"汉初定仪则，命有四品：一曰策书，二曰制书，三曰诏书，四曰戒敕"。汉之后，诏书作为天子告诫臣民的话语记录，其演变脉络，和不同统治者的喜好紧密相关，和朝代更迭没有必然关联，故而多位统治者出现在分期的时间节点上：文帝和景帝及以前的时期，诏书内容相对杂乱；汉武帝之后，尊崇儒家，用语弘奥，策封齐王、燕王、广陵王时"劝戒渊雅"，诏书严助颇显"宠才之恩"，及至宣帝赐太守于陈遂亦见"故旧之厚"；东汉光武帝之后，偏滥失当偶出；明帝章帝尊崇学术，诏书又见雅正之辞；和帝安帝荒于政治，鲜见执笔官员；建安末年，"文理代兴"，潘勖《册魏公九锡文》和卫觊《为汉帝禅位魏王诏》皆为佳作；魏晋之后，诏书由汉朝尚书省负责改为中书省负责，魏之刘放和西晋张华都曾主管诏书，东晋明帝特令温峤为中书令负责起草诏书。细数下来，诏策自汉代以后的发展一共七个阶段，其中十个统治者代表五个时期，另有年号和朝代各代表一个时期，而年号"建安"其实基本等同于曹操执政时期，所以以统治者作为分期的节点非常明显。但作者并非生硬地套进统治者的交替中，而是充分考虑到文体的内容、语言、作用等多方面，注重不同君主时期的不同表现特征。

（三）显示历史脉络却难以采用时间节点进行分期

这一类包括赋、赞、盟、铭、诔、碑、哀、吊、杂文、隐、史传、诸子、檄、移等文体。

1. 赋

在论及文学史的对象问题时，笔者已经指出，从班固"尊诗抑赋"到刘勰平视诗赋，赋这一文体的地位在文学史家的视野中上升速度很快。前文也曾列举魏晋南北朝时期的文学史家关于赋体史的编撰情况，这里就更有必要考察刘勰如何对赋体的发展进行文学史的关照。

《诠赋》篇对赋史的追述，采用的时间节点有"秦"和"汉"，另有"宣"和"成"两个君主谥号但没有起到分期意义，并借用代表作家作品，大体可以分为三个时期。第一阶段是赋的定体，"受命于诗人，拓宇于《楚辞》"，再根据荀子之《赋篇》和宋玉之《风赋》确定了名称，从此和诗分开。这一时期没有具体的时间节点为断限，仅以三个作家作品来代表。"秦世不文，颇有杂赋"，这是作者对第二阶段的简要介绍。第三阶段是以赋著称的汉代："汉初词人，顺流而作，陆贾扣其端，贾谊振其绪，枚马同其风，王扬骋其势；皋朔已下，品物毕图。繁积于宣时，校阅于成世，进御之赋千有馀首，讨其源流，信兴楚而盛汉矣。"通过举出相继出现于文坛的赋家，勾勒出赋体在西汉的发展情况，并得出赋兴于楚而盛于汉的结论。随后刘勰对大赋和小赋的特点分别作以介绍，并通过标举重点赋家和代表作品的方式，先后举出十位两汉时期的"辞赋之英杰"（包括宋玉）和八家"魏晋之赋首"，但对魏晋时期赋体的发展却没有梳理论述，分期如此缺失，稍有遗憾。[①]

2. 赞

赞体的变化相对简单，没有明显的时间节点，根据体式大体分为两个阶段，并从虞舜时代开始就承担辅助说明的功能，一直到汉朝。此后，司马相如、司马迁、班固、郭璞等文人在撰文的过程中，加入赞美、贬斥等语气，体式亦稍有变化，但总体而言实用性不强，可以算作颂的分支。

---

① 刘勰：《文心雕龙注·诠赋第八》，范文澜注，人民文学出版社，1958，第 134~135 页。

3. 盟

盟文始自周朝，相比前朝的约誓，盟文的政治意义更加明显，常常涉关国运。早期著名的有齐桓公和鲁庄公的柯地会盟、楚王与赵公结盟、秦昭公同夷人结盟以及汉高祖封侯的盟誓。其后作为盟约基石的道义被废，例如，臧洪与诸侯歃血为盟讨伐董卓以及晋代刘琨与段匹磾结盟兴晋，最终皆违背誓言导致盟约解体。所以盟文的分期是两个阶段，以其作用为标准。

4. 铭

铭这种文体起源很早，黄帝、大禹、商汤、周武王等圣贤都有在器物上刻字用以鉴戒的事例，但对于这一文体的历史，却没有明显的分期，只是根据鲁国大夫臧鲁对铭文的界定——"天子令德，诸侯计功，大夫称伐"①——来对春秋战国时期的代表铭文分类列举。而秦后至晋，作者亦举出代表作家作品：班固《封燕然山铭》、张昶《西岳华山堂阙碑铭》、蔡邕《黄钺铭》以及冯衍、崔骃、李尤、曹丕等人，论其优劣，虽特别点明张载《剑阁铭》超越前人，也难见文体脉络。

5. 诔

诔出现两个时间节点"周""汉"，分期也简单如此，但难以见到文体发展的全貌。诔文源自周朝，春秋鲁庄公开始为士人作诔，代表性作品是鲁哀公为孔子和柳下惠妻为柳下惠所作的两篇诔文。汉世及以后，代表性作品是扬雄《元后诔》、杜笃《吴汉诔》、傅毅《明帝诔》、苏顺《和帝诔》、崔瑗《和帝诔》、崔骃《诔赵》、刘陶《诔黄》和潘岳《皇女诔》。

6. 碑

碑仅出现"后汉"一个时间节点，难以看出历史脉络。早期只

---

① 刘勰：《文心雕龙注·铭箴第十一》，范文澜注，人民文学出版社，1958，第193页。

举出周穆王在弇山所提"西王母之山"五字即有立碑之意，后汉以来，蔡邕最为典范，创作有《太尉杨赐碑》《陈寔碑》《郭泰碑》《汝南周勰碑》《太傅胡广碑》等作品，孔融模拟蔡邕《卫尉张俭碑铭》和陈碑亦为佳作。至于东晋孙绰有志于碑文，也仅《桓彝碑》一篇尚佳。

7. 哀

哀虽然出现"汉武""后汉""建安"三个时间节点，但是这一文体的发展脉络并不鲜明，故而只是列举了《诗经·秦风·黄鸟》和汉武帝哀霍嬗诗、后汉崔瑗哀汝阳公主以及苏顺和张升之哀文、建安时徐干《行女》和潘岳《金鹿哀辞》和《泽兰哀辞》，介绍各个作品的特点，但不涉及这一文体在某一时期的风貌。

8. 吊

吊没有出现任何时间节点，只是列举了从春秋到东晋间的作家作品及各自特点，也没有梳理明显的历史脉络。其中最早的吊文是贾谊《吊屈原文》，其后司马相如用赋的题材哀秦二世，至于扬雄《反离骚》、班彪《悼离骚》和蔡邕《吊屈原文》均为依傍贾谊之作，胡广、阮瑀、王粲各有哀吊伯夷，叔齐的文章，此外祢衡《吊张衡文》和陆机《吊魏武帝文》也各有特点，之后再没有值得称赞的了。

9. 杂文

杂文涉及对问、七、连珠三种文体，但皆没有进行分期论述，仅仅是列举了首创者和后继之代表作家作品。对于始自扬雄的连珠体的叙述，只列作家作品论其特色，却无文体史的分期阐释。刘勰举例还有后汉杜笃、贾逵、刘珍、魏潘勖及晋陆机等不同阶段的代表作家。

10. 谲

谲之文体，也仅仅列出"魏"一个时间点，以此分为前后两个阶段。前有萧国还无社、吴国申叔仪、楚国伍举、齐国客人、楚国庄姬、鲁国臧文仲等战国士人通过隐语"兴治济身，弼违晓惑"[①]，但至西汉东方朔时规劝补救的意义就少见了，仅为戏笑而已。魏代之后，反对倡优，谲语化为谜语，曹丕、曹植、曹髦皆有实践，但于典正规劝都无关联了。

11. 史传

史传中出现的时间点有"轩辕""周""战国（纵横之世）""汉""后汉""魏代""晋代"七个，其分期不是根据这一文体在某一时期的发展状况而断限，而是针对某一时期的史书撰写来论述，修史者可能跨越数个朝代，所以关于这一文体的文学史分期情况不甚明显。早在上古时期，黄帝就命仓颉作为史官，所谓左史记事右史记言的模式也早已建立。到了周朝，统一历法，修史一度风气井然：孔子据鲁国历史修《春秋》，左丘明作《左传》，至平王东迁后随着政局动荡而力弱。战国时代，保存史官而已，其历史在秦统一后凑编而成《战国策》。史传这一文体在汉朝之后发展迅猛。首先是陆贾作《楚汉春秋》，然后司马谈司马迁父子登上历史舞台，创造性地推出《史记》一书，奠定了古代正史的书写模式，班固以之为榜样又作《汉书》，虽然都有缺失，但成就卓著。有关后汉和魏晋历史的作者基本集中于晋代，因为大多沿袭司马迁开辟的思路模式，所以刘勰只能按照修史对象进行分类阐释：有关后汉史，举出了班固《东观汉记》、晋代袁山松《后汉书》、张莹《后汉南记》、薛莹《后汉纪》、谢沈

---

① 刘勰：《文心雕龙注·谐谲第十五》，范文澜注，人民文学出版社，1958，第271页。

《后汉书》、司马彪《续汉书》、华峤《后汉书》数种；有关魏代三国史，则有晋代孙盛《魏氏阳秋》、魏鱼豢《魏略》、庾溥《江表传》、张勃《吴录》数种；有关晋代历史，则是晋陆机《晋纪》、王韶《晋纪》、干宝《晋纪》、孙盛《晋阳秋》、邓璨《晋纪》等。所以涉及分期，其实可以以司马迁《史记》为界，而不是分期明显的文体。

12. 诸子

诸子始自战国，周文王曾向鬻熊请教，后人记录成为《鬻子》，这是最早的以"子"命名的书籍。而孔子问礼于老子，老子讲道德所著《老子》一书则是四部之子书的开端。刘勰对诸子的论述，以朝代和谥号为节点，出现"七国""暴秦""汉成""魏晋"四个时期，但诸子主要历史就在战国时期，汉之后虽然有些名为论实为诸子的著作，大多却依傍儒家学说，鲜有各成一家之学说，所以若严格分期，也就两个时期。首先，七国争霸人才涌现，孟子、庄子、墨子、尹文、野老、邹子、申不害及商鞅、鬼谷子、尸佼、青史等人各树门派，且继承者不可胜数。然后，秦朝烈火虽未及诸子，但再无众派名家出现。汉成帝命刘向整理成书《七略》，会集诸子百有八十余家。魏晋之后，作者和著述间出，虽体量巨大，但无甚可表了。

13. 檄

"有虞""夏后""殷""周"四个时代军队的宣誓是檄文的源头，是为第一阶段。"春秋"作为第二阶段，提到了刘献公、齐桓公、晋厉公、管仲、吕相为各自诸侯国的讨伐发出的檄文，其意义和后世檄文无二。"战国"正式确定檄文的名称，以张仪《檄告楚相》为代表，是为第三阶段。此后刘勰对檄文的发展只是列举了后汉隗嚣讨伐王莽之《移檄告郡国》、陈琳《为袁绍檄豫州》、曹魏钟会《移蜀将吏士民檄》和东晋恒温《檄胡文》，没有具体论述不同阶段文体发展的特点。

14. 移

移体也只是列举了西汉司马相如《难蜀父老》、刘歆《移太常博士书》和晋陆机《移百官》三篇文章，没有以历史的视角梳理文体的发展。

15. 小结

根据分期实践的清晰程度，将文体论划分为三类逐一分析，可以发现大约一半的文体可以通过时间节点将文体史划分阶段，这个时间节点可以是朝代名称、统治者称谓、年号、谥号等，也可以以代表作家或代表作品作为引领标志，余下的文体史大多可以展现出历史发展，却没有明确的时间观念。具体到时间节点来看刘勰的选择习惯，就朝代名称来说，涉及"汉"三十三处，"魏"二十七处，"晋"十六处，"宋"则仅有三处。其中包括确指这个朝代，以及引出该朝代之人名者。刘勰重点论述的是汉魏晋文学史，这是其文学史的断限。而对于年号，刘勰却明显具有"抵触情绪"，起于汉末建安，迄于齐末中兴，近百个年号（不包括十六国时期）中，被作者提到的只有"建安"和"正始"这两个年号[①]。

结合《时序》篇来看，相比魏晋时期的文学史家，虽然刘勰文学史书写的成就更为斐然，但对文学史分期问题的处理方法，二者

---

① 对《文心雕龙》进行年号搜索时，还可以发现"太康"和"大明"这两个年号名称。太康（280~289）为西晋武帝司马炎之年号，《文心雕龙》于《卷二明诗》出现 1 次，但非有晋之太康："及大禹成功，九序惟歌；太康败德，五子咸怨，顺美匡恶，其来久矣。自商暨周，《雅》《颂》圆备，四始彪炳，六义环深。"大明（457~464）为南朝宋孝武皇帝刘骏之年号，《文心雕龙》中出现 3 次，却无一是作为年号。《卷四诸子》："按《归藏》之经，大明迂怪，乃称羿弊十日，嫦娥奔月。殷汤如兹，况诸子乎！"《卷五议对》："夫驳议偏辨，各执异见；对策揄扬，大明治道。"《卷六通变》："马融《广成》云：'天地虹洞，固无端涯，大明出东，月生西陂'。"

则相互呼应，基本囊括了其他文学史家所有的分期方法，由此印证《文心雕龙》作为一部"体大而虑周"的作品，体量之大、思虑之精远超同时期或者前期的文学史书写成果，"集大成"之赞誉所言不虚。

|第三章|
文学史的编撰方式

　　文学史是舶来品。在 20 世纪进入我国之初，为了将我国古代丰富的文学史实和外来的文学史学科相融合，文学史撰写的先驱们就编撰方式问题也曾有过阐述。谢无量于 1918 年撰成的《中国大文学史》，作为早期中国文学史的代表作，指出"古来关于文学史之著述，共有七例"，分别是流别、宗派、法律、纪事、杂评、叙传和总集①。今人黄霖于《近代文学批评史》之"中国文学史学"章节中，则提出"6+1"说，分为以叙述史实为主的题辞体、传记体、时序体、品评体、派别体、选录体，以及侧重论述文学史有关原理的著作②。《中国文学史学史》一书对上述两种分类重合部分进行整合，共得八体，分别是"传记体（谢称'叙传'）、时序体（谢称'流别'）、品评体（谢称'杂评'，包括'宗派'之一部分）、派别体（谢称'宗派'）、选录体（谢称'纪事''总集'）加上谢有黄无的法律体和黄有谢无的题辞体、论析体"，并认为这八体便是"前科学时代的文学史之存在形式与状态了"③。不论是六体、七例还是八体，欲探求文学史的编撰形式，首先都需要简略考察一下史书的编

---

① 谢无量：《中国大文学史》第六版，中华书局，1924，第 1 卷第 5 章。
② 黄霖：《近代文学批评史》，上海古籍出版社，1993，第 754~755 页。
③ 董乃斌、陈伯海、刘扬忠：《中国文学史学史》，河北教育出版社，2003，第 620 页。

撰形式。"历史编撰形式对于历史研究来说，确乎非常重要"①，中国历史学家很早就注意到这个问题。史书的编撰形式，主要有编年体、纪传体、纪事本末体等。

以《左传》和《史记》分别为编年体和纪传体史书的代表作品，对于二者之优劣，学者们始终存在争论。刘勰认为"观夫左氏缀事，附经间出，于文为约，而氏族难明"，《左传》附于经书，文辞简约，这是优点，只是按照年代纪事，人物宗族关系不甚明了；"及史迁各传，人始区详而易览，述者宗焉"，《史记》以人为中心，各列传记，分别叙述，克服了编年之《左传》之不足，后世多有效仿②。

继《文心雕龙·史传》篇后，堪称"古代史学的百科全书"③的《史通》问世，刘知几总结了迄唐初史籍撰述及史学理论成就情况，对于编年和纪传二体进行了详细的考索，以"辨其利害"。其中，编年体的优势在于，"系日月而为次，列时岁以相续，中国外夷，同年共世，莫不备载其事，形于目前。理尽一言，语无重出"，按照日升日落、月圆月缺的时间先后，不分地域远近，记载同一个年代所发生的事情，不需要重复便可以一目了然；劣势则为记述人物时，因为不以人物为中心，所以出现了某人与某件国家大事虽有联系却未有详细记录的情况，"论其细也，则纤芥无遗；语其粗也，则丘山是弃"。而纪传体则事无巨细，"纪以包举大端，传以委曲细事，表以谱列年爵，志以总括遗漏，逮于天文、地理、国典、朝章，显隐必该，洪纤靡失"；但"同为一事，分在数篇"，容易造成"断续相离，前后屡出"的问题，并且为了把同类的人物编为一章，以致"不求年月，后生而擢居首帙，先辈而抑归末章"，失掉

① 姜义华、瞿林东、赵吉惠：《史学导论》，复旦大学出版社，2004，第234页。
② 刘勰：《文心雕龙注·史传第十六》，范文澜注，人民文学出版社，1958，第285页。
③ 程千帆、姚松、朱恒夫译：《史通全译》序，贵州人民出版社，1997，第2页。

时间发展顺序。总而论之，编年和纪传二体，作为"载笔之体，于斯备矣"，虽"互有短长"，然"后来继作，相与因循，假有改张，变其名目，区域有限"，没有可以超越的。因此，应该采取"各有其美，并行于世"的态度，任何想要"角力争先，欲废其一"的做法，不仅"固亦难矣"，也是不可取的。①

对于编年和纪传孰优孰劣的争论自东晋以来，一直没有停歇。虽然，南宋人袁枢创立了以详细叙述重大历史事件的起因至结果的纪事本末体，弥补了编年和纪传二体的些许遗憾，但是一般而言，从《隋书·经籍志》起，凡史部之书，"以迁、固等书为正史，编年类次之"②，还是以纪传体的认可程度最高，影响最为深远。这同中国的历史精神巧妙暗合。

中国历史最伟大的精神内核，就是把人作为中心：人是历史的创造者，又是历史的表现者，同时亦是历史的主宰者。"历史只是一件大事，即是我们人类的生命过程。"③ 虽然恩格斯曾经说过"有了人，我们就开始有了历史"④，"但在世界各国各民族中间，懂得这个道理，说人能创造历史，在历史里面表现，而历史又是一切由我们主宰，懂得这道理最深最切的，似乎莫过于中国人。中国人写历史，则人比事更看重。"⑤ 而早在公元前 1 世纪，司马迁所开创的纪传体书史方法，便作出了有力的证明。翦伯赞先生说："所谓纪传体的历史学方法，就是以人物为主体的历史学方法。这种方法是将每一个他认为足以特征某一历史时代的历史人物的事迹，归纳到他自己的名字下面，替他写成一篇传记。这些人物传记，分开

---

① 刘知几：《史通通释卷二·内篇·二体第二》，浦起龙释，王煦华整理，上海古籍出版社，2009，第 26 页。
② 胡三省：《新注资治通鉴序》，《资治通鉴》，中华书局，1956，第 23 页。
③ 郭齐勇、汪学群：《钱穆评传》，百花洲文艺出版社，1995，第 63 页。
④ 《关于费尔巴哈的提纲》，见《马克思恩格斯选集》第 1 卷，第 18 页。
⑤ 钱穆：《史学导言》，台北"中央日报社"出版，1981，第 69 页。

来看，每一篇都可以独立，合起来看，又可显示某一历史时代的全部的社会内容。"①

文学史作为历史的分支，在编撰形式方面，依然于史书有所参照和借鉴。正如温潘亚所指出的："文学史是一门科学，科学的品性就是摆事实，讲道理，实事求是。文学史实是文学史的基础，信史是史学的生命，遵从史实是文学史家的史德。……再就文学史著述而言，文学史家应通达史学的表述体裁和体例，没有恰当的表述形式，文学史家同样难以达到著述的目的，它是文学史家必备的基本功。中国的史学体裁丰富多彩、历史悠久，有一个发展创新的过程，各种体例均有其特有的章法与特点，对此，文学史家应努力继承这一宝贵的文化遗产，同时又应积极探索，大胆创新，不断创造出新的体裁和体例。"②

刘师培曾说："文学史者，所以考历代文学之变迁也。古代之书，莫备于晋之挚虞。虞之所作，一曰《文章志》，一曰《文章流别》。志者，以人为纲者也；流别者，以文体为纲者也。今挚氏之书久亡尔。文学史又无完善课本，似宜仿挚氏之例，编纂《文章志》、《文章流别》二书，以为全国文学史课本，兼为通史文学传之资。"③ 刘氏首先明确了对于文学史的认识："考历代文学之变迁也。"进而谈到古代文学史的著述形式源于晋朝挚虞，包括以《文章志》为代表的"以人为纲"和以《文章流别》为代表的"以文体为纲"这两种方式。那么，史书以人为中心的纪传体例和文学史"以人为纲"的撰述方法，二者有何关联呢？"以文为纲"的编撰模式是否于史书体例有所借鉴呢？魏晋南北朝时期的文学史编撰形式又包

---

① 吴泽：《中国史学史论集》（一），上海人民出版社，1980，第 107 页。
② 温潘亚：《从历史理解到价值建构——论文学史家的一般素质》，《盐城师范学院学报》2002 年第 1 期，第 38 页。
③ 刘师培：《中国中古文学史讲义》，上海古籍出版社，2000，第 114 页。

含哪些呢？这里需要说明的是，鉴于"文学史"是舶来品，是现代科学体系的产物，和古代传统具有一定的距离，为了更广泛而深入地了解魏晋南北朝时期的"文学史"状况，需要把标准放得宽泛一些，有些时候，或许只是一点小小的因子，但是对于后世将会起到见微知著的作用，亦会将其放入探讨的范围之内。

与文学史相关之"人"，盖指作家、作品中人物和读者三类是也。"以人为纲"，非此三类莫属。刘师培根据挚虞《文章志》确立"以人为纲"之模式，章学诚认为"晋挚虞创为《文章志》，叙文士之生平，论辞章之端委"①，故而"以人为纲"的文学史编撰形式，即可以视为以作家为中心，表现为文学史家对于不同时期的作家及其创作情况所进行的历史回顾与评断。而司马迁在《史记》中人物传记的写法，"区详而易览"，对于"以人为纲"的文学史撰述模式，不乏借鉴之功。

文学史对于史书在编撰体例方面的借鉴，还表现在史书的纪事本末体上。纪事本末体，始于南宋袁枢，其有感于编年体叙事简化的缺陷，采《资治通鉴》之内容，精选大事 239 件，按照时间顺序，独立先后列目，成书《通鉴纪事本末》42 卷，以达到"备时之语言，而尽事之本末"②的目标。该体最明显的特点在于，以历史事件为叙述单位，由起因至结果，无论起承转合，全部囊括在内，作出合乎逻辑的叙述。这种方法虽然晚至南宋时期才问世，但若取文学史家对于文体发展历史的叙述来对比，便可发现其中或有关联。

文学史的叙述需要作家和作品的支撑，上面谈到了以作家为中心的文学史编撰方式，下面就需要考察以作品为中心的编撰方式。

---

① 章学诚：《文史通义校注·和州志前志列传序例》，中华书局，1985，第 685 页。
② 皇甫湜：《编年纪传论》，见张大可、丁德科《史记论著集成》第十五卷，商务印书馆，2015，第 26~27 页。

作品的历史发展脉络，有多种入手角度，体裁的变迁更为引人注目。对文体的认识，可谓文学史的重要内容之一。历代文学史家在文体问题上的不断认识，推动了文学史学的进步。以作品文体为中心的编撰方式，正是以文学体裁为叙述单位所进行的"原始以表末"的工作，这同纪事本末体的特点存在惊人的相似之处。而纪事本末体又是融合了纪传体和编年体的优势，并加以新的理念创新而成的，故而魏晋南北朝时期文学史编撰中以作品文体为中心的编撰方式，也同这一时期史书体式有着密切的关联。

而采用编年体撰述文学史的情况，较之上述诸体例，可谓少之又少。魏晋南北朝时期，几乎没有与之相对应的文学史编撰方式，故不列入考查范围。似乎直至 20 世纪中后期，才陆续出版了《中古文学系年》①、《南北朝文学编年史》②、《东晋南北朝学术编年》③、《东晋文艺系年》④、《建安文学编年史》⑤、《中国文学史大事年表》⑥ 等一系列编年体类的文学史著作。袁行霈主编的《中国文学史》合计四卷，在每卷末尾附有文学史年表，包括朝代的更迭、统治者的交替以及相关政治事件和文化政策，还有重要作家的生卒年、仕宦情况、主要文事活动以及代表作品，也可以视为编年体文学史的一处展现，虽然仅是附录部分。

从史书体例的形式进入文学史体例的探讨，借鉴史书体例来对文学发展的过程和关键问题进行梳理，至今在中国文学史的编著中，仍常能够发现其踪迹。说到底，还是在于文学史是历史的一个分支，因为不止文学史，社会学史、哲学史、法律史、经济史等都

---

① 陆侃如：《中古文学系年》，人民文学出版社，1985。
② 曹道衡、刘跃进：《南北朝文学编年史》，人民文学出版社，2000。
③ 刘汝霖：《东晋南北朝学术编年》，中华书局，1987。
④ 张可礼：《东晋文艺系年》，山东教育出版社，1992。
⑤ 刘知渐：《建安文学编年史》，重庆出版社，1985。
⑥ 吴文治：《中国文学史大事年表》，黄山书社，1993。

不可避免地会借鉴史书的体例和相关要求，文学批评史、文学理论史也不例外。罗根泽的《中国文学批评史》一书的体例，因有所创新而为人称誉，其创新之处，正是在于充分借鉴了史书的体例："先依编年体的方法，分全部中国文学批评史为若干时期，……再依纪事本末体的方法，就各期中之文学批评，照事实的随文体而异及随文学上的各种问题而异，分为若干章，……然后再依纪传体的方法，将各期中之随人而异的伟大批评家的批评，各设专章叙述。"①

　　传统文学史书写不必冠以"文学史"的名称，却散见于各种典籍之中。本章借鉴纪传体和纪事本末体这两种主要的史书编撰方式，参考刘师培关于文学史"以人为纲"和"以文（体）为纲"的两种分类，结合先唐时期文学史家来自史家且二者有所区别的特征，对传统文学史书写的编撰形式进行总结分析。其中将"以人为纲"的编撰方式根据文学史家的身份区分为史家和文学家两类，其中史家的实践来自史书，并且为文学家的书写提供了丰富的经验；"以文为纲"的文学史书写则体现在班固之后的文学（史）家群体中不再有单纯的史家出现，究其原因则在于文体是文学大发展的产物和代表，对于它的历史思考相较于"人"，需要书写者更深的文学了解和掌控，一般史家无此积累故难以承担这一历史任务。

第一节　以人为纲

一　史家

　　"以人为纲"的文学史编撰模式，即以人为中心的书写模式，与文学史相关的人首为文学家（作者），所以这一模式表现为文学史家围绕文学家所进行的历史回顾与评断。

---

① 罗根泽：《中国文学批评史》，上海古籍出版社，1984，第34页。

中华文明作为唯一没有断裂的世界文明态势，其所创造的文学成就之高令世人惊叹，文学家是文学创作的主体，也是创造文学历史的主体，因此以其为中心对文学史进行书写是非常重要的一个编撰模式。有鉴于早期文史不分以及史学的突出成就，以人为纲、为文学家书史的模式来自史书。

《史记》列传70篇，虽然没有明确的称为文学家或作家的传记，但安排有《屈原贾生列传》和《司马相如列传》。《汉书》有《贾谊传》《枚乘传》《司马相如传》《东方朔传》《扬雄传》《王褒传》等，涉及屈原、贾谊、枚乘、司马相如、东方朔、扬雄、王褒等。《史记》和《汉书》虽有通史和断代史之分，但同为纪传体史书的开山之作，其中所出现的文学家传记，也为后来"以人为纲"的文学史编撰模式奠定了基础。

晋人陈寿所撰《三国志》从形式上基本沿袭司马迁和班固的范式，但其创新之处在于将其时以文学显名的文学家归类放到一篇传记之中，并且凸显他们的主要作品和文事活动，虽无文苑之实名，却有文苑之实，为范晔创立《文苑传》提供了直接的参考和引导。

刘宋时期，范晔撰写《后汉书》，专门设立《文苑传》，以记录于文学史上留名者，这就超越了司马迁和班固仅给部分文学家立传的体式。相比于《史记》和《汉书》以生平为中心，《后汉书》之《文苑传》列入东汉二十二位文士，无关杂事一概弃去，而仅仅以张文学才华、录文事活动、举作品名篇、列作品数类为目标，遂展示了东汉文学的发展脉络。

由此，在正史中设立《文苑传》为文人单独述史以来的传统为后世所承，总计多达十七部正史为文学家立传，虽然各朝文学发展状况不同，评价标准也有所差异，导致立传作家的数量和成就并没有统一标准，但从文学史书写的角度而言，正史史家的孜孜以求不仅为后世留下来前代文学家的基本情况，在正史的撰写中成就了文学史的书写，也为后世总结古代文学史书写提供了无以替代的史料和范式。为了更真实地考察先唐文学史家的文学史编撰情况，本书选择生活于这一时期的史家，选择《后汉书》《南齐书》《魏书》这三部史书。

由齐入梁的萧子显，在《后汉书》问世半个多世纪后，撰成《南齐书》，将《文苑传》改为《文学传》，鉴于萧齐王朝仅有二十余年的短命历史，故选入之文士十一人，多横跨宋齐甚至梁代。北齐魏收所撰《魏书》之《文苑传》，共列出八位文士，分别是袁跃、裴敬宪、卢观、封肃、邢臧、裴伯茂、邢昕和温子昇。而其序言则对前代文学发展的历史作出了回顾，基本按照朝代更迭的顺序，举作家代表所处时期的文学史状貌。

需要注意的是，《后汉书》中除《文苑传》部分，还有给文学家专门列出的人物传记，如《张衡传》《蔡邕传》《班固传》等，《南齐书》除《文学传》，也有《王融传》《谢朓传》《孔稚珪传》《刘绘传》等，《梁书》中亦另有《范云传》《沈约传》《任昉传》《江淹传》等……而他们的文学成就竟似比同书《文苑（学）传》中所列文士高出几筹，这在当时亦是普遍存在，与文学观念的发展过程和认识不无关联。

（一）《史记》前与司马迁之《史记》

中国自古就有书史的传统，所谓"左史记言，右史记事"是也。虽然言事皆和人物有关，但在早期的历史典籍之中，以人为中心的书史方式却始终没有出现①，毕竟记录的目的是帝王统治的需

---

① 《尚书》和《春秋》是"左史记言，右史记事"的代表作品，记述非常简单；在此基础上的《国语》和《左传》逐渐将"言"和"事"结合起来，以"言"丰富"事"，人物在这一过程之中的性格特征得到进一步的彰显；其后《战国策》和《晏子春秋》尝试记录相对具有独立性的人物的片断故事，然二书整理者刘向生于司马迁辞世之后，故其或受司马氏之影响。

要，在帝王面前他人之地位自然难以与之相比，更不要说以他人为中心的记述方式了。故而《史记》首设列传意义非凡。尤其是对于文士而言，在文士纵横捭阖的年代里，与政权有关的言行自有史官记录，所谓风雅实难匹国，而屈原、贾谊和司马相如竟得以与众人臣同列七十列传——"列传者，谓列叙人臣事迹，令可传于后世"①，实属创举。毕竟在古代中国，文学既不是独立学科，又非赖以生存的职业，即便拥有极高文学成就的文学家，通常还会有诸如政治家或者思想家等其他身份。虽然三人身份在司马迁眼里仍不及人臣，但三者的文学才华却远超其他列传人臣，故被视为为文学家书史的雏形。那么，司马迁为屈原、贾谊和司马相如作出了哪些文学史性质的书写呢？

在中国文学史上，屈原是第一位堪称伟大的作家，也是最早为文学史家关注并纳入文学史书写的文学家。而史记中的这篇传记则是现存关于屈原最早的、最完整的史料，是研究屈原生平的重要依据，那么，围绕屈原的文学经历，司马迁都作了哪些描写和论述呢？

司马迁首先介绍了屈原的姓氏、官职和政治才能，然后描述从"王甚任之"到"怒而疏屈平"的政治事件始末，从而转入《离骚》的创作背景。"屈平疾王听之不聪也，谗谄之蔽明也，邪曲之害公也，方正之不容也，故忧愁幽思而作离骚。"② 因为楚怀王听从了奸佞小人的谗言而渐渐疏远屈原，所以其在忧愁愤懑的情况下创作了这首伟大的抒情长诗。那么何为"离骚"呢？司马迁为其释义为："离骚者，犹离忧也……信而见疑，忠而被谤，能无怨乎？屈平之作离骚，盖自怨生也。"接着分析《离骚》的作品风格："国

---

① 司马迁：《史记卷六十一·伯夷列传第一》索隐，中华书局，1959，第2121页。
② 司马迁：《史记卷八十四·屈原贾生列传第二十四》，中华书局，1959，第2482页。

风好色而不淫，小雅怨诽而不乱。若离骚者，可谓兼之矣。"作为鸿篇巨制，《离骚》叙事时间跨度大，蕴含内容繁多，对此司马迁进行了简练而准确的概括："上称帝喾，下道齐桓，中述汤武，以刺世事。明道德之广崇，治乱之条贯，靡不毕见。"然后又对《离骚》的艺术特点进行了中肯的评价："其文约，其辞微，其志絜，其行廉，其称文小而其指极大，举类迩而见义远。"这段最后一句"虽与日月争光可也"，虽然是作者对屈原身处"濯淖污泥之中"却能"浮游尘埃之外，不获世之滋垢，皭然泥而不滓者也"的人格景仰，又何尝不是司马迁对《离骚》这部作品的极大肯定呢？虽然《离骚》并未被司马迁原文载入，但却对《离骚》的创作背景、题名释义、内容风格、艺术特色和意义与价值等做了深入而透彻的分析，为后世的解读和研究留下了重要的资料。

在这篇传记中，司马迁叙述屈原在顷襄王即位后再次被怒而迁之的经历后，全文记载了屈原与渔父在汨罗江边交谈后所吟唱的《怀沙赋》，这是继论述《离骚》之后对屈原文学家身份的另一个重要书写。而当屈原满怀愤懑自投江亡之后，其开创的"楚辞"体这一重要文学形式并没有随之消失，而是绵延后世，在楚地被继承然后发展，脉络清晰鲜明，"屈原既死之后，楚有宋玉、唐勒、景差之徒者，皆好辞而以赋见称"，这正是司马迁的历史观念在文学发展过程中特别鲜明的体现。虽然这篇传记的绝大篇幅仍是聚焦于屈原忠心事君却遭受谗言被疏远、流放的悲怆以及从中体现的忧国忧思的情怀，但从其对《离骚》的全面分析、对屈原逝后楚辞体的发展以及全文录入的《怀沙赋》可看出，他敏锐地捕捉到屈原在文学方面的独特才华和卓越成就，将这些部分单独提取出来不枉堪称以屈原为中心的一部文学史。司马迁有此认识，亦在于其自身被屈氏作品所感染和征服，"余读离骚、天问、招魂、哀郢，悲其志"。故而，虽然司马迁没有单独命名文人列传，但字里行间已给屈原贴上"文学家"或"文人"的标签。而这一标签在后世史家的视野中，踵事增华，获得了更多的关注目光，并以司马氏的书写为基础，进一步探讨和争鸣，从而使屈原成为中国传统文学书写史上举目聚焦的第一位文学家。

贾谊和屈原合传，司马迁以贾氏哀吊屈原引出："自屈原沉汨罗后百有馀年，汉有贾生，为长沙王太傅，过湘水，投书以吊屈原。"学者们多认为贾谊与屈原有着相同的被疏离经历且以辞赋见称，从文学史书写的角度，本文还是先把有关贾谊的文学作品和文事活动剥离出来，看看贾谊在司马迁心中的文学成就和文学史地位究竟有几分，和屈原的关系又有几分。

随着文学的发展，自从《史记》开始，即便是普通的传主，史家也会在姓氏和家族情况之后，对其诗书才华表述一二，进而再对其政治生涯进行书写，贾谊也不例外，其入仕经历是和其诗书才华息息相关的。

"贾生名谊，洛阳人也。年十八，以能诵诗属书闻于郡中。吴廷尉为河南守，闻其秀才，召置门下，甚幸爱。孝文皇帝初立，闻河南守吴公治平为天下第一，故与李斯同邑而常学事焉，乃征为廷尉。廷尉乃言贾生年少，颇通诸子百家之书。文帝召以为博士。"①

其后贾谊也拥有了类似屈原被朝廷重视和疏远的经历，"天子后亦疏之，不用其议，乃以贾生为长沙王太傅。贾生既辞往行，闻长沙卑湿，自以寿不得长，又以適去，意不自得。及渡湘水，为赋以吊屈原"。这就是贾谊《吊屈原赋》的来历，并有幸保留了全文。接下来司马迁又收录《鵩鸟赋》全文，且交代其创作背景。同司马迁介绍《离骚》相似的是，二者都交代了作品产生的缘由，展示了贾谊和屈原相类似的有志难抒的抑郁情怀和悲惨遭遇，但毕竟

① 司马迁：《史记卷八十四·屈原贾生列传第二十四》，中华书局，1959，第2491页。

和《离骚》的地位不同，所以对于其艺术特色、意义价值等事项就没有展开论述了。

虽然屈原的成就和地位卓尔不凡，也是司马迁列传中收录的第一位文学家，但毕竟与贾谊合传。司马相如则有幸单独列传一篇，他的文学才华和文事活动伴随着传奇的一生落于纸上，史料更为充足，文学家的特征表现也更为充分。司马迁选取司马相如青年游梁、迎娶文君、出使巴蜀等几件大事，并将与此有关的文和赋收录其中，使文学作品与文事活动密切联动，成为"以人为纲"的文学史书写模式的基本逻辑，其后的不论是史家出身还是文学家出身而涉足文学史书写的文学史家，其选择的撰述模式不论依托于何种形态，都没有偏离文学作品加文事活动的基本逻辑，虽然"文苑传"定名于范晔，但从名实关系上来看，早在司马迁时有关文学史书写的"以人为纲"模式已然清晰树立了。

具体来看，在《司马相如列传》中，司马迁结合相如生平提到的作品一共八篇。首先是司马相如于梁孝王门下撰写的《子虚赋》，后送呈汉武帝得到赏识因而封郎，这是司马相如人生中第一件因文而荣的大事。其次是投汉武帝所好而作《子虚赋》的姊妹篇《上林赋》，该赋以夸耀的笔调描写了汉天子上林苑的壮丽及汉天子游猎的盛大场景，又蕴含了讽谏奢侈的思想，确立了汉代大赋的体制。此后，司马相如奉命前往巴蜀地区，代表朝廷谕告安定巴蜀百姓，所谓《喻巴蜀檄》是也。在巴蜀地区执政期间，司马相如另有《难蜀父老》一文，假借蜀父老之名，阐明开通西南夷的重大意义。司马相如返回中央朝廷后，经常陪武帝至长杨狩猎，有感于武帝迷恋驰逐野兽，遂作《上书谏猎》呈上，行文委婉，劝谏与奉承结合得当，使得武帝称其为"善"。打猎途中，经过秦二世胡亥墓地，司马相如又作《哀二世赋》，借前车之鉴委婉讽谏汉武帝。此后，又为了迎合帝王喜好仙道的志趣作《大人赋》，其中亦含有讽劝武帝好神仙之道的意味。司马相如去世后，留有《封禅文》一篇上奏给汉武帝，再三阐明汉武帝理应封禅的主张。

虽然我们在当时很难看到纯粹的文人历史，但是司马迁在这篇列传中举出的八个作品基本代表了司马相如一生的仕途历程，从政坛起步到升迁降职以及最终病死茂陵，每个阶段都有作品相伴其间。同时，除《上林赋》外，其余三篇赋和四篇文章都是不吝笔墨之全文录入，相比屈原只录《怀沙赋》和贾谊的《吊屈原赋》《鵩鸟赋》，《司马相如列传》的篇幅大大增加，不仅相当于贾谊传记字数的六倍，也远远超过司马迁自述，看似"连篇累牍，不厌其烦"，却足见作者对于司马相如之文的"倾服之至"①。尤其是在篇末司马迁还说道："相如他所著，若遗平陵侯书、与五公子相难、草木书篇不采，采其尤著公卿者云。"这句话可看作司马迁选择传主作品的标准，"采其尤著公卿者"也成为后来《文苑传》的既定标准之一，即对传主的著名篇章予以载录、介绍，对次要的文章或著作予以说明。对作品肯定，对创作作品的人物身份肯定，《史记》虽然没有专门的文人类传，但已为后世文人类传的创立做出启示。

（二）班固《汉书》

班固（32~92），字孟坚，今陕西咸阳人。班固继承其父班彪撰写六十五卷《史记后传》的事业，耗时二十余年完成记录西汉两百余年历史的《汉书》，开创了纪传体断代史的体例。同时，《汉书》承袭《史记》的传统，取其精华，并有创新，不仅文人传记的数量大为增加，更大的贡献乃是创立了《艺文志》，进一步推动了《文苑传》的出现。千百年来，人们一直将"史汉"并列，"马班"同称，清人章学诚推二人为纪传之祖。

---

① （清）吴见思、李景星，陆永品点校《史记论文·史记评议》，上海古籍出版社，2008，第 209 页。

相较于《史记》70 篇列传仅有两篇有关三位文人的比例，同为 70 篇传记的《汉书》则在司马迁的基础上为贾谊、贾山、邹阳、枚乘、枚皋、温路舒、司马相如、东方朔、扬雄、王褒等十余位文人书史，其中司马相如、东方朔和扬雄三人为专传，其余几位皆是与他人合传。《汉书》除了文学家数量上的显著增多之外，在书写的模式上更注重作品收录和文事活动相结合，进一步为后来"以人为纲"的文学史编撰模式奠定了基础。

从司马迁到班固，从两篇三位文人文学史到六篇十余位，其背后的社会文化情况除了在开篇已经交代过的文学独立发展和汉赋的蓬勃兴盛之外，班固的变化还在于经过汉武帝独尊儒术的政策引导，在经学思想的一统下，早已没有司马迁"成一家之言"的宏伟志向，而是更倾向于歌功颂德，所谓"故虽尧舜之盛，必有典谟之篇，然后扬名于后世，冠德于百王"① 这种思想体现在《汉书》的文人传记中，则是在记述人物生平和记录文学作品时，不仅用文学的审美眼光去衡量，而是更为重视实际功用，"掇其切于世事者著于传"，体现儒家"经世致用"的主张。《贾谊传》不仅保留了《吊屈原赋》和《鵩鸟赋》，还收录了两篇传主向汉文帝进言劝谏的论奏，枚乘的传记中也多载有用之文。

贾谊在《史记》中与屈原同传，原因在于贾生有《吊屈原赋》，又有似屈原受贬的遭遇。从司马迁"爽然自失"的评语中，还可悟到作者同情其怀才不遇的寓意。但综看贾谊的一生和成就，却非一般文人，而是政论家，其著名的政论《陈政事疏》乃千古杰作。班固更崇尚经世致用的价值观，故其为贾谊单独立传，那么作为文学史家的班固对贾谊的文学家身份如何认定，以及对其在文学史上的地位如何界定的呢？

① 班固：《汉书卷一百下·叙传第七十下》，中华书局，1962，第 4235 页。

　　班固在开篇介绍贾谊的出身和文采以及由此得以开始仕途的经过，之后贾谊被天子流放为长沙太守，渡湘水时得以凭吊屈原作《吊屈原赋》，其后交代贾谊在长沙期间因鵩鸟误入家舍而暗自情伤，由此创作《鵩鸟赋》。全文录入两篇赋作并说明创作背景，至此与《史记》相比，几无二致。其后在《史记》的内容中，贾谊被召回朝廷担任梁怀王太傅，并就国家大事多次上书，但无具体记录。而在《汉书》中，班固则全文录入了《陈政事疏》（又称《治安策》）、《请封建子弟疏》和《谏立淮南诸子疏》，班固在文末"赞曰"交代贾谊"凡所著述五十八篇，掇其切于世事者著于传云"，实则全文录入五篇，其中同史记相同的是两篇赋作，额外增加三篇政疏。虽说班固引刘向"其论甚美，通达国体"之论，突出贾谊政论家的定位颇有识见，可视为胜过司马迁的史识。但就文学史书写的角度而言，政疏就纯粹观点而言并非文学作品，那么，同样是全文录入《吊屈原赋》和《鵩鸟赋》以及大体一致的文事活动，班固相对于司马迁并无突破之处。而有关司马相如的传记，则通篇与史记相似，包括作者的个人情况、主要作品的创作背景和录入情况以及"赞曰"部分的评价。

　　关于枚乘和其子枚皋，班固将其与贾山、邹阳、路温舒等合为一传，其出发点在于他们皆为直言正谏者，正如"赞曰"所言——"春秋鲁臧孙达以礼谏君，君子以为有后。贾山自下劘上，邹阳、枚乘游于危国，然卒免刑戮者，以其言正也。路温舒辞顺而意笃，遂为世家，宜哉"①，故而所举及所录之文章，多为谏书等应用文体。其中虽然关于路温舒有"内史举温舒文学高第，迁右扶风丞"的记载，但此文学与真正的文学成就差异明显。而真正展现文学成就的则是枚乘和枚皋父子。枚乘虽为枚皋之父，但对其文学成就，

---

　　① 班固：《汉书卷五十一·贾邹枚路传第二十一》，中华书局，1962，第2372页。

班固着墨甚少，仅有"复游梁，梁客皆善属辞赋，乘尤高"一句确立辞赋地位的描述。枚皋虽为小传，作者却将其出身、文采以及重要文事活动悉数交代清楚，并有与东方朔、司马相如等同时代作家的才华、能力及作品的对比，其内容的丰富程度，尤其是将同时代作家一起比较的观念和实践，实为在文学史"以人为纲"的撰写方式下的一个鲜明进步。

> 皋字少孺。乘在梁时，取皋母为小妻。乘之东归也，皋母不肯随乘，乘怒，分皋数千钱，留与母居。年十七，上书梁共王，得召为郎。三年，为王使，与冘从争，见谮恶遇罪，家室没入。皋亡至长安。会赦，上书北阙，自陈枚乘之子。上得之大喜，召入见待诏，皋因赋殿中。诏使赋平乐馆，善之。拜为郎，使匈奴。皋不通经术，诙笑类俳倡，为赋颂，好嫚戏，以故得媟黩贵幸，比东方朔、郭舍人等，而不得比严助等尊官。
>
> 武帝春秋二十九乃得皇子，群臣喜，故皋与东方朔作《皇太子生赋》及《立皇子禖祝》，受诏所为，皆不从故事，重皇子也。初，卫皇后立，皋奏赋以戒终。皋为赋善于朔也。
>
> 从行至甘泉、雍、河东，东巡狩，封泰山，塞决河宣房，游观三辅离宫馆，临山泽，弋猎射驭狗马蹴鞠刻镂，上有所感，辄使赋之。为文疾，受诏辄成，故所赋者多。司马相如善为文而迟，故所作少而善于皋。皋赋辞中自言为赋不如相如，又言为赋乃俳，见视如倡，自悔类倡也。故其赋有诋娸东方朔，又自诋娸。其文骫骳，曲随其事，皆得其意，颇诙笑，不甚闲靡。凡可读者百二十篇，其尤嫚戏不可读者尚数十篇。①

---

① 班固：《汉书卷五十一·贾邹枚路传第二十一》，中华书局，1962，第 2366~2367 页。

　　班固首先介绍的是枚皋的家庭情况。他是枚乘小妾的孩子，一直与母亲生活在一起。成年后自荐至梁共王幕下为吏，因谗言陷害流亡到长安，喜遇武帝大赦天下，遂上书自称是枚乘的儿子，从而得以召入宫中待诏。介绍至此其实班固并未对枚皋的文才进行一丝一毫的说明，可其后的文字却将其文事活动和仕途经历紧密结合。枚皋入仕宫中后，主要以作赋为职责。武帝曾诏令他以平乐馆为赋，赋成后枚皋因其"善"而拜为郎，并获得出使匈奴的机会。如果说枚皋得以入仕与其父名号有关，而此次升迁则纯粹因其为赋之才。司马迁和班固在论及司马相如时，曾言其因《子虚赋》而得到武帝赏识，但没有因佳作而得到实际仕途机会的先例，所以虽然枚皋入传是因为正谏，可在上述叙述中却真正是对于文学家枚皋才能的正面肯定。

　　班固似乎已意识到这样对于文学才能的正面铺陈同时代主题和该传主旨不符，于是紧急调转笔锋，对枚皋的文学家身份予以负面评价。首先，枚皋是不通经术，类似俳倡；其次，枚皋所作赋颂，轻戏狎宠，故而其实是和东方朔、郭舍人差不多的身份，不能达到严助等人得为高官的位置。史家既有主观意识，又受朝廷意志牵制，既在不经意间流露内心思想，又必须在合适的位置宣扬主流价值，故而常在文中出现自相矛盾的话语，换位思考亦实属无奈之举。所以，在对枚皋进行先扬后抑的论述后，班固继续对枚皋的文学家身份予以具体的书写。

　　枚皋曾随武帝到甘泉宫、雍地、河东等地，到东边巡狩、泰山封禅，到宣房堵塞黄河决口，游览三辅离宫等，凡登临山泽以及射猎、狗马、蹴鞠、刻石，只要皇上有所感触，就要他作赋。加之他为文快疾，接受诏命转眼就成，所以作品很多。细细看来，在这个部分，班固所描述的枚皋就是纯粹的文人身份，丝毫不涉及他的官职高低或者是否通达经学。这种不经意间地对其文学家身份的认可，是史家书写文学史的绝对进步。

班固的进步之处，或者说枚皋传的独特之处在于，班固不仅将枚皋作为文学家看待，而且将其与同时期的文学家进行对比。司马相如的文才众所皆知，司马迁和班固都为其单独立传，可是相比枚皋，相如的优劣也是相当明显——"司马相如善为文而迟，故所作少而善于皋"，能同举世公认的辞赋大家在一层面对比，枚皋的文学成绩也就不言而喻了。可是回到本传的主题"正谏"，班固又需要调转笔墨了，那就是对枚皋的缺陷进行毫不留情的指斥，只不过这种贬低也依然聚焦于文学才华。

首先，枚皋承认"为赋不如相如"，并且对于作赋亦知并非体面通达之事，实和倡优无异，内心悔为此行，所以在赋中诋毁丑化过东方朔，也诋毁丑化自己。其次，班固认为枚皋"其文骫骳，曲随其事，皆得其意，颇诙笑，不甚闲靡"，数其作品可读的共一百二十篇，另有过于轻浮嬉戏而不可读的还有数十篇。虽然班固对枚皋的评价最终还是以正雅为标准，但在上述文字中对其文学家身份的认同和肯定也显而易见，并且最终还对其作品进行数量上的介绍，从作家身世到文学作品以及文事活动，书写文学史的要素可谓相当齐备了。唯一的遗憾是，班固没有将枚皋的作品全文录入，而据其他史料记载，枚皋作品因多为急就章，欠缺推敲琢磨，故而留存甚少，由此看来，班固未录其作品全文，抑或是卓有远见了。

枚皋对同时期的东方朔有所评价，所谓"诋娸东方朔"是也。班固对二者的书写又有何异同呢？首先，东方朔在汉书中单独列为一传，篇幅明显多于枚皋。但究其论述，虽然开篇即展示东方朔自荐于汉武帝的言语："武帝初即位，征天下举方正贤良文学材力之士，待以不次之位……朔初来，上书曰：'臣朔少失父母，长养兄嫂。年十三学书，三冬文史足用。十五学击剑。十六学《诗》、

《书》，诵二十二万言。十九学孙、吴兵法，战阵之具，钲鼓之教，亦诵二十二万言。凡臣朔固已诵四十四万言。又常服子路之言。……若此，可以为天子大臣矣。'"① 但在传文中却主要表现东方朔足智多谋、诙谐滑稽的性格。对于其文学成就，班固全文录入《答客难》和《非有先生论》两篇类辞赋作品，并在传末概论说："朔之文辞，此二篇最善。其余有《封泰山》，《责和氏璧》及《皇太子生禖》，《屏风》，《殿上柏柱》，《平乐观赋猎》，八言、七言上下，《从公孙弘借车》，凡〔刘〕向所录朔书具是矣。世所传他事皆非也。"② 看上去对他的文学家身份也有呼应，但同枚皋相比，文学作品和文事活动并未贯穿东方朔的一生，同其一生起承转合关联甚微，故而其文学史家身份特征并不鲜明。

王褒没有东方朔和扬雄的独立专传的待遇，而是与严助、朱买臣、吾丘寿王、主父偃等多人同为一传，但班固对其的记载却和枚皋十分相似，不仅述其文学才能，还将其一生和文事活动、文学作品相关联，并且将其重要的作品全文录入，相比枚皋，更为完整地展示了王褒文学家的一生。

> 王褒字子渊，蜀人也。宣帝时修武帝故事，讲论六艺群书，博尽奇异之好，征能为《楚辞》九江被公，召见诵读，益召高材刘向、张子侨、华龙、柳褒等待诏金马门。神爵、五凤之间，天下殷富，数有嘉应。上颇作歌诗，欲兴协律之事，丞相魏相奏言知音善鼓雅琴者渤海赵定、梁国龚德，皆召见待诏。于是益州刺史王襄欲宣风化于众庶，闻王褒有俊材，请与相见，使褒作《中和》、《乐职》、《宣布诗》，选好事者令依

---

① 班固：《汉书卷六十五·东方朔传第三十五》，中华书局，1962，第2841页。
② 班固：《汉书卷六十五·东方朔传第三十五》，中华书局，1962，第2873页。

《鹿鸣》之声习而歌之。时，氾乡侯何武为僮子，选在歌中。久之，武等学长安，歌太学下，转而上闻。宣帝召见武等观之，皆赐帛，谓曰："此盛德之事，吾何足以当之！"

褒既为刺史作颂，又作其传，益州刺史因奏褒有轶材。上乃征褒。既至，诏褒为圣主得贤臣颂其意。褒对曰：（引文略）。是时，上颇好神仙，故褒对及之。上令褒与张子侨等并待诏，数从褒等放猎，所幸宫馆，辄为歌颂，第其高下，以差赐帛。议者多以为淫靡不急，上曰："'不有博弈者乎，为之犹贤乎已！'辞赋大者与古诗同义，小者辩丽可喜。辟如女工有绮，音乐有郑、卫，今世俗犹皆以此虞说耳目，辞赋比之，尚有仁义风谕，鸟兽草木多闻之观，贤于倡优博弈远矣。"顷之，擢褒为谏大夫。

其后太子体不安，苦忽忽善忘，不乐。诏使褒等皆之太子宫虞侍太子，朝夕诵读奇文及所自造作。疾平复，乃归。太子喜褒所为《甘泉》及《洞箫》颂，令后宫贵人左右皆诵读之。后方士言益州有金马碧鸡之宝，可祭祀致也，宣帝使褒往祀焉。褒于道病死，上闵惜之。①

西汉经过汉武帝时期的国家治理和赋体文学的鼎盛辉煌后，至昭帝时休养生息，再至宣帝时重又迎来中兴景象，对文学尤其是赋体亦再次重视，故而朝廷组织"修武帝故事，讲论六艺群书，博尽奇异之好，征能为《楚辞》九江被公，召见诵读，益召高材刘向、张子侨、华龙、柳褒等待诏金马门"，又因为宣帝爱好歌诗，喜善音乐，故征召各地在这方面有造诣的文士到长安，担任皇家的文

---

① 班固：《汉书卷六十四下·严朱吾丘主父徐严终王贾传第三十四下》，中华书局，1962，第 2821~2830 页。

学、音乐方面的"待诏":"上颇作歌诗,欲兴协律之事,丞相魏相奏言知音善鼓雅琴者渤海赵定、梁国龚德,皆召见待诏。"在这样的背景下,益州刺史王襄得知王褒才学俱佳,于是邀请其来,令其作《中和》《乐职》《宣布诗》,并"选好事者令依《鹿鸣》之声习而歌之"。这是王褒因为自身文才所获得第一个入仕机会,他非常聪明地抓住这个机会,又为王襄作传,故深受赏识,于是王襄上奏推荐王褒有过人之才,使得王褒获得人生第二个重要机会。王褒受汉宣帝召见后,奉命创作《圣主得贤臣颂》。王褒以写马写出善御者六辔在手、操纵自如,意在用良御御骏马比喻圣主得贤臣,从一个侧面反映了汉宣帝励精图治的景象。全文描写生动,音乐急促,使人如见其马,如闻其声,呈上后深得汉宣帝的好感。之后,王褒又对于汉宣帝"颇好神仙"以聪明应对,故而获得与张子侨等人共同待诏的机会,并多次跟随宣帝出宫田猎,路经宫阁就作赋以示歌颂"第其高下,以差赐帛",由此,王褒凭借其文才得到第三次升迁机会,擢为谏议大夫。

后因太子身体不适,宣帝心情亦随之低沉,故诏令王褒等人赴太子宫陪侍。王褒为太子朝夕诵读奇文佳句以及自己的作品。太子甚为喜爱王褒所作之《甘泉赋》与《洞箫赋》,甚至命令后宫人等都要熟悉诵读,可见其文学成就。待太子康复后,王褒得以返回宣帝左右,然惜在奉命赴益州祭祀所谓"金马碧鸡之宝"途中染病辞世,结束了其侍从宣帝左右的文学人生。

虽然班固没有交代王褒的家学渊源,但是其人生历程的几次为人赏识和升迁都源自其文学创作,中国的文学家自古就很难成为独立的脱离于仕途的个体,即便如陶潜般"采菊东篱下,悠然见南山",也见识过为五斗米折腰的纠结。所以,文学家伴随着出世入世而展示一生蔚为常态,是否以该人作为中心对其文学创作和文事活动进行书写,或者说其文事活动与其一生经历是否相伴相生,以此为依据，就可以判断文学史家"以人为纲"的文学史书写情况。从这个角度而言，班固对于枚皋和王褒的书写都非常符合，只是就二人文学成就在后世看来并非大家，那么被列为专传的扬雄，又没有出现在史记之中，班固对他会进行怎样的创造性书写呢？

扬雄拥有相对复杂的出身，通识博学，班固对其个人情况进行简单介绍后，直接坦言其"尝好辞赋"，并进一步作出详细的说明。

> 先是时，蜀有司马相如，作赋甚弘丽温雅，雄心壮之，每作赋，常拟之以为式。又怪屈原文过相如，至不容，作《离骚》，自投江而死，悲其文，读之未尝不流涕也。以为君子得时则大行，不得时则龙蛇，遇不遇命也，何必湛身哉！乃作书，往往摭《离骚》文而反之，自岷山投诸江流以吊屈原，名曰《反离骚》；又旁《离骚》作重一篇，名曰《广骚》；又旁《惜诵》以下至《怀沙》一卷，名曰《畔牢愁》。《畔牢愁》、《广骚》文多不载，独载《反离骚》，其辞曰……①

班固不仅清晰地交代了扬雄的天赋才华、博学通识，并且介绍其以司马相如为榜样创作赋文，更言其怜惜屈原至高文才却抱憾轻生之举并由此引出其创作一系列骚体文学的缘由，且全文录入《反离骚》一文，这样详细的介绍为扬雄的文学家身份奠定了相当好的基础，而之后的书写也基本循此路径，其文学家身份和作品为其仕途铺路登阶。

孝成帝时，有人推荐扬雄文如司马相如。恰逢孝成帝在"郊祠甘泉泰畤、汾阴后土，以求继嗣"，于是传诏扬雄在承明庭待诏。

---

① 班固：《汉书卷八十七·扬雄传第五十七》，中华书局，1962，第 3515 页。

正月从甘泉返回后，扬雄上奏《甘泉赋》以示讽谏。班固于此再次录入全文，并在其后解释了扬雄上呈这一带有讽谏意义赋作的缘由，而结果所幸只是"天子异焉"，并未对其官职有所妨碍。但紧随其后，扬雄又作《河东赋》，对成帝和群臣祭后土返回都城途中"行游介山，回安邑，顾龙门，览盐池，登历观，陟西岳以望八荒，迹殷、周之虚，眇然以思唐、虞之风"的行为有所不满，认为空自缅怀不如有所行动，此处依然是全文录入。不过这次劝讽亦未对扬雄有何影响，于是当年十二月扬雄再次跟随成帝出行狩猎，途中所见"宫馆、台榭、沼池、苑囿、林麓、薮泽"等始自二王三帝时的皇室所属，其目的是满足"奉郊庙、御宾客、充庖厨"，已"非尧、舜、成汤、文王三驱之意也"。扬雄唯恐成帝及后世在此基础上继续扩建，于是同样出于讽谏目的创作《校猎赋》。次年又有规讽意义的《长杨赋》问世，此次则是有感于跟随汉成帝赴长杨宫射熊馆眼见成帝号召豪捕猛兽等相关行为。这期间扬雄几次讽谏之作，班固对其结果都没有交代，但事实上扬雄并没得到任何升迁机会，从成帝到哀帝和平帝皆是如此，尤其在西汉末年外戚专权、小人用事、世风日下的情况下，扬雄不愿趋附权贵，于是模拟《易经》而酝酿《太玄》用以淡泊明志，有人嘲笑他"以玄尚白"，扬雄便创作《解嘲》以表明自己的志向。关于扬雄作为文学家依凭才华和创作在西汉的出仕，班固交代至此也就再无关联了。于是班固将笔锋稍转，回到初始论及扬雄效仿司马相如进行辞赋创作的议点，再次阐述扬雄的辞赋观念。

> 雄以为赋者，将以风也，必推类而言，极丽靡之辞，闳侈巨衍，竞于使人不能加也，既乃归之于正，然览者已过矣。往时武帝好神仙，相如上《大人赋》，欲以风，帝反缥缥有陵云之志。由是言之，赋劝而不止，明矣。又颇似俳优淳于髡、优

孟之徒，非法度所存，贤人君子诗赋之正也，于是辍不复为。①

"劝而不止"是扬雄对讽谏类辞赋呈上结果的认识，也同班固所记载颇为一致，于是到了王莽新朝时，扬雄专心著述，完成《太玄》之作，并对批评该作艰深的人们回致以《解难》一文。此后，扬雄又出于对圣人和经典的尊崇，模仿《论语》而作《法言》，其基本宗旨是面对西汉末年谶纬之术流行和宗教迷信弥漫的社会环境，用礼义、孔孟之道，批判先秦诸子及谶纬、神仙迷信，维护儒家正统观念，表现出了可贵的独立思考精神。

按照惯例，文至于此，班固对文学家的基本书写就告一段落了。在上述的撰述中，班固分别介绍了扬雄多部作品的创作背景，并全文录入《反离骚》《甘泉赋》《河东赋》《校猎赋》《长杨赋》《解嘲》《解难》等篇章，《法言》则是录其目录，并且交代了其创作与仕途的关联，看似与枚皋、王褒一致，只是篇幅不同而已。但是在"赞曰"部分，班固所说的第一句话是"雄之自序云尔"，若果真如此，那么扬雄对文学史书写亦有开创之功了。

(三) 陈寿《三国志》

陈寿，字承祚，巴西安汉人，生于蜀汉后主刘禅建兴十一年，死于晋惠帝元康七年。他在蜀汉做过官，三十岁时，蜀汉政权灭亡，入晋后做过晋平令、著作郎。陈寿写《三国志》以前，已出现一些有关魏、吴的史作，如王沈的《魏书》、鱼豢的《魏略》、韦昭的《吴书》等。《三国志》中的《魏书》《吴书》，主要取材于这些史书。蜀政权没有设置史官，无专人负责搜集材料，编写蜀史。《蜀书》的材料是由陈寿采集和编次的。陈寿写书的时代靠近三国，可资利用的他人成果并不多，加上他是私人著述，没有条件

---

① 班固：《汉书卷八十七·杨雄传第五十七》，中华书局，1962，第3575页。

获得大量的文献档案，因此面对史料不足的困难，内容显得不够充实。但是，《三国志》善于叙事，文笔简洁，剪裁得当，当时就受到赞许。与陈寿同时的夏侯湛写作《魏书》，看到《三国志》，认为没有另写新史的必要，就毁弃了自己的著作。后人更是推崇备至，认为在记载三国历史的史书中，独有陈书可以同《史记》《汉书》相媲美。因此，其他各家的三国史相继泯灭无闻，只有《三国志》一直流传到现在。因为陈寿属于私人著述，并无官修史书的多重限制及顾虑，并且建安以后曹操实际引领的社会风尚相对宽松，所以《三国志》并无《汉书》般几多正统或是辅政观念。

《三国志·魏书·王卫二刘傅传》① 是陈寿为王粲、卫觊、刘廙、刘劭和傅嘏所书写的一篇传记，但实际上收录文人达二十九名，包括王粲、徐干、陈琳、阮瑀、应场、刘桢、邯郸淳、繁钦、路粹、丁仪、丁廙、杨修、荀纬、应璩、阮籍、嵇康、桓威、吴质、卫觊、刘廙、刘劭、缪袭、仲长统、苏林、韦诞、夏侯惠、孙该、杜挚和傅嘏，基本囊括了当时曹魏政权的著名文学家。其叙述手法，是在上述五人基础上根据其他文人的相关成就，或者简单提出，或者附载小传。如在记载王粲时带出对徐干等十七人的介绍，记载刘劭时又带叙了缪袭等七人的生平行事，各传相互掩映，环环相扣。虽然也并未以"文学传"或者"文苑传"名之，但其着眼点却更进一步地聚焦于诸位文人的文学成就，并且保存了不少文人作品。可以说，《三国志》中已经有了文人类传之实，虽然尚未冠以"文苑传"之名。

王粲在这个多人传记里面排在首位，许是因其年纪和官职的缘故。陈寿对王粲的书写，依然因袭自司马迁开始的传统，从籍贯家

---

① 陈寿：《三国志卷二十一·魏书二十一·王卫二刘傅传第二十一》，裴松之注，中华书局，1959，第597~629页。

世写起，然后论述蔡邕对他"有异才"的赏识，之后介绍他依刘表又劝刘琮率荆州归太祖的主要仕途经历，并全文录有其贺曹操掌控荆州的文章。待魏国建立，王粲官拜侍中，负责"兴造制度"等事。其后，陈寿又对其"博闻强识"和"善属文"的两点特殊才能进行特别的介绍，并对其著作情况进行概括："著诗、赋、论、议垂六十篇。"最终以王粲和他两个儿子的结局作为这篇传记的结尾。但从王粲的传记中，并未鲜明体现其文学家的特色。然建安时期及以后相当长一段时间文坛相继出现多个文人集团，创造了中国文学史上的集团文学创作的盛况。关于"建安七子"，陈寿在这一传记中的重要开拓，正是在于他敏锐地捕捉到了这一文学集团存在的意义，"始文帝为五官将，及平原侯植皆好文学。粲与北海徐干字伟长、广陵陈琳字孔璋、陈留阮瑀字元瑜、汝南应玚字德琏、东平刘桢字公干并见友善"，并将其中文人的主要生平记录下来，同时辅以其他史籍的记载，使之形象立体化。

> 干为司空军谋祭酒掾属，五官将文学。
>
> 太祖并以琳、瑀为司空军谋祭酒，管记室，军国书檄，多琳、瑀所作也。
>
> 玚、桢各被太祖辟，为丞相掾属。玚转为平原侯庶子，后为五官将文学。桢以不敬被刑，刑竟署吏。咸著文赋数十篇。①

虽然没有保留过多的作品，但从那时开始，文人作品的整理和保存已经开启了新的篇章，所以在史书中全文录入作品并不像两汉时期那么重要。即便如此，陈寿却全文保留了这几人辞世后

---

① 陈寿：《三国志卷二十一·魏书二十一·王卫二刘傅传第二十一》，裴松之注，中华书局，1959，第599~601页。

曹丕与吴质的书信，论及他们的文才皆为"一时之俊"，为建安七子（除孔融）这一曹氏文人集团作出文学才华而非政治能力的总结。

> 文帝书与元城令吴质曰："昔年疾疫，亲故多离其灾，徐、陈、应、刘，一时俱逝。观古今文人，类不护细行，鲜能以名节自立。而伟长独怀文抱质，恬淡寡欲，有箕山之志，可谓彬彬君子矣。著中论二十馀篇，辞义典雅，足传于后。德琏常斐然有述作意，其才学足以著书，美志不遂，良可痛惜！孔璋章表殊健，微为繁富。公干有逸气，但未道耳。元瑜书记翩翩，致足乐也。仲宣独自善于辞赋，惜其体弱，不起其文；至于所善，古人无以远过也。昔伯牙绝弦于钟期，仲尼覆醢于子路，痛知音之难遇，伤门人之莫逮也。诸子但为未及古人，自一时之俊也。"①

同时，关于作品，陈寿的明显推进在于文体的分类思想，具体表现在两个方面。其一是将文体与作品和数量相结合，如王粲"著诗、赋、论、议垂六十篇"，应玚、刘桢"咸著文赋数十篇"，刘劭"凡所选述，法论、人物志之类百馀篇"。其二是作为文人集团出现的文学家都有各自独善的文体，并且种类明显丰富于两汉时期，徐干"著中论二十余篇"，陈琳"章表殊健"，阮瑀"书记翩翩"，王粲"独自善于辞赋"，这些文学家和文学创作的变化，都没有逃过文学史家的视野，也正是在此基础上的传统文学史书写，保留了中国古代文学史的基本样态和要素，为后世所珍视。

---

① 陈寿：《三国志卷二十一·魏书二十一·王卫二刘傅传第二十一》，裴松之注，中华书局，1959，第602页。

大体同一时期的还有七位文人，"自颍川邯郸淳、繁钦、陈留路粹、沛国丁仪、丁廙、弘农杨修、河内荀纬等，亦有文采，而不在此七人之例"①，陈寿没有对其事迹进行展开论述，裴松之辅以《魏略》《典略》或者鱼豢的注解以及参照《三国志》其他篇章的记述，但无论如何，落脚点总是在"亦有文采"四字，尤其是"亦"字也表明其在王粲后附"建安七子"的缘由亦是强调"文采"二字。随后又附上"咸以文章显"的应璩和应贞父子、"才藻艳逸"的阮籍、"文辞壮丽"的嵇康、"著《浑舆经》"的桓威、"以文才为文帝所善"的吴质等七人，如此在王粲下附有总计十九位文人。

继王粲后，关于该传记的主要人物卫觊和刘廙的书写，陈寿的基本思路没有变化，称其才学，概其著述，然主要以其生平经历为主，并未凸显各自文学才华，或是因其才华而获得升迁等事迹。相对着笔墨更深入的则是刘劭。

陈寿对于刘劭本人的书写，篇幅超过王粲，与其入魏历仕有关。刘劭卒于正始年间，历仕曹操、曹丕、曹睿、曹芳四代政权，历任尚书郎、散骑侍郎、骑都尉、散骑常侍等，赐爵关内侯。刘劭的生平和其著述息息相关。首先，在魏文帝黄初年间，"受诏集五经群书，以类相从，作《皇览》"。明帝即位后，先"与议郎庚嶷、荀诜等定科令，作《新律》十八篇，著《律略论》"，又"尝作《赵都赋》，明帝美之，诏劭作《许都》、《洛都赋》"。青龙年间，孙吴围攻合肥，刘劭献计击退吴军，这是文人中少见的武将之才。景初中，刘劭"受诏作都官考课"，又"以为宜制礼作乐，以宜风俗"故著《乐论》十四篇。废帝正始中，"执经讲学"，因此

① 陈寿：《三国志卷二十一·魏书二十一·王卫二刘傅传第二十一》，裴松之注，中华书局，1959，第602页。

获赐爵关内侯。最终陈寿以交代刘劭的其他著述情况"凡所选述，法论、人物志之类百馀篇"而结束对这一人物的书写。虽然没有特别对其代表作《人物志》作更多的介绍，但其中录有散骑侍郎夏侯惠因明帝"博求众贤"而推荐刘劭的书信，其间谈到"伏见常侍刘劭，深忠笃思，体周于数，凡所错综，源流弘远，是以群才大小，咸取所同而斟酌焉……臣数听其清谈，览其笃论，渐渍历年，服膺弥久"①，恰与《人物志》成书年代大体同时，亦属间接对其进行的评价。

附于刘劭之后的是"亦有才学，多所述叙"的缪袭、"著昌言，词佳可观省"的仲长统以及"亦著文赋，颇传于世"的散骑常侍陈留苏林、光禄大夫京兆韦诞、乐安太守谯国夏侯惠、郎中令河东杜挚等六人。

傅嘏是该传的最后一位主要传主，陈寿评其"用才达显"，结合其生平事迹，全文录其《难刘劭考课法论》《对诏访征吴三计》等文，亦论及其为后世所闻名的"才性论"，然对于其文才却没有什么梳理。

陈寿在司马迁和班固的基础上，更加重视文人的文学才能，以及文学家之间的关联，并能将众多文学家集合在一起进行整体性的介绍，尤其是对王粲等建安六子，其在末尾评："昔文帝、陈王以公子之尊，博好文采，同声相应，才士并出，惟粲等六人最见名目。而粲特处常伯之官，兴一代之制，然其冲虚德宇，未若徐干之粹也。卫觊亦以多识典故，相时王之式。刘劭该览学籍，文质周洽。刘廙以清鉴著，傅嘏用才达显云。"②这种将其时以文学显名的

———————

① 陈寿：《三国志卷二十一·魏书二十一·王卫二刘傅传第二十一》，裴松之注，中华书局，1959，第619页。

② 陈寿：《三国志卷二十一·魏书二十一·王卫二刘傅传第二十一》，裴松之注，中华书局，1959，第629页。

文学家归类放到一篇传记之中，并且包含主要作品和文事活动的历史书写方式始自陈寿，是其在中国传统文学史书写"以人为纲"的方式中的显著贡献，虽无文苑之名，却有文苑之实，为范晔创立《文苑传》提供了直接的参考和引导。同时，从两晋开始直到后世，很多关于"建安七子"的回顾多为文学家出身的文学史家所撰写，虽非史书体裁，却也涵盖其生平、作品以及文事活动，不管是史书还是文学作品，追本而言，陈寿之功不可磨灭。

（四）范晔《后汉书》

范晔（398~445），字蔚宗，顺阳（今河南淅川）人，南朝宋史学家、文学家。范晔出身士族家庭，元熙二年（420），刘裕代晋称帝，范晔应诏出仕，任彭城王刘义康门下冠军将军、秘书丞。元嘉九年（432），因得罪刘义康，被贬为宣城太守。元嘉十七年（440），范晔投靠始兴王刘浚，历任后军长史、南下邳太守、左卫将军、太子詹事。元嘉二十二年（445），因参与刘义康谋反，事发被诛，时年四十八岁。因为在政治上不得意，无以寄托，范晔乃采众家之长完成《后汉书》，"不得志，乃删众家后汉书为一家之作"①。他参考的前人关于东汉年间的历史著作主要有刘珍等人编写的《东观汉记》、华峤的《后汉书》等，历时六七年，至元嘉二十二年（445）他因卷入宋文帝与刘义康的政治斗争漩涡而以谋反罪被杀。而《后汉书》也仅完成本纪和列传部分，但其"简而且周，疏而不漏"②，成绩斐然，故与《史记》《汉书》《三国志》并称"前四史"。

《后汉书》继承《史记》与《汉书》的大部分体例，又有所创新，增立了《皇后纪》和六个类传门类，至此纪传体史书的类传名

---

① 沈约：《宋书卷六十九·列传第二十九》，中华书局，1974，第1820页。
② 刘知几：《史通通释卷五·补注第十七》，浦起龙释，王煦华整理，上海古籍出版社，2009，第123页。

目大体上就齐备了，并基本固定下来。后来的纪传体史书只在个别传目上有所增减。其所增加的六个类传，其中之一便是"文苑传"，由此开辟了在史书中设立"文苑"列传的先河，反映了"东京以还，文富篇胜"的实际，勾勒出东汉时期功业无可称述，却以文章扬名的一群普通的文人，他们"或学优而不切，或才高而无贵仕，其位可得而卑，其名不可湮没"①，是我国历史上第一部有意识地为"文学家"所立的专传。

范晔《后汉书·文苑传》分为上下两传，主要传主有杜笃、王隆、夏恭、傅毅、黄香、刘毅、李尤、苏顺、刘珍、葛龚、王逸、崔琦、边韶、张升、赵壹、刘梁、边让、郦炎、侯瑾、高彪、张超、祢衡等二十二人，加上附记于传主之后的子孙同族——杜笃子杜硕、夏恭子夏牙、王逸子王延寿、高彪子高岱，或是同乡等其他关系——史岑子孝（王隆后），李尤同郡李胜、曹众、曹朔（苏顺后），孙桢（刘梁后），共计三十一人。虽然王延寿不是主要传主，但对其叙述亦非常详细。对于主要传主，范晔的书写方式包括记载生平，记述文事活动，载录代表作品，对作品进行评价，并对部分作品进行了抄录，其实这一思路基本还是延续司马迁、班固和陈寿的方式。

首先是充分结合文事活动和作品对文学家进行书写的，包括杜笃、傅毅、李尤、崔琦、赵壹、边让、郦炎、高彪、祢衡等九人。他们人生皆入仕途，而入仕的关键点几乎都和文才有关，并且有著名的作品流传下来。

杜笃位列文苑传第一人，也是该传着墨最多的。范晔对其名字籍贯进行简单交代后，就将其履历与文学才华相结合，本因惹怒美阳令而被收押于京师狱中，却逢光武帝命诸儒为薨逝之大司马吴汉

---

① 魏徵等：《隋书卷七十六·列传第四十一·文学》，中华书局，1974，第 1731 页。

撰写诔文，"笃于狱中为诔，辞最高，美帝之，赐帛免刑"①。其
后，杜笃因反对迁都洛阳之事，上奏《论都赋》以表心迹，该赋是
此传全文录入的第一篇文学作品。此后杜笃"仕郡文学掾。以目
疾，二十余年不窥京师"，为此，其常有哀叹。建初三年，终有机
会随军与西羌作战，却不幸途中战死。杜笃一生在范晔笔下并不复
杂，但其著述却非常丰富："所著赋、诔、吊、书、赞、《七言》、
《女诫》及杂文，凡十八篇。又著《明世论》十五篇。"三十三篇
的数量并不算多，但是却涉及"九"种文体。显然范晔的文体意识
存在并不清晰的问题，这也同南朝文体辨析有着深刻的关联。但其
能将九种文体列出，相比班固基本不涉及文体亦无作品文集整理思
路，或是陈寿仅对个别文学家偶尔涉及几种文体而言，范晔能够在
后续的书写中保持这一思路，如此进步的文学史意识却是明显地超
越了司马迁、班固和陈寿三人。

关于傅毅的文学家身份的撰述比杜笃更为丰富，交代名字籍贯
之后，全文录其《迪志诗》一首。稍后述其作《七激》的缘由：
"以显宗求贤不笃，士多隐处，故作《七激》以为讽。"建初年间，
"肃宗博召文学之士"，傅毅被任命为兰台令史，又拜郎中，得以与
班固、贾逵等人共同典校书籍。在此期间，傅毅"追美孝明皇帝功
德最盛，而庙颂未立，乃依《清庙》作《显宗颂》十篇奏之"，一
举获得赏识，"文雅显于朝廷"，巩固了其文学家地位。后受车骑将
军马防之邀担任军司马之职，虽"待以师友之礼"，于文于武却
未有所成就。永元元年，傅毅受车骑将军窦宪之邀，入其麾下，先
后担任主记事、司马等职，班固、崔骃等亦供职于窦宪府中，由此
"宪府文章之盛，冠于当世"，可惜傅毅早卒，但其"著诗、赋、
诔、颂、祝文、《七激》、连珠凡二十八篇"，涉及"七"种文体，

---

① 范晔：《后汉书卷八十上・文苑列传第七十上》，中华书局，1965，第 2595 页。

亦算成果累累了。①

李尤没有作品全文录入，但其入仕经历与其文采有关，尤其是在东汉末年政权跌宕之时。汉和帝时，侍中贾逵推荐其"有相如、扬雄之风"，于是和帝诏其入东观作赋，因受赏识，拜兰台令史。待到安帝时迁为谏议大夫，"受诏与谒者仆射刘珍等俱撰《汉记》"。"后帝废太子为济阴王，尤上书谏争。顺帝立，迁乐安相"。李尤长寿，年八十三卒。"所著诗、赋、铭、诔、颂、《七叹》、《哀典》，凡二十八篇"②，亦涉及"七"种文体。

崔琦"少游学京师，以文章博通称"。河南尹梁冀爱惜其才，希望与之交好，而崔琦认为梁行多不轨，虽引古今成败之事告诫之仍不见改善，于是作《外戚箴》，范晔此处录其全文。然此箴并未引起梁冀重视，于是崔琦又作《白鹄赋》借以讽刺。崔琦屡以文笔为武器反抗梁冀，然终难逃被梁氏捕杀的结局。"所著赋、颂、铭、诔、箴、吊、论、《九咨》、《七言》，凡十五篇"③，涉及"九"种文体。

赵壹虽"体貌魁梧""美须豪眉"，却"恃才倨傲，为乡党所摈"④，于是作《解摈》一文以示驳斥，申述正邪不相容之理，表明自己不愿同流合污的心志。延熹九年党锢之狱大兴，那些素与赵壹不睦的奸邪小人想要借此机会陷害之，于是其"屡抵罪，几至死"，幸得友人相救，于是赵壹"贻书谢恩"，并作《穷鸟赋》一篇，比喻自己当时如同一只被困的鸟，四面受敌，"思飞不得，欲鸣不可"。在权力和人生的斗争中，赵壹深感世道黑暗，宦官、外戚、世族争权夺利，轮番把持朝政，法纪颓败，民不聊生，因而懔

---

① 范晔：《后汉书卷八十上·文苑列传第七十上》，中华书局，1965，第 2613~2616 页。
② 范晔：《后汉书卷八十上·文苑列传第七十上》，中华书局，1965，第 2616 页。
③ 范晔：《后汉书卷八十上·文苑列传第七十上》，中华书局，1965，第 2623 页。
④ 范晔：《后汉书卷八十下·文苑列传第七十下》，中华书局，1965，第 2628 页。

慨奋笔，又写成千古名篇《刺世疾邪赋》，击中东汉末期政治的要害。光和元年，赵壹凭借胆识与文采被司徒袁逢和河南尹羊陟共同推荐，遂"名动京师，士大夫想望其风采"。赵壹另有与名臣皇甫规的书信往来，其中反映其对忠良贤俊的极高的期望，亦可看出赵壹刚正不阿的性格。由此，赵壹的仕途并不顺畅，终不过"郡吏"这样低级的职位。范晔在此将上述《穷鸟赋》和《刺世疾邪赋》皆全文录入，并总结赵壹的著述情况为："著赋、颂、箴、诔、书、论及杂文十六篇。"

边让"少辩博，能属文"，于是开篇就全文录入其作品《章华赋》，并辅之以评价"虽多淫丽之辞，而终之以正，亦如相如之讽也"，将其作品与司马相如相比，更具文学史意义。此后，何进闻其才名，以礼见之，边让文才令在座满堂宾客"莫不羡其风"。蔡邕亦敬之才华："使让生在唐、虞，则元、凯之次，运值仲尼，则颜、冉之亚，岂徒俗之凡偶近器而已者哉！阶级名位，亦宜超然。若复随辈而进，非所以章瑰伟之高价，昭知人之绝明也。"于是荐书何进，希望能够助其"高任"。[①] 其实这更多的还是文人之间的惺惺相惜罢了，边让后来屡次升迁却没有什么功绩出现，汉末动乱辞官回家，又不屈曹操，终被杀之。最遗憾的莫过于文多遗失，范晔其时亦未能搜集整理，同样经历的还有高彪和祢衡。

高彪曾经想要追随其时大儒马融却被拒绝，于是修书一封表明原本对马融的仰慕之心，并借周公"垂接白屋"之举迎来"天下归德"的事例，讽刺马融"养疴傲士"，马融见书分外惭愧，追赶请罪，求他返还，高彪不顾而去。后来郡举孝廉，试经术第一。授郎中，校书东观，多次上奏赋、颂、奇文，借事讽谏，得到灵帝的赞赏。其后百官在长乐观设酒送别督军御史，议郎蔡邕等人都赋

---

① 范晔：《后汉书卷八十上·文苑列传第七十上》，中华书局，1964，第2640~2646页。

诗，高彪独作箴文一篇，蔡邕等人"甚美其文，以为莫尚也"，又得以升迁外黄令，灵帝携同僚亲送其于洛阳城东面北头门，并诏东观画像劝进后学。高彪最终病卒于任上，同样可惜的也是"文章多亡"①。

《文苑传》对祢衡着墨亦多，范晔对其"少有才辩，而尚气刚傲，好矫时慢物"的性格，结合诸多文事活动和仕途经历进行了书写。首先描述其对当时贤士大夫们的轻蔑，"唯善鲁国孔融及弘农杨修。常称曰：'大儿孔文举，小儿杨德祖。余子碌碌，莫足数也。'"孔融也特别爱惜祢衡的才能，多次上疏推荐，可祢衡"素相轻疾"，不肯前往拜见曹操，且"数有恣言"。曹操虽然心怀愤怒，"以其才名，不欲杀之"。其后祢衡屡次凭借"狂病"冒犯曹操，孔融从中周旋劝诫，却未能改善。祢衡后赴荆州刘表处，为其撰写章奏，"从求笔札，须臾立成，辞义可观"，刘表虽深喜重之却难以长时间容忍祢衡之侮慢，于是将其送至江夏太守黄祖处。祢衡"为作书记，轻重疏密，各得体宜"，黄祖拉着他的手说："处士，此正得祖意，如祖腹中之所欲言也。"黄祖长子黄射亦钦佩祢衡文才，与其同行共读蔡邕文章，又请之为鹦鹉作赋，"揽笔而作，文无加点，辞采甚丽"。然而祢衡还是因为出言不逊触怒"性急"之黄祖，"即时杀焉"，黄射虽救却不及，终年二十六岁而已。虽然并未录其全文，亦无对其作品的搜集整理结果，却通过孔融的两篇荐文和多件文事活动侧面展示了祢衡的文才。②

郦炎是西汉名臣郦食其之后，"有文才"，灵帝时不从州郡征辟，作《见志诗》二首，范晔全文录入该诗。然其因母重病，妻又难产而亡，身陷囹圄，困死于狱中，时年二十八岁，惜无更多作品

---

① 范晔：《后汉书卷八十下·文苑列传第七十下》，中华书局，1964，第2647~2649页。
② 范晔：《后汉书卷八十下·文苑列传第七十下》，中华书局，1964，第2653~2657页。

问世。

《文苑传》的第二类文人，他们都有相关生平的记载，亦有一定的文事活动，但二者关联度并不紧密，至于作品，或者可以举出代表作品，或者有一定量的作品留存下来，而这正是范晔将他们列入《文苑传》的原因。这类文人包括刘毅、黄香、刘珍、边韶、侯瑾等五人。

《文苑传》的第三类文人，基本就是记录生平和作品，没有与文才或者作品有关的活动，或者虽然有作品，却无进一步有关背景和内容等信息的介绍，包括：王隆、史孝、夏恭、夏牙、李胜、苏顺、曹众、曹朔、葛龚、王逸、王延寿、张升、刘梁、张超等十四人。此外，还有杜笃的儿子杜硕、孙桢、高彪的儿子高岱三人，均是寥寥数语一笔带过而已。

史书中为文人立传，对文人及作品的记载有一个发展的过程，范晔设立《文苑传》是一个非常鲜明的进步，使得文人文学史终于有名有实。此外在书写方式上也有明显的进步之处，那就是对文学家的作品记载采取文体分类的方式，总计篇数，如有专著冠以其名，这种方式相对于《史记》《汉书》《三国志》对传主作品的载录更为详细具体，而非泛泛之论。

我们回头去看《史记》、《汉书》和《三国志》，会发现司马迁笔下的三位文人屈原、贾谊和司马相如，他们有典型的作品、典型的文事活动、典型的文人心境，加上司马迁富有感情的书写，极具特色，但是对于三位文学家整体的文学作品和成就的整理与评价相对缺乏，毕竟在司马迁眼里他们是文学家，更是不得志的人臣。班固已经开始注意文学家的整体著述情况，其《汉书·贾谊传》赞云："凡所著述五十八篇，掇其切于世事者著于传云。"[1] 虽然班固

---

① 班固：《汉书卷四十八·贾谊传第十八》，中华书局，1962，第2265页。

亦表示只采取著名篇章，但对传主著作篇章做了总计。《汉书·扬雄传》除收录扬雄《反离骚》《甘泉赋》等代表作品外，还提到扬雄因《离骚》作《广骚》、依《易》作《太玄》、依《论语》作《法言》、依《仓颉》作《训纂》。《汉书·东方朔传》记载东方朔的著作："其余有《封泰山》，《责和氏璧》，《皇太子生禖》，《屏风》，《殿上柏柱》，《平乐观赋猎》，八言，七言上下、《从公孙弘借车》，凡（刘）向所录朔书具是矣。世所传他事皆非也。"① 文中不仅记载了东方朔的专著，还对东方朔流传后世的书目真假加以辨别。整体而言，在对文学家作品的整体梳理上，《汉书》较《史记》已然有所进步。

陈寿《三国志》将曹魏重要文士集中于一传，但对多数文人并无著述方面的整理统计，只对几位文学家的著述数量及文体分类有简略的记载，虽然模式并不统一，但值得说明的是，王粲的著作"著诗、赋、论、议垂六十篇"，又有应场、刘桢"咸著文赋数十篇"②。《陈思王植传》中也有"撰录植前后所著赋颂诗铭杂论凡百余篇，副藏内外"③ 的总结。鲜明的文体概念已然出现，诗、赋、论、议、文、颂、铭、杂论总共八种，相比《汉书》更为丰富，虽然诸如"文"这样的概念略嫌模糊，却也是三国和两晋时期文体界定的真实情况反映。

到刘宋时期的范晔，《后汉书·文苑传》对传主作品的书写终于基本形成固定的体例模式，并且贯穿《后汉书·文苑传》始终。《后汉书》中的人物生活于三国之前，但是范晔《后汉书》成书于《三国志》之后，范晔《后汉书》记载传主作品的情况明显要较

---

① 班固：《汉书卷六十五·东方朔传第三十五》，中华书局，1962，第2873页。
② 陈寿：《三国志卷二十一·魏书二十一·王卫二刘傅传第二十一》，裴松之注，中华书局，1959，第599页。
③ 陈寿：《三国志卷十九·魏书十九·任城陈萧王传第十九》，裴松之注，中华书局，1959，第576页。

《三国志》详细而清晰，之所以如此，与范晔的历史眼光和生活的时代背景有关。南朝时期，文集意识盛行，范晔也随之具有了整理文学家作品的意识，而不是单纯举文学作品、列文事活动。换句话说，一位文学家的文学成就，要放在历史长河中，以自身的作品整体情况为重要考量，并且文体观念在这一时期更为清晰，产生了"文笔之争"。所以范晔作为一代良史之才，以卓越的历史眼光，不仅设立《文苑传》，且将文学家的作品整合，又按照文体分类，显著地推进了"以人为纲"的中国传统文学史书写历程。故而在《文苑传》中，除刘梁、边让、郦炎、侯瑾、高彪、祢衡六人因大部分文章亡失，杜硕、孙桢、高岱三人附属意义大于文学家意义，范晔于其传末无法对文章分类列出外，全传对 19 位文学家作品的记载采取按照文体分类的方式，并且在多文体的末尾总计篇数，如有专著则冠以其名置于杂文之前。而文体的分类亦有一定的排序方式：诗、赋、诔、颂、铭、箴、吊、书、令、杂文（等）。例外者仅夏恭"著赋、颂、诗、励学凡二十篇"①，诗不在首位而后置，其他则偶有颂、诔前后顺序的变化。

全文收录的作品亦有明显的增多，总计有赋四篇，诗三首，箴二篇，论一篇，疏一篇，共十一篇：杜笃《论都赋》，傅毅《迪志诗》，黄香《让东郡太守疏》，崔琦《外戚箴》，赵壹《穷鸟赋》《刺世疾邪赋》，刘梁《辩和同之论》，边让《章华赋》，郦炎诗两篇，高彪《督军御史箴饯赠第五永》。此外，提到的传主作品有：杜笃《七言》《女诫》，傅毅《七激》《显宗颂》，刘毅《汉德论》《宪论》，李尤《七叹》《哀典》，王逸《楚辞章句》《汉诗》百二十三篇，王延寿《鲁灵光殿赋》《梦赋》，崔琦《白鹄赋》《九咨》《七言》，赵壹《解摈》，刘梁《破群论》，侯瑾《矫世论》《应宾

---

① 范晔：《后汉书卷八十上·文苑列传第七十上》，中华书局，1965，第 2610 页。

难》《皇德传》。全文收录的十一篇文章，都反映了范晔重视文章的社会功用性的文学观念，除边让《章华台赋》、郦炎两首诗之外，基本都是与"有补于世"相关的主题。因为范晔选取了三十余位文人进入《文苑传》，且对 19 位都有清晰的作品整理，并且对文人的文事活动有明确的介绍，所以对文人的文学才能的描述在整理论述中所占比例，相比陈寿的《三国志》就小了许多，但代之的则是对文学作品、当时文学发展状况的评价。如边让，"作《章华赋》，虽多淫丽之辞，而终之以正，亦如相如之讽也"①。描绘祢衡作《鹦鹉赋》："衡揽笔而作，文无加点，辞采甚丽。"② 范晔对祢衡所作书记的评价为"轻重疏密，各得宜体"。当史家对文学家的历史书写更多地涉及对作品的欣赏和价值的肯定，代表着传统文学史书写的显著进步。虽然范晔的局限仍在于其文以致用的观念，但真正对作品文学性的认识尚需一个过程，庆幸的是相比前代总是有所进步。

范晔首创《文苑传》，反映了东汉文人增多、文章增盛这一事实，亦可视为文人地位提升的标志，功绩着实振聋发聩，究其原因，学界有如下认识。

首先，得益于文学发展。大多数学者，如罗根泽、余英时、葛兆光、于迎春、蓝旭等俱认为《后汉书·文苑传》的设立是东汉文学发展、文人自觉性提高及史书作者所处时代重视文章的结果。罗根泽这样表述道："就著作界的情形而论，东汉较西汉尚文，所以《史记》《汉书》都只有《儒林传》，《后汉书》始于《儒林传》外，别立《文苑传》。"③ 逯耀东对范晔《后汉书·文苑传》有较深

---

① 范晔：《后汉书卷八十上·文苑列传第七十上》，中华书局，1965，第 2640 页。
② 范晔：《后汉书卷八十下·文苑列传第七十下》，中华书局，1965，第 2657 页。
③ 罗根泽：《中国文学批评史》，上海古籍出版社，1984，第 88 页。其余参见余英时《士与中国文化》，上海人民出版社，2003；葛兆光《中国思想史》，复旦大学出版社，2009；于迎春《汉代文人与文学观念的演进》，东方出版社，1997；蓝旭《东汉士风与文学》，人民文学出版社，2004。

入的看法，在其著作《魏晋史学的思想与社会基础》中提到范晔《后汉书》之《文苑》《独行》《方术》《逸民》《列女》诸类传的出现，正是受自东汉末至魏晋以来杂传、别传出现的影响。逯耀东还认为文学与史学经过最初的经史分离而独立，然后文史合流，最后文学、史学各自独立，这种转变自东汉末年始，经魏晋而形成，范晔把握这个转变而树立了《文苑传》。

其次，得益于史学的发展。范晔身处刘宋时期，前代正史已有《史记》、《汉书》和《三国志》的相继问世，其余还有大量官修或者私修史书，尤其是有不少关于东汉的史书。官修的有《东观汉记》，私人撰述的著录于《隋书·经籍志》的有：（三国吴）谢承的《后汉书》、（晋）司马彪的《续汉书》、（晋）华峤的《后汉书》等七家"后汉书"。周天游的《八家后汉书辑注》所辑范晔之前的东汉史书有八家。虽然诸私家撰述后汉书均亡佚，现今所看到的谢承《后汉书》等皆为后世学者辑佚之文，但当时对于范晔来说都是很好的参考和学习对象。身处南朝刘宋发达文学境地中的范晔，对文学的独立和价值更有认识，于是吸取了前人史书体例与内容上的优势：《史记》中已经为屈原、贾谊、司马相如三位以文学享誉后世的文人立传，并且记录他们的代表作品；班固继续发扬这一传统并扩大了文人传记的数量；陈寿的《三国志》则将反映当时建安文学之盛的王粲、刘桢等人集中记录在一卷之内，虽没有冠类传之名，却有其实。这些都启发了范晔，引导他确立了"文苑"这一类传类型。

最后，得益于范晔自身的史学和文学才华。

即便如此，其未为精当之处也是非常明显，那就是文学家的择录标准。范晔在《文苑传》中直接进入多个传主的书写之中，没有类似《儒林列传》那样提纲挈领的序文，从而缺乏对归入这一列传中人物标准的明确说明。这一点可以对比《儒林列传》。《儒林列传》早在《史记》中已有设立，《汉书》更承袭之，思路和模式都

已经非常成熟。范晔在《儒林列传》的序文中说："东京学者猥
众，难以详载，今但录其能通经名家者，以为儒林篇。其自有列传
者，则不兼书。"① 东汉一代经学源流在范晔笔下，沿袭《汉书》
提纲，按照易、书、诗、礼、春秋各家经书为顺序，分门别派来撰
述。同时又以儒士的荣辱，儒学各派的升沉转换、兴衰交替为暗线
来记载。"通经名家"正是《儒林列传》的择录标准②。而《文苑
传》没有提纲，不能像《梁书》《魏书》那样能够清晰地表达择录
标准，虽然从传中经常可以看到"少以文章显""能文章"之类的
语句，印证了"文苑传"的命名，知晓其侧重点显然是文章著述的
才华，但这仍是一个相当宽泛的择录尺度，也就导致列入《文苑》
中的人物生平背景十分庞杂，且程度参差不齐。张舜徽《中国历史
要籍介绍》说："在文苑列传中的人物差不多都是'二三流'的角
色，至于头等第一流的大学者或大文豪，他们在正史中都另有专
传。"③ 钱基博《现代中国文学史》云："自范晔《后汉书》创立
《文苑传》之列，后世诸史因焉。然以余所睹记：一代文宗往往不
厕于文苑之列。如班固、蔡邕、孔融不入《后汉书·文苑传》……
然则如文苑传者，皆不过第三流以下文学家尔。"④ 并且从数量上来
说，也明显远远低于其时文学家群体。清代学者严可均《全上古三
代秦汉三国六朝文·全后汉文》中，共载汉代文学家四百六十九
位，而《后汉书·文苑传》中，范晔仅录有杜笃等十余人，此外班
固、蔡琰、张衡、王充、仲长统、蔡邕、荀悦等人虽不列《文苑
传》却已是公认的文学家，这样加起来也不过三十余人。

---

① 范晔：《后汉书卷七十九上·儒林列传第六十九上》，中华书局，1965，第2548页。
② 需要指出的是，一些在当时影响深远的人物，无论是硕学鸿儒，如郑玄、马融之流，还
　是文坛翘楚，如张衡、蔡邕、孔融之流，他们的功业远非《儒林》或者《文苑》所能
　涵盖，因此范晔对于这些文化巨人均单独列传，在二传当中都不再提及。
③ 张舜徽：《中国历史要籍介绍》，湖北人民出版社，1956，第126页。
④ 钱基博：《现代中国文学史》，傅道彬点校，中国人民大学出版社，2004，第43页。

章学诚在《文史通义》中曾经指出："《儒林列传》当明大道散著，师授渊源；《文苑传》当明风会变迁，文人流别。"①而所谓"风会变迁"和"文人流别"在范晔的《后汉书·文苑传》中表现得尚不充分。当然，范晔的这种认识也并非实质的疏漏，因为正史中的《文苑传》毕竟是一个新生事物，没有可以参照的对象；同时，东汉时期文学的地位仍然远远比不上儒学，儒家思想和儒生在社会上的地位明显高于文学家，而其时相对纯粹的文学家也并不多见，由此文人与儒生之间密切交叉的关系造成了判定他们归属的难度。魏晋之后，文学和史学渐趋分离，文学的独立，文人的增多，文体的清晰，作品的增盛，各个方面都在东汉的基础上获得了明显的进步，特别到了南北朝时期，正史"文苑传"对文学家的历史书写也渐趋成熟，尤其是对前代文学的整体风貌的宏观把控。

（五）萧子显《南齐书》

萧子显（487~537），字景阳，齐高帝萧道成之孙，南朝梁时文学家、史学家。萧子显博学多识，长于写作，又是自齐入梁的贵族人物，对南齐许多史事、王室情况是熟悉的或是亲自经历过的，加之梁朝取代南齐未经重大战乱，许多图书文籍得以保存，都为萧子显撰著史书提供了有利条件。《南齐书》记述南朝萧齐王朝自齐高帝建元元年至齐和帝中兴二年，共二十三年史事，是现存关于南齐最早的纪传体断代史。现存五十九卷，其中帝纪八卷，志十一卷，列传四十卷。所缺一卷为《自序》。除了《南齐书》外，他还著有《后汉书》百卷，非常可惜已经亡佚，不能窥测其与范晔所撰《后汉书》的异同高下。但就《文学传》而言，萧子显在文学家的选择和结构设计上，基本沿袭范晔《文苑传》的思路，几无任何亮点，并且对于文学家作品的归纳整理也稍显粗略，多没有文集统

① 章学诚：《文史通义校注·永清县志前志列传序例》，中华书局，1985，第781页。

计，仅有张融、王融、丘灵鞠、陆厥等人提到"文集行于世"，也就是说，虽然当时文名远播的文人著有文集，但是史传中对其作品的记载还是存在着一定的局限。相比范晔《后汉书》中的《文苑传》，更不要谈文体分类的数据了，对于传主的选择更是平淡无奇，多人更偏史才而非文学家，甚至还有祖冲之这样的科学家入文学传。但其进步之处却也非常明显。

首先是名称。《后汉书》首设《文苑传》，具有开创的历史意义，所谓名正言顺，名实相符。而南齐书将《文苑传》改为《文学传》，从名分上更进一步靠近文学史，呼应了南朝文学自觉的风气和文学发展逐步独立的情景。其次在于萧子显对于收入《文学传》中文学家的评价基于萧子显的文才以及南朝文学发展的背景，可以看到除"善属文""有文采"之类泛泛的评语之外，增加了"文多指刺""五言诗体甚新变""文藻富丽""文章清丽"等颇具亮点的点评，这是萧子显作为文学史家的突破，也是传统文学史书写的伟大进步。

《南齐书·文学传》收录主要文学家十人，包括丘灵鞠、檀超、卞彬、丘巨源、王智深、陆厥、崔慰祖、王逡之、祖冲之、贾渊。[①]此外又附有诸葛勖、袁嘏、袁炳、庾铣、虞炎、王珪之等六人，总计十六人。其中结合文事活动，或者有明确作品原文录入，或者有文集整理的，文学家身份更为鲜明的有如下几位。

丘灵鞠，列于《南齐书·文学传》首位，其主要文事活动首先在于，刘宋孝武帝刘骏贵妃殷氏逝后，献挽歌诗三首，刘骏格外欣赏"云横广街暗，霜深高殿寒"二句。其次，丘灵鞠好饮酒和臧否人物，曾于沈渊座上闻之赞王俭诗"大进"，遂曰"何如我未进时"。再次，萧子显以卓越的文学史家眼光，认为丘灵鞠"宋世文

---

① 萧子显：《南齐书卷五十二·列传第三十三·文学》，中华书局，1972，第 890~895 页。

名甚盛，入齐颇减"，并引用王俭之语作为辅证："丘公仕宦不进，才亦退矣。"最后，关于丘灵鞠的著述情况，"著《江左文章录序》，起太兴，讫元熙。文集行于世"。

卞彬，"文多指刺"，这是萧子显对其作品的首要定位，列举其《蚤虱赋》《禽兽决录》《虾蟆赋》《云中赋》《东冶徒赋》等五篇作品，并交代创作的背景和影响，其中《蚤虱赋》保留序言，《禽兽决录》和《虾蟆赋》节取部分语句，而《东冶徒赋》则使其获得齐武帝萧赜的赦免，"文章传于闾巷"。

丘巨源，其主要文事活动有三。其一，刘宋末年，桂阳王刘休范以丘巨源"有笔翰"，派船迎接他，并资助以钱物，希望他能助己问鼎之业。其二，丘巨源为萧道成谋事，撰写檄文讨伐谋反之刘休范党羽，却并未因此获得嘉奖，故作《与袁粲书》，该文全部录入此传。其三，丘巨源屡次奉命撰写檄文，却不见奖赏，遂生不满，萧明帝萧鸾出为吴兴太守，他作《秋胡诗》一首，语含讥刺，遂被杀，亦无文集存世。

陆厥，"好属文，五言诗体甚新变"，这是萧子显对陆厥的鲜明认识，能够细致到结合五言诗体的变化来对文学家进行评价和定位，这确实是前代文学史家未能实现的创举。同时，对于陆厥的书写，萧子显特别交代了永明末有关四声和永明体的历史，并将陆厥与沈约书全文录入，从陆厥的书信中，还可以看到陆厥对文学史的理解，对作家作品的认识。而沈约的回信，则反映了南朝文学家或者文学史家之间对于前代文学的梳理和总结，也印证了先唐文学史书写得以飞速发展的基础。陆厥有"文集行于世"。

不过在《文学传》最后的史论部分，萧子显却是有所发展的，他不似范晔仅用一句话来发表议论，而是以"史臣曰"领起了九百多字的论说，既涉及对文学创作动因的理论见解，又论述了自汉以来文学发展的线索和各时期的代表人物，并对不同时期文学的风貌进行了概括和评论，表现了其对于文学的思考较前代史家之深度和广度都明显推进了许多。

《文学传》外，《南齐书》对王融、谢朓、张融、周颙、孔稚珪、刘绘等重要文学家列有专传。

王融和谢朓合传，传末"史臣曰"和"赞"的部分，都没有提到二者的文学才能和价值，可见在萧子显的眼中，二人的主要定位并非文学家。但是从书写范式着眼，萧子显对此二人还是保留了相当篇幅的有关作品和文事活动的文字，相比"文苑传"的传主而言，并不逊色，甚至更胜一筹。

关于王融，萧子显选取的文事活动有三项，其中最主要的是永明九年，齐武帝设宴群臣，令王融为《曲水诗》作序，"文藻富丽，当世称之"。这一事件的影响一直延续到胡虏地区，两年后，北魏使者房景高和宋弁来访，鉴于王融的才辩，武帝令他兼任主客作为接待，宋弁见之则言："在朝闻主客作《曲水诗序》。"房景高也说："在北闻主客此制，胜于颜延年，实愿一见。"二人看过次日，宋弁于瑶池堂对王融说："昔观相如《封禅》，以知汉武之德，今览王生《诗序》，用见齐主之盛。"王融则十分谦虚地说："皇家盛明，岂直比踪汉武，更惭鄙制，无以远匹相如。"① 从后世来看，这也确是王融最重要的作品，萧子显的把握非常精准。此外，萧子显录有三篇王融文章，但都与政务有关，至于作品情况，也仅言"文集行于世"，没有详细的说明，类似"文苑传"。

谢朓，"文章清丽"是萧子显对其文学才华的第一判断，因为文章清丽的美名，谢朓入齐武帝第八个儿子随王即萧子隆府中，先后担任镇西功曹和文学等职务。萧子隆喜好辞赋，在荆州多次集结

① 萧子显：《南齐书卷四十七·列传第二十八·王融》，中华书局，1972，第822页。

幕僚朋友，谢朓因文才出众"尤被赏爱，流连晤对，不舍日夕"。[①]
长史王秀非常嫉妒谢朓，于是密函举报，谢朓被召回，幸世祖惜才
赦之。谢朓在归途中作诗寄同僚，叙恋旧之情，是为著名的《暂使
下都夜发新林至京邑赠西府同僚》，萧子显此处录有后四句"常恐
鹰隼击，秋菊委严霜。寄言嫚罗者，寥廓已高翔"，其实此诗首句
"大江流日夜，客心悲未央"声势气势俱佳，屡为后世称道，惜此
处略去不录。后来谢朓调回京都，迁新安王萧鸾中军记事，为此写
《拜中军记室辞随王笺》与萧子隆，倾诉多年赏识此时不得不告别
的揽涕之情，萧子显此处将原文基本保留，仅省去序言，可见对这
篇作品的喜爱。此后谢朓屡屡官职转换，建武二年出任宣城太守，
远离朝堂血腥政治，实现了"仕隐"的境界，谢朓将他的诗歌创作
推向了数量和艺术的高峰。流传至今的诗歌，大多是宣城时期保留
下来的，所以谢朓又被后人称为"谢宣城"，只可惜这段文学创作
经历，萧子显也避而不谈。同样的还有谢朓早起入萧子良幕府所谓
"竟陵八友"之经历，史家书史顾忌颇多，尤其是南北朝政权更迭
频繁。而且萧子显将谢朓列入此传，本无将其视为文学家之意，故
强调其"逢昏属乱"而已，虽然亦言谢朓长于五言诗，借沈约语言
"二百年来无此诗也"，又举例"敬皇后迁祔山陵，朓撰哀策文，
齐世莫有及者"，但终连文集都未有说明。

张融和周颙虽以"奇伟"并为一传，但萧子显在张融的文学史
书写上却颇具代表性。首先，萧子显录其《海赋》，约两千字的篇
幅却得以全文保留，实属非常罕见，并且交代了具体的创作背景和
后续发展，使得这篇作品的内容和意义更为丰富。这篇《海赋》作
于航海途中，可谓亲身所感，故而张融格外自赏，返回京师后示阅
镇国将军顾恺之，顾恺之看后言其超过西晋木玄虚的同题作品，但

---

① 萧子显：《南齐书卷四十七·列传第二十八·谢朓》，中华书局，1972，第825页。

"恨不道盐耳"，于是张融赶紧提笔加入四句，萧子显将这一情节加入史书，将张融作为文学家的逗气竞才心态刻画得非常生动，丰富了一个文学家的才性追求形象。其次，萧子显又选取张融的几篇文章，分别是给其从叔征北将军张永的书信、给吏部尚书王僧虔的书信，同时还有张融融合佛道精义所作《门律》的序言，多方面展示了张融的文学才能和不同时期的心境故事。最后，伴随着文人作品增多和结集意识的增强，虽然萧子显对文人文集的书写非常不足，但是对张融的文集却特别强调"融自名集为玉海"，并且借用司徒褚渊对张融的提问，回答了《玉海》的含义，"玉以比德，海崇上善"，终以"文集数十卷行于世"作为收尾。整体来看，虽然张融不列"文苑传"，在史臣曰的部分，萧子显对他的评价也是："张融标心托旨，全等尘外，吐纳风云，不论人物，而干君会友，敦义纳忠，诞不越检，常在名教。"① 但从张融传记中辑录出来的有关文学的内容，包括代表作品名称（节选或者全文），包括创作的背景和评价以及延展，包括文集的整理情况，已然可以形成一个有关张融的丰富的文学史了。

（六）魏收《魏书》

魏收是北齐著名文学家、史学家，奉文宣帝诏令所修之《魏书》，是北齐政权设立史馆后修撰的第一部史书，记述北魏和东魏两个政权共 160 余年的历史。

《魏书》全书共 130 卷，80 余万字，有十二本纪 14 卷，列传 96 卷，十志 20 卷。值得称赞的是，魏收设置了《文苑传》部分，并且从范式上看最明显的变化是在正文之前增加了序言。以往传记最后部分是史论，用以展示修史者观点和见解，序言是魏收开辟的新的阵地，后来的"文苑"纷纷效仿，或追述文学发展轨迹，或概

---

① 萧子显：《南齐书卷四十一·列传第二十二》，中华书局，1972，第 721~730 页。

述本朝文学风貌，或进行文学批评，或发表议论感慨，内容多种多样，至此"文苑传"的结构已经完备。

《魏书·文苑传》共收录了主要文学家八人，分别是袁跃、裴敬宪、卢观、封肃、邢臧、裴伯茂、邢昕、温子昇，此外作为亲属乡党出现的附属文学家又有袁跃子袁聿修和邢臧子邢恕二人，在对这些文学家进行书写时，延续了前代史书的基本思路，包括名字籍贯、家世、性格、求学入仕、升迁贬黜、卒年封号、子嗣家族情况等。

我们欲探求以人为中心的文学史书写范式，还是将目光集中于文学家及与之相关的作品和文事活动，主要从这两点来审视史家的书写情况。将这八人简单分类，除去卢观外，其他七人都有父兄族人活跃于政坛，家族影响不可避免地成为他们入仕的首要因素，加之文名清赞，从而成就了他们最终列入《文苑传》中。

《魏书·文苑传》首要人物是袁跃，对他的书写主要集中于他的文事活动。袁跃兄袁翻，时任北魏宣武皇帝元恪尚书，对胞弟青睐有加，"跃可谓我家千里驹也"①，袁跃由此步入仕途。袁跃所上奏议，"当时称其博洽"。由其执笔的与"蠕蠕主阿那瑰"的书信"陈以祸福，言辞甚美"。随后升迁入清河王元怿府中，担任文学一职，"雅为怿所赏，怿之文多出于跃"。而其作品，没有具体名目，只是记载"所制文集行于世"。

裴敬宪，是《魏书·文苑传》的第二人，是北魏孝文帝元宏时任益州刺史的裴宣的次子，学问和性情有口皆碑，又擅长书法和音律，具就文学成就来说则是"五言之作，独擅于时"。朝廷送别中山王于河梁，"赋诗言别，皆以敬宪为最"。虽然没有录入裴敬宪作品的原文，最终也没有其文集的整理情况，但是魏收对其作品进行

① 魏收：《魏书卷八十五·列传文苑第七十三》，中华书局，1974，第 1870 页。

了艺术评价，"其文不能赡逸，而有清丽之美"①。记录作品产生的背景和最终的影响，录入作品全文，对作品进行分类整理，这些对于文学家的作品和文事活动的介绍，在史书以文学家为中心的书写中，已经固定为一种范式，但是对于作品的艺术评价，却并不多见。魏收作为北朝史家，能够在文学史书写史上载入史册，不仅因为他在文学传序言部分对前代文学的回顾与总结，对魏代文学家的整体把握，还因为他对不同作家的艺术评价也很见功力，并进一步推动了传统文学史书写的进程。

封肃，其兄封回在北魏孝明帝元诩时任尚书一职，"早有文思，博涉经史"，为太尉崔光赏识。其所作《还园赋》是《魏书·文苑传》所举出的第一篇作品，并且负有艺术评价"其辞甚美"，但其他文事活动再无交代。整体成果来看，"所制文章多亡失，存者十余卷"②，亦无具体信息了。

邢臧，"博学有藻思"③，其祖父邢虬在北魏宣武帝元恪时曾任光禄少卿。二十一岁开始仕途生涯，"和雅信厚，有长者之风，为时人所爱敬"。究其文学成就，主要有两点，一是从文事活动上来看，其与同为《文苑传》传主的裴敬宪和卢观结交友善，当他们一起阅读《回文集》时，"臧独先通之"。二是其"撰古来文章，并叙作者氏族，号曰《文谱》"，可惜没有完成就因病逝世了。整理其作品，大概百余篇留存于世。

裴伯茂，时任司空中郎的裴叔义次子，"学涉群书，文藻富赡"④，历任多种官职。北魏孝武帝元修永熙年间，"广平王赞盛选宾僚，以伯茂为文学"，这是与其文学家身份相适应的。至于作品，

---

① 魏收：《魏书卷八十五·列传文苑第七十三》，中华书局，1974，第1870页。
② 魏收：《魏书卷八十五·列传文苑第七十三》，中华书局，1974，第1871页。
③ 魏收：《魏书卷八十五·列传文苑第七十三》，中华书局，1974，第1871页。
④ 魏收：《魏书卷八十五·列传文苑第七十三》，中华书局，1974，第1872页。

魏收率先举出裴伯茂所作《豁情赋》，虽无录入正文原文，却保留了序言部分，以交代创作背景。后又举其《迁都赋》，并解释说他的作品"文多不载"。裴伯茂好饮酒，身性俱伤，行为疏傲，后来"久不袭官"，终年三十九岁。"卒后，殡于家园，友人常景、李浑、王元景、卢元明、魏季景、李骞等十许人于墓旁置酒设祭，哀哭涕泣，一饮一酹曰：'裴中书魂而有灵，知吾曹也。'乃各赋诗一篇。李骞以魏收亦与之友，寄以示收。收时在晋阳，乃同其作，论叙伯茂，其十字云：'临风想玄度，对酒思公荣。'时人以伯茂性侮傲，谓收诗颇得事实。"魏收为裴伯茂作传，将自己对裴氏的情感和交流亦书入史中，并以时人口吻对自己的诗作进行美赞，亦算是一个不太符合史家身份的特色了！也或因为此，《魏书·文苑传》对裴伯茂着墨颇多，仅次于温子昇而已。

邢昕，其父邢伟，是北魏宣武帝元恪尚书邢峦的弟弟，亦有家世，所以早进仕途。孝武帝太昌年间，因言语"冒窃官级"，被监察官员弹劾，免除官职，有感而作《述躬赋》。后来受诏回到宫中，先后负责"典仪注事"、录义释奠礼、作为侍读参掌文诏等事，后又入司徒孙腾府中，"既有才藻，兼长几案"。北魏孝明帝元诩孝昌年后，"天下多务，世人竞以吏工取达，文学大衰"，司州中从事宋游道与邢昕经常嘲笑此事，邢昕却说："世事同知文学外。"[1] 宋游道听后非常惭愧。至于文集，虽有确无详细信息。

温子昇，本传对其着墨最多，其家世始自东晋大将军温峤，自幼"精勤"，长大后"博览百家，文章清婉"[2]。广阳王元渊不识温子昇才华，命之在马坊教习奴仆，其时大文学家常景见到温氏于此所作的《侯山祠堂碑文》，"诣渊谢之"，元渊不知何故，常景说

---

① 魏收：《魏书卷八十五·列传文苑第七十三》，中华书局，1974，第 1874 页。
② 魏收：《魏书卷八十五·列传文苑第七十三》，中华书局，1974，第 1875~1877 页。

"温生是大才士",对温子昇赏誉有加。魏孝明帝元诩熙平初年,东平王元匡"博招辞人",温子昇与卢仲宣、孙搴等二十四人同为高第,"争相引决"后最终温子昇当选,"台中文笔皆子昇为之"。孝明帝元诩正光末年,广阳王元渊再召温子昇,入为郎中,"军国文翰皆出其手",深受元渊赏识,称其"才藻可畏"。温子昇虽然仕途曲折,但"才名转盛"于南北,魏收在其后记录了四则材料以证其名。

> 萧衍使张皋写子昇文笔,传于江外。衍称之曰:"曹植、陆机复生于北土。恨我辞人,数穷百六。"
>
> 阳夏太守傅标使吐谷浑,见其国主床头有书数卷,乃是子昇文也。
>
> 济阴王晖业尝云:"江左文人,宋有颜延之、谢灵运,梁有沈约、任昉,我子昇足以陵颜轹谢,含任吐沈。"
>
> 杨遵彦作《文德论》,以为古今辞人皆负才遗行,浇薄险忌,唯邢子才、王元景、温子昇彬彬有德素。①

罗列众多事例,且含有与前朝知名文学家的对比,以凸显温子昇的文学才能,这一方法,在前述以文学家为中心的多个传记中均未曾见过,实乃魏收的首创和特色!温子昇最终因变而亡,太尉长史宋游道为其整理文集共计三十五卷,另有《永安记》三卷。在《魏书·文苑传》中亦为文集整理最为丰富的文学家了。

此外,还有卢观,虽然魏收在论及邢臧时言其与卢观结交,可是对于卢观的书写却非常简略,没有涉及代表作品和文事活动,亦无文集整理情况,文学家特色并不鲜明。

---

① 魏收:《魏书卷八十五·列传文苑第七十三》,中华书局,1974,第1876~1877页。

魏收在《文苑传》中传递了几点非常趋同的方法。首先，所选拔为传主的，除传主卢观和袁跃子聿修及邢臧子邢恕外，都有明显的文事活动。其次，作品方面并不丰富，具体作品仅提到封肃《还园赋》，裴伯茂《豁情赋》和《迁都赋》，邢昕《述躬赋》，温子昇《侯山祠堂碑文》，全文录入的更是仅有裴伯茂《豁情赋》的序言和魏收自己追念裴伯茂的十字诗："临风想玄度，对酒思公荣。"至于对诸位文学家的作品整理，魏收处理得也相当粗陋，大多没有交代关于文体或者具体文集的情况，北朝的文学发展远逊于南方亦可由此得见。但与此同时，裴敬宪、邢臧、裴伯茂和邢昕的谥号皆为"文"，又很好地呼应了将他们列入《文苑传》的缘由，也代表了北朝对于"文"的向往。再次，除卢观外的文学家都有亲属为当朝官吏，虽然没有明言对于他们步入仕途的直接作用，但优势也是明显的。因此《文苑传》所选文学家都有仕途经历，或者说文事活动也都是围绕着仕途经历产生，没有纯粹的文学创作或者交游。最后，包括裴伯茂、邢昕都与魏收关系匪浅，而其他文人如裴敬宪、卢观、邢臧、温子昇等多人之间都有交情，这也证明了历史上关于魏收借修史之机酬恩报怨之言并非虚妄。

魏收在论及温子昇时，曾经提到对温氏颇有提携之功的大文学家常景，同前列史书一样，文学成就更佳的文人反而不入《文学传》，而是单独立传或与一二人合传，所以也有必要考察这类文学家的传记，应该更能体现这些史家以人为纲的书写范式。

常景，与李琰之和祖莹同位列传第七十，三人皆有异才，魏收在卷末"史臣曰"部分说："琰之好学博闻，郁为邦彦。祖莹干能艺用，实曰时良。常景以文义见宗，著美当代。览其遗稿，可称尚哉。"从篇幅上看，常景一人所占字数超过二人之和，可见在魏收心中他的地位非凡，那么常景的文义如何"著美当代"呢？

第一，"少聪明，初读论语、毛诗，一受便览"，"及长，有才思，雅好文章"，在此基础上，廷尉公孙良推荐其为律博士，孝文帝元宏亲自录用他。第二，常景等四人受托为宣武皇帝元恪季舅高显各作碑铭，终以景文胜出，刊于石上，"常景名位乃处众人之下，文出诸人之上"。第三，囿于多年未有提拔，常景以司马相如、王褒、严君平和扬雄等四人为榜样，"皆有高才而无显位"，并作诗以托意赞之。第四，孝明帝元诩在正光初年，于国子寺行"讲学之礼"和"释奠之礼"，诏令百官共作释奠诗，常景之作为最美。第五，光禄大夫高聪念及中书监高允为其娶妻安宅，为之立碑欲"以文报德"，但其文似乎未尽其美，常景尊尚高允才器，为之作《遗德颂》，为人称道为美也。第六，由于蠕蠕主阿那瑰归途异行，常景奉命出塞宣敕，一路经涉山水，怅然怀古，遂拟刘琨《扶风歌》十二首。第七，孝庄帝元子攸永安初年，常景带兵归来，"诏复本官，兼黄门侍郎，又摄著作"。第八，东魏孝静帝元善见武定年间，常景老疾而终，诏书称其"文史渊洽"，文学独立于史学以及文学家的性质和价值由此亦可看出。第九，常景有感于政局混乱，"乃图古昔可以鉴戒，指事为象"，作《图古象赞述》，魏收将其全文收录于此。第十，对常景的著作有所整理，"著述数百篇，见行于世"①。

通观魏收《常景传》，有作品举例，有全文录入，有奉命之作，亦有心感而发，有为君主称道，有为官员美赞，并且魏收在"史臣曰"部分非常明确地点明常景的著名之处在于"文义"和"遗稿"，而非政治才能，实非文学家莫属，并且常景作为文学家，他的一生可谓非常丰富，远超《文苑传》诸位文学家的文学成就和文学生活。

---

① 魏收：《魏书卷八十五·列传文苑第七十》，中华书局，1974，第 1766~1808 页。

（七）小结

关于史家的文学史书写方式，我们重点考察的是正史，遵循纪传体的体例，以文学创作的主体文学家为中心，对其文学能力和成就做出历史性的总结和评判。从司马迁将屈原、贾谊和司马相如等三位文人的文学成就列入列传之中，到班固在列传中扩展至十余位并全面强调枚皋的文学家身份，再至陈寿"有实无名"为文人设传，直至南朝范晔在《后汉书》中正式设立《文苑传》为文人单独述史形成范式，后世总计多达十七部正史为文学家立传，不仅为后世留下了前代文学家的基本情况，在正史的撰写中成就了文学史的书写，也为后世总结古代文学史书写提供了无以替代的史料和范式。

二 文学家

历史传记经历了片段化的书写，文学史家的书写也是如此，从以包括某一文学家在内的多个人物为中心，逐步发展到以多个文学家为中心，进而凝练至以某一个文学家为中心；从偶尔涉及文学史的某一方面，发展到偏重某一方面，进而集中论述某一方面或者某两方面，都是以一个个微小的进步作为基础，不断推进书写的技术，最终形成相对成熟稳定的范式的。

相比史家的文学史书写，身为文学家的文学史家对于同为创作者的关注，首先始自对屈原的关注，并在两汉就已经形成一个规模。魏晋南北朝时期，整体是借鉴纪传体的体例，但是载体相对复杂：第一类以书信、序言等文章为主，以曹丕《典论·论文》、曹植《与杨德祖书》、邢邵《萧仁祖集序》、萧统《陶潜集序》等为代表；第二类以诗为主，以沈约《怀旧诗》、谢灵运《拟魏太子邺中集诗》、颜延之《五君咏》等拟作和咏史类作品为代表；第三类以荀勖、挚虞《文章志》类的作品为主。其内容涉及文学家的文学才能、文事活动、文学作品和历史定位以及相关评价,看起来似无定式,但"以人为纲"的编撰方式是统一思想的选择。

(一) 以文章为载体

同史家的书写一样,屈原等以文人表率的位置进入了文学史书写。《隋书·经籍志》曾经说过:"别集之名,盖汉东京之所创也。自灵均已降,属文之士众矣,然其志向不同,风流殊别。后之君子,欲观其体势,而见其心灵,故别聚焉,名之为集。辞人景慕,并自记载,以成书部。"① 的确,从屈原开始,文人作家登上历史舞台,或相继泼墨,或相映生辉,以人或者以文为纲的撰写模式才得以两途并征。上节介绍了司马迁和班固从史家角度对于屈原的追忆,但更符合文学家身份的文学史家对屈原的文学家特征做出回顾和肯定的,最早是贾谊。

贾谊(前 200~前 168),洛阳人。博学能文,闻名郡中。汉文帝时被荐为博士,不满一年即擢为太中大夫,因才高遭人妒忌,被贬为长沙王太傅。赴任途中,经过湘水,想起屈原,结合自身遭遇,作《吊屈原赋》及序言,而这短短的序言可以视为最早的由作家书写的"以人为纲"的文学史。"谊为长沙王太傅,既以谪去,意不自得,及渡湘水,为赋以吊屈原。屈原,楚贤臣也,被谗放逐,作《离骚赋》,其终篇曰:'已矣哉!国无人兮,莫我知也。'遂自投汨罗而死。谊追伤之,因自喻"②。序言把屈原的身份、经历、作品名称及内容都交代得非常清楚,而且虽然是感同身受,但是载体是《离骚》,所以非常明确地表明了屈原的文学家特征,已经具备了文学史书写的性质,开启了文学家"以人为纲"的文学史

① 魏徵等:《隋书卷三十五·志第三十·经籍四集》,中华书局,1973,第1081页。
② 萧统:《文选卷六十·吊屈原文》,上海古籍出版社,1986,第2590页。

书写模式。班固承袭贾谊，为《离骚赞》作序，更为详尽地记载了屈原被谗害的经历，《离骚》的创作背景、名称来源、内容目的以及《九章》的创作背景和屈原的最终结局，扩展了书写的层面，丰富了对屈原的文学史认知。王逸在班固的基础上，又提到《九歌》，尤其是将汉代对屈原作品的校注进行了总结，"以人为纲"的文学史书写层面及内容基本已经确立了。

汉末魏初进行以人为中心的文学史书写实践者，首推曹丕。

曹丕（187～226），字子桓，"年八岁，能属文"，"有逸才，遂博贯古今经传诸子百家之书"，"天资文藻，下笔成章，博闻强识，才艺兼该"，"好文学，以著述为务，自所勒成垂百篇。又使诸儒撰集经传，随类相从，凡千余篇，号曰皇览"。① 在《典论·论文》和《与吴质书》中，曹丕从文学史的角度，以文学家为中心，兼及作品和文事活动，相继表达了自己对于建安诸位文士的认识。

首先，曹丕对王粲的书写着墨最多，后来陈寿在《三国志》中以王粲为传记之首，或与此也有关系。在曹丕的眼中，王粲是这样的："王粲长于辞赋，徐干时有齐气，然粲之匹也。如粲之初征、登楼、槐赋、征思，干之玄猿、漏卮、圆扇、橘赋，虽张、蔡不过也。然于他文，未能称是。"② "仲宣续自善于辞赋，惜其体弱，不足起其文，至于所善，古人无以远过。"③ 这两则描述虽然寥寥数语，但王粲作为文学家的形象已然非常清晰了。擅长辞赋是其最重要的特征，并且举出他的代表作品《初征赋》《登楼赋》《槐赋》《征思赋》，分别代表军事题材、公宴题材、抒情和拟物小赋，并且将其与前代辞赋家进行比较，即便是张衡和蔡邕，也不分高下，其

① 陈寿：《三国志卷二·魏书二·文帝丕》，裴松之注，中华书局，1959，第 88 页。
② 萧统：《文选卷五十二·典论·论文》，李善注，上海古籍出版社，1986，第 2270～2271 页。
③ 萧统：《文选卷四十二·与吴质书》，李善注，上海古籍出版社，1986，第 1897 页。

他赋家就更不用说了。当然，同时代的作家之间，也唯有徐干可与之相提并论。接下来对王粲的个人情况进行了交代，因为"体弱"，所以就没有精力再去创造其他文体，自然更不擅长。

其次，曹丕对于徐干的关注并不逊于王粲，但从辞赋角度还是将之列于王粲之后。这或是因为徐干的重要成就不只在于辞赋，他还有《中论》，这是同时期其他文学家难以匹敌的："王粲长于辞赋，徐干时有齐气，然粲之匹也。如粲之初征、登楼、槐赋、征思，干之玄猿、漏卮、圆扇、橘赋，虽张、蔡不过也。然于他文，未能称是。"① "观古今文人，类不护细行，鲜能以名节自立。而伟长独怀文抱质，恬淡寡欲，有箕山之志，可谓彬彬君子者矣。著《中论》二十馀篇，成一家之言，辞义典雅，足传于后，此子为不朽矣。"② 徐干的辞赋虽然可以匹敌王粲，也有《玄猿》《漏卮》《圆扇》《橘赋》等代表作品，但是他更为鲜明的个性就是"齐气"和"名节"，所以他的《中论》才为"不朽"之作品。

陈琳和阮瑀因为投奔曹魏集团的时间和之后从事的职位大体相同，所以常常合并论述："孔璋章表殊健，微为繁富。""元瑜书记翩翩，致足乐也。"③ "琳、瑀之章表书记，今之隽也。"④ 前面提到《三国志》中陈寿就是这样书写的："太祖并以琳、瑀为司空军谋祭酒，管记室，军国书檄，多琳、瑀所作也。"当然，曹丕的论述在前，着眼点也确实在陈琳和阮瑀的章表书记这几种应用型文体上面，虽然没有交代代表作品和文事活动，但应用型文体却不如诗赋更具文学性，又是"军国书檄"，且非似徐干一家之言，故而难以举例。

---

① 萧统：《文选卷五十二·典论·论文》，李善注，上海古籍出版社，1986，第 2270~2271 页。
② 萧统：《文选卷四十二·与吴质书》，李善注，上海古籍出版社，1986，第 1897 页。
③ 萧统：《文选卷四十二·与吴质书》，李善注，上海古籍出版社，1986，第 1897 页。
④ 萧统：《文选卷五十二·典论·论文》，李善注，上海古籍出版社，1986，第 2271 页。

邺下文人之中，刘桢是唯一被曹丕称赞五言诗的文学家："公干有逸气，但未遒耳；其五言诗之善者，妙绝时人。"① 建安时期，五言腾涌，尤其王粲也有佳作传世，但曹丕认为王粲的主要成就在于辞赋而非五言诗，所以只举出刘桢一人。对于刘桢的评价，"绝妙时人"可见其五言诗地位在曹丕心中相当高。从个性而言，刘桢不及徐干之评价。

关于孔融，"孔融体气高妙，有过人者；然不能持论，理不胜辞；以至乎杂以嘲戏；及其所善，扬、班俦也。"②

从以上论述中可以发现，曹丕多举出诸位文人所擅长的文体或代表作品，通过与前代或者同时代作家的比较，从历史发展的角度给予他们定位，开"以人为纲"的多人文学史撰述之先河。

同时，曹植在《与杨德祖书》中对于曾经"鹰扬于河朔"的陈琳也给予了文学史之关照："以孔璋之才，不闲于辞赋，而多自谓能与司马长卿同风，譬画虎不成，反为狗也。"③ 曹植认为陈琳擅长的文学体式是章表书记而非辞赋，通过与西汉赋家司马相如做比较，显出陈氏赋作的低劣，在文学史上难留位次。

序言也是以人为纲文学史编撰方式之中很有代表性的一种载体，尤其是文集的序言。魏晋之后，文集蓬勃发展，自己为自己编纂文集或者是为前人整理文集的情况越来越多，题写序言的需求也相应增长。撰写序言者与文集的作者，或同为作者本人，或为仰慕作者之人，所以为之整理文集并作序，或奉命而为，或其他因素，但无论如何，撰序者都会对作者和文本具有相当的熟知程度，并且所撰序言多结合作品以作者为中心展开，具体内容尚可因人而异，字数也可多可少。北朝邢邵曾为萧悫文集作序，虽然对萧悫的个人

① 萧统：《文选卷四十二・与吴质书》，李善注，上海古籍出版社，1986，第1897页。
② 萧统：《文选卷五十二・典论・论文》，李善注，上海古籍出版社，1986，第2271页。
③ 萧统：《文选卷四十二・与杨德祖书》，李善注，上海古籍出版社，1986，第1902页。

经历和文事活动并未涉及，仅为寥寥数语，但对萧悫的文章评价精准，尤其聚焦萧悫由南入北的经历所造成的文风转变，跨越时空引申归纳为一种文学现象，由文及史，以史观文与人，传统文学史书写的意味已然如此了。

> 萧仁祖之文，可谓雕章间出。昔潘陆齐轨，不袭建安之风；颜谢同声，遂革太原之气，自汉逮晋，情赏犹自不谐；江北江南，意制本应相诡。[①]

萧悫，生卒年不详，北齐诗人。字仁祖，南兰陵（治今江苏常州西北）人。梁朝宗室上黄侯萧晔之子。天保中，入北齐。武定中，为太子洗马。后主时，为齐州录事参军，待诏文林馆，撰《御览》。入隋，官至记室参军。萧悫的诗以《秋思》最为著名，其中"芙蓉露下落，杨柳月中疏"二句被《颜氏家训·文章篇》称赞说："吾爱其萧散，宛然在目。"《北齐书·萧悫传》亦称这两句"为知音所赏"。另外，如"窗梅落晚花，池竹开初笋"（《春庭晚望》）、"弦随流水急，调杂秋风清"（《听琴》）等，清绮流丽，与南朝齐梁诗风相近，所谓"雕章间出"是也。邢邵虽是北人，但对南朝诗颇为欣赏，自然对学习南朝的萧悫评价不低，其言"自汉逮晋，情赏犹自不谐；江北江南，意制本应相诡"，说明南北诗风不应强求一致，力挺萧悫，也是对指责萧悫的卢思道等人的批评。

如果说邢邵所撰《萧仁祖集》序言主要从诗歌创作的南北方风尚角度对其在文学发展史上的意义给予阐述，那么萧统和阳休之对于《陶渊明集》的序言则相对丰富了相关文学史信息。对于陶渊明

---

① 严可均：《全上古三代秦汉三国六朝文·全北齐文卷三·萧仁祖集序》，中华书局，1958，第 3842 页。

的论述，魏晋南北朝时期的专篇文章只有颜延之《陶征士诔》，沈约《宋书·陶潜传》，萧统《陶渊明传》《陶渊明集序》，以及阳休之《陶潜集序录》。如果从文学史书写的基本要素来看，颜延之主要歌颂陶潜一生之美德，几乎没有涉及作品，仅有"文取指达"一句而已。沈约专注于陶潜生平，并没有将其视为文学家，故也未将其作品和文事活动与人生相结合，所以通篇传记不见诗文。萧统率先为陶潜整理文集，然其传记以沈作为基础删补而成，固亦无作品；而序言则是在历史上第一次以陶渊明为中心，对其诗文进行精辟论述。虽然因为文学理解有所偏差，并未凸显陶氏的真正超趣，但总是有所突破。相比萧统的洋洋洒洒，阳休之则言简意赅："辞采虽未优，而往往有奇绝异语，放逸之致，栖托仍高。"虽然没有举出具体作品，却对陶潜的文辞、语致和蕴意都有评价，如此，逐渐奠定了陶潜在文学史上的地位。

（二）以诗为载体

以诗为主要载体，对文学家的生平、作品和文事活动予以记载并升华评价，是文学家出身的文学史家与史家出身的文学史家在传统文学史书写方面最大的差异，也是独具特色之处。古代诗歌可以咏物叙事，可以抒情言志，能够以历史人物为中心进行歌咏颂情的首推咏史诗，先唐时期以颜延之《五君咏》为代表，还有沈约《怀旧诗》、谢灵运《拟魏太子邺中集诗》，可谓对文学发展诗情画意的历史呈现。

颜延之（384~456），字延年，"好读书，无所不览，文章之美，冠绝当时"，"与陈郡谢灵运俱以词彩齐名，自潘岳、陆机之后，文士莫及也，江左称颜、谢焉"。① 宋文帝元嘉三年（426），颜延之因言语不慎得罪权要，被贬为永嘉太守，于是作《五君

---

① 沈约：《宋书卷七十三·列传第三十三》，中华书局，1974，第1361页。

咏》以寄托悲愤之情怀。诗作中，颜延之以阮籍、嵇康、刘伶、阮咸和向秀等五位"竹林七贤"为中心，涉及他们的典型性格与特殊遭际，暗含其代表作品，称赞其文学才华，具备一定的文学史意味。

"咏史诗"之名始自班固。班固的《咏史诗》以《史记·仓公传》中记载的缇萦救父为题材，运用诗歌语言和形式展现一个真实的历史故事，所以故事情节是中心内容。汉魏六朝沿袭这一思路的咏史诗不在少数，虽又有左思新创咏怀类咏史诗，但从文学史书写角度而言，颜延之的独有价值在于其以文学家为中心，将其生平经历和文学作品融入其中，从而塑造出一个立体的文学家形象。换句话说，就是用诗歌的形式为文学家立传："左太冲《咏史》似论体，颜延年《五君咏》似传体。"①

这五首组诗名为《五君咏》，通过每首诗名明确交代五位文学家的身份，而开篇起始两个字或为代称，或为官职，或为姓名，或为字——阮公、中散、向秀、刘伶、仲容，亦呼应题目对书写主人公开章明义。其后系事于人，每一句都交代主人公的相关经历，通过全篇四十个字将主人公主要的文学生涯展露无遗，除了诗歌和史书的载体差别，可谓非常接近历史人物传记，与班固等《咏史诗》以事件为中心的"系人与事"范式截然相反。同时，每首诗中或者直接提到主人公的具体作品，如向秀《山阳赋》、刘伶《酒颂》，或者通过用典的方式间接引出具体作品，如阮籍《咏怀诗》、嵇康《养生论》，或者叙述其文事活动……至于创作风格更是篇篇可见，当然作为颜延之抒发内心情怀的出口，这些诗歌更多的则是展现文学家的风神气貌。

---

① 刘熙载：《艺概》，上海古籍出版社，1978，第56页。

阮步兵

阮公虽沦迹，识密鉴亦洞。沉醉似埋照，寓词类托讽。

长啸若怀人，越礼自惊众。物故不可论，途穷能无恸。[①]

阮籍自幼就以文韬武略为人生目标："昔年十四五，志尚好书诗"（《咏怀诗》其十五），"少年学击刺，妙伎过曲城"（《咏怀诗》其六十一），同时注重品德修养，"被褐怀珠玉，颜闵相与期"（《咏怀诗》其十五），希望可以实现"壮士何慷慨，志欲威八荒"（《咏怀诗》其三十九）的人生目标。但"魏晋之际，天下多故，名士少有全者"。当阮籍满怀理想步入社会时，曹魏集团业已失去昔日光芒，而司马氏集团的伪善险恶以及阴谋篡权又令他不齿，在理想与现实的巨大差距下，阮籍只能采取隐遁避世的态度，在复杂的政治斗争中，借酣饮醉酒的身体折磨以及毁弃礼法的荒诞行为，保全精神的高蹈自由和避免灭顶之灾。

"阮公虽沦迹，识密鉴亦洞"。《阮步兵》诗的开头两句，交代的正是看似埋没踪迹的阮籍，实则具有超乎寻常的判别时事能力。当辅政的曹爽招阮籍为参军时，阮籍"以疾辞，屏居田里，岁余而爽诛，时人服其远识"（《晋书·阮籍传》）。其后的"沉醉"、"长啸"、恸哭等反常行为，以及他前无古人后无来者的咏怀组诗也都体现了他的密识和洞鉴，所以这一句是阮籍人物性格的关键所在。

"沉醉似埋照，寓词类托讽"。这两句是对阮籍最具特征的行为和最具代表性的诗作的客观叙述。阮籍"不与世事""酣饮为常"有如下主要事件：其一，"文帝初欲为武帝求婚于籍，籍醉六十日，不得言而止"；其二，"钟会数以时事问之，欲因其可否

---

① 萧统：《文选卷二十一·五君咏五首》，李善注，上海古籍出版社，1986，第1008页。

而致之罪，皆以酣醉获免"；其三，"（文）帝引为大将军从事中郎……籍闻步兵厨营人善酿，有贮酒三百斛，乃求为步兵校尉"；其四，"会帝让九锡，公卿将劝进，使籍为其辞。籍沉醉忘作，临诣府，使取之，见籍方据案醉眠。使者以告，籍便书案，使写之，无所改窜。辞甚清壮，为时所重"；其五，阮籍"性至孝，母终，正与人围棋，对者求止，籍留与决赌。既而饮酒二斗，举声一号，吐血数升。及将葬，食一蒸肫，饮二斗酒，然后临诀，直言穷矣，举声一号，因又吐血数升，毁瘠骨立，殆致灭性。裴楷往吊之，籍散发箕踞，醉而直视"；其六，"邻家少妇有美色，当垆沽酒。籍尝诣饮，醉，便卧其侧"①。醉酒误事的惯常思维在阮籍身上完全无效，反而帮助他躲避了飞来横祸，使其得以保全。"醉六十日"的身心麻木，清醒后亟须抒发的出口，是《咏怀诗》成就阮籍作为诗人的最佳证明，而密识和洞鉴又使得他只能"寓词"和"托讽"，这不仅成为《咏怀诗》的鲜明特征，也使得阮籍能够载入文学史册。

"长啸若怀人，越礼自惊众"。《咏怀诗》抒发内心不能隐藏却又不能明说的心思，而"啸"则是旁若无人的尽情畅怀，所以介绍《咏怀诗》之后，就必然引入阮籍知名的情感表达方式"长啸"。史书中曾记载多位魏晋名士喜"啸"善"啸"的故事，阮籍与孙登便是其中之典型："籍尝于苏门山遇孙登，与商略终古及栖神导气之术，登皆不应，籍因长啸而退。至半岭，闻有声若鸾凤之音，响乎岩谷，乃登之啸也。"如此对"啸"，既是对世俗的控诉，也是对知音的觅求，以及对理想的呼唤。在阮籍身上，不单有上述几则醉饮之事，有违常规之事又何尝没有？或分人为青白眼视之："见礼俗之士，以白眼对之。及嵇喜来吊，籍作白眼，喜不怿而退。

① 房玄龄：《晋书卷四十九·列传第十九》，中华书局，1974，第1360~1362页。

喜弟康闻之，乃赍酒挟琴造焉，籍大悦，乃见青眼。"或与家嫂道别："籍嫂尝归宁，籍相见与别。或讥之，籍曰：'礼岂为我设邪！'"或为不相识的异性哭丧："兵家女有才色，未嫁而死。籍不识其父兄，径往哭之，尽哀而还。"虽表面看似越僭礼法旷达不羁，但心灵却是"坦荡而内淳"①。

"物故不可论，途穷能无恸"。壮士以慷慨心面对社会动荡，阮籍也只能通过饮酒、长啸、作诗等方式得以周全自保而已，"虽不拘礼教，然发言玄远，口不减否人物"，至多也只能"尝登广武，观楚、汉战处，叹曰：'时无英雄，使竖子成名！'"其余文治武功皆我施展之地，所以还是属于悲情的人生，除了苦闷，还是苦闷，于是"至时率意独驾，不由径路，车迹所穷，辄恸哭而反"，终是绝望无助，戛然而止。

颜延之的这首《阮步兵》，通过对阮籍生活中酒醉、作诗、长啸和越礼等多个侧面的描述，简略地概括了阮籍一生的主要事件，也清晰地勾画出阮籍的形采神貌。以诗歌为载体，在叙述中兼杂议论，体制虽小，也恰是一篇关于阮籍的文学传记。阮籍名列《五君咏》第一位，可见颜延之对其人格、见识的高度评价以及对阮籍的深深理解。此外，颜延之对《咏怀诗》的注引，对阮籍其人其诗的传播也起到不容忽视的作用，也影响了颜延之稍后的历史学家沈约对阮籍其人其事的描绘。

嵇中散

中散不偶世，本自餐霞人。形解验默仙，吐论知凝神。

立俗迕流议，寻山洽隐沦。鸾翮有时铩，龙性谁能驯？②

---

① 房玄龄：《晋书卷四十九·列传第十九》，中华书局，1974，第1361~1362页。

② 萧统：《文选》，李善注，上海古籍出版社，1986，第1008页。

　　嵇康出生晚于阮籍，但其所处时期也是魏晋多故之际，一样的血雨腥风。但他不仅是曹魏姻亲，还在魏废帝时做过中散大夫，所以面对司马氏的阴谋难以像阮籍那般超脱避世，因而慷慨力抗，最终因公然反对司马氏接受曹魏禅让而被处决于东市，临刑之际视死如归，虽三千太学生为之请命，不为动容，一曲广陵散后，"海内之士，莫不痛之"！

　　如果说阮籍凭借密实和洞鉴的性格成就了沦迹的人生，那么嵇康生来就是傲世独立、超尘脱俗的仙人，"中散不偶世，本自餐霞人"。"朝霞者，日始欲出赤黄气也。"① 修仙学道之人多以餐食朝霞为上，嵇康"身长七尺八寸，美词气，有风仪，而土木形骸，不自藻饰，人以为龙章凤姿，天质自然。恬静寡欲，含垢匿瑕，宽简有大量。学不师受，博览无不该通，长好《老》《庄》。……常修养性服食之事，弹琴咏诗，自足于怀"②，确似人间仙者，而他的一生也正是和世俗对抗的一生。

　　"形解验默仙，吐论知凝神。"古代道家认为得道者可以放弃形体的束缚幻化为仙，嵇康于是作《养生论》系统论述养生的必要性与重要性，主张形神共养，尤其注重养神，"精神之于形骸，犹国之有君也。神躁于中，而形丧于外，犹君昏于上，国乱于下也"，"是以君子知形恃神以立，神须形以存"③。这也体现了嵇康唯物主义的思想体系。

　　"立俗迕流议，寻山洽隐沦。"嵇康诗作以清峻为名，身处世俗却远离流俗，更反对古训理法："嵇康的论文，比阮籍更好，思想

---

① 班固：《汉书卷五十七下·司马相如列传二十七下》，中华书局，1962，第2599页。
② 房玄龄：《晋书卷四十九·列传第十九》，中华书局，1974，第1369页。
③ 《文选·颜延之〈五君咏·嵇中散〉》："形解验默仙，吐论知凝神。"李善注引《桓子新论》："圣人皆形解仙去，言死，示民有终。"详见萧统《文选卷二十一·五君咏五首》，李善注，上海古籍出版社，1986，第1008页。

新颖，往往与古时旧说反对。"① 阮籍曾入苏门山遇孙登求啸，注重养生的嵇康更爱寻山追隐。承上所言《养生论》，嵇康经常与隐士王烈、孙登等采药同游，"呼吸吐纳，服食养性"（《养生论》）。

可如果只是"吐论"、"餐霞"、寻隐，哪里是"不偶世"的嵇中散呢？颜延之到这里笔锋一转，用比兴的手法，把嵇康的命运推向高潮："鸾翮有时铩，龙性谁能驯。"凤凰的羽毛虽然有时会受到伤害，但自由翱翔的意志不会因此改变；蛟龙即使遭到禁锢，高贵的本性也无法驯服，反抗的意志只会更强。钟会曾经和司马昭说："嵇康，卧龙也，不可起。"② 所以司马氏必然要除掉傲骨铮铮的嵇康。颜延之将嵇康的生平完美融合进《嵇中散》这首诗中，并且糅进了自己的胸臆情志。

刘参军

> 刘伶善闭关，怀情灭闻见。鼓钟不足欢，荣色岂能眩。
>
> 韬精日沉饮，谁知非荒宴。颂酒虽短章，深衷自此见。③

刘伶虽与阮籍、嵇康大体同龄，但其崇尚老庄思想，"常以细宇宙齐万物为心"，"澹默少言"，与当朝势力并无明显冲突，"尝为建威参军，泰始初对策，盛言无为之化，时辈皆以高第得调，伶独以无用罢"，得以几近耄耋之年寿终。颜延之这首《刘参军》正是讲述了刘伶的一生，尤其提到他的《酒德颂》，这是刘伶最具代表性的作品，也最能反映他的人生。

这首诗的前四句，首先以"闭关"二字道出刘伶与为政者的关系，其实五君所处是一个时代，也共同经历了魏晋更迭之际的血雨

---

① 鲁迅：《汉文学史纲要（外一种）》，上海古籍出版社，2005，第 67 页。
② 房玄龄：《晋书卷四十九·列传第十九》，中华书局，1974，第 1373 页。
③ 萧统：《文选卷二十一·五君咏五首》，李善注，上海古籍出版社，1986，第 1009 页。

腥风，但不同于嵇康的慷慨对抗和阮籍的消极抵抗，刘伶没有显赫的出身，也就具有了自由的选择，他远离临渊履冰的忧虑，将内心的志向怀抱深藏内心，尽力去寻求目无所见、耳无所闻的状态，悦耳的"鼓钟"和炫目的"荣色"都与己无关。这其实何尝不是内心苦闷的消极避世呢？

于是刘伶选择了酒，将世俗的不满和有志难酬的苦闷寄予酒中，以求得精神的解脱，这和《阮步兵》诗中的"沉醉似埋照"意思相近。"常乘鹿车，携一壶酒，使人荷锸而随之，谓曰：'死便埋我。'其遗形骸如此。"但是刘伶不似阮籍处于政治漩涡之中，所以他的酒多了几分普通大众的人情味，没有阮籍那么深切的难以言喻的痛苦。"（刘伶）尝渴甚，求酒于其妻。妻捐酒毁器，涕泣谏曰：'君酒太过，非摄生之道，必宜断之。'伶曰：'善！吾不能自禁，惟当祝鬼神自誓耳。便可具酒肉。'妻从之。伶跪祝曰：'天生刘伶，以酒为名。一饮一斛，五斗解酲。妇儿之言，慎不可听。'仍引酒御肉，隗然复醉。"由此刘伶创作《酒德颂》，也成就了刘伶与酒的一段佳话。

阮始平

仲容青云器，实禀生民秀。达音何用深，识微在金奏。
郭奕已心醉，山公非虚觏。屡荐不入官，一麾乃出守。[①]

阮咸是阮籍的侄子，在"竹林七贤"中辈分最低，文学才华也相对孱弱，这首诗主要表现的是其有才而不被重用的经历。阮咸通晓音律，其精深于内在微妙的功力，远非一般人可比，于是受到郭奕和山涛等人的推崇，"阮咸哀乐至，过绝于人，太原郭奕，见之

---

① 萧统：《文选卷二十一·五君咏五首》，李善注，上海古籍出版社，1986，第1010页。

心醉，不觉叹服"；"山涛举咸为吏部郎，三上，武帝不能用也"。只可惜"屡荐不入官"，流转着与颜延之同样的人生轨迹。

向常侍

> 向秀甘淡薄，深心托毫素。探道好渊玄，观书鄙章句。
> 交吕既鸿轩，攀嵇亦凤举。流连河里游，恻怆山阳赋。[①]

向秀"清悟有远识"，是"竹林七贤"中非常特别的人物，他在少年时期就为山涛所欣赏："少为山涛所知，雅好老庄之学。"又因之与嵇康结交，默契十足："康善锻，秀为之佐，相对欣然，旁若无人。"[②] 嵇康因政治主张和山涛绝交进而被杀，向秀却免于落难，其心性恰为"甘淡薄"三字所概括，也可见其好老庄之学之甚。与世无争的向秀将发自深衷的感受寄托于笔端，遂有"初注《庄子》者数十家，莫能究其指要。向秀于旧注外为解义，妙析奇致，大畅玄风"（《世说新语·文学》）的《庄子注》一书，开创了玄学注《庄》新思路，后人难望其项背，"读之者超然心悟，莫不自足一时"[③]，这就是颜延之称其"探道好渊玄，观书鄙章句"的意思。

心爱老庄，超然淡远，于是向秀在生活中更为重视友情。在山涛的接引之下，向秀结识嵇康等人，又通过嵇康认识吕安。在向秀心中，吕安"心旷而放"，如高飞的鸿鸟，视野高远，识见宏大；嵇康"志远而疏"，宛如凤鸟，挺拔绝伦，艳冠超群。可是偏偏此二人因衅被除，向秀回想起当年三人在嵇康山阳旧居高谈阔论的时光，"追思曩昔游宴之好"，如今只剩自己形单影只，于是写下

---

① 萧统：《文选卷二十一·五君咏五首》，李善注，上海古籍出版社，1986，第 1010 页。
② 房玄龄：《晋书卷四十九·列传第十九》，中华书局，1974，第 1374 页。
③ 房玄龄：《晋书卷四十九·列传第十九》，中华书局，1974，第 1374 页。

《思旧赋》，于绮密中见识深情。向秀的著述不多，最为有名就是《庄子注》和《思旧赋》，这两篇作品被颜延之融入这首诗中，贯穿了向秀的一生，也凸显了向秀的文学家身份。同时，这两篇作品不仅呼应《向常侍》首联所言向秀"深心托毫素"一句，作为《五君咏》的最后一篇，也呼应了首篇《阮步兵》中所提到的阮籍《咏怀诗》，文学史书写的性质自此更为确定。

颜延之创作《五君咏》的初衷是为了借此表达自身怀才不遇的苦郁以及被权贵压制打击的怨忿，所以才会将"竹林七贤"变为"五君"，这在其传记中就有明确的说明："出为永嘉太守，延之甚怨愤，乃作《五君咏》以述竹林七贤，山涛、王戎以贵显被黜。咏嵇康曰：'鸾翮有时铩，龙性谁能驯。'咏阮籍曰：'物故不可论，途穷能无恸。'咏阮咸曰：'屡荐不入官，一麾乃出守。'咏刘伶曰：'韬精日沉饮，谁知非荒宴。'此四句，盖自序也。"① 也正因为颜延之作诗的目的在于抒发一己之情怀，所以更侧重于人物的风神气貌，而诗书才华正是风神气貌的外在载体，所以可以将五君的著述糅于叙述之中，从而成就了以诗歌为载体、以人为纲的文学史书写范式。

颜延之为文学家立传的《五君咏》组诗，改变了班固开创的以事为纲的咏诗传统，不需过多的篇幅，更易于创作和传播。同时一首专咏一人、各成体系又相互并联的组诗形式，不仅设计新颖，而且布局巧妙，清人陈祚明评："五篇别为新裁，其声坚苍，其旨超越，每于结句，凄婉壮激，余音诎然，千秋乃有此体。"② 何焯曰，"既能自序，仍不溢题"③，"五篇简炼遒紧"，从内容到形式都为咏史诗的发展拓宽了方向。之后涌现出很多效仿颜诗的传体咏史作

---

① 沈约：《宋书卷七十三·列传第三十三》，中华书局，1974，第1893页。
② 陈祚明：《采菽堂古诗选》卷十六，续修四库全书本，第134页。
③ 何焯：《义门读书记》，中华书局，1987，第894页。

品，例如萧统《咏山涛王戎》和鲍照的《蜀四贤咏》。除咏史之外，沿袭《五君咏》写法的，还有一类是祭悼怀人之作。

咏山涛王戎二首

山公弘识量，早侧竹林欢。聿来值英主，身游廊庙端。
位隆五教职，才周五品官。为君翻已易，居臣良不难。

濬冲如萧散，薄暮至中台。徵神归鉴景，晦行属聚财。
嵇生袭玄夜，阮籍变青灰。留连追宴绪，垆下独徘徊。①

萧统紧随颜延之，以"竹林七贤"为主题创作咏史诗，但其立足点却与颜延之大相径庭。颜延之弃而不录山涛、王戎二人是因其显贵，与类似自己遭遇的阮公等人之"沦迹"相去甚远。萧统专咏此二人，视角不在于二人官爵之显赫，而是另辟蹊径。比如咏山涛一诗，侧重点在对山涛善于处理君臣关系的推崇；咏王戎一诗，更是将其颇受争议的吝啬看作其隐身自晦的手段，并对其善于人伦鉴赏甚为推崇。虽然在自序中，萧统对于立意已有交代："颜生《五君咏》不咏山涛、王戎，余聊咏之焉。"似有作诗自娱之意，但俞绍初先生却认为，此诗是"昭明晚年因埋蜡鹅事发，深遭梁武帝猜忌，此诗称颂山涛、王戎，一能善处君臣之间，一能晦迹而自保其身，盖皆有感于自身境遇而发耳"②。如此一来，萧统和颜延之的创作动机就十分一致，皆是借咏史抒发自身仕途的坎坷不平，虽然在文采和形式上不及颜延之，但从对象上却补齐了"竹林七贤"，从而可以在咏史诗的历史上与颜延之《五君咏》交相辉映。

---

① 俞绍初校注《昭明太子集校注》，中州古籍出版社，2001，第49~50页。
② 俞绍初校注《昭明太子集校注》，中州古籍出版社，2001，第49页。

另外，庾肩吾亦有《赋得嵇叔夜诗》，不同于颜延之侧重描写嵇康的风姿，庾肩吾则是在看似平淡的史实叙述中发表议论："山林重明灭。风月临嚣尘。著书惟隐士，谈玄止谷神。雁重翻伤性，蚕寒更养身。广陵余故曲，山阳有旧邻。俗俭宁妨患，才多反累身。寄言山史部，无以助庖人。"此诗言及嵇康诸事，如隐居山林，谈玄论道，作《广陵散》等事，似娓娓道来。

沈约（441~513），字休文，自幼"笃志好学，昼夜不倦"，"而昼之所读，夜辄诵之，遂博通群籍"，"好坟籍，聚书至二万卷，京师莫比"。且"能属文"，相比"谢玄晖善为诗，任彦升工于文章"，"约兼而有之，然不能过也"，曾任著作郎等职，故其著作包括"《晋书》百一十卷，《宋书》百卷，《齐纪》二十卷，《高祖纪》十四卷，《迩言》十卷，《谥例》十卷，《宋文章志》三十卷，文集一百卷"和《四声谱》，文史兼备。[①] 同时，南朝各家族争权夺势不断，尤其是目睹了多位知音友人相继落难于权力斗争之下，沈约却能历仕宋齐梁三朝，并以七十三岁高龄寿终，可谓极具政治识量和强大的内心，但伤怀之心又何尝不浓烈呢？尤其是文学史上著名的文学集团"竟陵八友"："竟陵王子良开西邸，招文学，高祖与沈约、谢朓、王融、萧琛、范云、任昉、陆倕等并游焉，号曰八友。"[②] 其中沈约与谢朓、王融等共倡"声律说"，并称为"永明体"的创始人，交游甚欢。永明十一年（493），齐武帝病重，王融欲拥立竟陵王萧子良接替帝位，事情败露，被收下狱赐死。永元元年（499），始安王萧遥光举兵造反，战败而亡，谢朓等人获此牵连。此外，还有庾杲之、王谌、虞炎、李珪之、韦景猷、刘沨、胡谐之等六人，或因文才或因德行为沈约所

---

① 姚思廉：《梁书卷十三·列传第七》，中华书局，1973，第243页。
② 姚思廉：《梁书卷一·本纪第一》，中华书局，1973，第2页。

赏识，却都在十年间先后离世，沈约遂作《怀旧诗》九首以表达哀悼感伤之情。其中对谢朓、虞炎等人富有文学才情的评介、生平的回顾、诗作的推崇，也带有了以人为中心的文学史书写意味。

伤谢朓

吏部信才杰，文锋振奇响。调与金石谐，思逐风云上。

岂言陵霜质，忽随人事往。尺璧尔何冤，一旦同丘壤！①

谢朓才思高绝，诗作"古今独步"②，"二百年来无此诗也"③，沈约首先对此予以肯定。而他的诗歌艺术成就，最大的特色在于"圆美流转如弹丸"。作为"永明体"的创始人之一，谢朓的诗歌擅用声律进行创作，音调和谐，铿锵悦耳。而后，则对谢朓身受诬陷下狱致死的冤屈表示沉痛的哀悼和惋惜。谢朓虽然比沈约年轻二十余岁，却因"竟陵八友""永明体"等众所周知的原因，和大致相同的仕宦经历，结下忘年之交，也留下许多互酬之作，如沈约《饯谢文学离夜》《酬谢宣城朓》《伤谢朓》，以及谢朓《和沈祭酒行园》《在郡卧病呈沈尚书》，特别是其《酬德赋》一文，详叙了与沈约的交情，其序曰："右卫沈侯以冠世伟才，眷予以国士。以建武二年，予将南牧，见赠五言。予时病，既以不堪莅职，又不获复诗。四年，予忝役朱方，又致一首。迫东偏寇乱，良无暇日。其夏还京师，且事宴言未遑篇章之思。沈侯之丽藻天逸，固难以报章；且欲申之以赋颂，得尽其体物之旨。《诗》不云乎：'无言不酬，无德不报。'言既未敢为酬，然所报者寡于德耳，故称之曰

---

① 逯钦立辑校《先秦汉魏晋南北朝诗·梁诗卷七》，中华书局，1983，第1653页。

② 锺嵘：《诗品注·总论》，陈延杰注，人民文学出版社，1961，第5页。

③ 萧子显：《南齐书卷四十七·列传第二十八》，中华书局，1972，第826页。

《酬德赋》。"① 将二人惺惺相惜的友情诉至笔端。可惜纷乱的政事葬送了谢朓三十六岁的年轻生命，才华横溢的友人转瞬间就成了一抔黄土，伫立伤神，"惜其冤死"②。

伤虞炎

东南既擅美。洛阳复称才。

携手同欢宴。比迹共游陪。

事随短秀落。言归长夜台。③

虞炎与沈约也有非常好的私交，"会稽虞炎，永明中以文学与沈约俱为文惠太子（萧长懋）所遇，意眄殊常，官至骁骑将军"④。虞炎虽然不是"竟陵八友"文人集团的成员，但同他们也有交集。史载永明九年（491），萧子隆赴荆州就任刺史，谢朓随行，诸多文士纷纷饯别赋诗，其中大多是竟陵王萧子良西邸的文士，诸如沈约、王融、范云、江孝嗣等，虞炎也作有《饯谢文学离夜诗》："清潮已驾渚，溽露复沾衣。一乖当春聚，方掩故园扉。"感情亦是真切自然。但从文学成就上来说，虞炎远远比不上谢朓，却也与谢朓有关。虞炎《玉阶怨》一诗中的"紫藤拂花树，黄鸟度青枝"两句曾被钟嵘视为齐梁人学习谢朓《玉阶怨》的例子："学谢朓，劣得'黄鸟度青枝'。"⑤ 虽然最为明显的是钟嵘对于谢朓诗风的不满，但是此语却证明了虞炎对谢朓的仰慕和效仿。此外，虞炎还有《奉和竟陵王经刘瓛墓下诗》，刘瓛卒于永明七年（489），竟陵王、

---

① 谢朓：《谢宣城集校注》，曹融南校注，上海古籍出版社，1991，第 1 页。

② 张玉谷：《古诗赏析》，上海古籍出版社，2000，第 441 页。

③ 逯钦立辑校《先秦汉魏南北朝诗·梁诗卷七》，中华书局，1983，第 1654 页。

④ 萧子显：《南齐书卷五十二·列传第三十三·文学》，中华书局，1972，第 900 页。

⑤ 钟嵘：《诗品注·总论》，陈延杰注，人民文学出版社，1961，第 3 页。

沈约、谢朓均有悼亡诗，由此可见虞炎与西邸文士关系之密。此外，虞炎还奉萧长懋之命，编纂鲍照诗文，作《鲍照集序》，此序虽然文采不甚出色，却是了解鲍照生平及其作品流传情况的重要材料。虽然虞炎并未像谢朓那样因权力斗争而丧命，对其卒年也无具体记载，但大体与谢朓同时，所以沈约再失挚友，痛而为诗，精准刻画了虞炎的才华及二人相交的情形。

王融也是"竟陵八友"之一，年龄虽较沈、谢二人为小，但同为"永明体"的创始人之一，"词美英净"[1]，其诗歌"最工刻饰，殆欲以声色胜人"[2]。但沈约感伤王融之作，并没有关注王融的文学成就，虽然称其才情奇特，但更多着眼其秉承七世祖东晋丞相王导之功绩，胸怀壮志，希望能够功成名就，怎奈命舛多艰，功亏一篑，赍志而殁。而《怀旧诗》中的另外六人——庾杲之、王谌、李珪之、韦景猷、刘沨、胡谐之，也都不是因为文学才华而为沈约所怀念书写，所以此处不再赘言。钱基博曾言沈约的《怀旧诗》"以《伤谢朓》、《伤王融》、《伤王堪》、《伤刘沨》四章为沉郁顿挫；偶对而出以劲快，调响意警，其源出颜延之《五君咏》也"[3]，从传统文学史书写范式的角度，又何尝不是一种承续呢？

沈约另作《七贤论》对"竹林七贤"进行了总结回顾。对于嵇康，作者论述了他超绝于世的神采、文才、谈吐与风貌，以及因此而导致的生不逢时、不为所容的结局："嵇生是上智之人，值无妄之日，神才高杰，故为世道所莫容。风邈挺特，荫映于天下；言理吐论，一时所莫能参。属马氏执国，欲以智计倾皇祚，诛锄胜己，靡或有遗。玄伯、太初之徒，并出嵇生之流，咸已就戮。嵇生于此时，非自免之运。若登朝进仕，映迈当时，则受祸之速，过于

---

① 锺嵘：《诗品注·卷下》，陈延杰注，人民文学出版社，1961，第71页。
② 陆时雍：《古诗镜·卷十六》，四库全书本。
③ 钱基博：《中国文学史》，中华书局，1993，第196页。

旋踵。自非霓裳羽带，无用自全。故始以饵术黄精，终于假涂托化。"对于阮籍，沈约认为其本性亦不应为当局所容，但阮公不及嵇康"挺特"，能够做到委曲求全，只是委曲得太过痛苦："阮公才器宏广，亦非衰世所容，但容貌风神，不及叔夜，求免世难，如为有涂。若率其恒仪，同物俯仰。迈群独秀，亦不为二马所安。故毁行废礼，以秽其德，崎岖人世，仅然后全。"合看二人，鉴于性格，虽人生轨迹不同，却皆含苦楚，以酒消愁："彼嵇、阮二生，志存保己，既托其迹，宜慢其形。慢形之具，非酒莫可，故引满终日，陶瓦尽年。"与颜延之的论述十分相近。至于刘伶、向秀、山涛与王戎四位，则以酒引起他们举樽欢宴、沐风而饮的妙悦生活："酒之为用，非可独酌。宜须朋侣，然后成欢。刘伶酒性既深，子期又是饮客，山、王二公，悦风而至。相与莫逆，把臂高林，徒得其游。故于野泽，衔杯举樽之致，寰中妙趣，固冥然不睹矣。"而阮咸则是追慕叔父："仲容年齿不悬，风力粗可，慕李文风尚，景而行之。"总之这五人的风流器度，则是"不为世匠所骇。且人本含情，情性宜有所托。慰悦当年，萧散怀抱，非五人之与，其谁与哉"①。

谢灵运和颜延之大体同时，也选择了前代著名文学家为之书史，而且两人创作时间也基本相同，只不过诗歌体式不同，并非颜延之的咏史类，而是拟作。

谢灵运（385~433），"少好学，博览群书，文章之美，江左莫逮"，"诗书皆兼独绝"。曾受命于宋太祖"整理秘阁书，补足阙文"，并因"晋氏一代，自始至终，竟无一家之史"而编撰《晋书》，文史兼善。② 其创作的《拟魏太子邺中集诗》，在模拟曹丕、

---

① 严可均：《全上古三代秦汉三国六朝文·全梁文卷二十九·七贤论》，商务印书馆，1999，第 312~313 页。
② 沈约：《宋书卷六十七·列传第二十七》，中华书局，1974，1772 页。

王粲、陈琳、徐干、刘桢、应场、阮瑀和曹植的诗作中，亦先以序言的形式，寥寥几语简要介绍诸文人的生平经历和作品特色。而在拟作正文中，谢氏分别以包括曹丕在内的八位文士的口气，回忆各自所处的社会环境、个人际遇和于邺城的文事活动情况。虽然是以五言诗的形式出现，但恰如一篇篇人物传记，类似以人物为中心的文学史著述。

谢灵运为魏太子曹丕篇所写的序言最为丰富，序言详细地回顾了建安末年邺下文人聚会交流的盛况："建安末，余时在邺宫，朝游夕宴，究欢愉之极。天下良辰美景，赏心乐事，四者难并。今昆弟友朋，二三诸彦，共尽之矣。古来此娱，书籍未见，何者？楚襄王时有宋玉、唐景，梁孝王时有邹、枚、严、马，游者美矣，而其主不文；汉武帝徐乐诸才，备应对之能，而雄猜多忌，岂获晤言之适？不诬方将，庶必贤于今日尔。岁月如流，零落将尽，撰文怀人，感往增怆。"① 文人交会的盛况在历史上并非鲜见，楚襄王时有宋玉和唐景，梁孝王时有邹阳、枚乘、严助和司马相如，但楚襄王和梁孝王都非富有文采的君主；汉武帝虽有文华，但其好猜忌，也没有形成主仆歌咏的文坛交游盛世，也正因为回顾历史唯有环绕曹氏父子的邺下文人群体最为繁盛，所以在文学史上的价值和意义非凡。曹丕的序言和拟诗都为组诗奠定了从政治到文学的叙述视角和感情基调。

> 百川赴巨海，众星环北辰。照灼烂霄汉，遥裔起长津。
> 天地中横溃，家王拯生民。区宇既涤荡，群英必来臻。
> 悉此钦贤性，由来常怀仁。况值众君子，倾心隆日新。

① 萧统：《文选卷三十·拟魏太子邺中集诗八首并序》，李善注，上海古籍出版社，1986，第 1432 页。

> 论物靡浮说，析理实敷陈。罗缕岂阙辞？窈窕究天人。
> 澄觞满金罍，连榻设华茵。急弦动飞听，清歌拂梁尘。
> 何言相遇易，此欢信可珍。

大海和北辰指曹操，百川和众星指邺下诸子，川汇大海，星绕北辰，这不仅是汉末的政治形势，也是文学形势。后面具体描述了曹操统一大业的背景和进程，以及他对待贤士的态度和政策，这也是众人加入曹氏集团的缘由。正因为这样的领袖，他不同于楚襄王和梁孝王的有人无文，也不同于汉武帝的心胸狭窄，所以邺下诸子依附之后，可以在论物析理这些文人本职之余，尽享欢宴。而欢宴盛况和文人们的心情，谢灵运应该是充分参考了曹丕《与吴质书》《又与吴质书》中的自述，可见这两封书信也具有文学史史料价值。

> 每念昔日南皮之游，诚不可忘。既妙思六经，逍遥百氏，弹棋闲设，终以六博，高谈娱心，哀筝顺耳。驰骛北场，旅食南馆，浮甘瓜于清泉，沈朱李于寒水。皦日既没，继以朗月，同乘并载，以游后园，舆轮徐动，宾从无声，清风夜起，悲笳微吟，乐往哀来，凄然伤怀。余顾而言，兹乐难常，足下之徒，咸以为然。今果分别，各在一方。元瑜长逝，化为异物，每一念至，何时可言？方今蕤宾纪辰，景风扇物，天气和暖，众果具繁。时驾而游，北遵河曲，从者鸣笳以启路，文学托乘于后车，节同时异，物是人非，我劳如何！
> 昔年疾疫，亲故多离其灾，徐、陈、应、刘，一时俱逝，痛可言邪？昔日游处，行则连舆，止则接席，何曾须臾相失！每至觞酌流行，丝竹并奏，酒酣耳热，仰而赋诗，当此之时，忽然不自知乐也。谓百年己分，可长共相保，何图数年之间，零落略尽，言之伤心。顷撰其遗文，都为一集，观其姓名，已

为鬼录。追思昔游，犹在心目，而此诸子，化为粪壤，可复道哉？①

曹丕在这两封书信中展示了邺下文人集团的文事活动，正好与谢灵运的关注点十分契合。谢灵运在这几首拟作中的重点也是展现文事活动的盛况，但拟曹丕这首不同于后续七首会涉及具体作家的经历，而是从宏观的视角去审视邺下文人集团成立的背景和情况，更像是序言的延续或者补充说明，真正以文学家为中心的书写在于王粲等七人。

《拟王粲邺中集诗》小序为："王粲家本秦川，贵公子孙，遭乱流寓，自伤情多。"② 指出王粲出身、籍贯和因遭际所造成的个人气质。诗作中，首先谈及王粲所处的社会环境："幽厉昔崩乱，桓灵今板荡。伊洛既燎烟，函崤没无像。"继而是其于乱世所选择的出路："整装辞秦川，秣马赴楚壤。"然在刘表荆州处，饱尝困顿与失意："沮漳自可美，客心非外奖。常叹诗人言，式微何由往。"直到建安十三年刘表病死，王粲力劝刘表子刘琮率荆州众部投降曹操后，始感光明显现："上宰奉皇灵，侯伯咸宗长。云骑乱汉南，纪郢皆扫荡。排雾属盛明，披云对清朗。"在曹魏大本营邺城的仕宦生涯中，又幸运地遇到了曹植和曹丕两位文学领袖和诸多骚人墨客，众人"行则连舆，止则接席"，"每至觞酌流行，丝竹并奏，酒酣耳热，仰而赋诗"③，游赏欢宴好不快意："庆泰欲重叠，公子特先赏。不谓息肩愿，一旦值明两。并载游邺京，方舟泛河广。绸缪清燕娱，寂寥梁栋响。既作长夜饮，岂顾乘日养！"④

---

① 萧统：《文选卷四十二·书中》，李善注，上海古籍出版社，1986，第 1895~1897 页。
② 萧统：《文选卷三十·诗庚·杂拟上》，李善注，上海古籍出版社，1986，第 1433 页。
③ 萧统：《文选卷四十二·书中》，李善注，上海古籍出版社，1986，第 1895~1897 页。
④ 萧统：《文选卷三十·诗庚·杂拟上》，李善注，上海古籍出版社，1986，第 1433 页。

《拟陈琳邺中集诗》的小序是："袁本初书记之士，故述丧乱事多。"① 交代陈琳原本是袁绍麾下掌管书记的士人，所以他的笔下多为丧乱之事。陈琳和王粲的经历不同，王粲加入曹魏集团时身傍规劝刘琮之功，陈琳则是在建安九年，因为袁绍惨败，作为虏臣归降而来，所以谢灵运在展现陈琳的前期仕途经历时，侧重于当时董卓、袁绍、曹操几大军事集团的对阵形势和陈琳最终选择加入曹氏集团的缘由："皇汉逢屯邅，天下遭氛慝。董氏沦关西，袁家拥河北。单民易周章，窘身就羁勒。岂意事乖己，永怀恋故国。相公实勤王，信能定蝥贼。复睹东都辉，重见汉朝则。"② 归顺曹操之后，陈琳的主要工作还是负责书记写作，所不同的是邺下群彦毕至，又逢"公子敬爱客，终谦不知疲"，所以陈琳的生活相比前期多了诗、酒以及相关的文事活动："余生幸已多，矧乃值明德。爱客不告疲，饮谦遗景刻。夜听极星阑，朝游穷曛黑。哀哇动梁埃，急觞荡幽默。且尽一日娱，莫知古来惑。"

徐干的经历不同于王粲、陈琳等人，《拟徐干邺中集诗》小序称其"少无宦情，有箕颍之心事，故仕世多素辞"③，非常符合徐干的为人原则、作品风格和年少经历。据史书记载，建安十二年，曹操东征乌桓途径青州，慕名诏请"潜伏延年"的徐干，没想到他"力疾应命，丛戎征行"④。而谢灵运在诗中首先表现的也是这个经历："伊昔家临淄，提携弄齐瑟。置酒饮胶东，淹留憩高密。此欢谓可终，外物始难毕。摇荡箕濮情，穷年迫忧栗。末涂幸休明，栖集建薄质。"加入曹氏集团后的生活同其他邺下俊彦相同，只是徐干之气不同于他人，他的"恬淡寡欲，有箕山之志"一直影响着他

---

① 萧统：《文选卷三十·诗庚·杂拟上》，李善注，上海古籍出版社，1986，第1434页。
② 萧统：《文选卷三十·诗庚·杂拟上》，李善注，上海古籍出版社，1986，第1434页。
③ 萧统：《文选卷三十·诗庚·杂拟上》，李善注，上海古籍出版社，1986，第1435页。
④ 徐干：《中论》，涵芬楼影印明嘉靖乙丑青州刊本，第3~4页。

的写作，尤其是后期因病返回家乡，所以他的人生感悟中也总是带有丝丝怅然："已免负薪苦，仍游椒兰室。清论事究万，美话信非一。行觞奏悲歌，永夜系白日。华屋非蓬居，时髦岂余匹？中饮顾昔心，怅焉若有失。"

相比徐干的"怀文抱质"偏属于个人情怀，刘桢之文章最有时气，《拟刘桢邺中集诗》小序有言："卓荦偏人，而文最有气，所得颇经奇。"[1] 刘桢自幼居于山东，初平三年，曹操进击黄巾军于东平寿张，曾经诏其来归，因年少未就，献帝东迁后，投入曹操府中："贫居晏里闬，少小长东平。河兖当冲要，沦飘薄许京。广川无逆流，招纳厕群英。"刘桢在建安群贤中属于较有资历的，所以跟随曹操南征北战的经历也相对丰富："北渡黎阳津，南登纪郢城。"但伴君如伴虎，相比其他文士，刘桢多了失敬被刑的经历："太子尝请诸文学，酒酣坐欢，命夫人甄氏出拜。坐中众人咸伏，而桢独平视。太祖闻之，乃收桢，减死输作。"[2] 此事发生在建安十六年，刘桢在幽禁之地曾写诗与徐干，宣泄心中苦闷抑郁及慨愤不平："拘限清切禁，中情无由宣。思子沉心曲，长叹不能言。起坐失次第，一日三四迁。……仰视白日光，皦皦高且悬"。徐干体会到挚友的心情，速作《答刘桢诗》："与子别无几，所经未一旬。我思一何笃，其愁如三春。"表达思念抚慰之意。所以谢灵运对于刘桢的生平，尤其是邺下时期，相比其他文士少了歌舞升平诗酒宴饮，多了由此而生的"欢友"、"治乱情"以及"命轻"事"难谐"之惑："既览古今事，颇识治乱情。欢友相解达，敷奏究平生。矧荷明哲顾，知深觉命轻。朝游牛羊下，暮坐括揭鸣。终岁非一

---

[1] 萧统：《文选卷三十·诗庚·杂拟上》，李善注，上海古籍出版社，1986，第 1436 页。
[2] 陈寿：《三国志卷二十一·魏书二十一·王卫二刘傅传第二十一》，裴松之注，中华书局，1959，第 602 页。

日，传卮弄新声。辰事既难谐，欢愿如今并。唯羡肃肃翰，缤纷戾高冥。”[①]

应玚早年奔波，求仕无果，所以谢灵运说他“汝颍之士，流离世故，颇有飘薄之叹”[②]，并详细记述了他的流离经历：“嗷嗷云中雁，举翮自委羽。求凉弱水湄，违寒长沙渚。顾我梁川时，缓步集颍许。天下昔未定，托身早得所。官度厕一卒，乌林预艰阻。”官渡之战前，大约建安五年，应玚归附曹魏集团，终于迎来相对稳定又舒服的日子，虽然宴饮间亦有身不由己，但人生两期的反差却是非常鲜明了：“晚节值众贤，会同庇天宇。列坐荫华榱，金樽盈清醑。始奏延露曲，继以阑夕语。调笑辄酬答，嘲谑无惭沮。倾躯无遗虑，在心良已叙。”

阮瑀也在建安九年前后加入曹魏集团，“得太祖召，即投杖而起”[③]，亦为司空军谋祭酒，“管书记之任”。阮瑀的经历相对简单，可谓顺利加盟：“河洲多沙尘，风悲黄云起。金羁相驰逐，联翩何穷已。”所以谢灵运对于他的描述更多的是在后期的文人集团时期，明确点出“南皮之游”这一最具代表性的邺下文人集团文事活动，而且多“有优渥之言”来美赞邺下盛景。拟诗八首最能凸显这一主题：“庆云惠优渥，微薄攀多士。念昔渤海时，南皮戏清沚。今复河曲游，鸣葭泛兰汜。躧步陵丹梯，并坐侍君子。妍谈既愉心，哀弄信睦耳。倾酤系芳醑，酌言岂终始。自从食萍来，唯见今日美。”[④]

曹植的人生在史家笔下，多集中于其血雨腥风中的争权夺利以及愈趋落魄的境遇，但是谢灵运将其视为文学家，讲述其“不及世

① 萧统：《文选卷三十·诗庚·杂拟上》，李善注，上海古籍出版社，1986，第1436页。
② 萧统：《文选卷三十·诗庚·杂拟上》，李善注，上海古籍出版社，1986，第1437页。
③ 陈寿：《三国志卷二十一·魏书二十一·王卫二刘傅传第二十一》，裴松之注，中华书局，1959，第600页。
④ 萧统：《文选卷三十·诗庚·杂拟上》，李善注，上海古籍出版社，1986，第1437页。

事"的"公子"人生，以及"美邀游，然颇有忧生之嗟"①的文事活动和文学创作。

谢灵运《拟魏太子邺中集八首》和序言，从文学史书写的角度来看，将邺下文人完全视为文学家而非士人政客，并且对其生平经历、文事活动、作品的题材风格都有涉及，唯一遗憾是没有提及具体作品，但谢灵运适度地将部分作品融入了自己的写作之中，比如《拟王粲邺中集诗》多处模拟王粲《七哀诗》。同时邺下文人结合自身经历创作了大量的公宴作品，其中既展现了美酒新声的宴饮常景，也可以看出曹氏兄弟与邺下文士辩学论诗的创作风尚，比如应场《公宴诗》云："巍巍主人德，佳会被四方。开馆延群士，置酒于斯堂。辩论释郁结，援笔兴文章。穆穆众君子，好合同欢康。促坐褰重帷，传满腾羽觞。"而这些公宴诗的内容和风格也被谢灵运倾力琢磨并且很好地融入了自己的创作之中，所谓拟诗之用意也正在于此吧。

当然，书写自是主观意识的渗入，史家如此，文学史家亦如此。谢灵运《拟邺中集八首》通过诗文的形式重现邺下文人集团文事活动的盛况，但其过分强调唱和宴饮的欢愉景象，忽略文人其时正常的建功立业和怀才不遇的心态，"包括曹丕、曹植在内，邺下诸子们并没有在花天酒地中迷醉，并没有放弃自己的人生追求和理想壮志。即使是在'怜风月，狎池苑，述恩荣，叙酣宴'之时，他们也保留有'慷慨以任气，磊落以使才'的风貌"。"拟诗把建安时代的一代志士写成了一群追求享乐、贪图安逸的世俗之士"②这于其文学史书写并无严重不妥，但与史实偏差稍大。

上述颜延之、沈约、谢灵运三位文学史家，都选择了诗或者文

---

① 萧统：《文选卷三十·诗庚·杂拟上》，李善注，上海古籍出版社，1986，第1438页。
② 孙明君：《谢灵运〈拟魏太子邺中集诗八首〉中的邺下之游》，《陕西师范大学学报》2006年第1期，第7页。

这样的文学体式，并且都包含了对作家的论述。而这些论述，或者承延前代的观念，在不同的历史时空，对同样的作家及其创作情况进行回顾与总结，或者立足于当时社会文学发展状况，对于某些作家的文才做出判断，都体现了文学史家对于文学发展的历史观念。

（三）"文章志"类

同样是文学家出身的文学史家，同样是以作家为中心，还有另外的一类文学史编撰情况，那就是以胪列作家生平和简述文学成就为主，前者包括姓名字号、生平家世以及游历仕宦情况，后者包括擅长体式、代表作品和主要文事活动情况，是为《文章志》类，以荀勖《文章叙录》、挚虞《文章志》为代表。

《文章志》最早以"目录"为名见于《隋书·经籍志》。《隋志》史部《簿录》篇小序称："先代目录，亦多散亡。今总其见存，编为簿录篇。"目录起源于文集书目的整理工作，刘向刘歆父子在汉代相继整理《别录》和《七略》，是图书分类目录的首创者，其编撰模式为"刘向校经传诸子诗赋……每一书已，向辄条其篇目，撮其指意，录而奏之"[1]。《别录序》曰："昔刘向校书，辄为一录，论其指归，辨其讹谬，随竟奏上，皆载本书。时又别集众录，谓之《别录》，即今之《别录》是也。"[2] 意谓刘向每整理完一书，就为该书编制篇目，然后撮要校雠情况、作者生平及撰著旨意等，记录并上报。将刘向这些校雠书籍的副产品，即表、奏之文别纂成著作，就是《别录》。其中书目提要，又称解题，其基本范式为"校书诸叙论，既审定其篇次，又推论其生平"[3]。所谓审定篇次是从作品出发，而推论生平则从作者出发，所以可以肯定，与作

① 班固：《汉书卷三十·艺文志第十》，中华书局，1962，第1701页。
② 释道宣：《广弘明集》，《文渊阁四库全书》第1048册，上海古籍出版社，1987。
③ 章学诚：《校雠通义》，罗经点校，大中书局，1934，第41页。

者有关的信息是书目提要中的基本内容：用"附录""补传"等形式论考作者之行事，从"叙其仕履""叙作者生卒"等论考作者之时代，以"博通古今，明于著作之体""虚其心以察之，平其情以出之"的才情论考作者之学术①。

书目提要又有"叙录"的称法。介绍著者生平与思想、辨别书的真伪、评论思想或史事的是非、叙述学术源流是叙录体提要的固有内容。然余嘉锡在《目录学发微》中指出："叙录之体，源于书叙，刘向所作书录，体制略同列传，与司马迁、扬雄自叙大抵相同。其先淮南王刘安作《离骚传叙》，已用此体矣……"而其"体制略同列传"的观点早在章学诚《校雠通义》中已有提出："以书而言，谓之叙录可也；以人而言，谓之列传可也。"② 显而易见，列传的观点进一步凸显了以作家为中心的叙述范式。尤其是汉魏文学自觉，文体繁盛，文集蓬出，目录的整理顺势而生且愈具价值。同时品评人物之风大兴，叙录体提要中有关作者生平的部分进一步扩大和发展，所谓"汉、魏、六朝人所作书叙，多叙其人平生之事迹及其学问得力之所在"③，从而衍生为传录体，进一步强化列传的体制。而在上述两方面背景下，刘向刘歆父子时期的综合性学术目录逐渐专业化，出现了能够脱离文集独立成书的文学专科目录，即荀勖的《文章叙录》。挚虞《文章志》虽稍晚于荀勖之作，但其作为传录体提要的开山之作，影响更大。

"文章志"类以作家传记为主，以篇目为辅，荀勖和挚虞之后，又有阮孝绪《七录》、王俭《七志》等踵武其事，但后者统为四部群书而作。本文基于文学史书写范式研究，着重从荀勖和挚虞论起。

---

① 余嘉锡：《目录学发微》，巴蜀书社，1991，第39~55页。
② 章学诚：《校雠通义》，罗经点校，大中书局，1934，第28页。
③ 余嘉锡：《目录学发微》，巴蜀书社，1991，第37页。

荀勖（？~289），字公曾，"年十余岁能属文"，曾"领著作"史职，奉命"依刘向《别录》整理记籍"。太康二年（281），晋武帝司马炎"得汲郡冢中古文竹书，诏勖撰次之，以为《中经》"，首分古籍为甲乙丙丁四部，其人"久管机密，有才思"①。荀勖的《文章叙录》所录多为汉魏作家，其内容包括作家的姓名字号、家世官爵、仕途交游等基本生平经历以及文才兴趣和代表作品的内容风格，或录原文，或择之加以评骘，"可视为我国第一部作家传记"②，可惜全书早已亡佚，现今所存为从《三国志》裴注、《世说新语》刘孝标注和《文选》六臣注中辑佚而成，包括夏侯惠、荀纬、韦诞、应璩、应贞、孙该、杜挚、裴秀、嵇康、缪袭、何晏等，其中还涉及邯郸淳、毌丘俭等文士，但并非单独立传。根据目前辑佚资料，可以简单分为几个层次。首先，应璩和杜挚，保留材料相对丰富，作家的姓名字号、家世官爵、仕途交游等基本生平经历以及文才兴趣、代表作品的内容风格和作品原文或评骘都清晰可见。其次，明确提到文学家和文学的关系，或者指出其所擅长的文学体式，或者举出他的代表作品，虽然和其人生相比并不全面，但也是息息相关，包括夏侯惠、荀纬、应贞、韦诞、孙该、裴秀、何晏等人。再次，嵇康和缪袭二人因为保留信息太少，基本仅涉及家世官爵，其文学成就难以看出，所以很难为文学史书写的范式提供可参寻的经验。

首先来看有关应璩的情况。《三国志·王粲传》正文中仅有寥寥几语涉及："玚弟璩，璩子贞，咸以文章显。璩官至侍中。贞咸熙中参相国军事。"而裴松之引《文章叙录》记载则详细得多。

---

① 房玄龄：《晋书卷三十九·列传第十九》，中华书局，1974，第1157页。
② 穆克宏、郭丹：《魏晋南北朝文论全编》（修订版），江苏教育出版社，2004，第50页。

　　璩字休琏，博学好属文，善为书记。文、明帝世，历官散
骑常侍。齐王即位，稍迁侍中、大将军长史。曹爽秉政，多违
法度，璩为诗以讽焉。其言虽颇谐合，多切时要，世共传之。
复为侍中，典著作。嘉平四年卒，追赠卫尉。①

　　此外，还能从《文选》中看到关于应璩《百一诗》部分，不论是
李善注和五臣注，都引用了荀勖《文章叙录》的内容，分别是：

　　璩字休琏，博学好属文，明帝时历官散骑侍郎。曹爽多违
法度，璩为诗以讽焉。典著作，卒。②
　　曹爽用事，多违法度，璩作此诗，以刺在位，意若百分有
补于一者。③

　　将上述三则引文合并而观，我们可以看出应璩作为文学家的生
平是这个样子的。应璩，字休琏，自幼"博学好属文"，诸文体之
中"善为书记"。魏文帝和明帝时，担任官散骑常侍的职务。齐王
曹芳即位后，迁任侍中、大将军长史等职。其后曹爽秉政，多有违
背法度之事，应璩于是作诗进行讽刺，其用意在于"百分有补于一
者"。这首诗用语虽然谐合而非雅正，但大多切中要害，所以后世
流传深广。之后又恢复侍中的职务，负责"典著作"。齐王嘉平四
年，应璩病逝，追赠其"卫尉"。
　　关于杜挚，《三国志·刘劭传》裴松之注引《文章叙录》这样
记载。

---

① 陈寿：《三国志卷二十一·魏书二十一·王卫二刘傅传第二十一》，裴松之注，中华书
　　局，1959，第604页。
② 萧统：《文选卷二十七·咏史》，李善注，上海古籍出版社，1986，第1015~1016页。
③ 叶梦得：《石林诗话》，《历代诗话》，中华书局，1981，第433~434页。

挚字德鲁。初上《笳赋》，署司徒军谋吏。后举孝廉，除郎中，转补校书。挚与毌丘俭乡里相亲，故为诗与俭，求仙人药一丸，欲以感切俭求助也。其诗曰："骐骥马不试，婆娑槽枥间。壮士志未伸，坎坷多辛酸。伊挚为媵臣，吕望身操竿；夷吾困商贩，宁戚对牛叹；食其处监门，淮阴饥不餐；买臣老负薪，妻畔呼不还，释之宦十年，位不增故官。才非八子伦，而与齐其患。无知不在此，袁盎未有言。被此笃病久，荣卫动不安，闻有韩众药，信来给一丸。"俭答曰："凤鸟翔京邑，哀鸣有所思。才为圣世出，德音何不怡！八子未遭遇，今者遭明时。胡康出垄亩，杨伟无根基，飞腾冲云天，奋迅协光熙。骏骥骨法异，伯乐观知之，但当养羽翮，鸿举必有期。体无纤微疾，安用问良医？联翩轻栖集，还为燕雀嗤。韩众药虽良，或更不能治。悠悠千里情，薄言答嘉诗。信心感诸中，中实不在辞。"挚竟不得迁，卒于秘书。[①]

荀勖关于杜挚的记录，在留存下来的资料中最为珍贵的是将其与毌丘俭的诗文往来情况原文保存，这是目前辑佚文中唯一可见原文的。并且两首诗作都非简单地录入保留，而是围绕着诗文往来，交代了其创作背景：杜挚与毌丘俭本是同乡关系，杜挚想找毌丘俭求一枚仙人药，于是赋诗一首，希望通过亲笔信的方式表达恳切的感激之情。虽然最终毌丘俭也通过赋诗书信的方式拒绝杜挚，并且杜挚最终的结局"竟不得迁，卒于秘书"，稍有唏嘘，但杜挚的形象通过这篇作品和这段故事也丰富立体起来了。同时荀勖还特别提到杜挚的《笳赋》，虽然没有关于创作背景和作品内容等相关材料

---

① 陈寿：《三国志卷二十一·魏书二十一·王卫二刘傅传第二十一》，裴松之注，中华书局，1959，第622页。

的交代，但是清晰地列出了篇名，这在现存佚文中也很珍贵，虽然如上述应璩《百一诗》的相关材料介绍得非常详细，但只是用"为诗""作此诗"来代称，甚至具体解释了"百一"的意思是"意若百分有补于一者"，最终都未为诗正名。

夏侯惠、荀纬、应贞、韦诞、孙该、裴秀、何晏等人的现存资料，基本处于一个层面，那就是仅仅明确提到文学家和文学的关系。具体而言，或者指出其所擅长的文学体式，或者举出他的作品著述，或者提到相关的文学活动。虽然和其人生相比并不全面，但也是息息相关可见的信息点。

> 惠字稚权，幼以才学见称，善属奏议。历散骑黄门侍郎，与锺毓数有辩驳，事多见从。迁燕相、乐安太守。年三十七卒。①
>
> 纬字公高。少喜文学。建安中，召署军谋掾、魏太子庶子，稍迁至散骑常侍、越骑校尉。年四十二，黄初四年卒。②
>
> 贞字吉甫，少以才闻，能谈论。正始中，夏侯玄盛有名势，贞尝在玄坐作五言诗，玄嘉玩之。举高第，历显位。晋武帝为抚军大将军，以贞参军事。晋室践阼，迁太子中庶子、散骑常侍。又以儒学与太尉荀顗撰定新礼，事未施行。泰始五年卒。贞弟纯。纯子绍，永嘉中为黄门侍郎，为司马越所杀。纯弟秀。秀子詹，镇南大将军、江州刺史。(《三国志·魏志卷二十一·王粲传》注引)③

---

① 陈寿：《三国志卷九·魏书九·诸夏侯曹传第九》，裴松之注，中华书局，1959，第273页。
② 陈寿：《三国志卷二十一·魏书二十一·王卫二刘傅传第二十一》，裴松之注，中华书局，1959，第604页。
③ 陈寿：《三国志卷二十一·魏书二十一·王卫二刘傅传第二十一》，裴松之注，中华书局，1959，第604页。

诞字仲将，太仆端之子。有文才，善属辞章。建安中，为郡上计吏，特拜郎中，稍迁侍中中书监，以光禄大夫逊位，年七十五卒于家。初，邯郸淳、卫觊及诞并善书，有名。觊孙恒撰四体书势，其序古文曰："自秦用篆书，焚烧先典，而古文绝矣。汉武帝时，鲁恭王坏孔子宅，得尚书、春秋、论语、孝经，时人已不复知有古文，谓之科斗书，汉世秘藏，希得见之。魏初传古文者，出于邯郸淳。敬侯写淳尚书，后以示淳，而淳不别。至正始中，立三字石经，转失淳法。因科斗之名，遂效其法。太康元年，汲县民盗发魏襄王冢，得策书十馀万言。案敬侯所书，犹有仿佛。"敬侯谓觊也。其序篆书曰："秦时李斯号为工篆，诸山及铜人铭皆斯书也。汉建初中，扶风曹喜少异于斯而亦称善。邯郸淳师焉，略究其妙。韦诞师淳而不及也。太和中，诞为武都太守，以能书留补侍中，魏氏宝器铭题皆诞书云。汉末又有蔡邕采斯、喜之法，为古今杂形，然精密简理不如淳也。"其序录隶书，已略见武纪。又曰："师宜官为大字，邯郸淳为小字。梁鹄谓淳得次仲法，然鹄之用笔尽其势矣。"其序草书曰："汉兴而有草书，不知作者姓名。至章帝时，齐相杜度号善作篇，后有崔瑗、崔寔亦皆称工。杜氏结字甚安而书体微瘦，崔氏甚得笔势而结字小疏。弘农张伯英者因而转精其巧。凡家之衣帛，必书而后练之，临池学书，池水尽黑。下笔必为楷则号'匆匆不暇草书'，寸纸不见遗，至今世人尤宝之，韦仲将谓之草圣。伯英弟文舒者，次伯英。又有姜孟颖、梁孔达、田彦和及韦仲将之徒，皆伯英弟子，有名于世，然殊不及文舒也。"①

① 陈寿：《三国志卷二十一·魏书二十一·王卫二刘傅传第二十一》，裴松之注，中华书局，1959，第621页。

该字公达。强志好学。年二十，上计掾，召为郎中。著魏书。迁博士司徒右长史，复还入著作。景元二年卒官。①

秀字季彦。弘通博济，八岁能属文，遂知名。大将军曹爽辟。丧父服终，推财与兄弟。年二十五，迁黄门侍郎。爽诛，以故吏免。迁卫国相，累迁散骑常侍、尚书仆射令、光禄大夫。咸熙中，晋文王始建五等，命秀典为制度，封广川侯。晋室受禅，进左光禄大夫，改封钜鹿公，迁司空。著易及乐论，又画地域图十八篇，传行于世。盟会图及典治官制皆未成。年四十八，泰始七年薨，谥元公，配食宗庙。少子颜，字逸民，袭封。②

韦诞字仲将，京兆杜陵人，太仆端子。有文学，善属辞。以光禄大夫卒。③

荀勖学习刘向、刘歆父子，创作《文章叙录》开辟文人传记的书写，之后挚虞有更富人物传记色彩的《文章志》问世。

挚虞（？～311），字仲洽，西晋京兆长安（今陕西省西安西北）人。早年师从皇甫谧，晋武帝泰始四年（268），策试及第，中举贤良方正，拜为中郎。后擢为太子舍人，除闻喜令，历任秘书监、卫尉卿、光禄勋，官至太常卿。"才学通博，著述不倦"，其"撰《文章志》四卷，注解《三辅决录》，又撰古文章，类聚区分为三十卷，名曰《流别集》，各为之论，辞理惬当，为世所重"。④《隋书·经籍志》载其著录有《决疑要注》一卷、《三辅决录注》

---

① 陈寿：《三国志卷二十一·魏书二十一·王卫二刘傅传第二十一》，裴松之注，中华书局，1959，第622页。
② 陈寿：《三国志卷二十三·魏书二十三·和常杨杜赵裴传第二十三》，裴松之注，中华书局，1959，第673页。
③ 余嘉锡：《世说新语笺疏·巧艺第二十一》，中华书局，2007，第842页。
④ 房玄龄：《晋书卷五十一·列传第二十一》，中华书局，1974，第1419～1427页。

七卷、《文章志》四卷、《畿服经》一百七十卷、《挚虞集》九卷、《文章流别集》四十一卷、《文章流别志、论》二卷，总计二百三十四卷。今多不传，明人张溥辑其诗、赋、文、论近六十篇为《挚太常集》。

所谓"文章"，"礼乐之殊称矣。其后转移，施于篇什"①。秦汉时期，文章的概念延展为经史子目，魏晋渐有"文笔之分"的讨论，挚虞自云："文章者，所以宣上下之象，明人伦之叙，穷理尽性，以究万物之宜者也。王泽流而诗作，成功臻而颂兴，德勋立而铭著，嘉美终而诔集。祝史陈辞，官箴王阙。"②他举出诗、颂、铭、诔、辞和箴等文体为文章代表，越来越趋近于相对纯粹的文学内涵。同时，挚虞继承曹丕"盖文章，经国之大业，不朽之盛事"的观点，推崇文章价值，称之为"明人伦之叙""究万物之宜"。《文章志》由于全书亡佚，所以著录篇目起于何时不详，但可确定止于曹魏，所以属于通代目录。其目录带有提要，皆系于作品之下，属于传录体，虽然佚文难见某位作家全貌，但通过多家对照可见其内容涵盖作者姓氏名字、家世籍贯、生平事迹、著述情况等诸多方面。

上文提到关于文章志类著述的列传性质，在挚虞《文章志》的研究中更为普遍。章学诚在《文史通义校注·和州志前志列传序例》中说："晋挚虞创为《文章志》，叙文士之生平，论辞章之端委；范史《文苑传》所由仿也。自是文士记传，代有缀笔，而文苑入史，亦遂奉为成规。"③张鹏一辑《挚太常遗书》，其序云：《文章志》一书，《隋志》作四卷，大抵皆汉晋辞林之英、邺下七子之类，开蔚宗《文苑》之先，为《后汉书》列传之例。牟世金亦云：

---

① 章炳麟：《文学总略》，见程千帆《文论十笺》，黑龙江人民出版社，1983，第 3 页。
② 欧阳询：《艺文类聚·卷五十六》，中华书局，1965，第 1018 页。
③ 章学诚：《文史通义校注·和州志·前志列传·序例》，中华书局，1985，第 685 页。

"四卷本的《文章志》原是文章目录，这个目录是以人为纲编成的，故有每个作家的简略传记。"① 邓国光则直接指出挚虞《文章志》乃作家传记："挚虞《文章志》四卷及《文章流别集》三十卷，前者为作家传记，后者乃文章总集。"② 当代学者杨明照③、傅刚④均认为挚虞《文章志》为人物传记。这足以佐证本文将其放入"以人为纲"的文学史书写范式之中讨论的思路。

荀勖和挚虞所著录的都是晋以前诸家文集之文学目录，此后又多有续作。南朝宋傅亮专承挚虞作《续文章志》二卷，补录西晋文学作品及文学家；宋明帝撰《晋江左文章志》三卷，专记东晋文学作品；丘渊之撰《晋义熙以来新集目录》三卷（《世说新语》注引作《文章录》《文章叙》《新集叙》），聚焦义熙年间作品；沈约撰《宋世文章志》二卷，涵盖刘宋一代。从篇名来看，这些文学目录多师法挚虞，名曰"文章志"，也都效法其体例，从而掀起中古文学目录编撰的高潮，可见由荀勖、挚虞开创的文学专科目录的重要价值，只可惜这些目录都没有完整地流传下来，仅能从《世说新语注》等所引佚文来窥其原貌了。

《文章志》更重要的在于它对魏以前的文学作品、作者及相关文事活动的总结和记录。作为传统文学史"以人为纲"书写的典型范式，《文章志》在文学史书写史上具有横亘文史、承前启后的重要价值。尤其是之后《文士传》等专业文人传记著述的诞生，无一不是受其启发。"挚虞而后，沈约、傅亮、张骘诸人，纷纷撰

① 朱东润：《〈文章流别志、论〉原貌初探》，见《中华文史论丛》（第42辑），上海古籍出版社，1987，第351页。
② 邓国光：《挚虞研究》，香港学衡出版社，1990，第157页。
③ 杨明照：《从〈文心雕龙〉看中国古代文论史、评论结合的民族特色》，《古代文学理论研究》（第十辑），上海古籍出版社，1985。
④ 傅刚：《六朝文体辨析的学术渊源》，《中国社会科学》2000年第2期，第145~153页。

录"①。从现存辑佚片段看来，《文章志》包括汉魏作家潘勖、刘季绪、崔烈、恒麟、傅毅、缪袭、王粲、阮瑀、陈琳、徐干、繁钦、应璩、应贞等人和西晋作家潘尼，另有周不疑、史岑、刘玄等生平不详之文士。从作家数量上来说，超过《文章叙录》，但遗憾的是，佚文都非常简短，甚至不及《文章叙录》，所以很难通过一则书写去勾勒某一作家文学的一生，只能将所有佚文综合起来辨析挚虞《文章志》所涉及的内容都有哪些，从而对其"以人为纲"的文学史书写范式有所了解。

首先，佚文中可见作者和具体作品的涉及周不疑、刘季绪、潘勖、桓麟、刘玄、傅毅、徐干等七人。

> 不疑死时年十七，著《文论》四首。②
>
> 刘季绪名修，刘表子，官至东安太守。著诗、赋、颂六篇。③
>
> 麟文见在者十八篇，有碑九首、诔七首、《七说》一首、《沛相郭府君书》一首。④
>
> 刘玄，字伯康，明帝时，官至中大夫，作《簧赋》。⑤
>
> 傅毅，字武仲，作《琴赋》。⑥
>
> 徐干，字伟长，北海人。太祖召以为军谋祭酒，转太子文学，以道德见称。著书二十篇，号曰《中论》。⑦

---

① 章学诚：《文史通义·和州志·前志列传·序例中》，中华书局，1985，第 685 页。
② 陈寿：《三国志卷六·魏书六·董二袁刘传第六》，裴松之注，中华书局，2005，第 163 页。
③ 陈寿：《三国志卷十九·魏书十九·任城陈萧王传第十九》，裴松之注，中华书局，2005，第 419 页。
④ 范晔：《后汉书卷三十七·桓荣丁鸿列传二十七》，中华书局，1965，第 1260 页。
⑤ 萧统：《文选卷十八·赋壬·音乐下》，李善注，上海古籍出版社，1986，第 808 页。
⑥ 萧统：《文选卷十八·赋壬·音乐下》，李善注，上海古籍出版社，1986，第 808 页。
⑦ 萧统：《文选卷四十二·书中》，李善注，上海古籍出版社，1986，第 1897 页。

勖字元茂，初名芝，改名勖，后避讳。或曰勖献帝时为尚书郎，迁右丞。诏以勖前在二千石曹，才敏兼通，明习旧事，敕并领本职，数加特赐。二十年，迁东海相。未发，留拜尚书左丞。其年病卒，时年五十馀。魏公《九锡策命》，勖所作也。勖子满，平原太守，亦以学行称。①

潘勖，字元茂，献帝时为尚书郎，迁东海相，未发，拜尚书左丞，病卒。《魏锡》，勖所作。②

在这八则佚文之中，除潘勖之外，作者和作品的紧密程度非常明显，周不疑和桓麟的佚文似是原文结束语，是其辞世后后人整理其作品情况的结果。其他如刘季绪、刘玄和傅毅在姓名字号和家世官职的简单交代之后，就直接举出代表作品，非常直接明了，更多了纯粹文学家的意味。徐干文中多了些仕途经历的介绍，但重点还是落于著述。潘勖的个人生平经历交代得相对清晰，尤其是仕途经历、卒年和其子情况都涵盖其中，可见"传记"之说并非虚谈。

其次，提及作者姓名字号以及与文才有关的事例或者评价，惜佚文中无明确作品作为例证出现，文学家指向并不明显。

应贞，字吉甫，少以才闻，能谈论。晋武帝为抚军将军，以贞参军。晋室践祚，迁太子中庶子、散骑常侍。卒。③

潘尼，字正叔。少有清才，初应州辟，后以父老，归供

① 陈寿：《三国志卷二十一·魏书二十一·王卫二刘傅传第二十一》，裴松之注，中华书局，1959，第613页。
② 萧统：《文选卷三十五·册·册魏公九锡文》，李善注，上海古籍出版社，1986，第1623页。
③ 萧统：《文选卷二十·晋武帝华林园集诗》，李善注，上海古籍出版社，1986，第953页。

养。父终，乃出仕，位终太常。①

  繁钦，字休伯，颍川人。少以文辩知名。以豫州从事，稍迁至丞相主簿，病卒。②

  王莽末，沛国史岑，字孝山，以文章显。③

最后一类，就是没有文事活动，没有作品示例，基本不能体现文学家的文学生活的"列传"类，包括王粲、缪袭、阮瑀、崔烈、应璩、陈琳等。

挚虞《文章志》涉及文人大体与荀勖《文章叙录》所述人物为同一时期，交叉论述的是应璩、应贞和缪袭三人，从佚文来看，两位文学史家互有补充，几无抵牾之处。

刘彧（439~472），"少而和令，风姿端雅"，"好读书，爱文义，在藩时，撰《江左以来文章志》又续卫瓘所注《论语》二卷，行于世"，作为一位文人君主，其对推动文学的发展功不可没，当时之"才学之士，多蒙引进，参侍文籍，应对左右"④。《江左以来文章志》亦已亡佚，今存佚文多刘孝标注《世说新语》中辑录，论述多为东晋玄言诗人，以风行风貌为主。

（四）小结

相比史家的文学史书写，身为文学家的文学史家对于同为创作者的关注，体现在论、书、诗、序、志等不同的文学史载体之中，涉及文学家的文学才能、文事活动、文学作品和历史定位以及相关评价，看起来似无定式，但"以人为纲"的编撰方式是统一思想的选择。

---

① 萧统：《文选卷二十四·赠陆机出为吴王郎中令》，李善注，上海古籍出版社，1986，第1156页。
② 萧统：《文选卷四十·与魏文帝笺》，李善注，上海古籍出版社，1986，第1821页。
③ 萧统：《文选卷四十七·出师颂》，李善注，上海古籍出版社，1986，第2096页。
④ 沈约：《宋书卷八·本纪第八·明帝》，中华书局，1974，第169~170页。

第二节　以文为纲

"以文为纲"，是指借鉴史书纪事本末体，形成关于以作品文体为中心的文学史编撰形式的思路。先唐时期的这一编撰形式，主要体现在诸多文学史家聚焦各种文体，以历史发展的视角，论述某一种或者某几种文体的演进情况，从中体现文学史观念和文学史书写意识，以及潜在的文学史学价值。

需要说明的是，对于文体的认识，从东汉扬雄对于辞人之赋和诗人之赋的不同体会——"诗人之赋丽以则，辞人之赋丽以淫"①，到曹魏曹丕举出四科八体并以一字点出各自特征——"奏议宜雅，书论宜理，铭诔尚实，诗赋欲丽"②，再至西晋陆机增为十体，并从性质特点作进一步的说明——"诗缘情而绮靡，赋体物而浏亮，碑披文以相质，诔缠绵而凄怆，铭博约而温润，箴顿挫而清壮，颂优游以彬蔚，论精微而朗畅，奏平彻以闲雅，说炜晔而谲诳"③，这些论断为后人所熟知，是因为其为文体的认识在一步一步向前推进，但这些不能包含在文学史的撰述中，因为其虽有各自不同的历史背景，却没有对这些文体从时间轴上进行对比和分析。两汉魏晋南北朝时期，以类似纪事本末体的方式，以文体为中心对文学史进行论述的文学史家和其编撰情况，呼应着文学的客观发展，对此可以分为赋、诗、其他文体和多种文体四个部分进行考论。

---

① 扬雄：《法言卷二·吾子篇》，中华书局，1985，第 5 页。
② 萧统：《文选五十二卷·论二·典论论文》，李善注，上海古籍出版社，1986，第 2271 页。
③ 张少康集释《文赋集释》，人民文学出版社，2002，第 99 页。

一　赋体

上文介绍文学史家时，曾交待文学史家和史家的重合概率，班固是第一位可以史学家和文学家并称的文人，因为他的创作文史兼备，既有正史，也有文学作品，而在其文学创作之中，又包含了对作品体裁的历史思考，也就是以文学发展为对象的历史书写，这是足以彪炳史册的创举，其代表就是《两都赋序》。

《两都赋》是《文选》中《京都赋》类的首篇，然从文学史书写的角度而言，其意义在于班固在序言中提出"赋为古诗之流"的观点，对赋这一体裁的历史变革、在两汉得以彰显的原因以及发展情况进行了明确的回顾和恰当的解释、分析，更为他下面的创作设定了合理的缘由。

西晋文人成公绥承袭班固，并对赋体的发展进行了论述。成公绥（231~273），字子安，"少有俊才，词赋甚丽，闲默自守，不求闻达"，"雅好音律，尝当暑承风而啸，泠然成曲，因为《啸赋》"，张华雅重之，"以为绝伦"，二人常"受诏并为诗赋"，"所著诗赋杂笔十余卷行于世"，历任秘书郎、中书郎、著作郎等职，根据上文谈到的魏晋南北朝史官名称，可知其曾为史官，正是一个文史结合的典型。在《天地赋》序言中，成公绥从历史发展的角度，谈到了赋体的变迁情况："赋者贵能分赋物理，敷演无方，天地之盛，可以致思矣。历观古人未之有赋，岂独以至丽无文，难以辞赞；不然，何其阙哉？"① 他以赋体为中心，通过历观古人之赋，指出辞赋的内容可以包容"天地之盛"，创作方法则为"分理赋物，敷演无方"，与司马相如"赋家之心，苞括宇宙"的赋体认识一脉相承。

---

① 房玄龄：《晋书卷九十二·列传第六十二》，中华书局，1974，第2371~2373页。

相比成公绥以赋体为中心所进行的初步的文学史实践，皇甫谧为应左思之请而作的《三都赋序》更具文学史意味。皇甫谧（215～282），字士安，"博综典籍百家之言。沉静寡欲，始有高尚之志，以著述为务"，曾为著作郎，一手为史，一手为文，"耽玩典籍，忘寝与食，时人谓之'书淫'，"所著诗赋诔颂论难甚多"。①在《三都赋序》中，皇甫谧为赋体溯源追本，指出赋为"古诗之流也"，以"因物造端，敷弘体理""文必极美、辞必尽丽"为特征，以"纽之王教，本乎劝戒"为功用，并且进一步详尽地描述了辞赋的发展演变过程，对历代辞赋代表作家进行评价，尤其肯定了汉代辞赋的代表作家和作品是"以文为中心"的文学史编撰模式的有益尝试。

> 是以孙卿屈原之属，遗文炳然，辞义可观。存其所感，咸有古诗之意，皆因文以寄其心，托理以全其制，赋之首也。及宋玉之徒，淫文放发，言过于实，夸竞之兴，体失之渐，风雅之则，于是乎乖。逮汉贾谊，颇节之以礼。自时厥后，缀文之士，不率典言，并务恢张，其文博诞空类。大者罩天地之表，细者入毫纤之内，虽充车联驷，不足以载；广夏接榱，不容以居也。其中高者，至如相如《上林》，扬雄《甘泉》，班固《两都》，张衡《二京》，马融《广成》，王生《灵光》，初极宏侈之辞，终以约简之制，焕乎有文，蔚尔鳞集，皆近代辞赋之伟也。②

刘逵（生卒年不详），字渊林。其为左思《吴都》和《蜀都》

---

① 房玄龄：《晋书卷五十一·列传第二十一》，中华书局，1974，第1409～1418页。
② 萧统：《文选卷四十五·序上·三都赋序》，李善注，上海古籍出版社，1986，第2038～2039页。

二赋作序，通过回顾对比司马相如、班固、张衡等赋家的赋作情况，指出赋体的创作原则应"非夫研核者不能练其旨，非夫博物者不能统其异"，并以左思"拟议数家，傅辞会义，抑多精致"而集众家之所长①。

皇甫谧和刘逵二人皆因为左思赋作序而阐释各自的文学史思想，那么左思对于赋体的发展是否有所见识呢？左思（生卒年不详），字太冲，"辞藻壮丽"，"十年乃成"《三都赋》，"豪贵之家竞相传写，洛阳为之纸贵"，曾为秘书郎，"秘书监贾谧请讲《汉书》"，文史兼擅。② 其《三都赋》序言部分，亦可堪称一篇赋体史。作者首先指出赋源于《诗经》，并引扬雄和班固为证，进而评价著名赋家赋作，而评价标准则为"贵依其本"和"宜本其实"③，这也是其心目中关于赋作的创作原则。左思以征实为主张固然有一定的意义，但若一味强调，则未免会失之偏颇。

从成公绥之"分理赋物，敷演无方"到皇甫谧之"因物造端，敷弘体理"，从皇甫谧反对"言过于实"到左思之"贵依其本"和"宜本其实"，再至刘逵"非夫研核者不能练其旨，非夫博物者不能统其异"的观念，文学史家以赋体源流变迁为中心，从认识到不断地再认识，既有继承，又有发挥，所进行的文学史撰述逐步具有了层层推进的意义。

二 诗体

作为中国文学批评史上第一部论诗专著，锺嵘之《诗品》名传千载。章学诚说："《诗品》之于论诗，视《文心雕龙》之于论文，皆专门名家，勒为成书之初祖也。《文心》体大而虑周，《诗品》

---

① 房玄龄：《晋书卷九十二·列传第六十二》，中华书局，1974，第2376页。
② 房玄龄：《晋书卷九十二·列传第六十二》，中华书局，1974，第2377页。
③ 萧统：《文选卷四·赋乙·三都赋序》，李善注，上海古籍出版社，1986，第174页。

思深而意远。盖《文心》笼罩群言，而《诗品》深从六艺溯流别也。论诗论文，而知溯流别，则可以探源经籍，而进窥天地之纯，古人之大体矣。此意非后世诗话家流所能喻也。"[①] 从文学史的角度看，《诗品》品评了自汉至南朝梁的一百二十二个诗人，是对汉魏六朝五言诗发展的一个全面系统的历史总结，颇具文学史性质。相对于正文以作家为中心的编撰方式，在全书的总论序言中，锺嵘则以诗体为中心，对其起源、功用以及五言诗的流变，表达了自己的看法。

锺嵘（467？~519？），字仲伟，自幼"好学，有思理"，曾为"宁朔记室，专掌文翰"，通过"品古今五言诗，论其优劣"[②]，对文学史编撰进行了尝试性工作。在《诗品》总论序言中，作者首先谈到的是物感而成诗："气之动物，物之感人，故摇荡性情，行诸舞咏。照烛三才，晖丽万有，灵祇待之以致飨，幽微藉之以昭告；动天地，感鬼神，莫近于诗。"从诗具有的功用角度而言，"《诗》可以群，可以怨。使穷贱易安，幽居靡闷者，莫尚于诗矣"。而"诗有三义"，分别为兴、比和赋，具体而言，"文已尽而意有馀，兴也；因物喻志，比也；直书其事，寓言写物，赋也"，针对不同的情况，"酌而用之，干之以风力，润之以丹彩，使味之者无极，闻之者动心"，这才是诗体的极致境界。针对四言和五言孰优孰劣的争论，作者认为："夫四言，文约意广，取效《风》、《骚》，便可多得。每苦文繁而意少，故世罕习焉。五言居文词之要，是众作之有滋味者也，故云会于流俗"。相比之下，五言诗"以指事造形，穷情写物，最为详切"而深得锺嵘喜爱。

针对五言诗的发展史，文学史家划分为七个阶段进行阐述。第

---

① 章学诚：《文史通义校注卷五·内编五·诗话》，中华书局，1985，第559页。
② 姚思廉：《梁书卷四十九·列传第四十三·文学上》，中华书局，1973，第694~697页。

一阶段是五言诗发展的滥觞期，作者谈道："昔《南风》之词，《卿云》之颂，厥义夐矣。夏歌曰：'郁陶乎予心。'楚谣曰：'名予曰正则。'虽诗体未全，然是五言之滥觞也。"第二阶段是五言诗形态初具的阶段。作者指出五言诗始自西汉李陵《与苏武诗》，之后的百余年间，仅有班婕妤以一首《怨诗》为继。其原因则在于词赋盛行于世，王褒、扬雄、枚乘、司马相如等词赋大家的出现，严重冲击了诗坛的发展。东汉约两百年，也只有班固的《咏史》，却"质木无文"，不尽如人意。第三阶段，当历史车轮进入建安时期，"曹公父子笃好斯文，平原兄弟郁为文栋，刘桢、王粲为其羽翼。次有攀龙托风，自致于属车者，盖将百计"，卓绝的文学领袖，良好的文学环境，庞大的文人集团，形成了五言诗发展"彬彬之盛"的良好局面。第四阶段，经过建安二十余年的蓬勃发展，五言诗于曹魏末期走入了低谷，直至西晋太康年间，"三张、二陆、两潘、一左，勃尔复兴，踵武前王，风流未沫，亦文章之中兴也"，迎来新的发展。第五阶段为西晋永嘉年间，五言诗在表现主题和内容上，追崇黄老之学、慕尚虚谈之社会风气影响了诗人的创作，导致"于时篇什，理过其辞，淡乎寡味"，遂为后世所诟病。第六阶段，东晋一朝偏安江左，玄言之风"微波尚传"，孙绰、许询、桓温、庾亮等代表作家，虽各具风貌，却尽失建安风骨的优良传统。逆玄言之流而动者尚有郭璞和刘琨这两位诗人，前者以《游仙》闻名，后者因"悲壮"称世，但终未能扭转当时玄言"平典"之体盛行的情况。义熙年间之谢混在变创体例方面有所贡献。第七阶段，锺嵘举出刘宋元嘉年间之谢灵运，其"才高词盛，富艳难踪"，通过创建山水诗这一中国诗歌史之重要流派，宣告了玄言诗在诗坛的结束。[1]

　　另外一位以诗体为中心对文学史编撰进行探索的是萧子显。萧

---

① 锺嵘：《诗品注·总论》，陈延杰注，人民文学出版社，1961，第2页。

子显（489？～537？），字景阳，齐高帝萧道成之孙，"幼聪慧"，"好学，工属文。尝著《鸿序赋》，尚书令沈约见而称曰：'可谓得明道之高致，盖《幽通》之流也'。又采众家《后汉》，考正同异，为一家之书。又启撰《齐史》，书成，表奏之，诏付秘阁"，"所著《后汉书》一百卷，《齐书》六十卷，《普通北伐记》五卷，《贵俭传》三十卷，文集二十卷"，在文、史两个领域均有不俗的成就。①

萧子显追随范晔，于《南齐书》中设立《文学传》，并于篇尾的"史臣曰"部分，对于诸多文学问题发表了自己的看法，具备文学史意义的在于下面这一段文字。

> 若陈思《代马》群章，王粲《飞鸾》诸制，四言之美，前超后绝。少卿离辞，五言才骨，难与争骛。桂林湘水，平子之华篇，飞馆玉池，魏文之丽篆，七言之作，非此谁先。卿、云巨丽，升堂冠冕，张、左恢廓，登高不继，赋贵披陈，未或加矣。显宗之述傅毅，简文之摛彦伯，分言制句，多得颂体。裴颜内侍，元规凤池，子章以来，章表之选。孙绰之碑，嗣伯喈之后；谢庄之诔，起安仁之尘，颜延《杨瓒》，自比《马督》，以多称贵，归庄为允。②

萧子显通过审视历代文体的发展，将诗体分为四言、五言和七言三类分别论述。在四言诗的发展史上，陈思王曹植之《朔风诗》五首和王粲之《赠蔡子笃诗》是其美者，"前超后绝"。对于五言诗，则属西汉李陵三首《与苏武诗》，无人可与之争锋。而七言诗，则是东汉张衡的《四愁诗》和曹丕的《燕歌行》，"我所思兮在桂

---

① 姚思廉：《梁书卷三十五·列传第二十九·萧子显》，中华书局，1973，第511～513页。
② 萧子显：《南齐书卷五十二·列传第三十三·文学》，中华书局，1972，第907～908页。

林，欲往从之湘水深，侧身难忘涕沾襟"，"秋风萧瑟天气凉，草木摇落露为霜，群燕争归雁南翔"，这些美好的诗句，"非此谁先"。对于赋体，萧子显指出其特点在于"披陈"，并举出西汉司马相如和扬雄、东汉张衡以及西晋左思，对他们的赋作表示肯定。对于颂体，萧子显列出为东汉明帝刘庄作《显宗赋》十篇的傅毅，以及效仿其作法为晋简文帝作颂九章的袁宏。而章表之体，近世善为之者，当属有晋之裴颁和庾亮，《晋书·裴颁传》记载其"每复一职，未尝不殷勤固让，表疏十余上"，《晋书·庾亮传》也载"明帝即位，以为中书监，亮上书让曰"之事。而碑文，自东汉蔡邕之后，首推东晋孙绰。虽然颜延之自称其《阳给事诔》堪比潘岳之《马之诔》，但公平而论，诔文之发展还是刘宋谢庄更好地承袭了西晋潘岳之风。在论述了以上多种文体的发展情况后，萧子显话锋一转，提出新变的文学发展观念，继续回到以诗体为中心的论述中，并以五言诗的发展为例进行说明："五言之制，独秀众品。习玩为理，事久则渎，在乎文章，弥患凡旧。若无新变，不能代雄。建安一体，《典论》短长互出；潘、陆齐名，机、岳之文永异。江左风味，盛道家之言：郭璞举其灵变；许询极其名理；仲文玄气，犹不尽除；谢混情新，得名未盛。颜、谢并起，乃各擅奇，休、鲍后出，咸亦标世。朱蓝共妍，不相祖述。"从建安曹氏兄弟及七子到西晋太康"三张、二陆、两潘、一左"，从东晋玄言统摄诗坛到谢混"大变太元之气"①，再到刘宋时期颜延之、谢灵运和汤惠休、鲍照相继扬名于世，五言诗的发展史从风气到代表作家全部囊括在内了。

三　其他文体

魏晋南北朝文学史家对于一些非主流文体，也保持了很高的兴

---

① 沈约：《宋书卷六十七·列传第二十七·谢灵运传》，中华书局，1974，1778 页。

趣和关注度。

桓范（？～249），字元则。其《世要论》主要论述治国理政之道，《隋书·经籍志》列之于子部法家类。然其中《赞象》和《序作》两篇文章，俨然是绝妙的文体史著述。

> 《赞象》：夫赞象之所作，所以昭述勋德，思咏政惠，此盖《诗·颂》之末流矣，宜由上而兴，非专下而作也。世考之导。实有勋绩，惠利加于百姓，遗爱留于民庶，宜请于国，当录于史官，载于竹帛，上章君将之德，下宣臣吏之忠。若言不足纪，事不足述，虚而为盈，亡而为有，此圣人之所疾，庶几之所耻也。

> 《序作》：夫著作书论者，乃欲阐弘大道，述明圣教，推演事义，尽极情类，记是贬非，以为法式。当时可行，后世可修。且古者富贵而名贱废灭，不可胜记，唯篇论倜傥之人，为不朽耳。夫奋名于百代之前，而流誉于千载之后，以其览之者益，闻之者有觉故也。岂徒转相放效，名作书论，浮辞谈说，而无损益哉？而世俗之人，不解作礼，而务泛溢之言，不存有益之义，非也。故作者不尚其辞丽，而贵其存道也；不好其巧慧，而恶其伤义也。故夫小辩破道，狂简之徒，斐然成文，皆圣人之所疾矣。[①]

明代徐师曾《文体明辨序·赞》有云："赞，称美也，字本作讚。……其体有三：一曰杂赞，意专褒美，若诸集所载人物、文章、书画诸赞是也。二曰哀赞，哀人之没而述德以赞之者是也。三

---

① 严可均：《全上古三代秦汉三国六朝文·全三国文卷三十七·世要论》，中华书局，1958，第1263页。

曰史赞，词兼褒贬，若《史记索隐》、《东汉》、《晋书》诸赞是也。"① 作者此处所指即为赞体之第一类。赞像附于人物画后，源起于《诗经》之颂，其作用为"昭述勋德，思咏政惠"，"上章君将之德，下宣臣吏之忠"，所载之内容忌"虚而为盈，亡而为有"，以真实可信为本。值得注意的是，《文心雕龙》之《颂赞》篇关于赞体起源及作用的观点和桓范颇之论有相同之处。

《序作》篇论述的是书论这种文体。在作者看来，著作书论的目的在于"阐弘大道，述明圣教，推演事义，尽极情类，记是贬非，以为法式。当时可行，后世可修"，故而其写作切忌"尚其辞丽"和"好其巧慧"，若唯"务泛溢之言，不存有益之义"则难达"览之者益，闻之者有觉故"之效果。作者虽未举例以证，但明言社会已有此流弊，提醒世人且须谨慎为文。

晋人傅玄则对"七"这种文体给予了特别的关注。傅玄（217~278），字休奕，"博学善属文"，"文集百余卷行于世"；曾受命"撰集魏书"，并"撰论经国九流及三史故事，评断得失，各为区例，名为《傅子》"②，亦为文史兼擅。所作《七谟》序言中，按照时代发展的顺序，对于"七"这种文体，举其代表作品，对其变迁情况进行了梳理。

> 昔枚乘作《七发》，而属文之士若傅毅、刘广世、崔琦、李尤、桓麟、崔琦、刘梁、桓彬之徒，承其流而作之者纷焉，《七激》、《七兴》、《七依》、《七款》、《七说》、《七蠲》、《七举》、《七设》之篇，于是通儒大才马季长、张平子亦引其源而广之，马作《七厉》，张造《七辩》，或以恢大道而导幽滞，

---

① 徐师曾：《文体明辨序说》，罗根译校点，人民文学出版社，1962，第 143 页。
② 房玄龄：《晋书卷四十七·列传第十七》，中华书局，1974，第 1323 页。

或以戮瑰侈而托讽咏，扬辉播烈，垂于后世者，凡十有余篇。自大魏英贤迭作，有陈王《七启》，王氏《七释》，杨氏《七训》，刘氏《七华》，从父侍中《七诲》，并陵前而邈后，扬清风于儒林，亦数篇焉。世之贤明，多称《七激》工，余以为未必善也，《七辩》似也。非张氏至思，比之《七激》，未为劣也。《七释》佥曰"妙哉"，吾无间矣。若《七依》之卓轹一致，《七辩》之缠绵精巧，《七启》之奔逸壮丽，《七释》之精密闲理，亦近代之所希也。①

西汉枚乘作《七发》，采用主客问答体式，以吴客论说七事启发楚国太子，开创"七体"。之后由汉至魏"承其流而作之者纷焉"，傅玄对代表作家作品进行了详细的论述，于品评优劣过程中表明对于该文体特征之认识。挚虞《文章流别论》曾言："傅子集古今'七'而论品之，署曰《七林》。"② 萧统于《文选》中列"七"为一门，《隋书·经籍志》录有《七林》十卷，专收七体文章，可见时人对于"七体"的普遍关照，对其文学史认识也大体保持一致。

傅玄另对连珠体有所撰述。"连珠"一体，"兴于汉章帝之世"，初为"班固、贾逵、傅毅三子受诏作之"，后经"蔡邕、张华之徒"推而广之。其名源自"历历如贯珠，易观而可悦"，以"辞丽而言约，不指说事情，必假喻以达其旨，而贤者微悟，合于古诗劝兴之义"为特征。③ 对于具体创作情况，傅玄简要进行了品评。后世之沈约曾作《注制旨连珠表》，也对连珠体的源流演变作

---

① 严可均：《全上古三代秦汉三国六朝文·全晋文卷四十六·七谟并序》，中华书局，1958，第 1723 页。
② 严可均：《全晋文卷七十七·文章流别论》，中华书局，1958，第 1906 页。
③ 严可均：《全上古三代秦汉三国六朝文·全晋文卷四十六·七谟并序》，中华书局，1958，第 1724 页。

出阐述。其文曰："连珠者，概谓辞句连续，互相发明，若珠之结排也。……连珠之作，始自子云……班固谓之命世，桓谭以为绝伦。"[1] 与傅玄之撰述一脉相承。另有《文心雕龙》之《杂文》篇所言"扬雄覃思文阁……肇为连珠"，共为互证。

四　多种文体

挚虞（？~311），字仲洽，"才学通博，著述不倦"，曾任秘书监等职，其"撰《文章志》四卷，注解《三辅决录》，又撰古文章，类聚区分为三十卷，名曰《流别集》，各为之论，辞理惬当，为世所重"。[2] 在《文章流别论》中，挚虞对颂、赋、诗、七、铭、哀辞等六种文体从起源出发，述及流变，进而延伸至特征和功用价值，并适时举出代表作家作品以为例证。《文章流别论》堪称综合文体的代表性文学史论著。对于颂体，挚虞认为其源于《诗经》，因"古者圣帝明王，功成治定而颂声兴"，故表现内容为"圣王之德"。然于发展过程中，古颂出现流变之势，举班固、扬雄、傅毅、马融等作品进行说明。[3] 对于赋体，挚虞认为其亦为"古诗之流也"，以"假象尽辞，敷陈其志"为特征。赋体在发展过程中，也出现迁变现象，所谓"古诗之赋"与"今之赋"，二者存在很大差别："古诗之赋"，以孙卿和屈原为代表，"以情义为主，以事类为佐"；而"今之赋"，"以事行为本，以义正为助"，重形式轻内容，存在"背大体而害政教"之"四过"。[4] 对于诗体，挚虞首先明确"言其志谓之诗"，为王者以之知得失是也，进而对于三言、四言、五言、六言、七言、九言六种诗体源属与演变情况进行论述，进一

---

① 欧阳询：《艺文类聚·卷五十七》，上海古籍出版社，1965，第1039页。
② 房玄龄：《晋书卷四十九·列传第十九》，中华书局，1974，第1419页。
③ 欧阳询：《艺文类聚·卷五十六》，上海古籍出版社，1965，第1018页。
④ 欧阳询：《艺文类聚·卷五十六》，上海古籍出版社，1965，第1018页。

步指出诗"虽以情志为本，而以成声为节"的特征。① 对于"七"体，挚虞上承傅玄，谓之"造于枚乘"，对《七发》进行详细的解说，肯定其"匡劝"和"讽喻"之作用。而后，随着七体"其流遂广，其义遂变"的迁变，拟作出现病累，挚虞对此给予了明确的批评②。铭体则经历了由约至繁的演变，且"上古之铭，铭于宗庙之碑"，以蔡邕之"典正"为美；后世之铭，"咸以表显功德"，以王莽之《鼎铭》、崔瑗之《机铭》、朱公叔之《鼎铭》、王粲之《砚铭》为嘉，而后汉李尤之铭，正如刘勰所指认的"义俭辞碎"一样③，"文多秽病"④。对于哀辞，挚虞谓之"诔之流也"，以"哀痛为主，缘以叹息之辞"为特征，以崔瑗、苏顺、马融、徐干、刘桢等作为代表⑤。《文章流别论》中还谈到箴、诔、哀策、对问、碑、图谶等文体，由于原书已佚，难见其详，现存散见于各书的辑佚片断，难成史貌，故不能列入文学史论述之内进行探讨。

李充（生卒年不详），字弘度，与王羲之、孙绰、许询、支遁等"皆以文义冠世"⑥。曾任大著作郎之史职，并有"诗赋表颂等杂文二百四十首"⑦。其特别之功绩在于，奉命对其时混乱之典籍"删除烦重，以类相从，分作四部，甚有条贯，秘阁以为永制"。其《翰林论》本为总集，惜全书早已亡佚，从现存佚文观之，论及赞、表、驳、论、奏、盟、檄、诗诸种文体。具有文学史意味者，以表

---

① 欧阳询：《艺文类聚·卷五十六》，上海古籍出版社，1999，第 1539 页。
② 严可均：《全上古三代秦汉三国六朝文·全晋文卷七十七·文章流别论》，中华书局，1958，第 1906 页。
③ 刘勰：《文心雕龙注·铭箴第十一》，范文澜注，人民文学出版社，1958，第 194 页。
④ 严可均：《全上古三代秦汉三国六朝文·全晋文卷七十七·文章流别论》，中华书局，1958，第 1906 页。
⑤ 严可均：《全上古三代秦汉三国六朝文·全晋文卷七十七·文章流别论》，中华书局，1958，第 1906 页。
⑥ 房玄龄：《晋书卷八十·列传第五十》，中华书局，1974，第 2099 页。
⑦ 房玄龄：《晋书卷九十二·列传第六十二》，中华书局，1974，第 2391 页。

最为明显。其文曰："表宜以远大为本，不以华藻为先。若曹子建之表，可谓成文矣；诸葛亮之表刘主，裴公之辞侍中，羊公之让开府，可谓德音矣。"① 文中对论难、议奏、赞、盟檄等文体的起源认识，与挚虞《文章流别论》有相似之处。

任昉在《文章缘起》序言中，对歌、诗、书、诔、箴、铭等六种文体的起源问题进行了阐释，并举出各自创始之代表作品："《尚书》帝庸作歌，《毛诗》三百篇，《左传》叔向贻子产书，鲁哀孔子诔，孔悝鼎铭，虞人箴。"② 对于文体起源于六经的观念，任昉上承班固、桓范和挚虞，下启刘勰、颜之推等人。任昉（460~508），字彦昇，"雅善属文，尤长载笔，才思无穷"，"所著文章数十万言，盛行于世"，包括"《杂传》二百四十七卷，《地记》二百五十二卷，文章三十三卷"。姚察在其本传结语部分说道："观夫二汉求贤，率先经术；近世取人，多由文史。二子之作，辞藻壮丽，允值其时。"③ 可知任昉作为文学史家，亦为文史兼擅之人。

另一位对多种文体进行文学史意义阐释的文学史家是萧统，其《文选》序言谈论到三十七类文体，但涉及文学史性质的，则仅包括赋、诗和颂三种文体。《文选》序言对其余三十四种文体仅是做了特征的辨别，而未有溯史之思路。萧统（501~531），字德施，梁武帝萧衍长子。"生而聪睿，三岁受《孝经》、《论语》，五岁遍读五经，悉能讽诵"，"读书数行并下，过目皆忆"。尤酷爱文学，"每游宴祖道，赋诗至十数韵。或命作剧韵赋之，皆属思便成，无所点易"，"恒自讨论篇籍，或与学士商榷古今；闲则继以文章著述，率以为常"。天监元年（502）立为太子，未及继位而卒，谥昭明，世称昭明太子，"所著文集二十卷；又撰古今典诰文言，为《正序》十卷；

---

① 严可均：《全晋文卷五十三》，中华书局，1958，第 1776 页。
② 严可均：《全梁文卷四十四》，中华书局，1958，第 3203 页。
③ 姚思廉：《梁书卷十四·列传第八·江淹任昉》，中华书局，1973，第 258 页。

五言诗之善者,为《文章英华》二十卷;《文选》三十卷"。①

《文选》序言中,萧统这样追忆了诗体的发展历程:"诗者,盖志之所之也。情动于中,而形于言。《关雎》、《麟趾》,正始之道著;《桑闲》、《濮上》,亡国之音表。故《风》、《雅》之道,粲然可观。自炎汉中叶,厥涂渐异。退传有在邹之作,降将著河梁之篇。四言五言,区以别矣。又少则三字,多则九言,各体互兴,分镳并驱。"同挚虞所体认,萧统首先指出"志之所之"是为诗,由于"情动于中,而形于言",故于情之不同,"《风》、《雅》之道"有别。西汉中叶后,诗体勃兴,呈现"分镳并驱"之态势。

对于赋体,萧统同样认为其源于古诗,以荀卿、宋玉、贾谊和司马相如为前后相继之代表作家。在他们之后,赋体得到了繁荣发展,出现了以《西京赋》和《长林赋》为代表的"述邑居"之作及以《长杨赋》和《羽猎赋》为代表的"戒畋游"之作,在纪事咏物、描摹"风云草木之兴,鱼虫禽兽之流"方面,"不可胜载"。在总视赋体文学发展史过程中,萧统认为楚人屈原与众不同:"含忠履洁,君匪从流,臣进逆耳,深思远虑,遂放湘南。耿介之意既伤,壹郁之怀靡朔。临渊有怀沙之志,吟泽有憔悴之容。"② 而"骚人之文,自兹而作"是已。

对于颂体,萧统的叙述略显单薄,未有突破之意:"《颂》者,所以游扬德业,裒赞成功。吉甫有穆若之谈,季子有至矣之叹。舒布为诗,既言如彼;总成为颂,又亦若此。"③

另值得注意的是,在序言结尾处,萧统明确点出了《文选》的编排方法:"诗、赋体既不一,又以类分;类分之中,各以时代相次。"即按照文体的不同而分类,在一类之中,则按照时间先后排

① 姚思廉:《梁书卷八·列传第二·昭明太子》中华书局,1973,第 171 页。
② 萧统:《文选·序》,李善注,上海古籍出版社,1986,第 1 页。
③ 萧统:《文选·序》,李善注,上海古籍出版社,1986,第 1 页。

列顺序。此于笔者前文所指出的文学史"以文为纲"的编撰模式同纪事本末体有类似之判断，资以为证。

第三节　刘勰《文心雕龙》中的文学史编撰方式

《文心雕龙》作为一部"体大而虑周"①的著作，在文学史编撰方式方面，均循先唐时期"以人为纲"和"以文为纲"两种书写范式而来又有所创新，可谓"集以前之大成"②。同时，《文心雕龙》又有与众不同的编撰方式和研究方法，令人瞩目。

首先，在《文心雕龙·序志》篇，刘勰在谈到全书的构成时指出："若乃论文叙笔，则囿别区分，原始以表末，释名以章义，选文以定篇，敷理以举统。"后人释为文体论部分，总共二十篇，涉及三十余种主要文体，全部都可归入本文所举出的"以文为纲"的文学史编撰模式中。比如"《明诗》篇中刘勰论诗歌的起源和演变的一大段话，既是极为简明扼要的诗歌发展史"③。

其次，"以人为纲"的编撰模式在《文心雕龙》中很难发现通篇以一位作家为中心的写法，但作者巧妙地借鉴史书的互见手法，将文学史上具有重要意义的作家，分散至不同的篇章，从不同的方面进行全方位的论述，可以视为变形的"以人为纲"法。试以曹植为例，以作说明。曹植在《文心雕龙》中共出现二十余次，涉及曹植文体作品的有明诗、乐府、颂赞、祝盟、诔碑、杂文、谐隐、论说、封禅、章表等十篇文体史论，涉及其创作思想、方法技巧及才识品性的则见于定势、声律、神思、事类、练字、隐秀、指瑕、时

---

①　章学诚：《文史通义·诗话》，中华书局，1985，第559页。
②　郭绍虞：《中国文学批评史》上册，百花文艺出版社，1999，第79页。
③　穆克宏：《文心雕龙研究》，鹭江出版社，2002，第84页。

序、才略、知音、序志等十一篇，若将这些分散内容归为一篇，认识陈思王曹植在文学史上的成就和地位，定非难事。

除此之外，刘勰还具有超越众家的文学史撰述方法。

刘勰在撰述形式方面的特色，首先在于"赞曰"部分。《文心雕龙》凡五十篇，所述内容不同，却具备一个固定的体例，那就是在篇尾处设置"赞"：以"赞曰"二字领起，其后为四言八句偶对之文。这一体例，是同期他人文学史论述中所不具备的，却是史书中不可或缺的。由此引发的关联对比，比较能体现文学史编写体例所受史书编写的影响，也即体现了这一时期史学对文学史学的渗透。这一体例，来源于史书。

对于史书的编纂，体例问题至关重要。刘知几《史通·序例》曰："夫史之有例，犹国之有法。国无法，则上下靡定；史无例，则是非莫准。"[①] 而"赞"则是纪传体史书中的重要组成部分。史家在正文叙述完成之后，于篇末揭橥该篇宗旨，概括正文要义，发表对人事之评论，强调一己之观点，具有画龙点睛的作用。这种体例历史悠久，刘知几《史通·论赞》描述了其发展沿革情况：

> 《春秋左氏传》每有发论，假君子以称之。二传云公羊子、穀梁子，《史记》云太史公。既而班固曰赞，荀悦曰论，《东观》曰序，谢承曰诠，陈寿曰评，王隐曰议，何法盛曰述，扬雄曰撰，刘昞曰奏，袁宏、裴子野自显姓名，皇甫谧、葛洪列其所号。史官所撰，通称史臣。其名万殊，其义一揆。必取便于时者，则总归论赞焉。[②]

---

① 刘知几：《史通通释·内篇·序例第十》，浦起龙释，王煦华整理，上海古籍出版社，2009，第 81 页。

② 刘知几：《史通通释·内篇·论赞第九》，浦起龙释，王煦华整理，上海古籍出版社，2009，第 175 页。

由此可见，"论赞"的历史可以追溯至《左传》作者的"君子曰"。西汉司马迁《史记》以"太史公曰"立论，成为史书的一种固定格式。此后虽"其名万殊"，"赞"、"论"、"序"、"诠"、"评"、"议"、"述"、"撰"和"奏"，或者"自显姓名"，抑或"列其所号"，然"其义一揆"，统称为"论赞"。

对于"论赞"之具体要求，刘知几认为，"夫论者，所以辩疑惑，释凝滞"，"史之有论也，盖欲事无重出，文省可知"。如果仅仅是"多录纪传之言，其有所异，唯加文饰而已"，或者"本无疑事，辄设论以裁之，此皆私徇笔端，苟炫文彩，嘉辞美句，寄诸简册"，则并不可取，至于"每卷立论，其烦已多，而嗣论以赞"，则更是"为黩弥甚"，画蛇添足了。那么，唐前史书之"论赞"部分，何者为佳呢？首推班固是也。"孟坚辞惟温雅，理多惬当。其尤美者，有典诰之风，翩翩奕奕，良可咏也"，"固之总述，合在一篇，使其条贯有序，历然可阅"。而自荀悦《汉纪》之后，"论赞"在语言形式方面就出现了很多的问题，"大抵皆华多于实，理少于文，鼓其雄辞，夸其俪事"，于其中"必择其善者，则干宝、范晔、裴子野是其最也，沈约、臧荣绪、萧子显抑其次也，孙安国都无足采，习凿齿时有可观。若袁彦伯之务饰玄言，谢灵运之虚张高论，玉卮无当，曾何足云！王劭志在简直，言兼鄙野，苟得其理，遂忘其文"。但是，刘知几对于范晔未承袭班固将"论赞"部分"合在一篇"，而是"各附本事，书于卷末"，导致"篇目相离，断绝失次"的作法颇为不满，并且认为萧子显等后世史家"不悟其非"，犯了同样的错误。

史书的"论赞"和《文心雕龙》的"赞"相比，有哪些异同呢？首先来看史书的内容和特征。

《文心雕龙》的成书时间，一般认为是萧齐末年，大约在公元500年前后。在这之前的正史主要有《史记》《汉书》《三国志》

《后汉书》《宋书》五部史书。具体情况如下。

司马迁继承其父司马谈的遗愿，述"功臣世家贤大夫之业"，载"明圣胜德"，并结合自身惨痛经历之不平和抑郁，最终确立修史宗旨为"究天人之际，通古今之变，成一家之言"，其篇尾之"太史公曰"的全部内容，都涵盖于这种著史目的中。从语言形式上看，"太史公曰"部分多为散行单句，偶有四字联句出现，具有"微而显""婉而多讽"的表达效果。①

班固之《汉书》实为第一部官修史书。官修与私修的不同主要在于贯彻统治者意志的程度。汉明帝曾告诫班固，指斥司马迁"微文刺讥，贬损当世，非谊士也"②，故《汉书》之"论赞"多为对正文部分的归纳和总结，由现象流变上升为普遍之规律，内容雅正，语言宏典温厚，"不激诡，不抑抗，赡而不秽，详而有体"③。

《三国志》描述中国历史上一段著名的乱世时代，三足鼎立而非统一王朝，由于陈寿为晋人，晋承魏而来，故以魏为正统。其"论赞"部分，迎合这一时期对人的关注，对才性的关注，多为品骘人物之内容。语言形式趋向整齐。

《后汉书》于这五史之中比较特殊之处在于篇篇都有序、论和赞三个部分，而且范晔对自己的"赞"自视甚高。《狱中与甥侄书》中有言："赞自是吾文之杰思，殆无一字空设，奇变不穷，同含异体，乃自不知所以称之。"④ 已出现明显的四言骈俪句式和精辟犀利之议论言辞，刘知几对此部分的语言表达表示基本满意，"大抵皆华多于实，理少于文，鼓其雄辞，夸其俪事，必择其善者，则干宝、范晔、裴子野是其最也"⑤。

---

① 司马迁：《史记·卷一百三十·太史公自序》，中华书局，1959，第 3299 页。
② 萧统：《文选卷四十八·符命·典引一首》，上海古籍出版社，1986，第 2158 页。
③ 范晔：《后汉书卷四十上·班彪列传第三十上》，中华书局，1965，第 1386 页。
④ 沈约：《宋书卷六十九·列传第二十九》，中华书局，1974，第 1831 页。
⑤ 刘知几：《史通通释·内篇·论赞第九》，上海古籍出版社，2009，第 76 页。

《宋书》是沈约根据本朝史家何承天、苏宝生、徐爰等人的旧本，旁采注纪，于短短的一年之内即大体完成，"共纪、志、列传一百卷，古来修史之速未有若此者"①。"论赞"部分以归纳或演绎的方法议论人事，近似于《后汉书》，而语言则和谐流畅。

通过对这五部史书简单的回顾可以发现，内容方面虽各有侧重，但大体都围绕着文本，或总结或升华，语言形式不限，风气则受文风的影响。刘勰在《文心雕龙》中对"赞"进行的评述，主要见于《宗经》、《颂赞》、《史传》和《论说》四篇。

《宗经》篇提出应以儒家经书为写作标准，《易》、《书》、《诗》、《礼》和《春秋》五经分别是不同文体之源头，具体而言："故论说辞序，则《易》统其首；诏策章奏，则《书》发其源；赋颂歌赞，则《诗》立其本；铭诔箴祝，则《礼》总其端；纪传铭檄，则《春秋》为根；并穷高以树表，极远以启疆，所以百家腾跃，终入环内者也。"② 刘勰认为"赞"这种文体"必结言于四字之句，盘桓乎数韵之辞"③，故而将其归入《诗》，而《诗》"主言志"，"最附深衷"，也确实符合史书之"赞"的特征。

《颂赞》篇将"赞"视为颂这种文体的一个分支，"本其为义，事在奖叹"，即"赞"就是对事物发表赞美之言的文体。后来其义发生了变迁，起到辅助说明的作用，"赞者，明也，助也"。在史书中，"赞"具备两种形态：其一为"托赞褒贬，约文以总录"；其二为"纪传后评，亦同其名"。而后者正是上文所探讨的"论赞"之"赞"。

《史传》篇谈到《汉书》的优点，指出"及班固述汉，因循前业，观司马迁之辞，思实过半。其《十志》该富，赞序弘丽，

---

① 赵翼：《廿二史札记校正》，王树民校正，中华书局，1984，第179页。
② 刘勰：《文心雕龙·宗经》，范文澜注，人民文学出版社，1958，第22~23页。
③ 刘勰：《文心雕龙·领赞》，范文澜注，人民文学出版社，1958，第159页。

儒雅彬彬，信有遗味"。班固继承前人事业，书写前汉历史，若读司马迁之《史记》，便大体可知《汉书》之多半意思了。《汉书》的特点在于，十志详备丰富，赞和序恢宏富丽，文质雅正，颇有韵味。

《论说》篇将"论"这一文体细分为八种，虽"条流多品"，但"一揆宗论"。涉及"赞"，刘勰认为"赞者明意"，"辨史则与赞评齐行"，指出赞是用来说明述作之意的，辨历史之"论"，同史赞和史评大体相同。

从中可以看出，刘勰对"赞"这一文体的基本要求在于"言志明意，文质彬彬"。那么刘勰在《文心雕龙》每篇末尾所设立之"赞"是否符合他提出的要求呢？对于《文心雕龙》之"赞"，杜黎均认为，《文心雕龙》每篇都是"中心思想的简明表述，理论结论的精致概括"①。笔者试举几例，以资说明。

卷一《原道》篇赋予文以至高之德，为自己的文学理论体系确立依据，"赞曰"部分是为凝练的概括："道心惟微，神理设教。光采元圣，炳耀仁孝。龙图献体，龟书呈貌。天文斯观，民胥以效。"

卷十《祝盟》篇论述均属于向神祷告性质的两类文体，释名溯流，选名举统，"赞曰"部分正是对正文的归纳和总结："毖祀钦明，祝史惟谈。立诚在肃，修辞必甘。季代弥饰，绚言朱蓝，神之来格，所贵无惭。"

卷二十《檄移》篇论述檄和移这两种文体，"赞曰"部分起到同样的作用："三驱弛网，九伐先话。鞶鉴吉凶，蓍龟成败。摧压鲸鲵，抵落蜂虿。移风易俗，草偃风迈。"

---

① 杜黎均：《文心雕龙文学理论研究和译释》，见张少康《文心雕龙研究史》，北京大学出版社，1987，第 221 页。

卷三十《定势》篇因欲纠正偏邪文风而提出，希望文章写作体裁同风格相一致，其"赞曰"部分表达的正是这个意思："形生势成，始末相承。湍回似规，矢激如绳。因利骋节，情采自凝。枉辔学步，力止寿陵。"

卷四十之《隐秀》篇谈论隐和秀这两类修辞法的内蕴、特征、禁忌和要求，并附有例证，"赞曰"部分便是对全文意思的补充和强调："文隐深蔚，馀味曲包。辞生互体，有似变爻。言之秀矣，万虑一交。动心惊耳，逸响笙匏。"

卷五十之《序志》篇作为全书的总序，包含了三方面的内容：解释书名含义，阐释写作目的，论述整体结构。而其"赞曰"部分表现的则是作者的感叹之词："生也有涯，无涯惟智。逐物实难，凭性良易。傲岸泉石，咀嚼文义。文果载心，余心有寄。"实为全篇情感的升华。

周振甫则认为刘勰之"赞"主要起到总结上文的作用，更类似范晔之《后汉书》，并且这种形式"是从佛经的'偈'演化来的"[①]。据史书记载，刘勰"依沙门僧祐，与之居处，积十余年，遂博通经论，因区别部类，录而序之。今定林寺经藏，勰所定也"[②]。因为父亲早亡，家境堪忧，刘勰入定林寺皈依齐之高僧僧祐门下，在与之共同生活的十余载中，协助僧祐整理编订佛教经藏。由此可知，刘勰对于佛教经典必然十分熟悉，受到"偈"的影响也在情理之中。鉴于笔者对佛学知之甚少，故而难以探求"偈"与"赞"的相互关系。同时，周振甫也指出《文心雕龙》还有一些"赞"是类似于《史记》的，表现的是作者的升华之意。联系上面举出的五部史书"论赞"部分的特征，以及抽样举出的实例，可知

---

① 周振甫：《文心雕龙今译》，中华书局，1973，第443页。
② 姚恩廉：《梁书卷五十·列传第四十四·刘勰传》，中华书局，1973，第701页。

情况确实如此。"赞曰"部分从史书而来，为文学史而作，表现了刘勰与众不同的文学史编撰形式。

刘勰在撰述形式方面的特色，还在于他独特的文学史研究方法。

在《文心雕龙·史传》篇中，刘勰对"史传"提出了自己的要求："至于寻繁领杂之术，务信弃奇之要，明白头讫之序，品酌事例之条，晓其大纲，则众理可贯。"刘勰认为，史实纷繁复杂，理解万象众生，需要从中抽绎出一个纲领性方法，以求真实、弃猎奇为要领，论述时注意思路清晰，次序分明，对于具体事件的品评，要三思而后行，也要有所原则，只要知晓这些大纲，便可将各种道理贯穿于史书之中，而这样的史书才有可能具备"弥伦一代"之功绩。刘勰对于史传的要求，在其自身的文学史写作中，也得到良好的体现。

从远古到齐梁的文学发展成果，可谓洋洋大观、云蒸霞蔚。如何占有、如何整理，才能更好地反映前代文学史的情况，这就涉及文学史书写的方法问题。在这个问题的处理上，刘勰提出了两个基本点：一为"博"，二为"史"。

博，义指广博。广泛地搜集，细致地阅读，深入地调查，在充分大量占有文学史实的基础上比较、甄别，择选出可以列入文学史考察的对象，梳理出文学史发展的脉络，确定与之相应的编撰方法，避免偏疏，力图史之公正客观。

刘勰在《文心雕龙》中多次强调"博"之方法，可见其对于文学史的重要性①。

《知音》篇中，作者指出"凡操千曲而后晓声，观千剑而后识器。故圆照之象，务先博观。阅乔岳以形培塿，酌沧波以喻畎浍"，

———————————

① 刘勰：《文心雕龙注》，范文澜注，人民文学出版社，1958。

举出"博观"之法。

《通变》篇也指出:"是以规略文统,宜宏大体。先博览以精阅,总纲纪而摄契;然后拓衢路,置关键,长辔远驭,从容按节,凭情以会通,负气以适变,采如宛虹之奋髻,光若长离之振翼,乃颖脱之文矣。"刘勰认为规划文章的纲领,首先应该广博地浏览和精细地阅读,提取总纲的精髓,再进行下一步的工作。

而且对于文人,正是广博的学识,才使得其在文学史上具有超特之地位。如《正纬》:"至于光武之世,笃信斯术。风化所靡,学者比肩。沛献集纬以通经,曹褒选谶以定礼,乖道谬典,亦已甚矣。是以桓谭疾其虚伪,尹敏戏其浮假,张衡发其僻谬,荀悦明其诡诞:四贤博练,论之精矣。"光武帝刘秀深信谶纬之术,上有所好,下必从之,致使"风化所靡,学者比肩",而桓谭、尹敏、张衡、荀悦四位学者,通过他们"博练"的学识,对这种风气进行了评论和反击。

《诠赋》曰:"伟长博通,时逢壮采。"徐干学问渊博通达,辞赋壮丽,与王粲之赋并列建安赋作之首。《史传》篇援引班固对司马迁的评赞"博物洽闻",称颂司马氏为"博雅弘辩之才"。《诸子》篇谈论诸子散文的特点,认为韩非因取材广泛、事例丰富、文采华丽而著称,"韩非著博喻之富"。

《檄移》曰:"相如之《难蜀老》,文晓而喻博,有移檄之骨焉。"因事例丰富,文辞通畅而享誉美赞。

《奏启》曰:"后汉群贤,嘉言罔伏。杨秉耿介于灾异,陈蕃愤懑于尺一,骨鲠得焉;张衡指摘于史职,蔡邕铨列于朝仪,博雅明焉。"后汉群贤,敢于直抒胸臆,直言进谏,在于他们学识渊博,识见明健。

《议对》曰:"晋代能议,则傅咸为宗。然仲瑗博古,而铨贯有叙;长虞识治,而属辞枝繁。"有晋善于驳议文体之应仲瑗,通今知古，善于引经据典，议论条理分明，通畅贯达。

《才略》篇以王逸"博识"称功。《神思》曰："若夫骏发之士，心总要术，敏在虑前，应机立断；覃思之人，情饶歧路，鉴在虑后，研虑方定。机敏故造次而成功，虑疑故愈久而致绩。难易虽殊，并资博练。"文思敏捷和文思迟缓这两种人，创作的过程各具特点，但"难易虽殊，并资博练"，都需要依靠广博的学识和熟练的技巧，而学识广博则更显重要，"博见为馈贫之粮，贯一为拯乱之药，博而能一"，将会十分有利于构思的进行。

《事类》曰："表里相资，古今一也。"天资秉性和外求学问，对于一个人来说，可呈相辅相成的结果。如果各有偏颇，就会影响他的创作。因此，曹操认为张子的文章拙劣，在于他学问肤浅，见识拘囿，"不博"便只能"专拾掇崔杜小文"，经不住推敲，犯下寡闻浅识的毛病。

与"博"相类似，还有一个"通"字，在《文心雕龙》中，正像"博"字亦有华彩、广博之义，"通"字也有"通变"、"通畅"、"贯通"、"精通"和"博通"等含义。这里取"博通"之义以搜辑，作为对刘勰文学史方法之"博"的补充说明。《诠赋》篇言"伟长博通，时逢壮采"；《体性》篇云"平子淹通，故虑周而藻密"；《原道》言"旁通而无滞"；《正纬》云"通儒讨核"，可见刘勰对于"博通"的喜好。

"博"的方法还表现在对文学史事实的处理上不是专门固定在某一个章节内部，而是从不同的角度在不同的章节，对一个作家、一种文体、一股思潮、一方言论给出全面的理解，正像司马迁在《史记》人物传记中所采用的互见法。比如关于赋体，有《诠赋》篇对于起源、特征、要求和代表作家作品发展情况的详细交代，但在《情采》《物色》《才略》等篇依然或补充，或修正，或强调其对于赋体的认识。前已提到《文心雕龙》中对曹植的评述，多达二十余次，散见于十几个部分，全方位地勾勒出曹植在文学史中的立体风貌。

史学家对待史料的态度，瞿林东归纳为两点，分别是博洽和严谨。① 意为面对浩繁的历史文献，史家首先需要的是广泛的涉猎，博览"雅言"，以使史书"取信一时，擅名千载"②，善择"别录"，以求"博闻旧事，多识其物"③。其次，在充分占有文献材料的基础上，"参诸家异同，正其谬误，而归于一"④，确立自己的观念和思路，抉择去取，谨慎采用。这也验证了刘勰作为文学史家于史学之借鉴。

刘知几《史通·鉴识》曾言："物有横准，而鉴无定识，欲求铨核得中，其唯千载一遇乎！"⑤ 史家这里谈到的是关于评价历史人物的问题，其实也适用于很多领域，比如文学史。对于文学史的研究，"鉴无定识"也是真理。文学本来就不如历史之征实主张，而是追求美感，具有很强的主观性，故而更加需要更广泛地搜辑史实，博观而后述。

刘勰文学史方法之二在于"史"，即借鉴史书的方法来做文学史。中国史之传统源远流长，撰写史书的体例方法可谓丰赡多元。于此丰厚的财富中，最为吸引刘勰注意的是原始察终、考镜源流的传统史学方法。

司马迁在《史记·自序》中说他著二十本纪："网罗天下放失旧闻，王迹所兴，原始察终，见盛观衰，论考之行事，略推三代，

---

① 瞿林东：《中国简明史学史》，上海人民出版社，2005，第182~185页。
② 刘知几：《史通通释·采撰》，浦起龙释，王煦华整理，上海古籍出版社，2009，第106页。
③ 刘知几：《史通通释·杂述》，浦起龙释，王煦华整理，上海古籍出版社，2009，第257页。
④ 陈振孙：《直斋书录解题》卷四。
⑤ 刘知几：《史通通释·鉴识》，浦起龙释，王煦华整理，上海古籍出版社，2009，第189页。

录秦汉，上记轩辕，下至于兹，着十二本纪，既科条之矣。"司马
迁首先也紧扣一个"博"字，"网罗天下"之大量史实，据为己
有，再进行"原始察终"的梳理阐释。

班固在司马迁的基础上，又继承了刘氏父子整理著录群书的方
法，章学诚总结为"辨章学术，考镜源流"①。在《汉书·艺文志》
"六艺略"的序言部分，追溯历史源流，解释内涵意义，评论功用
价值，很好地贯彻了这一思想。因而学界普遍认为，《汉书·艺文
志》已具备了学术史的雏形，对学术史撰述的发展有启发和推动作
用。魏晋南北朝其他史书在撰写百官等志时，也会采用这种方法，
可知已成为撰史之通例。

刘勰在《文心雕龙》中，对于史家这一传统，最明确的表示在于
《序志》篇所提到的"原始以表末"，在《附会》篇中，刘勰亦言：
"凡大体文章，类多枝派，整派者依源，理枝者循干。"对于可以列入
文学史讨论范畴的文学现象，不论是作品还是作家，抑或风格体式，刘
勰均借鉴史学的传统方法，追本溯源，从源头开始梳理头绪，即使如茂
密大树般枝杈繁多，如江河般分支深广，也要寻觅源头，从主干入手。
这不仅在"以文为纲"的文学史论述中得到了很好的贯彻，而且在评
述"近代之论文者"时，亦着意观察指摘其"并未能振叶以寻根，观
澜而索源"之弊。文学史的对象一方面指可涵盖之内容，另一方面也
指阅读对象。对于阅读对象和作者之间的互动关系，刘勰认为"夫缀
文者情动而辞发，观文者披文以入情，沿波讨源，虽幽必显"②，读者
只要有心，通过作家的文辞线索，连缀而思，就好像顺着大江的支流向
上追溯源头一样，一定会发现作者深挚的情思内涵，是为知音也。在创
作论中，刘勰也多次表达对于源流的重视。《风骨》篇有言："《诗》

---

① 章学诚：《校雠通义·焦竑误校汉志》，大中书局，1934，第31~32页。
② 刘勰：《文心雕龙注·知音》，范文澜注，人民文学出版社，1958，第715页。

总六义，风冠其首，斯乃化感之本源，志气之符契也。"①

当然，这种方法也非史家所独有，东汉王充在其名著《论衡》中曾经进行过详细的阐释。王充认为，事物是发展的，而发展是联系的，因而在探讨某一事件时，应该回视历史，寻绎线索，"缘前因事，有所据状"，经由"案兆察迹"，确定与之相类似的历史事件，进而"推原事类"，"原始见终"，也就是"放象事类以见祸，推原往验以处来"②的方法。在王充的论述中，这些都是属于历史方法的范畴。

需要注意的是，两汉魏晋南北朝文学史学同这一时期的史学一样，也处于一个蓬勃发展的时期。其他文学史家关于文学史方法的运用，对刘勰也会产生一定的影响。而这其中最为主要的也正是追本溯源的方法，锺嵘之《诗品》以及皇甫谧、挚虞、任昉等文学史家追本溯源为文体撰史的情况都是代表。众多文学史家的趋同选择恰是书写范式确立的必要条件。

张文勋在《刘勰的文学史论》一书中曾经指出，"把我国文学发展的历史，作为一门学科加以研究，写出系统的文学史专著，这还是近代的事。但是，在我国文学史上，却早已有过不少文人学者，试图去解释我国文学发展的历史现象，比较各个时期文学的异同，提出过许多精辟的见解，为我们研究我国文学史，提供了许多珍贵的历史资料"，而只有"到了刘勰的《文心雕龙》，才可以说是建立了明确的文学史观，并根据作家作品比较系统地探索了我国古代文学发展的历史……给我们提供了我国古代最早的文学史大纲"。③从文学史书写范式的分期和撰述方式两个角度审视，刘勰作为文学史家，为文学史书写所进行的实践使之不愧为"集以前之大

---

① 刘勰：《文心雕龙注·风骨》，范文澜注，人民文学出版社，1958，第513页。
② 王充：《论衡·实知篇》，岳麓书社，2006，第333页。
③ 张文勋：《刘勰的文学史论》，人民文学出版社，1984，引言第2页。

成"之作。

今人刘高权对已出版的文学史著,从体例角度进行了详细的分类,"常见的体例有分类合编体、作家纪传体、作品评论体、史话体、编年体和表解体"。而在"分类合编体"与"作家纪传体"中似可以看到诸体与魏晋南北朝时期的源流关系。作者认为,"'分类合编体'是将各种类型的文学样式分派到各个历史时代中去加以介绍,然后再按时代的先后纵向排列,合编成本。如中国社会科学院文学研究所编著的《中国文学史》。'作家纪传体'是以介绍作家的生平、创作道路和创作成果为主要构架的文学史著。如杨荫深的《中国文学家列传》"。① 这不正是先唐时期文学史家所运用的"以文为纲"和"以人为纲"的文学史编撰形式吗?

通过对先唐时期文学史编撰形式进行考证和分析,笔者认为,"以人为纲"和"以文为纲"的文学史编撰形式具有重心明确、思路清晰的优势,而现有的文学史著,尤其是以教材形式出现的,常常是一本文学史著加上一本作品选集,似乎并不能达到让读者清晰了解中国古代文学史的目的。故笔者有一个不成熟的想法:借鉴魏晋南北朝时期的文学史编撰模式,分为甲乙两本,一本以人为纲,一本以文为纲,互相参照,似更为恰当。当然,在当今多元观念、多元选择的社会情况下,文学史的编撰也需要多元的尝试和努力,一味拘泥于传统,并非上上之举,但忽视传统,也并非绝妙之策。

---

① 刘高权:《近年中国文学史研究与编纂述评》,《华中师范大学学报》1998 年第 4 期,第124 页。

| 结　语 |

　　中国是世界上文学资源最为丰富的国度之一，相随而生的是国人对于文学发展历程的书写，不仅历史悠久，而且成就卓荦。在文字产生之前，伴随着生产劳动就已经有了带韵律的歌谣；其后，人们开始利用文字表达心情思绪，逐渐创造了歌诗赋词等多种文学样态；由于文学创作数量和质量的显著提升以及文字书写载体的升级，客观上有条件对前代文学作品进行欣赏研读，进而品评论述，为中国传统文学史书写造就了基础。同时中国自古就有书写历史的传统，历代均设有史官，由此形成了记录、保存、积累、编集史料以及为前代书写历史的习惯，其范围囊括社会方方面面，文学亦包含其中。加之史部独立以及书史经验的积淀为文学的历史书写提供了可供借鉴和参考的体例和方法，由此，古人关于文学发展历史的思考得以从萌生发展逐步走到确立范式，是为"文学史书写"，而这一时期即为先唐①。此后，拘囿于中国思想学术难成体系的先天不足，始终没有出现专门的文学史著作，但传统文学史作为一种传统的学术形式基本沿着先唐时期诸位文学史家开创的思路多样态

---

　　① 两汉以前关于文学（史）的概念尚未成立，所以文学史著述资料罕见，故而本书论证更多是从汉代开始。

前进，一直到近代。

而当中国传统学术受到西方学术冲击的时候，文学史书写的性质也由我手写我心变为官方钦定教材（在那一时期出现的百余部文学史多半都是奉命或自发编写的面向小学、中学、大学的教材），而作为教材的文学史和真正关注文学发展的文学史从本质上就截然不同。所以，从南黄北林时期多达百部的文学史著述开始了，到20世纪50年代创立的举集体之力书写文学史的浪潮，这种矛盾一直延续到现在。尤其是传播范围和力度最为广泛的文学史，一定是由官方审定的、由知名专家编写且作为教材身份出现的，所以我们似乎可以得出这样的结论：依托现代科学体系建立起来的文学史学科，对中国文学发展历程的书写，在实践中偏离了那种更为重视文学本身、重视个人感受、符合中国文学发展脉络的传统经验，虽然文学史著述汗牛充栋，但总是不尽如人意。并且，虽然自20世纪90年代以来，重写文学史的反思之声日渐高涨，但随着接受正规文学史教育成长起来的学生群体逐渐成为当下和未来的研究主体，想要扭转这种局面绝非易事。

"文学史有它的过去，也有它的将来。"① "将来"不是无根之"将来"，追本才能溯源，返本方能开源。研究"传统文学史书写"的意义在于，面对传统经验范式和西方现代观念的冲突时，避免"研究从前的文学史忽略了当时人对于文学的见解"的矛盾，因为忽略了传统，就是忘了根本。不止文学，其他中国学术都应该以之为鉴。

"当时人对于文学的见解"存在于至今可见的文献资料中，所以本书就从文献资料入手，搜寻对昔日的文学发展有所记录的文

---

① 勒内·韦勒克、奥斯汀·沃伦：《文学理论》，刘象愚等译，江苏教育出版社，2005，第323页。

字，文字载体可以形态各异，但内容背后透射出的都是承前启后的历史思考。同时，将这些文字背后不同的时间节点连接起来，就能梳理出一条清晰的历史脉络，不同的文学史家在书写理念或者方法上何时有所创新进而形成范式，也随之清晰地展现出来。而这种范式及其可以溯源的理念，就是一度忽略而应被重视的"本"。

20 世纪末学界发起的"重写文学史"引发了"文学史"在理论和实际书写中的种种困惑，反映在古代文学史的书写中，就是西方现代学科理念和中国传统经验范式的矛盾。造成这一矛盾的原因实际在于，书写者们忽视了古人对文学的见解，忽视了古代文学史家的书写实践和思考。先唐时期是传统文学史书写相关范式从萌生到定型的阶段，以此为时间断限，对传统文学史书写的认知更具意义。

由汉至晋，史部逐渐脱离经学的束缚独立出来，获得迅速发展；"文学史"的主体"文学"也迎来了自觉时代，投身文学创作的文人大幅增加，作品数量和质量显著提升，文字书写载体的升级，使得遵循历史思维对前代文学作品进行欣赏研读和品评论述具备了客观条件，为中国传统文学史书写打下了基础。同时，依托于历史书写者的视野和经验，最早对文学发展历程进行回顾与反思的是史家，虽然其时文学并不是书写的重心，但随着文学的繁荣反哺于学术，史家的文学修养和认识逐渐提升，对于文学的观照和思考也逐渐增加，一批更具备文学家素养的文学史家随之出现，成为文学史家群体的主体。这种情况下，文学史书写进入勃兴阶段，书写实践的不断积累为范式的确立提供了基础。

范式的考量是多维度的，聚焦于先唐时期的文学史书写，从中选择更具代表性的两类范式作为研究重点：其一，分期，作为面向内容的时间层面的选择范式；其二，编撰方式，作为内容在空间层面的构建范式。通过分析有关书写实践的大量例文，导出各自通过一代又一代文学史家的书写所形成的范式经验。

分期如何成为书写中一个重要的考量，涉及人们对时间不断深化的认识并由此产生的对分期标准和原则的思考。具体到我国古代，首先是从时间长河中引发的对比观照，在书史实践中促成了需要时间节点的断限和分期。其次，因为来源于普遍意义上的历史书写，所以分期就带有历史进程的标志性特征：王朝更迭。"文学史"作为一门学科的百年书写实践，虽不断力图突破，但最终似乎也不能免俗，包括游国恩和袁行霈这两个流传最广的版本，反思的结果还是追本溯源的意义所在。

在上述以理论论述为主的基础上，分为两汉、魏晋南北朝和刘勰三个部分，用大量真实的文献资料作为论据，发现从文史哲不分的大学术史到渐趋纯粹文学史，至晚到西汉的刘歆，文学史家在选择时间节点进行分期时，就已经从简单的朝代名称拓展为对谥号、庙号和年号等多重节点的综合运用。这说明当单一的王朝更迭不能充分地说明文学（学术）的发展过程时，文学史家便借用更为具体的时间节点来作为分期的方法，表现了他们对于文学（学术）史书写的尊重。而班固则是凭借《汉书》和《两都赋序》等文学史书写实践，成功实现了从史家到文学史家、从史书和学术史到文学史书写的顺利转化，引领更多的文人投入文学史书写，由此反向促进了文学在魏晋南北朝的自觉、自由、自信。但随着文学在魏晋六朝的滋长，当上述时间节点又不足以涵盖或者包容文学史的时候，文学史家就从文学本体出发，选择典型的作家或者作品代表一个阶段，这种方法在挚虞时亦已出现，到刘勰时则非常广泛。

在大量史实基础上总结先唐时期文学史书写中分期问题的实践，可以看出文学史家在遵循时间次序的基础上，并未局限于朝代文学，而是充分尊重文学的内部因素，灵活运用谥号、庙号和年号等多重的时间节点，特别是当某些阶段已经被闻名文坛的作家光芒所笼罩时，举出某位作家就可以代表所处时代的文学发展，那就无须再提及与王朝有关的节点。总体来讲，就是按照历史发展的顺序，重视文学自身的发展，这就是先唐时期文学史家在处理分期问题上的经验，并非如后世所言全部拘囿于王朝的嬗替。

传统文学史书写不必冠以"文学史"的名称，却散见于各种典籍之中，借鉴纪传体和纪事本末体这两种主要的史书编撰方式，参考刘师培关于文学史"以人为纲"和"以文（体）为纲"的两种分类，结合先唐时期文学史家来自史家且二者有所区别的特征，将"以人为纲"的编撰方式根据文学史家的身份区分为史家和文学家两类，其中史家的实践来自史书，并且为文学家的书写提供了丰富的经验；"以文为纲"的文学史书写则体现在班固之后的文学（史）家群体中，不再有单纯的史家出现，其原因则在于文体是文学大发展的产物和代表，对于它的历史思考相较于"人"，需要书写者更深的文学了解和掌控，一般史家无此积累故难以承担这一历史任务。两种编撰方式也证明了文学史家群体伴随着文学史书写进程中发生的身份交替。

中国传统文学史书写研究是一块具有独特价值与重要意义却未经充分耕耘的研究领域。根据作为学科的舶来品"文学史"的思维和体式，肢解了中国文学几千年的发展事实，已然证明是水土不服的。传统文学史的书写目的不是编撰教材，书写载体并非统一的格式，但散见于各类文献之中的有关资料保存至今，从未间断，已然形成天然的历史脉络。面对中西学术文化的交流和冲击时，"拿来主义"并非上策，我们需要尊重和正视的，反而是我们自己的根和本。

汤因比说过："人类的生活是生活在时间的深度上的；现在行动的发生不仅在预示将来，而且也是根据了过去。假如你随意忽视、不去思考甚或损伤过去，那么你就妨碍自己在现在去采取有理智的行动。"① 以史为鉴，可知兴替。面对我国如此丰厚的历史和史学遗产，文学和文学史遗产，我们不能拒绝创新，但是常常回视也是极为重要的。尤其是面对新观念、新方法的时候，及时冷静下来，细细咀嚼一下古老的传统，或许能给那些新理念以更加合理的阐释，避免肢解的偏执。尤其是当今时代，强烈的使命感迎面而来，督促人们习惯于反思。反思过往，进而或推倒重建，或新辟战场，由"重写文学史"到寻绎传统文学史书写范式都是基于这一人类思维定式下的产物。汤因比的这段话或许是对这一现象很好的阐释。而本文也是基于这一目的而作。

鉴于学术积累程度，目前呈现的研究成果仍有不足之处。首先，对具有文学史书写性质的史料在搜集工作中仍有疏漏；其次，对文学史书写的其他范式尚缺乏系统的整理辨析；最后，对刘勰的文学史书写成就欠缺整体把握力度。其他挂一漏万之处亦在所难免，我在今后的研究中将继续坚持实事求是的精神和踏实精进的态度，力争弥补缺憾，不愧世人！

---

① 阿诺德、汤因比：《汤因比论汤因比》，见田汝康、金重远主编《现代西方史学流派文选》，上海人民出版社，1982，第 142 页。

参考文献

古　籍

[1] （汉）司马迁：《史记》，中华书局，点校本。

[2] （汉）班固：《汉书》（唐）颜师古注，中华书局，点校本。

[3] （宋）范晔：《后汉书》（唐）李贤注，中华书局，点校本。

[4] （晋）陈寿：《三国志》（宋）裴松之注，中华书局，点校本。

[5] （唐）房玄龄：《晋书》，中华书局，点校本。

[6] （宋）沈约：《宋书》，中华书局，点校本。

[7] （唐）李百药：《北齐书》，中华书局，点校本。

[8] （梁）萧子显：《南齐书》，中华书局，点校本。

[9] （唐）姚思廉：《梁书》，中华书局，点校本。

[10] （唐）姚思廉：《陈书》，中华书局，点校本。

[11] （北齐）魏收：《魏书》，中华书局，点校本。

[12] （唐）李延寿：《南史》，中华书局，点校本。

[13] （唐）李延寿：《北史》，中华书局，点校本。

[14] （唐）魏徵等：《隋书》，中华书局，排印本。

[15] （清）浦起龙释《史通通释》，上海古籍出版社，2009。

［16］（清）章学诚：《文史通义》，辽宁教育出版社，1998。

［17］（汉）王充：《论衡》，上海人民出版社，1974。

［18］（梁）萧统：《文选》，（唐）李善注，上海古籍出版社，1986。

［19］（梁）萧统：《文选》，（唐）六臣注四部丛刊本，商务印书馆，1926。

［20］（梁）锺嵘：《诗品注》，陈延杰注，人民文学出版社，1961。

［21］（梁）刘勰：《文心雕龙注》，范文澜注，人民文学出版社，1958。

［22］（梁）刘勰：《文心雕龙今译》，周振甫译，中华书局，1986。

［23］（唐）欧阳询等编《艺文类聚》，上海古籍出版社，1965。

［24］（宋）李昉编《太平御览》，中华书局影印本，1960。

［25］逯钦立辑校《先秦汉魏晋南北朝诗》，中华书局，1983。

［26］（清）严可均辑校《全上古三代秦汉三国六朝文》，中华书局，1958。

［27］（宋）刘义庆：《世说新语笺疏》，刘孝标注，余嘉锡笺注，上海古籍出版社，1983。

专 著

［28］曹道衡、刘跃进：《南北朝文学编年史》，人民文学出版社，2000。

［29］曹道衡、沈玉成：《南北朝文学史》，人民文学出版社，1998。

［30］曹道衡：《南朝文学与北朝文学研究》，江苏古籍出版

社，1998。

[31] 蔡钟翔、黄保真、成复旺：《中国文学理论史》，北京出版社，1987。

[32] 陈良运：《中国诗学批评史》，江西人民出版社，1995。

[33] 陈良运：《中国历代诗学论著选》，百花洲文艺出版社，1998。

[34] 陈伯海：《中国文学史之宏观》，中国社会科学出版社，1995。

[35] 陈平原：《说史：理论与实践》，北京大学出版社，1993。

[36] 陈平原、陈国球：《文学史》（共三辑），北京大学出版社，1993、1995、1996。

[37] 陈国球：《文学史书写形态与文化政治》，北京大学出版社，2004。

[38] 陈玉堂：《中国文学史书目提要》，黄山书社，1986。

[39] 董乃斌、陈伯海、刘扬忠：《中国文学史学史》，河北教育出版社，2003。

[40] 董学文：《文学理论学导论》，北京大学出版社，2004。

[41] 戴燕：《文学史的权力》，北京大学出版社，2002。

[42] 邓敏文：《中国多民族文学史论》，社会科学文献出版社，1995。

[43] 邓鸿光、李晓明：《史学理论与史学史》第一辑，崇文书局，2002。

[44] 丹纳：《艺术哲学》，人民文学出版社，1985。

[45] 范文澜：《中国通史简编》（修订本），人民出版社，1964。

[46] 高敏：《秦汉魏晋南北朝史论考》，中国社会科学出版社，2004。

［47］顾颉刚：《中国史学入门：顾颉刚讲史录》，中国青年出版社，1993。

［48］葛晓音：《汉唐文学的嬗变》，北京大学出版社，1990。

［49］葛红兵：《文学史学》，北岳文艺出版社，1995。

［50］葛红兵、温潘亚：《文学史形态学》，上海大学出版社，2001。

［51］郭鹏：《〈文心雕龙〉的文学理论和历史渊源》，齐鲁出版社，2004。

［52］郭绍虞：《中国文学批评史》，上海古籍出版社，1979。

［53］郭英德、谢思炜、尚学锋、于翠玲：《中国古典文学研究史》，中华书局，1995。

［54］韩国磐：《魏晋南北朝史纲》，人民出版社，1983。

［55］郝润华：《六朝史籍与史学》，中华书局，2005。

［56］胡宝国：《汉唐间史学的发展》，商务印书馆，2003。

［57］何兆武：《历史理论与史学理论：近现代西方史学著作选》，商务印书馆，1999。

［58］黄侃：《文心雕龙札记》，中华书局，1962。

［59］黄晓静、吉平平：《中国文学史著版本概览》，辽宁大学出版社，1992.

［60］黄霖：《中国古代文学理论体系：原人论》，复旦大学出版社，2000。

［61］黄修己：《中国新文学编纂史》，北京大学出版社，1995。

［62］华中师范大学文学研究所：《中国古代文论研究方法论集》，齐鲁书社，1987。

［63］姜义华、瞿林东、赵吉惠：《史学导论》，复旦大学出版社，2003。

［64］翦伯赞：《历史哲学教程》，河北教育出版社，2000。

［65］〔日〕吉川幸次郎：《中国诗史》，章培恒等译，安徽文艺出版社，1986。

［66］贾文昭、程自信：《中国古代文论类编》，海峡文艺出版社，1988。

［67］贾奋然：《六朝文体批评研究》，北京大学出版社，2005。

［68］金毓黻：《中国史学史》，河北教育出版社，2000。

［69］〔英〕柯林伍德著《历史的观念》，何兆武、张文杰译，中国社会科学出版社，1986。

［70］梁启超：《饮冰室合集》，中华书局，1989。

［71］梁启超：《中国历史研究法》，上海古籍出版社，1998。

［72］吕思勉：《史学四种》，上海人民出版社，1981。

［73］刘师培：《中国中古文学史讲义》，上海古籍出版社，2000。

［74］刘汝霖：《东晋南北朝学术编年史》，中华书局，1987。

［75］刘象愚：《中国文学理论》，江苏教育出版社，2006。

［76］刘明今：《中国古代文学理论体系：方法论》，复旦大学出版社，2000。

［77］刘永济：《文心雕龙校释》，中华书局上海编辑所，1962。

［78］陆侃如：《中古文学系年》，人民文学出版社，1985。

［79］陆侃如、牟世金：《文心雕龙校注拾遗》，齐鲁书社，1981。

［80］罗根泽：《中国文学批评史》，上海书店出版社，2003。

［81］罗宗强：《魏晋南北朝文学思想史》，中华书局，1996。

［82］林继中《文学史新视野》，北京大学出版社，2000。

［83］李春青：《乌托邦与诗——中国古代士人文化与文学价

值观》，北京师范大学出版社，1995。

［84］〔美〕勒内·韦勒克、奥斯汀·沃伦：《文学理论》，刘象愚译，生活·读书·新知三联书店，1984。

［85］牟世金：《台湾文心雕龙研究鸟瞰》，山东大学出版社，1985。

［86］穆克宏、郭丹：《魏晋南北朝文论全编》，江苏教育出版社，2004。

［87］穆克宏：《昭明文选研究》，人民文学出版社，1998。

［88］敏泽：《中国文学理论批评史》，人民文学出版社，1981。

［89］瞿林东：《中国简明史学史》，上海人民出版社，2005。

［90］瞿林东：《中国史学史纲》，北京出版社，1999。

［91］钱穆：《史学导言》，台北“中央”日报社，1974。

［92］邱敏：《六朝史学》，南京出版社，2003。

［93］尚钺：《中国历史纲要》，河北教育出版社，2000。

［94］孙恭恂：《历史学概说》，北京师范大学出版社，1995。

［95］孙立：《中国文学批评文献学》，广东人民出版社，2000。

［96］石家宜：《文心雕龙系统观》，江苏古籍出版社，2001。

［97］唐长孺：《魏晋南北朝史论丛》，三联书店，1958。

［98］汤恩比：《历史研究》，台北远流出版事业公司，1987。

［99］田汝康、金重远：《现代西方史学流派文选》，上海人民出版社，1982。

［100］陶东风：《文学史哲学》，河南人民出版社，1994。

［101］陶东风：《文学理论基本问题》，北京大学出版社，2004。

［102］王瑶：《中古文学史论》，北京大学出版社，1998。

［103］王钟陵：《中国中古诗歌史》，江苏教育出版社，1988。

［104］王元化：《文心雕龙创作论》，上海古籍出版社，1984。

［105］王运熙、顾易生：《中国文学批评通史》七卷本，上海古籍出版社，1996。

［106］王运熙：《文心雕龙探索》，上海古籍出版社，2005。

［107］王钟陵：《文学史新方法论》，苏州大学出版社，1993。

［108］魏崇新、王同坤：《观念的演进：20世纪中国文学史观》，西苑出版社，2000。

［109］温儒敏：《文学史的视野》，人民文学出版社，2004。

［110］吴泽：《中国史学史论集》，上海人民出版社，1980。

［111］徐公持：《魏晋文学史》，人民文学出版社，1999。

［112］辛刚国：《六朝文采理论研究》，中国社会科学出版社，2005。

［113］袁行霈：《中国文学史》，高等教育出版社，1999。

［114］杨洪承：《文学史的沉思》，南海出版公司，1993。

［115］尹达：《中国史学发展史》，中州古籍出版社，1985。

［116］詹锳：《文心雕龙义证》，上海古籍出版社，1989。

［117］朱大渭：《六朝史论》，中华书局，1998。

［118］张文勋：《刘勰的文学史论》，人民文学出版社，1984。

［119］张少康：《文心雕龙研究史》，北京大学出版社，2001。

［120］张伯伟：《中国古代文学批评方法研究》，中华书局，2002。

［121］朱东润：《中国文学批评史大纲》，上海古籍出版社，2001。

［122］朱德发：《主体思维与文学史观》，山东教育出版社，1997。

［123］朱德发、贾振勇：《评判与建构：现代中国文学史学》，山东大学出版社，2002。

［124］钟优民：《文学史方法论》，时代文艺出版社，1996。

［125］钟肇鹏、周桂钿：《桓谭王充评传》，南京大学出版社，1993。

［126］章培恒、陈思和：《开端与终结：现代文学史分期论集》，复旦大学出版社，2002。

期刊论文

［1］《'94 漳州文学史观与文学史学研讨会纪要》，《文学遗产》1994 年第 5 期。

［2］陈伯海：《中国文学史学学编写刍议》，《社会科学战线》1997 年第 5 期。

［3］陈伯海：《传统文学史学之一瞥》，《长江学术》第 2 辑。

［4］陈伯海：《中国近世文学史观之变迁》，《文学遗产》1993 年第 3 期。

［5］陈伯海、姚楠：《文学史与文学史学——陈伯海研究员访谈录》，《佳木斯大学社会科学学报》1998 年第 1 期。

［6］陈炎、王维强：《近年来文学史学研究述评》，《文学评论家》1991 年第 6 期。

［7］陈剩勇：《中国传统史学的批评模式》，《学习与探索》1994 年第 2 期。

［8］陈桐生：《论司马迁的文化学术史观》，《汕头大学学报》2001 年第 2 期。

［9］曹道衡：《对刘勰世界观问题的商榷》，《文学遗产增刊》第十一辑。

［10］曹旭：《论萧绎的文学观》，《上海师范大学学报》1999 年第 1 期。

［11］董乃斌：《'97 文学史研究的展望》，《江海学刊》1997

年第 3 期。

　　[12] 董乃斌:《中国文学史的演进: 范式的视角》,《中国社会科学》2001 年第 6 期。

　　[13] 佴荣本:《论文学史的文体分类及其流变》,《江海学刊》1999 年第 3 期。

　　[14] 佴荣本:《中国古代文学史理论述论》,《扬州大学学报》1997 年第 5 期。

　　[15] 樊骏:《关于近一百多年中国文学历史的编写工作》,《河南大学学报》1993 年第 5 期。

　　[16] 方铭:《文学史与文学历史的复原——关于文学史写作原则及评价体系的思考》,《中国文化研究》2002 年春之卷。

　　[17] 郭英德:《关于中国古代文学史写作的思考》,《陕西师范大学学报》2003 年第 3 期。

　　[18] 黄理彪:《如何重写文学史——访章培恒教授》,《文史哲》1996 年第 3 期。

　　[19] 黄念然:《20 世纪锺嵘〈诗品〉研究述评》,《中州学刊》2003 年第 6 期。

　　[20] 葛红兵:《论文学史家》,《求是学刊》1996 年第 3 期。

　　[21] 何其芳:《文学史讨论中的几个问题》,《光明日报》1959 年 7 月 8 日。

　　[22] 胡大雷:《"文学史观与文学史"学术讨论会述要》,《文学遗产》1991 年第 1 期。

　　[23] 顾农、顾钧:《各具特色的默杀——刘勰、锺嵘、萧统文学史观之一瞥》,《扬州大学学报》1993 年第 2 期。

　　[24] 蒋寅:《近年中国大陆文学史学鸟瞰》,《文艺理论研究》1999 第 2 期。

　　[25] 蒋祖怡:《试析刘勰、锺嵘的诗论》,《文心雕龙学刊》

齐鲁书社 1986 年 12 月第 4 辑。

[26] 李建中:《文学史方法的历史与新方法的诞生》,《河北师范大学学报》1995 年第 3 期。

[27] 李家骧:《中国文学史著作亟待重写》,《湘潭大学学报》1997 年第 2 期。

[28] 李少雍:《中国古代的文史关系——史传文学概论》,《文学遗产》1996 年第 2 期。

[29] 李清良:《〈文心雕龙〉方法论体系之梳理与评价》,《中国文学研究》1994 年第 3 期。

[30] 罗宗强:《文学史编写问题随想》,《文学遗产》1999 年第 4 期。

[31] 罗漫:《中国文学史的类型与功能》,《中南民族学院学报》1992 年第 6 期 1993 年第 4 期。

[32] 乐黛云:《文学·历史·文学史——中美第二届比较文学双边讨论会侧记》,《文学评论》1988 年第 3 期。

[33] 林继中:《关于文学史学的思考:变异——起点:文学史模式回瞥》,《江海学刊》1998 年第 3 期。

[34] 刘绍瑾:《现代化语境下的六朝文学观念》,《学术研究》2004 年第 9 期。

[35] 刘跃进:《徘徊与突破——20 世纪先唐文学史论著概观》,《西安交通大学学报》2003 年 1 期。

[36] 刘文忠:《锺嵘对六朝诗风的批判》,《江淮论坛》1980 年第 1 期。

[37] 莫砺锋:《文学史学献疑》,《江海学刊》1998 年第 2 期。

[38] 牟世金:《从汉人论赋到刘勰的赋论》,《文学遗产》1988 年第 1 期。

[39] 梅运生:《从〈诗品〉的批评标准看锺嵘的文质观》,

《安徽师大学报》1983 年第 1 期。

[40] 宁宗一：《关于文学史观与文学史编写的若干断想》，《文学遗产》1992 年第 5 期。

[41] 宁宗一：《二十世纪中国文学史研究与中国社会（之一）》，《复旦学报》2000 年第 4 期。

[42] 宁宗一：《评章、骆主编的〈中国文学史〉——兼谈文学史编写中的理论与方法诸问题》，《复旦学报》1997 年第 1 期。

[43] 齐浚：《中国文学史学的历史感浅析》，《社会科学家》2004 年第 2 期。

[44] 钱志熙：《审美、历史、逻辑——论文学史研究的三种基本方法》，《文学遗产》1994 年第 5 期。

[45] 钱志熙：《中国古代的文学史构建及其特点》，《文学遗产》2003 年第 6 期。

[46] 孙绍振：《文学史的写法和文学批评的写法》，《光明日报》2003 年 5 月 8 日。

[47] 孙明君：《追寻遥远的理想——关于 20 世纪〈中国文学史〉的回顾与瞻望》，《北京大学学报》（哲学社会科学版）1997 年第 1 期。

[48] 陶东风：《文学史学的性质、对象与意义》，《文学评论家》1992 年第 2 期。

[49] 陶东风：《文学史哲学，性质、对象与意义》，《学术研究》1992 年第 4 期。

[50] 陶尔夫：《文化——心理批评：文学史学新建构——评王钟陵〈文学史新方法论〉兼及两部文学史》，《河北师范大学学报》1995 年第 2 期。

[51] 唐金海：《文学史观的"长河意识"和"博物馆意识"》，《中山大学学报》2005 年第 3 期。

［52］温潘亚：《重新解读伟大的传统——谈建构一种科学的文学史学》，《江苏社会科学》。

［53］温潘亚：《论文学史家的特殊素质》，《社会科学辑刊》2002 年第 2 期。

［54］王钟陵：《新时期以来文学史革新的逻辑进程及前景》，《中州学刊》1994 年第 4 期。

［55］王本朝：《重写文学史：一段问题史》，《广东社会科学》2003 年第 5 期。

［56］王兆鹏：《关于文学史学的思考、传播与接受：文学史研究的另两个维度》，《江海学刊》1998 年第 3 期。

［57］王齐洲：《一代有一代之文学——文学史观的现代意义》，《文艺研究》2002 年第 6 期。

［58］王毓红：《刘勰的创作主体论》，《宁夏大学学报》1999 年第 3 期。

［59］王少良：《刘勰"宗经"观念下的文学"通变"论》，《黑龙江社会科学》2005 年第 1 期。

［60］王运熙：《锺嵘〈诗品〉论诗人的继承关系及其流派》，《中州学刊》1990 年第 6 期。

［61］许总：《文学史学：世纪之交的回顾与反思》，《社会科学》2000 年第 11 期。

［62］许建平：《文学发展动力分析》，《江海学刊》1999 年第 2 期。

［63］袁行霈：《中国文学史的几个理论问题》，《北京大学学报》1997 年第 5 期。

［64］袁世硕：《文学史的性质问题》，《山东大学学报》2003 年第 4 期。

［65］袁进：《从"逆变说"到进化论——中国传统文学史观

的蜕变》,《江淮论坛》2001 年第 3 期。

[66] 跃进等:《关于文学史学若干问题的思考》,《文学遗产》1993 年第 4 期。

[67] 姚鹤鸣:《文学史本体论再思考》,《苏州大学学报》2005 年第 6 期。

[68] 姚楠:《"文学史学"学科问题简论》,《佳木斯大学社会科学学报》1998 年第 2 期。

[69] 张晶、白振奎:《近年来文学史观与文学史理论讨论述评》,《社会科学战线》1996 年 1 期。

[70] 张荣翼:《文学史的时间坐标与哲学性》,《浙江大学学报》1997 年第 1 期。

[71] 张冰红:《文学作品观与文学史观》,《暨南学报》1998 年第 3 期。

[72] 张文勋:《采故实于前代 观通变于当今:再谈中国古代文论的现代转化》,《中国文化研究》2003 年秋之卷。

[73] 张少康:《刘勰的文学观念——兼论所谓杂文学观念》,《北京大学学报》2000 年第 4 期。

[74] 张少康:《论锺嵘的文学思想》,《文学理论研究》1981 年第 4 期。

[75] 张明非:《从〈文心雕龙〉、〈诗品〉的局限性看时代风气对文学批评的影响》,《广西师范大学学报》1986 年第 3 期。

[76] 章培恒、骆玉明:《关于中国文学史的思考》,《复旦学报》1996 年第 3 期。

[77] 章培恒:《关于中国文学史的宏观与微观研究》,《复旦学报》1999 年第 1 期。

[78] 朱寿桐:《论新文学史观的发展之路》,《南京大学学报》1997 年第 3 期。

［79］赵明、赵敏俐:《关于文学史重构的理论思考》,《吉林大学学报》1992 年第 4 期。

［80］赵义山:《文学史编写中的历史本位主义批判》,《学术研究》2001 年第 1 期。

［81］昭宜、山南:《文学史学散论》,《河北师范大学学报》1995 年第 3 期。

［82］郑家建:《建立"文学史学"的思考》,《中国现代文学研究丛刊》2001 年第 1 期。

图书在版编目（CIP）数据

先唐时期文学史书写研究：兼论中国传统文学史书写范式的确立/任慧著. -- 北京：社会科学文献出版社，2019.7

　　ISBN 978-7-5201-5006-4

　　Ⅰ.①先…　Ⅱ.①任…　Ⅲ.①中国文学-古代文学史-文学史研究-唐代　Ⅳ.①I209.42

　　中国版本图书馆 CIP 数据核字（2019）第 115744 号

先唐时期文学史书写研究
——兼论中国传统文学史书写范式的确立

著　　者 / 任　慧

出 版 人 / 谢寿光
责任编辑 / 杜文婕
文稿编辑 / 李　伟

出　　版 / 社会科学文献出版社（010）59367143
　　　　　地址：北京市北三环中路甲 29 号院华龙大厦　邮编：100029
　　　　　网址：www.ssap.com.cn
发　　行 / 市场营销中心（010）59367081　59367083
印　　装 / 三河市龙林印务有限公司

规　　格 / 开　本：787mm×1092mm　1/16
　　　　　印　张：20.75　字　数：268 千字
版　　次 / 2019 年 7 月第 1 版　2019 年 7 月第 1 次印刷
书　　号 / ISBN 978-7-5201-5006-4
定　　价 / 98.00 元